AtV

AMY MYERS wurde 1938 in Kent geboren. Sie studierte an der Reading University englische Literatur, arbeitete als Verlagslektorin und war bis 1988 Direktorin eines Londoner Verlages. Seit 1989 ist sie freischaffende Schriftstellerin. Sie ist mit einem Amerikaner verheiratet und wohnt in Kent. Amy Myers schreibt auch unter dem Namen Harriet Hudson und Laura Daniels.
In ihren ersten Ehejahren arbeitete ihr Mann in Paris, und sie pendelte zwischen London und der französischen Hauptstadt hin und her. Neben vielen anderen Dingen mußte sie nun lernen, sich auf französischen Märkten und den Speisekarten französischer Restaurants zurechtzufinden. Dabei kam ihr die Idee, einen französischen Meisterkoch zum Helden eines klassischen englischen Krimis zu machen: Auguste Didier war geboren. 1986 veröffentlichte sie ihren ersten Kriminalroman »Mord im Dienstbotenzimmer«, dem noch viele folgen sollten. Alle ihre charmanten Krimis mit dem exzellenten Detektiv und Meisterkoch erscheinen im Aufbau Taschenbuch Verlag.

Anläßlich einer Wette hat Auguste Didier wirklich noch nie gekocht. Aber was tut er nicht alles für seinen König! Eine vornehme Gesellschaft aus Engländern und Franzosen hat sich an einem glühendheißen Sommertag nach Versailles begeben, um dort über eine etwas absonderliche Angelegenheit zu entscheiden: Spuken im Park von Versailles wirklich noch die Geister von Marie-Antoinette und ihrer Hofgesellschaft? Zur Inspiration für die Geister trägt man historische Kostüme, und um diese Kostüme entbrennt ein heftiger Streit unter den Damen, denn mehreren ist an der Ehre gelegen, als Marie-Antoinette zu erscheinen. Oder haben ihre Eifersüchteleien geheimnisvolle Gründe in der Vergangenheit? Der Tod von gleich zwei Marie-Antoinettes legt diese Vermutung nahe.

Amy Myers

Mord im Boudoir der Königin

Kriminalroman

Aus dem Englischen
von Irmhild und Otto Brandstädter

Aufbau Taschenbuch Verlag

Titel der Originalausgabe
Murder in the Queen's Boudoir

ISBN 3-7466-1438-X

1. Auflage 1999
Aufbau Taschenbuch Verlag GmbH, Berlin

Published by Arrangement with Author
Umschlaggestaltung Preuße & Hülpüsch Grafik Design
Druck Cayfosa, Barcelona
Printed in Spain

Vorbemerkung der Verfasserin

Über die abenteuerlichen Erlebnisse von Miss Moberly und Miss Jourdain im Jahre 1901 im Petit Trianon liegen ausführliche Berichte vor. Sie haben das Geschehene hinlänglich beschrieben. Dabei handelt es sich teils um rein persönliche Aufzeichnungen, teils um Briefe an Angehörige und Freunde, und später haben sie sogar Forschungen zum historischen Hintergrund von Marie-Antoinette und dem Petit Trianon betrieben. Ohne ihre wahren Namen preiszugeben, veröffentlichten sie 1911 den Titel »Ein Abenteuer«, in dem ihre Erlebnisse, das Ergebnis ihrer Forschungen und entsprechende Schlußfolgerungen ihren Niederschlag fanden. Seitdem erregt das Thema die Gemüter immer wieder von neuem. Die beiden seinerzeit entschiedendsten Kritiker, Vertreter der Psychical Research Society, korrigierten ihre Auffassung, als die Damen ihre Identität bekannten und man erfuhr, daß es sich um die Rektorin eines Oxford College und deren Stellvertreterin handelte, und nachdem man in die Originalaufzeichnungen hatte Einsicht nehmen können. Bis in dic fünfziger Jahre wurde das Werk wiederholt aufgelegt und löste stets erneute Kritik und ebenso entschiedene Rechtfertigungen aus. 1957 veröffentlichte Lucille Iremonger unter dem Titel »Die Geister von Versailles« ihre großartige Beweisführung zur Echtheit der Geschichte der Autorinnen mit allem Für und Wider.

Der vorliegende Roman spielt im Jahre 1906. Zu dieser Zeit ahnte Auguste Didier nichts von den Ergebnissen späterer Forschung und mußte sich auf eigene Erfahrungen verlassen ...

Seit den Tagen Marie-Antoinettes haben die Gärten um das Petit Trianon manche Veränderung erfahren und gleichen keineswegs mehr dem Bild von 1906. Ich habe mich an die alten Pläne und Stiche gehalten mit Ausnahme der Nebengebäude im Französischen Garten beim Petit Trianon. Die Besucherinnen aus Oxford hatten dort eine Häuslerin beobachtet, die ein Tuch schwenkte. An der Stelle habe ich ein Automobilmuseum eingefügt, das es später wohl auch wirklich gab. Ich habe es lediglich Tatjanas Hobby zuliebe getan. Der Handlungsablauf wird dadurch in keiner Weise beeinträchtigt.

A.M.

PROLOG

1901

»Verflucht und zugenäht!«

Der ehrenwerte George Ladyboys kämpfte im Ankleidezimmer mit seinem Nachtgewand, und seine Stimme war nur gedämpft unter dem Kleidungsstück zu vernehmen. Winifred hatte schon ein Bein im Bett, ließ ihren molligen Körper wohlig zurückfallen und reagierte einigermaßen verwundert, daß George, der jetzt im Türrahmen erschien, es ihr offensichtlich nicht gleichtun wollte. Sie waren erst zwei Jahre verheiratet, und normalerweise versetzte ihn der Anblick ihrer verführerischen Rundungen in deutliche Erregung; ihr Körper wirkte als Allheilmittel bei allen möglichen Widrigkeiten, die ihren Mann in seinem sonst so behäbigen Leben zum Fluchen brachten.

George stand am Fußende der Bettstatt. »Geister«, fing er plötzlich an, »glaubst du an Geister, Winifred?«

»Selbstverständlich«, erklärte sie nachdrücklich.

»Hab ich nicht gewußt. Seltsam, so 'ne Ehe. Dann wird dich der Brief interessieren, den ich heute morgen bekommen habe.«

»Von einem Geist?« Sie lachte hell auf, wollte ihn von diesen sonderbaren Gedanken abbringen. In ihrem Eheleben war kein Platz für Seltsames. Über die Vergangenheit war ein dichter Schleier gebreitet. Sie durfte nicht zulassen, daß etwas ihren Frieden und die arglosen Blütenträume störte.

»Nicht doch. Von Annie Moberly, Rektorin von einem Oxforder Mädchencollege. Entfernte Verwandte. Hab sie früher mal erwähnt.«

Hatte er wirklich. Jedes einzelne Mitglied aus Georges

untadeliger Familie hatte sich Winifred fest eingeprägt – weit zurück und bis hin zu angeheirateten Cousins und Cousinen dritten Grades. Beim Jahr 1746 hatte sie es dann bewenden lassen; sie wollte sich nicht noch mit dem unglückseligen sechsten Earl of Stratton belasten, der seinen Kopf verloren hatte, weil er romantischer-, aber unklugerweise für Bonnie Prince Charlie ins Feld gezogen war. Die Stunden, die Winifred über dem Familienstammbaum gebrütet hatte, ehe sie in den Kreis der Ladyboys aufgenommen wurde, hatten sich ausgezahlt. Ihre Kenntnisse der Ahnentafel waren gewissermaßen ein Paß, den sie nicht aus der Hand gab, seit sie George in Frankreich kennengelernt hatte.

George war inzwischen auch im Bett, saß dort aber kerzengerade und nahm sehr zu ihrer Verblüffung keinerlei Notiz von ihrer Hand auf seinem Schenkel. »Sie schreibt darin, sie sei mit einer Freundin aus Oxford in Versailles im Petit Trianon gewesen und directement Marie-Antoinette und ihrem halben Hofstaat in die Arme gelaufen.«

»Ist ja 'n Ding«, erwiderte sie schläfrig; die Hoffnung auf eheliche Bettfreuden hatte sie aufgegeben. Geister, selbst solche von Königinnen, die vor langer Zeit auf dem Schafott geendet hatten, konnten warten.

»Warum fahren wir nicht nach Paris und sehen mal, ob sie uns auch begegnen?«

Im Nu war sie hellwach. »Nein, George«, meinte sie entschieden. »Bournemouth ist viel schicklicher für uns, und Geister gibt's da bestimmt auch jede Menge, wenn's darum geht.«

George Ladyboys sagte nichts weiter. Aber in seinem Hinterkopf setzte sich hartnäckig ein Verlangen fest, eines Tages an die Stätten seiner Junggesellentage zurückzukehren, und es ließ ihn all die Jahre nicht mehr los.

1. Kapitel

»Die Füllung für die *poularde à la roi* – ich hab die Trüffel vergessen, Mrs. Jolly.«

Die Küchenwände umschlossen ihn bedrohlich, als wäre er in einer Gefängniszelle. Ein Wort wie »vergessen« gab es eigentlich nicht in Didiers Wortschatz, Meisterkoch, der er war, und sein Entsetzensschrei ließ das gesamte Personal erstarren, selbst die sonst so unerschütterliche Mrs. Jolly.

»Seien Sie unbesorgt, Sir«, versuchte sie ihn zu besänftigen, obwohl ihr der Schock sichtlich in den Gliedern saß. »Ich tu mehr Curry in die Sauce; Seine Majestät wird nichts merken.«

»Er merkt immer alles«, stammelte Auguste. In einer Stunde sollte Seiner Majestät ein königliches Bankett serviert werden, perfekt bis ins kleinste. Es sollte den würdigen Rahmen für die Gründungsveranstaltung der Freunde der Entente Cordiale bilden, die auf ausdrücklichen Wunsch Seiner Majestät und mit Tatjanas begeisterter Zustimmung an diesem 10. Juni des Jahres 1906 in ihrem Hause in London in Queen Anne's Gate über die Bühne ging. »Vergessen!« Nicht zu fassen! Das bedeutete den beruflichen Ruin. Nie wieder würde er kochen. Fortan würde er nur noch als Tatjanas Gatte fungieren, entfernter Verwandter des britischen Königshauses und der Romanows, die ebenso königlichen Geblüts waren. Nach diesem Abend konnte man das »entfernt« in dem verwandtschaftlichen Verhältnis nur betonen. Auguste starrte auf das

Hähnchen, das munter auf dem Gasherd brutzelte, und rang mit sich, ob er noch jetzt eingreifen, Füllung und Hähnchen retten konnte.

»Nein, Mr. Didier.« Mrs. Jolly hatte offenbar seine Gedanken gelesen. »Ich nehme die Trüffel und richte sie *à la piémontaise* an. Das geht im Handumdrehen.«

»Es ist aber ein Francatelli-Rezept, keins von Didier.« Oh, diese Schande.

»Wenn es gut genug für Queen Victoria war, ist es auch gut genug für ihren Sohn«, bemerkte Mrs. Jolly mit unbestreitbarer Logik.

Das Personal vergaß alle Küchengerätschaften und hielt den Atem an; Auguste gab sich mit gesenktem Kopf geschlagen. Seine Majestät hatte ganz recht gehabt, als er ihm anläßlich seiner Heirat mit Tatjana das Kochen untersagte, nur Sonderfälle ausdrücklich zuließ. Er würde sein Küchenparadies voll und ganz Mrs. Jolly überantworten. Er war verloren, das Mahl war verloren, der Abend würde sich als eine einzige Katastrophe erweisen.

Sein Schicksal war besiegelt.

Augustes Herz hämmerte wie ein Messer beim Kräuterhacken. Sekunden gingen in Minuten über, Minuten in den Moment, da der königliche Daimler vorfuhr, der königliche Chauffeur die Tür aufriß und königliche Füße auf das königliche Trittbrett aufsetzten. Die Ankunft der Königin von Saba mit ihrem Gefolge dürfte mehr Aufsehen erregt haben, aber die Ankunft König Edwards VII. übertraf sie bei weitem hinsichtlich der Erregung von Angstgefühlen. Auguste zitterte. Es war nicht nur das Essen, das für den Abend nichts Gutes verhieß. Auch die Gäste mußten einkalkuliert werden. Allein die Tatsache, daß es Hunderte von Jahren gedauert hatte, um eine Entente Cordiale zwischen Britannien und Frankreich zustande zu bringen, rechtfertigte böse Vorahnungen. Ein Abend, der Franzosen und Engländer vereinte, konnte gar nicht ohne Komplikationen verlaufen, selbst wenn ein Auguste Didier Chefkoch und Gastgeber war.

»Da ist er«, sagte Tatjana neben ihm; sie warteten empfangsbereit in der offenen Tür, und es war eine der seltenen Situationen, da auch sie nervös wirkte. Die Diamanten in ihrem Diadem schienen Auguste in der Juniabendsonne spöttisch anzublitzen. Er hatte seine Mühe gehabt, Tatjana zu überreden, den Stirnreif zu tragen. Seine Majestät (Vetter Bertie bei weniger offiziellen Anlässen) sah es gern, wenn die Damen festlich gekleidet waren, nur hatte Tatjana wenig für Schmuck übrig, brauchte sie doch für die Arbeit in ihrem Motorclub praktische Kleidung.

Die Worte »Da ist er!« dröhnten in seinen Ohren wie die Posaunen des Jüngsten Gerichts. Am liebsten wäre er wie ein Schauspieler in der Versenkung verschwunden, aber das blieb eine Wunschvorstellung, und so rüstete sich Auguste für das böse Ende.

Die königlichen Füße kamen näher, und Charlie, Mrs. Jollys Sohn, der zeitweilig als Butler fungierte, brachte trotz seiner Leibesfülle eine bemerkenswert tiefe Verbeugung zustande.

»Tatjana, meine Liebe.« Bertie strahlte, als Tatjana knickste, und wandte sich dann etwas weniger strahlend ihrem Gatten zu. »Auguste!«

Wenn Seine Majestät ihn mit dem Vornamen begrüßte, mußte er huldvoll gestimmt sein. Trotzdem rechnete Auguste mit dem Schlimmsten, denn auch huldvolle Stimmungen konnten wie ruhige Sonnentage nur allzu plötzlich in dräuendes Gewitter umschlagen.

Sie geleiteten die Ehrengäste über die Haupttreppe in

den Salon; das Getrappel der Füße klang in Augustes Ohren wie die Trommeln auf dem Weg zum Schafott: »Tra-ta-ram«, mit jedem Schritt dem Unheil ein Stück näher. Oben erwarteten sie acht Persönlichkeiten, und nur einer von ihnen war er schon vorher begegnet, Louise Danielle. Allein ihretwegen mußte man mit unerquicklichen Situationen rechnen, selbst wenn die Trüffel da gewesen wären, wo sie hingehörten.

Die Türen zum Salon öffneten sich und gaben den Blick auf die Gäste frei; sie standen sich in zwei Reihen gegenüber, als wollten sie gerade ein Menuett tanzen. Über ihnen an der bemalten Decke schwebten rotwangige Götter und Nymphen und schauten fröhlich auf sie herab, als erwarteten zumindest sie ein hehres Schauspiel. Mag sein, es lag an Augustes Nervenkostüm, aber er hatte plötzlich den Eindruck, daß über allen Gästen eine Spannung lag, und Berties Gegenwart konnte nicht der einzige Grund dafür sein.

»Lady Harper, Euer Majestät.« Auguste war ihr bislang noch nicht begegnet und hatte diesem Moment mit Neugierde entgegengesehen. Mirabelle Harper war Französin, Witwe von Sir John Harper, der um einiges älter als sie gewesen sein mußte; sie konnte nicht mehr als Mitte dreißig sein. Doch die Frage nach dem Alter war nicht das erste, was einen beschäftigte, wenn man in den Genuß kam, in die warmen blaugrauen Augen zu blicken und auf das klassisch gelockte Haar. Die seidenen Röcke raschelten, als sie sich von ihrem Knicks erhob. Sie sah Bertie unverwandt an, als teilten beide ein intimes Geheimnis. Eine elegante Erscheinung, *sauce mirabelle*, befand Auguste, die perfekte Ergänzung für einen älteren Herrn Gemahl, voller Geschmack, süß und perfekt zurechtgemacht. Zuviel sollte man besser nicht von ihr schlecken, könnte einem nicht gut bekommen. »Ist mir eine Ehre,

Majestät.« Ihre Stimme war leise und melodisch, und wie um seinen Eindruck von diesem exotischen Prachtvogel abzurunden, blitzten die Brillanten auf.

»Mr. Jacob Fernby.« Natürlich war Seiner Majestät der Modeporträtist, der in aller Munde war und der hoffte, Mirabelle für sich zu gewinnen, kein Unbekannter. Auguste konnte seine Assoziationen zu Küche und Kochen nicht lassen. Auch Mr. Fernby kam nicht ungeschoren davon – eine *sauce d'écrevisses* vielleicht, oder besser *à la provençale*? Ja, ein etwas kräftiger, nachhaltiger Geschmack mußte es sein. Der Künstler war von angenehmem Äußeren; ein Anflug von Grau in seinen hellbraunen Locken kam seinem Aussehen zugute. Jacob war im klassischen Sinne schön wie die griechischen Götter, die er malte und mit deren Bildern er sich einen Namen gemacht hatte. Inzwischen hatte er sich mehr den Göttern der ihn umgebenden Gesellschaft zugewandt, aber immer noch hatten seine Porträts, ob Männer oder Frauen, einen edlen, klassischen Ausdruck.

»Madame Alice Gaston und Monsieur Pierre Gaston.« Tatjana stupste ihn an und erinnerte ihn an seine Pflichten. Sie lächelte den Gastons zu, als täte sie nichts lieber auf der Welt als Leute von Vetter Berties Einladungsliste zu unterhalten.

Beflissen folgte Auguste seinem hohen Gast und hatte im Vorübergehen Mitgefühl für Alice. Unter den Geladenen war sie die Jüngste, machte jedoch eher einen eifrig interessierten denn nervösen Eindruck. Ihre üppigen blonden Locken und kobaltblauen Augen hatten nur entfernt eine Ähnlichkeit mit Mirabelle. Im Vergleich zu ihr, der *grande dame*, war Alice ein naives Kind. Sie war Engländerin, ihr Mann Pierre aber, Anfang oder Mitte vierzig, war Franzose. Sie lebten, wie Auguste wußte, in Paris, und prompt bedachte er sie aus seinem Fachvokabular mit *sole au chablis* (leicht und zart) und *bisque* (schwer, vielleicht mit ungeahnter Tiefgründigkeit). Dann fiel ihm ein, daß es keineswegs so einfach war, Seezunge zuzubereiten, wie man leichthin vermutete.

Er war in sein Gedankenspiel entrückt, und seine Nervosität legte sich nach und nach.

»Mr. und Mrs. George Ladyboys, keine Unbekannten für Sie, Sir.« Roastbeef und Weihnachtsplumpudding, stellte Auguste stillvergnügt fest. Als Mitglied des Marlborough Club mußte Seine Majestät George Ladyboys gut kennen, hielt er sich doch auch oft genug auf dessen Landsitz bei Leicester auf, wie Tatjana erzählt hatte.

Robert, Comte de Tourville, war ein anderer guter Freund Seiner Majestät, auch wenn man sich das kaum von jemandem vorstellen konnte, der keineswegs so solide wirkte wie der unverwüstliche George Ladyboys. Er war ein *ortolan*, ein Zugvogel, zur gesellschaftlichen Saison immer da, ein Mann mit Charme und Kultur – natürlich auch Franzose, wenngleich Auguste ihn noch nie zuvor gesehen hatte. Und auf den ersten Blick war er sich nicht sicher, ob er sich für ihn würde erwärmen können. Wieder ging seine Phantasie mit ihm durch – er sah in Roberts Charme mehr Garnierung, weniger Füllung. Wie auch immer, Seine Majestät hielt große Stücke auf ihn, und das nicht ohne Grund. Von Tatjana wußte Auguste, daß es Robert gewesen war, der Bertie, damals noch Prince of Wales, vor zehn, fünfzehn Jahren ins Moulin Rouge eingeführt hatte.

Und damit kam er zu Madame Louise Danielle, Roberts langjähriger und – wie Auguste vermutete – auch keineswegs geheimer Geliebten, die mit einem Politiker verheiratet war, der das Verhältnis anscheinend stillschweigend duldete. Sie mußte um die fünfunddreißig sein, sah aber älter aus. Wenn Alice die Seezunge war, dann war Louise der Hecht, schon wegen des dunklen glänzenden Haares, der verführerischen dunklen Augen und der olivgrünen Haut. Dieser köstliche Happen, der gefährlichste aller Süßwasserfische, verbarg sich in einem betörenden Dressing. Er hatte Louise einmal auf der Höhe ihres Ruhms im Moulin Rouge erlebt, und wer immer sie dort gesehen hatte, würde La Dervicheuse, als die sie seinerzeit weit und breit bekannt war, in bleibender Erinnerung behalten. Sie hatte alles daran gesetzt, sich später durch ihre Eheschließung den Ruf einer »ehrbaren« Frau zu sichern, aber wenn das Dressing entfiel, kam der Raubfisch wieder zutage.

»Es ist mir ein Vergnügen«, gurrte Louise mit ihrer tiefen belegten Stimme, erfaßte mit einem Blick die Gästeschar und richtete dann ihre dunklen Augen auf Seine Majestät, »hier so viele alte Freunde wiederzusehen.«

Auguste erschrak. Zu gut wußte er, daß Bertie sehr empfindlich reagierte, wenn man ihn an »die alten Zeiten« erinnerte, um so mehr, wenn es um ureigenste Verstrickungen Seiner Majestät ging. Ihm schwante, dieser Abend würde übel enden.

»Nicht ganz so exquisit wie sonst, Auguste«, bemerkte Bertie barsch, aber durchaus vergnügt. »Die Curry-Sauce war eine Spur zu scharf. Aber die Trüffel waren exzellent. Die können Sie wieder machen.«

Auguste lächelte höflich, kochte aber innerlich. Mit das Ärgerlichste an Bertie war, daß er, soweit es Essen betraf, fast immer recht hatte. Die Kochkünste des Gastgebers aber vor den Ohren anderer zu kritisieren, war wohl nicht gerade die sinnreichste Art, zum guten Einvernehmen zwischen Britannien und Frankreich beizutragen, um so mehr, da Seine Majestät ausdrücklich darauf bestanden hatte, daß Auguste das Dinner ausrichtete – er hätte ja auch seine Palastköche mitbringen können.

»Ob wir uns ein wenig zurückziehen, meine Damen?« Tatjana hatte die Gefahrensignale erkannt und ergriff die Initiative.

An sich mißfiel Tatjana dieses englische Ritual, auch wenn es für solche Gäste praktisch sein mochte, die sich nach dem Essen unauffällig davonmachen wollten; heute abend aber schien ihr die Sitte sehr gelegen zu kommen. Auguste konnte sie in ihrem Eifer verstehen. Die Konversation bei Tisch war von Louise beherrscht worden, die sich zwar insofern ans Protokoll hielt, daß sie es Seiner Majestät überließ, ein Thema anzuschneiden, aber es immer wieder schaffte, das Gespräch an sich zu reißen und sich zur Schau zu stellen. Tatjana hatte es gereicht. So weit, so gut, nur fand Auguste, zur Pflicht der Gattin gehörte es auch, dem eigenen Mann hilfreich zur Seite zu stehen und ihn nicht auf Gedeih und Verderb Seiner Majestät auszuliefern.

Als Auguste später den Zeitpunkt für angebracht hielt, vorzuschlagen, sich wieder zu den Damen zu gesellen, und die Dienerschaft, die sich dem Anlaß entsprechend brav in eine Livree gezwängt hatte, die Türen aufriß, stellte er mit Genugtuung fest, daß Tatjana bei dem Anblick der Herren erleichtert war. Sie war von ihrem Motorclub her den Umgang mit komplizierten Damen gewohnt, aber wenn sich eine Louise Danielle darunter befand, wurde es besonders schwierig, und schon beim Dinner war deutlich geworden, daß die Sympathie zwischen ihr und Mirabelle noch spärlicher war, als gemeinhin zwischen rivalisierenden Frauen zu beobachten ist. Tatjana kannte Louise aus ihrer Pariser Zeit, und schon damals war ihr aufgefallen, daß Louise jede Minute, die sie in reiner Damengesellschaft verbrachte, für Zeitverschwendung hielt. Robert vergötterte sie, ihr Mann vergötterte sie, die halbe Männerwelt lag ihr zu Füßen, aber sie konzentrierte sich darauf, die andere Hälfte in ihren Bann zu ziehen. Jetzt, als die Türen aufgingen, war es mit ihrem Gelangweiltsein vorbei, und sie konnte wieder mit ihrer kehligen Stimme zu Felde ziehen.

Seine Majestät betrat den Raum, und Louise erhob sich anmutig, wollte offensichtlich direkt auf ihn zugehen. Was immer sie im Schilde führte, um wie zuvor beim Essen auch den restlichen Abend für sich zu entscheiden, es mißlang. Mirabelle war nicht gewillt, sie gewähren zu lassen, und kam ihr zuvor. In aller Ruhe ging sie zu Robert und verkündete ungeachtet jeglicher Spielregeln des Protokolls: »Oh, die Herren sind wieder da. Diese alberne englische Gepflogenheit lassen wir aber fallen, wenn wir erst einmal verheiratet sind, nicht wahr, Robert?«

Jedes Detail der darauffolgenden Reaktion prägte sich Auguste tief ins Gedächtnis. Die Szene hätte Jacob Fernby Stoff für ein Gemälde mit dem Titel »Schockierte Gesellschaft« geboten. Louise rührte sich nicht von der Stelle, verharrte wie eine Katze vor dem Sprung auf die Beute. Der Graf sagte kein Wort, starrte mit steinerner Miene zu Louise hinüber. Jacob kämpfte nach dem ersten Schock mit kaum zu unterdrückendem Ärger. Nur Alice Gaston strahlte bei der Verkündung der Nachricht und klatschte voll kindlicher Begeisterung in die Hände.

Schließlich sagte Louise langsam und gedehnt: »Herzlichen Glückwunsch, Robert. Ihnen natürlich auch, liebe Mirabelle, nach all Ihren Bemühungen.«

»Auch ich gratuliere«, ließ sich Jacob vernehmen. »Sie haben mich glauben gemacht, Sie liebten mich.« Mirabelle schien sein Vorwurf nicht weiter zu berühren; sie lächelte nur.

Mit Interesse registrierte Auguste, daß Robert seine Fassung rasch wiedergewann; er war nicht darauf vorbereitet gewesen, daß Mirabelle just diesen Moment wählen würde.

Seine Majestät räusperte sich. »Wann soll die Hochzeit sein, Robert?«

»Wir sind am Überlegen, Sir. Unsere Pläne stehen noch nicht endgültig fest.«

»Meine auch noch nicht«, warf Louise ungefragt ein. »Doch aufgepaßt, daß nicht ungebetene Geister der Vergangenheit dem jungen Glück in die Quere kommen.«

Tatjana entging nicht, wie sich Berties Gesicht verfinsterte; doch ehe sie sich einmischen konnte, sprang George Ladyboys in die Bresche und sagte rasch: »Apropos Geister, ich kenne da eine großartige Geschichte. Über Versailles – interessiert Sie bestimmt.«

»George, bitte nicht!« rief Winifred vergeblich, denn schon bekundete man erleichtert Interesse. Selbst Bertie schien nicht auf seinem königlichen Privileg bestehen zu wollen und ging bereitwillig auf das vorgeschlagene Thema ein. Vielleicht lag es auch an dem Kognak, den ihm Charlie Jolly, der fast aus den Nähten seiner Livree platzte, in die Hand drückte.

Louise war weniger enthusiastisch. »Doch nicht etwa die alte Geschichte von Marie-Antoinette, wie sie im Petit Trianon herumspukt?«

George wurde rot, als Alice losquiekte. »Nein, wie schön! Haben Sie gewußt, daß Marie-Antoinette meine Vorfahrin ist? Ich bin ihr nämlich sehr ähnlich, stimmt's, Pierre?«

»Ja, meine Taube.« Nachsichtig lächelte Pierre seiner Frau zu.

»Dann kennen Sie alle die Geschichte?« George war sichtlich enttäuscht.

»Schon vor zwanzig Jahren hat es ein Buch darüber gegeben«, lachte Robert. »Alte Kamellen, aber verkaufen sich gut – die Leute glauben so was.«

»Meine Mutter stammt aus einer alten österreichischen Familie.« Alice war in ihrem Element und ließ sich nicht bremsen. »Ich bin ein Nachkomme des Dauphin. Es stimmt nicht, daß er in Paris gestorben ist, er konnte nach Wien fliehen. Ich weiß das genau.«

Unbeirrt blieb George bei seinem Thema. »Diese Geschichte mit den Geistern hat sich erst vor fünf Jahren abgespielt. Die Rektorin von St. Hugh's in Oxford und ihre zukünftige Stellvertreterin Eleanor Jourdain hatten sich an einem heißen Augusttag bei ihrer Suche nach dem Schlößchen Petit Trianon in den Anlagen von Versailles verlaufen. Sie waren einen Weg am Grand Trianon entlanggegangen, hatten dann eine Abzweigung genommen, die hinten um die Gärten vom Petit Trianon führte, waren noch einmal abgebogen und wußten dann nicht mehr weiter. Sie fragten zwei Burschen, die sie für Gärtner hielten, wo es zu dem Lustschloß ginge. Unterwegs begegneten ihnen noch andere komisch herausgeputzte Gestalten, und schließlich gelangten sie von hinten an das gesuchte Gebäude. Im Garten saß eine Dame mit Skizzenblock, auch sie in historischer, aber exquisiter Tracht, und aus der benachbarten Kapelle kam ein junger Mann gelaufen, der die Suchenden um das Schloß herum zum Haupteingang dirigierte. Dort befanden sie sich plötzlich in einer großen Hochzeitsgesellschaft und dachten nichts Arges dabei. Erst später, als sie nochmals ihre Aufzeichnungen durchgingen und verglichen, kamen sie überein, daß Geister dort ihren Spuk getrieben haben mußten.« George steigerte sich in seine Schilderung hinein. »Nicht beide Damen hatten nämlich alle Gestalten gesehen. Die Frau mit dem Skizzenblock, zum

Beispiel, hatte nur Miss Moberly wahrgenommen, und dabei waren beide ganz dicht an ihr vorbeigegangen.«

»Ein heißer Augusttag eben«, kommentierte Robert ungerührt.

»Mein Mann ist jedenfalls genauso wie die zwei Damen davon überzeugt, daß ihr Spaziergang sie in die Zeit von Marie-Antoinette zurückversetzt hatte«, kam Winifred ihrem Gatten lautstark zu Hilfe.

»Die Vergangenheit erweist sich immer wieder als fruchtbares Feld für Forschungen, finden Sie nicht?« fragte Mirabelle in den Raum hinein, fand aber keinen Widerhall.

»Glauben Sie auch an Geister, Mrs. Ladyboys?« Auguste war bemüht, das dem Anschein nach harmlose Thema am Kochen zu halten.

»Ja, Mr. Didier.« Eifrig sprang Winifred auf die Wiederaufnahme der Debatte an. »Und Majestät, glauben Sie an Geister?«

»In der Gegend von Windsor treiben etliche ihr Spiel, ja. Herne, der Jäger, zum Beispiel.« Bertie blickte zu Auguste hinüber; beide wußten von einer Begebenheit, bei der besagter Geist, der allzu irdische Gestalt angenommen hatte, letztlich Opfer seiner selbst geworden war.

»Englische Geister sind wahrhaftiger, Sire«, lachte Robert. »Aber mit Geistern, die am hellichten Tage gesichtet werden, noch dazu von Damen, die in dem Lande nicht zu Hause sind und – wenn ich mir die Bemerkung erlauben darf – auch nicht den Genuß eines Glases Wein zum Lunch gewohnt sind, ist das etwas anderes.«

»Im Fall von Miss Moberly und Miss Jourdain kann diese Auffassung ja wohl kaum gelten«, erwiderte George unbeeindruckt. »Als führende Persönlichkeiten eines Oxford College lassen sie sich gewiß nicht so leicht irritieren, wie Sie uns weismachen wollen.«

»Meine Eltern kannten Bischof Moberly und seine Töchter. Die von Ihnen erwähnte Miss Moberly war das siebente Kind, und von ihr wußten sie zu berichten, daß sie immer so eigentümliche Erlebnisse hatte«, gab Alice strahlend zum besten.

»Das besagt noch gar nichts«, befand Jacob. »Das ist noch lange kein Beweis, ob es Geister tatsächlich gibt oder nicht. Wir Künstler ...«

»*Pourquoi?*« unterbrach ihn Pierre streitlustig. »Die ganze Geschichte ist einfach lächerlich. So etwas wie Geister gibt es nicht.«

»Och, ich wäre so gern Königin Marie-Antoinette begegnet«, schmollte seine Frau. »Aber wir sollten noch hören, was uns Mr. Fernby zu sagen hat«, fügte sie hinzu und bedachte Jacob mit einem bewundernden Blick.

Jacob lächelte gönnerhaft. »Übersinnliche Erlebnisse haben nur einige wenige Menschen, die eine besondere Veranlagung besitzen. Kann sein, daß Miss Annie Moberly eine von ihnen ist.«

»Papperlapapp!« ging Mirabelle temperamentvoll dazwischen. »Sicher hat Ihre Theorie etwas für sich, bester Jacob, aber alle, die Versailles gut kennen, werden sich mit Recht fragen, warum von den Tausenden Besuchern, von denen gewiß viele besagte übersinnliche Kräfte besitzen, Marie-Antoinette ausgerechnet auf zwei englische Damen verfallen ist, mit denen sie ihre Possen treibt.«

»Genau«, pflichtete ihr Alice eifrig bei. »Mir will auch nicht in den Kopf, weshalb Ihre Majestät Fremden erscheint und nicht ihrer eigenen Familie.«

»Das ist ganz einfach.« Winifred hatte sich bislang zurückgehalten und ihren Mann reden lassen; jetzt aber mußte auch sie ihre Meinung zum besten geben. »Die beiden Damen waren am 10. August dort, und das ist der Jahrestag des Massakers in den Tuilerien und des Tages, als Ludwig XVI. und Marie-Antoinette gezwungen waren, sich der Nationalversammlung zu unterwerfen.«

»Und wieso sollte das gerade der geeignete Tag sein, um im Trianon den Spuk zu treiben?« Mirabelle lachte und zwinkerte Robert fröhlich zu.

Louise nahm den Blickaustausch wahr und wechselte prompt die Seiten. »Ganz einfach, jedenfalls für Menschen mit Gespür, liebe Mirabelle. Ich will es erklären. Am 10. August 1792 dachte die Königin inmitten allen Schrekkens und Entsetzens um sie herum an ihren letzten Tag im Trianon, das war der 5. Oktober 1789. Es war der Ort, wo sie die glücklichste Zeit als Königin verbracht hatte. Die arme Frau versuchte ihre Angst vor der Nationalversammlung durch Erinnerungen an glücklichere Stunden zu verdrängen, und die ganze Kraft ihrer Gefühle hat sich an jenem Augusttag mit dem Trianon verbunden. Die Legenden sprechen von einem Tag im August, an dem man die Erscheinung sehen kann.«

»Da dürfte der gute Geist mit all den Gedenktagen seine Schwierigkeiten haben«, bemerkte Mirabelle trocken.

»Mir wäre nach einem Brandy und Soda, Didier.« Deutlicher konnte Seine Majestät seinen Unmut über das Gerede nicht zum Ausdruck bringen. Eilfertig sprang ihm Tatjana bei und glättete die Wogen, während Auguste einen Diener heranwinkte.

»Eine interessante Konstellation«, verkündete sie strahlend. »Eure Majestät, mein Mann und ich haben bei der ganzen Geschichte keine Position bezogen, vier von den anderen acht verhalten sich den Darstellungen von Miss Moberly und Miss Jourdain gegenüber skeptisch, und vier scheinen die Sache zu glauben.«

Auguste war erleichtert dank der sachlichen Feststellung seiner Frau. Bertie trank seinen Brandy und würde sogleich einen anderen Gedanken ins Gespräch bringen. Es könnte doch noch alles gut gehen. Der Abend konnte vielleicht sogar noch als Erfolg verbucht werden. Doch schon wurden seine Hoffnungen zunichte gemacht, denn George Ladyboys, mit vom Alkohol geröteten Gesicht, erregt auch durch die ungewohnte Situation, im Mittelpunkt zu stehen, fing wieder an zu reden: »Wir sollten nicht vergessen, daß Miss Moberly und Miss Jourdain Engländerinnen sind. Natürlich glaube ich, was sie geschildert haben. Und das tut selbstverständlich jeder, der nicht seinen Kopf verloren hat.«

»Hatte die arme Königin Marie-Antoinette aber leider«, seufzte Robert. »Ich wette um tausend englische Pfund, daß die ganze Geschichte erfunden ist.«

»Erfunden?« reagierte George gekränkt. »Ich nehme Ihre Wette an. Zweitausend, daß die Damen die Wahrheit gesagt haben, Sir.«

»Bitte schön.« Robert zuckte mit den Schultern. »Ich wette mit Ihnen, daß am 10. August diesen Jahres die Geister von Marie-Antoinette und ihrem Hofstaat nicht im Trianon zu sehen sind und daß wir Ihnen beweisen werden, daß auch Ihre zwei Blaustrümpfe sie nicht gesehen haben können.«

»Und wie wollen Sie das machen?« fragte Tatjana wißbegierig.

»Wir werden beide am 10. August zum Petit Trianon gehen«, sagte Robert nach kurzer Überlegung. »Schlagen Sie ein, George?«

»George schlägt nie eine Wette aus«, versicherte Bertie, er wußte es aus Erfahrung. »Er verliert nur selten. Ich setze auf ihn«, verkündete er mit Schwung.

George biß an, ohne auch nur nachzudenken. »Ihre Wette gilt, Robert«, rief er.

»Du hast doch gesagt, du hältst nichts von Wetten«, jammerte Winifred verschreckt, die ihren George so nicht kannte.

»Es ist ja auch keine Wette in dem Sinne, Winifred. Der Ausgang ist doch völlig klar.«

»Ohne Zeugen geht es aber nicht«, warf Auguste unbedachterweise ein.

»Dann müssen wir eben alle dort mit hin«, lachte Mirabelle. »Das wär' doch 'ne hübsche Sache, findest du nicht, Robert?«

»O ja, das machen wir«. Alice geriet geradezu aus dem Häuschen.

»Es gibt keine Geister, Alice«, erinnerte Pierre sie schroff.

»*Magnifique*«, sagte Robert und sah bei dieser Feststellung Louise an. »Wenn Sie uns mit Ihrer Gegenwart beehren würden, Majestät, würde ich arrangieren, daß wir dort alle dinieren und auch im Petit Trianon logieren. Das würde den, wie ich fürchte, sonst öden Nachmittag zu einem gesellschaftlichen Ereignis werden lassen.«

»Alle, haben Sie gesagt?« Winifred packte das Entsetzen.

»Warum nicht?« Pierre lachte laut. »Haben Sie Angst, Sie kriegen wirklich Geister zu sehen?«

Auguste registrierte, daß Bertie einigermaßen entgeistert war. Offensichtlich wurde ihm klar, daß er ein Eigentor geschossen hatte. Er blickte auf und merkte, daß Auguste ihn beobachtete. Sein Gesicht verfinsterte sich, dennoch brachte er ein »Ich bin mit Freuden dabei, Robert« über die Lippen.

Winifred ging nicht weiter auf Pierre ein, startete aber einen letzten Versuch, Robert zu beschwören. »Das geht nicht gut, Robert. Angenommen, es tauchen keine Geister auf? Vielleicht ist kein Medium unter uns, und dann verliert George auf unfaire Weise.«

»Wir werden sie schon herauslocken. Sagen Sie bloß, das ist nicht fair von einem Franzosen!« Robert lachte. »Wir werden genau die Route nachvollziehen, die die Damen genommen haben. Damit werden wir beweisen, daß sie die ganze Zeit in den Gärten von 1901 und nicht von 1789 wandelten und daß die Leute, die sie gesehen haben, lediglich Gärtner und andere Besucher waren. Vorausgesetzt, die tote Königin beehrt uns nicht mit einem Besuch, dann habe ich die Wette gewonnen.«

»Abgemacht!« stieß George hervor.

»Irgendwie habe ich das Gefühl, ich werde gewinnen«, setzte Robert selbstgefällig noch eins drauf.

»Wir könnten uns sogar verkleiden«, schlug Alice begeistert vor. »Das könnte die Geister hervorlocken. Nicht, daß ich an sie glaube. Ich kostümiere mich als ...«

»Ja, warum nicht?« fiel ihr Louise ins Wort. »Wirklich eine großartige Wette, lieber George. Jeder von uns übernimmt die Rolle eines der Akteure aus der Geschichte. Ich werde die Königin ermuntern zu erscheinen und ihren Part übernehmen.«

George strahlte ob des Kompliments, während Alice einen Flunsch zog. »Marie-Antoinette war aber meine Vorfahrin.« Niemand hörte ihr zu, alle verfolgten gespannt das heimliche Ränkespiel zwischen Louise, Robert und Mirabelle.

»Ich habe das Gefühl, liebe Louise«, fing Mirabelle an und sprach sehr gedehnt, »daß Sie geradezu darauf erpicht sind, daß der Geist der Königin erscheint.«

»Im Gegensatz zu Ihnen, meine Liebe, spiele ich immer mit offenen Karten«, gab Louise zurück. »Außerdem ist es doch wohl wirklich angebrachter, wenn ich den Part übernehme – oder nicht, Robert?«

Der Fehdehandschuh war geworfen, und es herrschte absolute Stille in Erwartung einer Antwort. »Vielleicht hat in diesem Falle Mirabelle recht, Louise.«

»Das ist nicht fair, Robert«, winselte Alice.

»Im Leben geht es selten fair zu, mein liebes Kind.« Louise warf den Kopf zurück und lachte. »Also gut. Sie, Monsieur und Madame Didier, müssen die Rolle der beiden Damen übernehmen, ihrer Route folgen und die Leute grüßen, die sie gegrüßt haben. Das wird die Geister aus der Reserve locken, und sie kommen vielleicht hervor, während wir Tee trinken. Wie ist's, vertrauen Sie unseren Gastgebern, meine Herren?«

Ein allgemein zustimmendes Gemurmel war zu hören, und Auguste sah erschrocken Tatjana an. Dachte sie wie er, daß es ausgemachte Torheit war, in diese Farce mit hineingezogen zu werden? Ihm schien eindeutig, daß es um weit mehr als eine Wette ging. Am besten, er schob eine andere Verpflichtung vor, und zwar sofort.

»Es tut mir leid ...«

»Eine großartige Idee.« Seine Majestät nickte zustimmend.

Auguste schwindelte es bei dem Gedanken, mir nichts dir nichts in diesen gräßlichen Spuk mit eingebunden zu sein. Für ihn hatte die Entente jede Spur von Cordiale verloren. Sinnend blickte das königliche Auge zu ihm hinüber. »Was ich noch sagen wollte, Auguste, das Dinner heute abend war wirklich gut. Das mit dem Curry müssen Sie sich nicht zu Herzen nehmen. Und da Sie ohnehin im Petit Trianon mit dabei sind, könnten Sie das Lunch bereiten und das Dinner. Tee auch, wenn Sie möchten.«

»Zu gütig, Majestät.« Eine einzige Lüge, kam die tatsächlich aus seinem Mund?

Wenn Seine Majestät seine Dienste als Küchenchef anmahnte, hatte er zu gehorchen. Das war eine der Bedingungen, und zwar die härteste, unter denen er die königliche Einwilligung erhalten hatte, Tatjana zu ehelichen.

Mirabelle ließ die Geschehnisse des Abends und die Rolle, die sie selbst dabei gespielt hatte, Revue passieren, während Jacob sie in seinem neuen Royce zum Claridge's zurückbrachte. »Bitte nicht über zwanzig Stundenkilometer, lieber Jacob. Sie wissen ja, das ist die Sicherheitsgrenze für Staubschutz.« Jacob war wirklich ein Schatz, und sie war sich durchaus bewußt, daß ihm sehr daran gelegen war, ein ganz besonders lieber Schatz zu werden. Seit zwei Jahren war sie verwitwet; er fand, das war lange genug, und sie fand das auch. Aber wie hieß das doch gleich? Der Mohr hat seine Schuldigkeit getan, der Mohr kann gehen. Heute abend hatte sie in ihrem Vorhaben, Robert zu heiraten, den entscheidenden Schritt getan. Mit der kleinen Bedrohung, die Jacob darstellte, würde sie umgehen können. Robert war seit Hélènes Tod – sie starb vor sechs Jahren – Witwer. Im Grunde genommen mußte Mirabelle Louise dankbar sein, daß Robert all die Jahre hindurch allein geblieben war, was wiederum dem Umstand zu verdanken war, daß deren Gatte sich bester Gesundheit erfreute und damit Robert davon abhielt, sie zu ehelichen.

Jetzt wollte der nächste Schritt bedacht sein. Sie hatte Jacob aus ihren Erwägungen völlig verdrängt, kein Wunder, daß sie förmlich hochschreckte, als sie ihn sagen hörte: »Ich kann es einfach nicht glauben, daß Sie allen Ernstes diesen Menschen heiraten wollen.«

»Allen Ernstes, ja, Jacob.«

»Er liebt Louise, und Sie, so dachte ich, würden mich lieben.«

»Sie sind ein lieber guter Freund, *mon Jacob*, aber mein Herz gehört seit langem Robert. Und was Louise betrifft, da irren Sie sich gewaltig. Schließlich ist sie eine verheiratete Frau.« Mirabelles Stimme klang geradezu vorwurfsvoll, und Jacob brachte das Automobil vor dem Hotel reichlich unsanft zum Stehen.

»Sie haben mich an der Nase herumgeführt, Mirabelle«, sagte er einfach. »Fürchten Sie nicht die Nemesis, die Göttin der Rache?«

Sie lachte. »Nein. Genauso wenig wie andere Geister der Vergangenheit. Aber Sie hoffen bestimmt darauf, daß Marie-Antoinette erscheint, damit Sie sie porträtieren können. Das würde Ihren Ambitionen entgegenkommen, oder?«

»Da gibt es ganz andere Geister.« Jacob zitterte vor Wut, blieb aber in der Stimme ruhig.

Sie sah ihn an. Er hatte also nicht vergessen. »Ah, Sie denken an Hélène.«

»Ich glaube, das tun wir alle.«

»Sie haben Sie zu sehr vergöttert.«

»Das stimmt. Aber ich bin jetzt vierunddreißig, und damals war ich einundzwanzig.«

Auch Mirabelle war vierunddreißig, aber anders als Jacob hatte sie mit ihrer Heirat 1898 ihr früheres Leben hinter sich gelassen. Nicht, daß sie es vergessen hätte, auch speicherte sie in ihrem Gedächtnis alle Informationen, derer sie seitdem hatte habhaft werden können. Wissen ist Macht. Sie war im Begriff, das zu erreichen, was sie in ihrem Leben am meisten ersehnt hatte, und heute brachte niemand den Namen Lady Harper mit Mathilda Plevinne, der Chansonette und Tänzerin im Jardin de Paris, in Verbindung. Niemand, bis auf die drei, die ihr damals am nächsten standen: Louise, Robert – und Jacob.

Pierre und Alice Gaston nahmen für ihren Heimweg zu Alices Eltern in Mayfair, wo sie im allgemeinen wohnten, wenn sie in London weilten, eine Pferdedroschke.

»Du bist sehr schweigsam, Pierre.« Es hatte lange gedauert, ehe Alice eine Bemerkung gewagt hatte. »Du bist mir doch nicht böse, mein lieber großer Brummbär?«

»Wie sollte ich, mein Liebes.« Pierre hatte die Überraschungen des Abends noch nicht ganz verkraftet und war am Überlegen, ob und wie er die Situation zu seinen Gunsten wenden könnte, oder ob die Geschichte sich gegen ihn kehren würde. Wer hätte nach all den Jahren an so etwas gedacht? So viel stand fest: Alice durfte nichts davon erfahren. Sie waren jetzt fünf Jahre verheiratet, und die Quelle seines Wohlstands, der es ihm ermöglicht hatte, in solch eine hochgestellte englische Familie einzuheiraten, mußte sein Geheimnis bleiben, wie so manches andere auch.

Geister, wahrhaftig. Was auch immer am 10. August geschehen mochte, die einzige Erscheinung, die für ihn in Versailles von Bedeutung sein würde, war die lebendige Erinnerung an die Vergangenheit, die tief in ihm begraben lag: Louise Danielle.

Bedacht wählte Louise den Moment, da sie zu sprechen anhob. Sie hatte deutlich zu verstehen gegeben, daß Robert, der sie zum Bankett hergebracht hatte, sie auch würde nach Hause geleiten müssen, Verlobung hin, Verlobung her. Sie würde auch die Nacht mit ihm verbringen, hatte sie beschlossen. War es mehr Wut oder Verwirrung, was in ihr nagte? Wenn Mirabelle Harper Geld besäße, dann könnte sie es ja noch verstehen; das besaß sie aber nicht, und Louise wiegte sich in der Zuversicht, daß Robert trotz seiner

Leichtfertigkeit ihr so leidenschaftlich wie immer zugetan war. Anders konnte sie es sich nicht vorstellen, er war ihr wie eh und je hörig, und das würde auch so bleiben.

»Wenn du mich heut nacht in deine Arme schließt, mein Lieber, siehst du dann mich oder deine Verlobte?«

Falls sie Entschuldigungen, Erklärungen, Liebesbeteuerungen erwartet hatte, wurde sie enttäuscht.

Er lachte, und das irritierte sie. »Dich, *ma mie*, wenn ich mich so glücklich schätzen könnte, dich heute nacht zu umarmen. Aber ich kann nicht.«

»Du gehörst doch aber mir, Robert.« Noch wollten sich keine Zweifel einschleichen, dennoch erwartete sie seine Bestätigung.

»Mein Herz gehört dir.«

»Und auch dein Verstand, hoffe ich. Du wirst doch nicht diese Frau heiraten, Robert.«

Er blieb ihr eine Antwort schuldig.

»Wenn du das tust«, fuhr Louise in aller Freundlichkeit fort, »würde mir die Entscheidung schwerfallen.«

»Welche Entscheidung?«

»Ob ich das Herzchen Mirabelle umbringe oder dich. Ein *crime passionel*«, schnurrte sie. »Nein, wie verlockend!«

»Bournemouth, George. Wir hatten doch für August Bournemouth gebucht.« Winifreds Stimme klang leicht verzweifelt.

George tat es bis zu einem gewissen Grade leid, aber er blieb fest. Im Grunde seines Herzens fieberte er der Sache sogar entgegen. »Ich konnte nicht anders, mein Häschen. Ein Gentleman kann doch in Gegenwart anderer kein Wettangebot ablehnen.«

»Ich muß aber nicht nach Frankreich mitkommen, oder?«

»Ich fürchte doch, jetzt, wo auch Seine Majestät dorthin kommt. Es könnte dich Kopf und Kragen kosten, wenn wir ihn verletzen. Und mich auch.«

Winifred schien selbst diesen Preis zahlen zu wollen. »Ich würde es auch übernehmen und ihm das mit Bournemouth erklären«, meinte sie niedergeschlagen.

Er starrte sie an. »Du glaubst doch aber die Geschichte der beiden Weibsbilder wirklich. Sonst bist du immer die erste, die mich ohne Zögern unterstützt.«

»Mach ich ja auch, George«, erwiderte seine Frau tonlos. »Trotzdem, wenn sich keine Geister sehen lassen und wir nicht beweisen können, daß es mit der Geschichte seine Richtigkeit hat ...«

»Alle wetten mit und machen ihren Einsatz. Wir können jetzt nicht mehr zurück. Und letzten Endes können wir es uns leisten, wenn's schief gehen sollte«, versuchte George ihr gut zuzureden.

Vielleicht konnte er es sich leisten. Winifred jedenfalls nicht.

Auguste betrachtete die Reste des Dinners, immer wieder eine angenehme Aufgabe, der er bisher stets nachgekommen war. Das Abräumen war jedes Mal aufschlußreich; wie bei den Vorbereitungen gab es dabei manch wertvollen, wenn auch oft unangenehmen Fingerzeig.

»Alles gut gegangen, Sir?« fragte Mrs. Jolly und hatte keine Sorge ob der Antwort. Sie führte seine Küche wie den Pastetenladen im East End, wo er sie ausfindig gemacht hatte. Alles lief ordentlich und präzise, sie sorgte für gleichbleibendes Niveau und hielt Diener und Butler (insbesondere ihren Sohn) auf Distanz. Ein Dinner für Seine Majestät war wie ihre Pasteten: eins wie das andere ein Muster an Perfektion. War sie von einem Gericht nicht überzeugt, brachte sie niemand dazu, es zu kochen; aber was sie kochte, darauf konnte man sich verlassen.

»Seine Majestät war des Lobes voll ob der Trüffel *pié-montaise*.«

»Oje. Was soll ich davon halten?« Sie war verunsichert.

»Nein, wirklich. Mit dem Essen war alles in Ordnung, Mrs. Jolly.« Auguste zögerte. »Glauben Sie an Geister, Mrs. Jolly?«

»Ja, Sir. In meinem Pastetenladen, da hatte ich mal einen in der Speisekammer. Ließ alles mitgehen. Gibt's sonst noch was? Ich hab alles in die Speisekammern geräumt.«

Auguste blieb noch eine Weile, um den Frieden und die faßbaren Dinge seiner Küche zu genießen. Hier könnte man es sogar mit Geistern aufnehmen, und Le Petit Trianon war noch ganz weit weg.

Dann ging er nach oben. Tatjana war schon im Bett; er beugte sich über sie und küßte sie.

»*Mon brave*, hast die Tortur mal wieder überstanden«, sagte sie und erwiderte seinen Kuß leidenschaftlich.

»In zwei Monaten geht's von vorne los.«

»Vielleicht erscheinen dir die Geister von Marie-Antoinettes *cuisiniers* und helfen dir«, tröstete ihn Tatjana schläfrig.

»Oder die von ihren Henkern.«

Sie schoß hoch. »Damit darf man nicht scherzen, Auguste. Das bringt Unglück«, maßregelte sie ihn aufgebracht.

»Du glaubst doch nicht etwa, daß die Geister erscheinen?«

Sie antwortete nicht gleich, dann: »Ich bin Russin, Auguste.«

»Ich weiß.«

»Und in meiner Familie gibt es welche, die seltsame Erscheinungen hatten.«

Augustes Magen revoltierte – von zu viel Curry konnte

es nicht kommen.

»Ich fürchte, ich bin selbst so ein Medium, Auguste.«

2. Kapitel

»Non!«

Nach gehabten Strapazen auch noch dieser Empfang. Erst die Überfahrt auf einem Dampfer, wo außer Tatjana und ihm alle Welt *en vacances* zu sein schien, dann die lange und unbequeme Bahnfahrt nach Paris; jedes Ruß- und Schmutzpartikelchen, das die Dampflok ausstieß, blieb ausgerechnet an dem Fenster kleben, hinter dem er gekauert hatte. Und als Krönung nun dieser Anblick!

Gelassen schnipste Robert ein Marienkäferchen weg, das sich frech auf der Nelke im Knopfloch seines makellosen Cutaway niedergelassen hatte. Die Markenqualität eines Kriegck in der Rue Royale durfte nicht von kleinen roten Käfern mit schwarzen Punkten verunziert werden. »Hat der vielgerühmte Meisterkoch Alexis Soyer nicht einen transportablen Herd erfunden, um selbst auf der Spitze einer Pyramide ein vorzügliches Dinner bereiten zu können?«

Im ersten Moment verschlug die Bemerkung Auguste die Sprache, und er starrte Robert nur an. Soyer war schon viele Jahre tot, aber sein Ruf lebte fort und machte seinen Nachfolgern immer wieder zu schaffen. »Von Monsieur Soyer verlangte auch niemand, auf einer Pyramide ein Essen auszurichten«, konterte er schließlich, »das man Seiner Majestät König Edward VII. servieren konnte.«

»Trotzdem, …«

»Non.«

Das Petit Trianon im Schloßpark von Versailles, nicht weit

von Paris, war ein eleganter, sich in die Landschaft fügender Bau. Auguste konnte sich gut vorstellen, daß Königin Marie-Antoinette hier eine angenehme Bleibe hatte, wenn sie sich von den anstrengenden Verpflichtungen auf Schloß Versailles zurückziehen und ein bescheideneres Leben genießen wollte. Theoretisch mochten ihre Ansprüche durchaus bescheiden gewesen sein, aber ihnen Genüge zu tun, hatte dennoch manche Extravaganz verlangt. Abgesehen davon, daß man das Bauwerk aus der Zeit Ludwigs XV. und der Gräfin Dubarry, seiner Mätresse, umgestaltet, und das Boudoir zu einem Spiegelsaal mit mechanischen Effekten verwandelt hatte, ließ man, um dem Bedürfnis nach Ablenkung und Zerstreuung nachzukommen, ein Theater bauen sowie im Park ein chinesisches Ringspiel aufstellen. Die unter dem fünfzehnten Ludwig sorgsam gepflanzten Gärten wurden zerstört und die Grünflächen neu angelegt. Auf dem Gelände wurde sogar ein Dorfidyll geschaffen, damit die Königin ganz in ihre Vorstellung vom einfachen Leben auf dem Lande eintauchen konnte. Und dann eben diese Küchen!

Vor der Revolution, als das einfache Volk nicht nach Lust und Laune durch die Anlagen streifen durfte, als das Inventar des Schlößchens noch nicht verkauft worden war und das Gebäude jahrelang als gewöhnliches Wirtshaus gedient hatte, zu Zeiten Marie-Antoinettes also, waren die Küchenfluchten gewiß ein Wunderwerk, und es mußte die reinste Freude gewesen sein, darin zu arbeiten. Ein geringfügiger Nachteil bestand sicher darin, daß der Bedienungstrakt ein Stück weit weg vom Haupthaus lag. Soweit Auguste die Sache einschätzen konnte, hatte man das Essen entweder außen über die Straße und durch den Schloßhof transportieren müssen oder auf dem Weg um die Kapelle herum, an deren Hof vorbei, dann in einen, noch von Ludwig XV. dafür vorgesehenen Raum zum Aufwärmen der Speisen (das war, weiß Gott, nötig), und erst dann war es ins Château gegangen. Früher einmal mußte die ganze Strecke überdacht gewesen sein, reimte sich Auguste zusammen; das war jetzt nicht mehr der Fall, man war den Naturelementen ausgeliefert. Wenn es regnete, würde die *potage* Seiner Majestät mehr Wassersuppe als alles andere sein.

Vor Augustes geistigem Auge belebten sich die Küchenräume: Bedienstete in Livreen und Köche, superbe Delikatessen in der Hand eines jeden. Der Raum, in dem er jetzt stand, war damals der Zubereitung von kalten Fleischgerichten vorbehalten gewesen, hieß es. Und schon malte er sich aus, wie geschäftige Meisterköche Köstlichkeiten zauberten – Geflügel in Aspik *à la Reine*, eingelegte Fasanen, Seezungenfilets in Mayonnaise, Sülzen, Zunge, eine einzige Augenweide. Der Raum daneben war nur für Suppen und Zwischenspeisen. Was mußten das für riesige Terrinen voller Brühe gewesen sein, was für pikante Soßen, Gemüse, Salate – ein ganzes königliches Aufgebot an kleinen Gaumenfreuden. Gleich daneben eine große Küche für die *grandes entrées*, geradezu majestätische Ausmaße, mit Rauchabzug und Herden, alles großzügig für die entsprechenden Arbeitsgänge bedacht. Auguste schnupperte förmlich den Duft von Pastetchen und Pasteten, von Aufläufen, von Fleisch- und Fischspezialitäten, von Geflügel- und Wildbretspeisen, von Soufflés, von all den Schöpfungen der Kochkunst, die aus dieser Küche wanderten.

Weniger imposant ein kleinerer Raum, in dem es einzig und allein um die Herstellung von Backwerk ging, und wiederum daneben die Hauptküche für die Braten. Oh, diese Düfte! Saftige Braten waren vielleicht der Inbegriff wahrer Kochkunst. Hatte nicht Monsieur Escoffier, sein früherer

Lehrmeister, immer wieder gesagt, daß die hehre Kunst ihres Gewerbes in der Einfachheit liege, nicht im prunkvollen Schauwert? Dann gab es noch einen letzten Küchenraum für Konditorspezialitäten, aufwendige und verführerische Leckereien, wie man sie einer Königin vorsetzte. Natürlich fehlte es nicht an Speisekammern und genügend Nebengelaß für Gläser, Silber, Serviergerätschaft, zum Abstellen und Anrichten von Brot und Gebäck oder zum Ausschank von Wein. Auch an einen Speiseraum für die Dienerschaft war gedacht.

Welche Reichtümer und Erwartungen schlummerten in dieser königlichen Hofhaltung! Wenn da nicht das eine Problem gewesen wäre – das der gähnenden Leere allenthalben. Nirgends ein Feuer oder ein Herd, keinerlei Küchengeräte oder Kochtöpfe, und, was das Schlimmste war, nicht die geringste Spur von Lebensmitteln. Ein kahler Holztisch in jedem Raum war alles, großzügigerweise auch ein Stapel Holzscheite an den Feuerstellen. Zugegeben, die Tische waren säuberlich gescheuert, doch das nützte ihm herzlich wenig.

»*Non*«, wiederholte Auguste einfach und entschieden. Dann aber, als befürchtete er, seinen Unmut nicht deutlich genug zum Ausdruck gebracht zu haben, brach es aus ihm heraus: »*Non, non, non! Jamais!* Ich bin ein Meisterkoch und kein Soldat im Feldlager.«

Robert schien ihn nicht ernst zu nehmen. »Bei Banketts, die jetzt hier abgehalten werden, wird im Grand Trianon gekocht und dann alles zum Warmhalten hierher gebracht. Ich glaube, so hat sich das mein Koch auch für Ihr Dinner gedacht.« Er sprach ohnehin ziemlich teilnahmslos, brachte aber seinen Satz kaum zu Ende, als er spürte, was sich in Augustes Innerem abspielte.

»Wenn es um Sie ginge, Monsieur, würde ich sogar darauf eingehen«, stieß er wütend hervor, »nicht aber bei Seiner Majestät.«

Nach etlichem Hin und Her einigte man sich auf einen Kompromiß. Bis zum nächsten Morgen zehn Uhr – das war der 8. August – würden drei der unbenutzten Küchenräume in diesem Trakt und ein weiterer Raum, der derzeit für das Abstellen von Speisen diente, die gegebenenfalls vom Grand Trianon hier herübergebracht wurden, mit allem Notwendigen ausgestattet sein. Auguste sollten Roberts Küchenpersonal und Dienerschar zur Verfügung stehen. Ihm würden achtundvierzig Stunden bleiben, um für den König von England Lunch, Tee und Dinner vorzubereiten, und die würde er auch dringend brauchen. Normalerweise begann er bei derartigen Anlässen mit seinen Vorbereitungen mindestens vier Tage vorher. Ein vielversprechender Auftakt war das nicht.

Sollte es dem Geist der Königin Marie-Antoinette belieben zu erscheinen, würde ihr der von Alexis Soyer gewiß Gesellschaft leisten und sich an dem Ungemach seines leidgeprüften Nachfolgers weiden.

»Monsieur Bollée ist großartig«, bemerkte Tatjana. »Das neue Automobil bei ihm im Werk hat vier Zylinder, Kettenantrieb und 45 PS. Stimmt schon, es kostet sein Geld, aber wir könnten es uns …« Tatjana hielt in ihrer begeisterten Schilderung inne.

»Was könnten wir?« fragte Auguste müde.

Tatjana sah ihn prüfend an. »Ach, nicht weiter wichtig. Ich kaufe es, und es wird dir gefallen.«

Héloïse, ihr leidgeprüftes Zimmermädchen, hielt ihre Stunde für gekommen. »Madame meinte Madame Cadolles neues Korsett, in das Madames schöne Hüften bequem hineinpassen würden.« Energisch zerrte sie an dem weniger paßgerechten Grand Corset Louis XV., und Tatjana blieb die Luft weg. Wenn es nach ihr ginge, würden alle Korsetts beim Lumpenhändler landen und das weibliche Geschlecht würde in Knickerbockers herumlaufen; es gehörte zu Héloïses Pflichten, die wundersamen Auffassungen ihrer Herrin mit den Gepflogenheiten der gehobenen Gesellschaftskreise in Einklang zu bringen. Schließlich war der König ein Vetter ihrer Herrschaft. Erst vor zwei Jahren hatte Auguste belustigt zur Kenntnis genommen, daß seine Frau als Schirmherrin eines neuen Herrenklubs auftrat, deren Mitglieder sich geschworen hatten, nie eine Frau zu heiraten, die sich schnürte. Es hatte erst des vertraulichen Hinweises Ihrer Majestät Queen Alexandras bedurft, daß eine solche Einstellung nicht gerade klug war.

Die Nervenprobe, im Château zu nächtigen, hatte man ihnen erspart. Konnte ja sein, in den Schlafgemächern standen auch nur säuberlich gescheuerte Tische als einziges Mobiliar. Seine Majestät und die anderen Gäste, die auf eine Unterkunft angewiesen waren, wohnten im Hôtel Trianon gleich neben den Schloßanlagen; Bertie hatte es unumwunden abgelehnt, im Petit Trianon im Gemach der Königin zu schlafen, und Auguste hatte ausnahmsweise volles Verständnis für ihn gehabt. Es mußte zermürbend sein, auf einem Kissen zu ruhen, auf dem als letzte die berühmte Königin ihr Haupt gebettet hatte, das dann unter der Guillotine fiel.

»Nicht, daß ich mich vor Geistern fürchte«, hatte Seine Majestät ihnen unnötig übereilt beteuert.

»Natürlich nicht, Sire.«

»Die gibt es nicht. Geistererscheinungen hat man nur, wenn man zu gut und zu reichlich gegessen hat. Und das passiert mir nie.«

»Natürlich nicht, Sire.« Auguste war hocherfreut, daß er

nicht für das nächste Frühstück Seiner Majestät verantwortlich war – pochierte Eier, Waldschnepfe, Hühnchen und Fisch, und falls ihm der Sinn nach etwas Handfesterem stand, womöglich noch eine große Schüssel Reis mit Fisch und hartgekochten Eiern. Selbst Bertie würde nicht das Ansinnen stellen, daß Auguste auch im Hotel die Küchengeschäfte übernahm. Oder doch? Rasch erwähnte er beiläufig, daß er und Tatjana in ihrer Pariser Wohnung im Russischen Quartier in der Nähe vom Arc de Triomphe wohnen würden.

»Stimmt was nicht?« fragte Tatjana besorgt und versuchte, in ihr Schwarzseidenes zu schlüpfen, wobei sie weit weniger Geschick an den Tag legte, als wenn sie sich unter ihre geliebten Automobile zwängte.

Er erklärte ihr den Grund und erntete nur ein spöttisches Lachen; aber sie riß sich zusammen, als sie sah, wie wütend er war.

»*Chéri*«, versuchte sie ihn zu besänftigen, »selbst Bertie wird an dem, was auf den Tisch kommt, nichts zu bekritteln haben, dazu ist das ganze Drumherum viel zu aufregend.«

»Wegen der Geister etwa?« Der morgige Nachmittag, an dem man kostümiert durch die Parkanlagen ziehen und nach nicht existierenden Phantomen aus dem 18. Jahrhundert Ausschau halten sollte, versprach nach seiner Ansicht nichts als Langeweile. Nur die Rolle, die ihm dabei zugedacht war, wollte ihm wenig behagen. Nicht nur, daß er Lunch und Tee vorzubereiten hatte und die Verantwortung für das Dinner trug; man war ausgerechnet auf ihn verfallen, genau den Weg abzulaufen, den angeblich Miss Moberly und Miss Jourdain vor fünf Jahren gegangen waren. Das klang zwar nicht weiter aufregend, aber immerhin hatte Seine Majestät mit hohem Einsatz gegen ihrer aller Gastgeber gewettet, und da durfte man Komplikationen befürchten. Außerdem würde er allein in der Spur sein, denn Robert war bei den Vorbereitungen klar geworden, daß sie zwei Leute zu wenig waren, um alle Rollen in dem Possenspiel zu besetzen. Noch ehe Auguste an Tatjanas Verstand appellieren konnte, hatte sie bereits angeboten, beide Parts zu übernehmen.

»Wenn's nur das wäre – nein«, erwiderte Tatjana.

»Erzähl!« Auguste schwante nichts Gutes.

»Robert und Mirabelle haben vor einer Woche geheiratet.«

Die böse Ahnung hatte sich wieder einmal bestätigt. Die Nachricht würde einschlagen und die allgemeine Stimmung belasten. »Robert hat mir nichts davon gesagt. Ich dachte immer, daß er Louise ergeben wäre und die Verlobung lediglich verkündet wurde, damit Mirabelle ihr Gesicht wahren konnte. Da haben wir uns geirrt. Dann hat er vermutlich geheiratet, um Louise zu entrinnen. Oder aber Mirabelle hat viel Geld.«

»Jetzt wirst du zynisch, Auguste. Die Sache ist weit schlimmer. Louise hatte Wind von der Hochzeit bekommen, tauchte an der Kirchentür auf, wütete und drohte, beide oder zumindest Mirabelle umzubringen. Sie fiel über sie her, riß ihr den Hut vom Kopf, warf ihn zu Boden und trampelte darauf herum. Dann begann sie, an ihrem Kleid zu zerren, riß einen Ärmel ab und machte sich schon am Mieder zu schaffen, als Robert endlich dazwischengehen konnte.«

Alles war dramatischer, als Auguste befürchtet hatte, obwohl er sich »La Dervicheuse« und ihr Gebaren im Schlachtgetümmel lebhaft vorstellen konnte. »Und wie ging die Geschichte aus?«

»Ihr Mann erschien mit dem Automobil, sie ließ sofort von Mirabelle ab und warf sich ihm schluchzend an die Brust.«

Auguste kannte Bertrand Danielle nur vom Hörensagen. Er hatte den Ruf eines ernsthaften Politikers und war angeblich seiner Frau sehr zugetan; aber eine derartige Szene mit schluchzender Gattin war für ihn gewiß noch peinlicher als mit ansehen zu müssen, daß sie sich eines anderen Mannes wegen wie rasend gebärdete. »Und was bedeutet das für Freitag und unsere Jagd nach den Geistern?«

»Es heißt, daß Robert angesichts des Vorfalls Louises Mann beschworen hat, er möchte absichern, daß sie hier nicht auftaucht. Mirabelle soll geradezu entzückt ob der Wendung der Dinge gewesen sein. Ihrem Herzenswunsch, die Königin zu spielen, steht nun nichts mehr im Wege.« Tatjana machte eine Pause. »Natürlich bleibt das andere Problem. Der arme Jacob verkraftet nicht, daß Mirabelle ihn hat fallen lassen.«

In Augustes Augen hatte Mirabelle wahrscheinlich mehr Jacobs Stolz verletzt als ihm das Herz geknickt. Der gute Mann nahm sich selbst entschieden zu wichtig.

»Das letzte, was ich gehört habe, war, daß er Robert gedroht hat, ihn zum Duell im Bois de Boulogne zu fordern, und sollte der sich weigern, würde er alle beide abschlachten. Aber vermutlich hat er das nur in der Hitze des Gefechts gesagt«, fügte Tatjana rasch hinzu.

»Weiß Bertie von alledem?« Ein aufgebrachter Bertie konnte sich erfahrungsgemäß nicht beherrschen und ließ Dampf bei allen ab, die Rücksicht auf gesellschaftliche Etikette nicht verschonte. Ein angeheirateter Cousin blieb da nicht ungeschoren.

Tatjana lächelte ihm beruhigend zu. »Bisher nicht. Aber dann dürfte es spannend werden.«

»*Alouette, gentille alouette* ...«, trällerte Auguste fröhlich, verstummte aber sogleich. Es war wohl nicht ganz passend, von hübschen kleinen Lerchen zu tirilieren, wenn Wachteln, Gartenammern und Waldschnepfen, alles ihre Artgenossen, mit den Beinen nach oben gestreckt, appetitlich zurechtgemacht und gefüllt vor ihm lagen und darauf warteten, Seiner Majestät vorgesetzt zu werden.

Er hatte inzwischen das Lustschloß inspiziert. Der Graf hatte trotz aller Gerüchte über seine Finanzlage keine Kosten gescheut, den Besuch des Königs würdig vorzubereiten. Im vergangenen Jahrhundert hatte man das Petit Trianon oder La Maison, wie die Königin es zu nennen beliebte, restauriert; es sollte so genau wie möglich dem Haus gleichen, das Marie-Antoinette so plötzlich verlassen mußte, doch einiges war für immer verlorengegangen. Die Gartenanlagen waren andere, das Ringspiel gab es nicht mehr, auch nicht die aufwendigen Spiegel im Boudoir. Zu Augustes Erleichterung waren die berühmten *tables volantes* ebenfalls verschwunden; nach einer grandiosen Idee von Ludwig XV. hatte eine Maschinerie im Erdgeschoß die reichlich und fertig gedeckten Tische zu den wartenden Gästen nach oben gekurbelt. (Selbst einem König konnte das Geld knapp werden, und das Vorhaben hatte nur zum Teil umgesetzt werden können. Auguste hätte es ohnehin lieber gesehen, wenn man die Speisegäste nach unten befördert hätte, um den Koch und seine Wirkungsstätte in Perfektion in Augenschein zu nehmen, anstattt die Tische mit allen Köstlichkeiten dem Risiko eines Transports auszusetzen).

Marie-Antoinettes Schlafgemach glich haargenau dem Originalzustand. Sogar an die beiden Außenwände des Boudoirs nebenan hatte der Graf provisorisch Spiegel anbringen lassen, damit sich der Geist der Königin, sollte er tatsächlich erscheinen, auch gleich heimisch fühlte. Da Bertie es abgelehnt hatte, im Gemach der Königin zu schlafen, gönnte sich Robert mit – wie Auguste vermutete –

Mirabelle diese Extravaganz. Marie-Antoinette war stets darauf bedacht gewesen, allein zu schlafen, hatte, wie um das zu unterstreichen, auch nur ein Bett im Zimmer gehabt. Aber Robert hatte Vorsorge getroffen und ein zweites Bett aufstellen lassen.

Auch bei den Küchen hatte sich der Graf nicht lumpen lassen, nachdem Auguste am Anfang der Kragen geplatzt war. Die Räume waren mit allem bestens versehen; nun gut, eine *daubière* fehlte, aber da auf dem Speiseplan ohnehin keine Schmorbraten auftauchten, mußte selbst Auguste zugeben, daß das eine Lappalie war. Ach ja, die Speisefolge! Deretwegen hatte es Reibereien gegeben. Nicht, daß Auguste sie selbst zusammenstellen durfte. Robert hatte sich in den Kopf gesetzt, historischen Vorlagen zu folgen. Bei dem Menü fürs Lunch sollte man sich an eins halten, das seinerzeit König Ludwig XVI. und Königin Marie-Antoinette serviert worden war. Und für das Dinner sollte eine *grande fête* als Vorbild gelten, die 1784 für den schwedischen König und dessen gesamten Hofstaat gegeben worden war. Mit einer Kleinigkeit von 407 Gerichten hatte man den schwedischen Monarchen beehrt, ganz zu schweigen von denen für den Hof und die höheren Beamten. Auguste war verzweifelt die endlose Liste herauf- und heruntergegangen, *petite matelote mêlée au blanc, dindon gras* und wie die schönen Dinge alle hießen, die in zwei, drei Tagen die Tafel zieren sollten. Zum Glück war Roberts Enthusiasmus etwas gedämpft worden, als Auguste ihm die Kosten vorrechnete, und letztendlich hatte man sich für das Dinner auf ein Menü geeinigt, das ausgewählte Speisen aus dem Festessen für die Königin und Seine Schwedische Majestät enthielt.

Auf der Speisekarte, die als Grundlage für das heutige Lunch diente, las man von zwei Suppen und zwanzig *plats*, von denen acht Vorgerichte, vier Braten und acht Süßspeisen waren. Daraus ging hervor, daß die beiden königlichen Herrschaften allein gespeist hatten; denn weder von der Zahl der Gerichte noch von ihrer Zusammenstellung her war das ein Menü für ein Bankett. Egal, wer der Küchenchef damals gewesen war, er sollte sich schämen, wütete Auguste. Nudelsuppe, Hammelrücken mit gemischtem Gemüse, *vol au vent*, Rindfleisch, Kaninchenfilet mit Rüben, panierte Hähnchenflügel, *rôti de veau à la crème*, Putenschnitzel, Kaninchenleber am Spieß, Rebhuhnragout, Wachteln, Hühnchen, junge Enten. Als Robert stolzgeschwellt die endgültigen Speisekarten schwenkte, hatte sie Auguste bangen Herzens überflogen. Da, bei den Süßspeisen, er hatte es befürchtet; *beignets de blancmange. Non.* Aber er behielt sein »*Non*« für sich. Was er zubereitete, würde *à la Didier* sein. Solange er etwas zu sagen hatte, kam kein überbackenes Vanilledessert auf den Tisch.

Mißmutig stopfte Alice Gaston das weiße Tuch ins Mieder ihres groben Leinenkleids. Sie fand ihre Ausstaffierung abscheulich. Viel lieber hätte sie Marie-Antoinette gespielt, nicht diese Marion, ein vierzehnjähriges Dorfmädchen. Dabei hatte sie schon ein wenig gemogelt, für das Halstuch und die Kappe Seide benutzt. Eigentlich sah sie sogar recht hübsch damit aus. Mußte ja seinen Grund haben, warum feine Herren so auf einfache Mädchen vom Lande standen. Pierre natürlich nicht, der war über so etwas erhaben.

Sie wohnten während dieser Augusttage in ihrer Pariser Wohnung am Boulevard des Capucines. Pierre kam aus dem Ankleideraum gehastet, und Alice fand nicht gleich die richtigen Worte, um ihn gebührend zu bewundern. Er sollte einen der zwei uniformierten Männer spielen, die die beiden Damen 1901 zunächst für Gärtner gehalten hatten, hinsichtlich derer sie sich später aber revidierten und meinten, es hätte sich um Wachposten am Hofe der Marie-Antoinette gehandelt. Der Dreispitz, die grünliche Uniformjacke und die Kniebundhosen sahen richtig schmuck aus, nur wollte Pierres *en bon point* Figur nicht so recht dazu passen; der vorgewölbte Bauch wirkte fast wie die Trommel des Musikanten im Spielmannszug.

»Nein, siehst du hübsch aus, *chéri*«, flötete sie übertrieben.

Pierre antwortete nicht sogleich. Er war vollends damit beschäftigt, seine Alice anzuschauen, die mit der kleinen Kappe und in dem einfachen Kleid ein völlig anderes Geschöpf war. Dann bemerkte er beschaulich: »Wenn du noch ein Spitzenschürzchen hättest, meine Liebe, und der Rock vielleicht eine Idee kürzer wäre ...«

»Was willst du damit sagen, Pierre?« Alice war erschrocken. In dem Bericht von dem, was die Damen gesehen haben wollten und den sie alle zu lesen bekommen hatten, hatte nichts von Spitzenschürzen gestanden.

»Du siehst auch so bezaubernd aus, keine Frage«, beteuerte er rasch.

Alice strahlte, alle Zweifel waren verflogen. »Was meinst du, Liebster, wird heute was Aufregendes passieren?« Was hätte sie nicht alles drum gegeben, daß etwas passierte. Pierre sollte stolz auf sie sein können.

Er brach in fröhliches Lachen aus. »Du rechnest doch nicht etwa im Ernst mit dem Geist von Marie-Antoinette?«

»Natürlich nicht.« Sie kicherte. Pierre war überzeugt, daß es so etwas wie Geister nicht gab, aber sie erhoffte sich insgeheim durchaus eine kleine Sensation; es konnte ja etwas dran sein, wenn andere glaubten, daß ihre Heldin ihnen erscheinen würde. »Ich dachte nur wegen Louise – die Ärmste.« Alice hatte sich gefreut, als sie von der Hochzeit erfuhr. Jacob war viel zu hübsch und wäre für die gräßliche Mirabelle wirklich zu schade gewesen.

Pierre riß seine Gedanken von Alices bloßen Waden los; Erinnerungen an den vorangegangenen Abend in den Folies Bergère (es war ein reiner Herrenabend gewesen) drängten sich auf. »Selbst wenn die Königin irgendwo um uns herumgeistert, ist ja nicht gesagt, daß sie sich sehen läßt. Robert ist das Geld sicher, wenn du mich fragst. Der einzige Pechvogel ist Fernby. Der junge Mann war felsenfest davon überzeugt, geradewegs zu Lady Harper ins Bett zu springen.«

Konnte einem leid tun, der arme Jacob, ja. Bei der geringsten Gelegenheit, die sich bot oder die sie erfinden würde, wollte sie ihn ein wenig aufmuntern, beschloß Alice; sie war die Richtige dafür. Pierre war ein guter Ehemann, ja, aber romantisch war er nicht, im ehelichen Bett eher ein Gourmand als ein Gourmet. Aber schon Mama hatte gesagt, von Männern wäre nichts anderes zu erwarten.

»Und Louise braucht dir nun wirklich nicht leid zu tun«, meinte Pierre bissig und quälte sich mit seinen Kragenknöpfen ab. »Die hat in ihren hohen Zeiten genügend Herzen gebrochen.« Eins davon war das seines Bruders gewesen. Drei Monate später hatte er sich das Leben genommen, und La Dervicheuse hatte es nicht mal für nötig gehalten, zu seiner Beerdigung zu kommen. Andere hatten sie derweil im Maxim tafeln gesehen. Fast tat es ihm leid, daß sie heute nicht hier sein würde, denn irgendwann galt es, einmal die Rechnung zu begleichen. Wer dagegen heute mit von der Partie sein würde, war Winifred Ladyboys, und das war schon irgendwie verrückt. Er dachte an vergangene Zeiten und konnte nicht anders, er mußte laut lachen. Doch es gab angenehmere Vorstellungen – Alice in einem kurzen Mädchenkleid zum Beispiel, noch besser ohne. Nein, so weit durfte er nicht gehen.

Alice war seine Frau und außerdem viel zu kultiviert und sittsam, als daß sie sich auf solche Spielchen einlassen würde. George Ladyboys räusperte sich. Er kam sich einigermaßen lächerlich vor in dem schwarzen Umhang und mit Sombrero. Er sollte den Mann spielen, den die Damen an dem geheimnisvollen Pavillon gesehen haben wollten, und mußte deshalb einen finsteren Eindruck machen. Er fragte sich allerdings, wie Seine Majestät reagieren würde, wenn er ihn finster anblickte. Bislang war er immer darauf bedacht gewesen, eine höfliche und liebenswürdige Maske zur Schau zu tragen, und das war ihm auch mühelos gelungen, wenn er und Seine Majestät im Marlborough Club zusammentrafen und gemütlich in Sesseln sitzend miteinander plauderten. Hier aber schien ihm das unmöglich. Winifred hatte darauf bestanden, daß er sich den Schnurrbart abrasierte, um seiner Rolle gerecht zu werden, für die ihn dieser blöde schwule Graf vorgesehen hatte. Allein deswegen hätte er ihn bei der erstbesten Gelegenheit mit diesem Degen durchbohren können. Ob der Kerl wirklich homosexuell war? Er benahm sich zwar so, hatte aber gerade ein zweites Mal geheiratet. Dabei wußte jeder, daß er nie recht über den Tod seiner ersten Frau, Hélène Mai, der begnadeten Tänzerin, hinweggekommen war. Sie war angeblich an Schwindsucht gestorben; George Ladyboys hätte eher gemeint, an Unbefriedigtsein.

Dann war da noch die Sache mit Louise. Es kursierte das Gerücht, sie sei Roberts Geliebte gewesen. Das konnte er nicht glauben. Sie war viel zu schade für Robert. Außerdem wäre es ein Verrat an ihm, George, gewesen; denn so viel stand fest, er war ihr nicht gleichgültig, sonst hätte sie sich bei der Wette nicht auf seine Seite geschlagen. Und bloß wegen dieses Streites, wer nun die Königin spielen sollte, würde sie heute nicht kommen, hatte jedenfalls dieser Robert gesagt. Alle Hoffnungen auf einen romantischen

Schwatz mit Louise waren dahin. Aber der Tag würde schon noch kommen, an dem Robert sein Fett kriegte.

Er betrachtete sich in Winifreds Spiegel. Er brütete nicht nur über finsteren Gedanken, er sah auch echt so aus ohne den Schnurrbart. Nackt, entblößt und garstig. Wo bekam man nur gute Laune her? »Du bist ja so still, Winifred.«

Frauen waren seltsame Geschöpfe. Bring sie nach Paris, und sie haben nur einen Herzenswunsch, nichts wie zurück nach Bournemouth. Er hätte nie gedacht, daß Winnie den Ort so lieb gewinnen würde, als er sich damals entschied, dort die Flitterwochen mit ihr zu verbringen.

Wenigstens nannte er sie nie Winnie, dachte seine Frau. Der Name war an alte Zeiten gebunden. Mit Winifred begann ein neuer Abschnitt, der Name bedeutete Status und Würde, auch wenn man sich jetzt in so ein Mieder quälte, um eine Frau vom Dorfe abzugeben. Diese Rolle paßte ihr ganz und gar nicht. Überhaupt war sie nicht alt genug, um Alices Mutter zu spielen. Winifred wußte, daß sie George dankbar sein mußte, aber das hier war eine Situation, in der sie sich wünschte, eine weniger ergebene Gattin zu sein. Sie hatte sich geschworen, nie wieder nach Frankreich zurückzukehren, und nun, da sie es tat, würde ausgerechnet auch Pierre mit dabei sein, das war das Schlimmste, was passieren konnte. Nie im Leben würde George aus einer Wette aussteigen, also mitgehangen, mitgefangen. Sie versuchte, die Sache von der positiven Seite zu sehen. Pierre war inzwischen auch verheiratet und legte todsicher keinen Wert darauf, daß das alberne Frauenzimmer, das sich dazwischengedrängt hatte, etwas von seinem früheren Leben erfuhr.

»Die Geister wollen mir nicht aus dem Kopf«, redete sie sich rasch heraus. »Wir werden doch bestimmt welche zu sehen bekommen, oder?«

»Das glaub ich schon, ganz bestimmt, mein Herz.«

Winifred gefiel es durchaus, wenn er sie so nannte; es gab ihr ein Gefühl der Geborgenheit, daß nichts in ihrer Ehe schiefgehen würde. Aufmerksam hörte sie George zu.

»Die Wette gehört mir, ich werde sie nicht verlieren. Ich habe nur Sorge, daß die vielen skeptischen Gestalten, die sich hier herumtreiben, die kosmische Energie negativ beeinflussen könnten und daß dadurch die Königin und ihr Gefolge davon abgehalten werden zu erscheinen.«

Winifred blickte George forschend an. Er sah tatsächlich besorgt aus. Sie glaubte an Geister, weil George es tat. Aber weshalb glaubte er eigentlich an Geister? Er war ein gesetzter, nüchtern denkender Mitvierziger. Vielleicht glaubte er auch nur die Geschichte von Miss Moberly und Miss Jourdain, aber wenn schon, es käme auf das Gleiche hinaus.

»Ich habe mich ein wenig belesen«, bekannte George fast verschämt. »Catherine Crowe, ›Die Schattenseite der Natur‹. Kennst du das?«

George und lesen? Es wurde immer verrückter. Sonst war dem doch schon die Jagdzeitschrift »The Field« zu viel, und er kam nie durch.

»Leider nicht, George. Aber ich kann's ja mal lesen.« Eigenartig, wie wenig man manchmal von dem eigenen Mann wußte. Doch wenn er meinte, ein Interesse an übernatürlichen Vorgängen entwickeln zu müssen, mußte sie es auch. Jetzt aber war ihre Beschwörungskraft gefragt, und um die war es nicht schlecht bestellt. Leider hatte sie nur eine vage Vorstellung, aus welcher Richtung Marie-Antoinette angeschwebt kommen könnte – sie versuchte es trotzdem: »Falls Ihr mich hören solltet, Eure Majestät, ich bitte Euch, habt die Güte und erscheint heute nachmittag.«

Kaum hatte sie ihr flehentliches Gebet über die Lippen

gebracht, erschreckte sie der Gedanke, die hohe Dame könnte enthauptet einherschreiten. Oder war das Anne Boleyn im Tower zu London? Das wäre eine ganz schön garstige Angelegenheit, auch wenn es sich nur um einen Geist handelte. Die Vorstellung beschäftigte sie eine Weile, lenkte sie auch von dem Gedanken ab, was passieren würde, wenn Pierre es darauf anlegte, peinliche Situationen heraufzubeschwören. So wie George verkleidet war, mußte man die Dinge im Auge behalten, dem war alles zuzutrauen. Fast wünschte sich Winifred, Louise wäre mit da, denn dann wäre das Chaos perfekt, und Winifred würde im Abseits stehen und glimpflich davonkommen.

»Wir werden es denen schon beweisen, George!« Sie hatte sich wieder gefangen und strahlte ihn an. Ihr Mann aber beglückwünschte sich zum wiederholten Male, eine so praktische und vernünftige Frau wie Winifred zum Weib zu haben, die mit beiden Beinen auf der Erde stand. Sie brachte ihn immer wieder zum Lachen; es war für sie auch ein leichtes, sie plagten ja keine Gewissensbisse.

Im Schlafgemach der Königin im Petit Trianon legte Mirabelle letzte Hand an ihr Kostüm an. Unter all den zusammengesuchten Kleidungsstücken hatte sie ein regelrecht hübsches Ensemble erwischt. In dem kurzen Kleid mit verlängerter Taille kamen ihre Waden vorteilhaft zur Geltung; cremefarbener Rock, blaßgrünes Mieder und weißes Schultertuch paßten harmonisch zueinander, und ein weißer Hut wie aus dem Bilderbuch saß auf den goldenen Locken.

»Einfach lächerlich, daß Louise glaubte, sie könne eine Marie-Antoinette abgeben. Die Königin war blond wie ich.« Mit großen schmachtenden Augen sah sie Robert an, zupfte dann ein paar Haarsträhnen etwas weiter in die Stirn, rückte den Hut entsprechend tiefer und bewunderte die Wirkung.

»Du siehst wunderschön aus, meine Liebe.« Robert ging zu ihr hinüber, legte ihr die Hände auf die Schultern und küßte sie auf die Wange.

»*Merci*, Robert!« Sie gluckste vergnügt. »Du siehst auch sehr gut aus, mein Bester, mein Geliebter. Naja, vielleicht nicht wunderschön, aber sehr gepflegt, *soigné. Très, très soigné.*« Sie drehte sich im Kreise, und er betrachtete sie hingebungsvoll.

»Du bist der ›laufende Mann‹, Robert«, lachte sie. »Das ist doch der Name, den dir Mr. Ladyboys' komische alte Damen verpaßt haben. Also bitte, dann lauf doch und fang mich!«

Gehorsam raffte er den Mantel über den Schultern zusammen, zog den Hut über die Augen und sprang ihr nach.

»Grrrh!« knurrte er. »Hier kommt ein häßlicher alter Geist und will dich verschlingen.«

Der Drohung gab »Marie-Antoinette« nur zu gern nach und ließ sich rasch fangen. Sie quiekte voller Entzücken, als er sie an allen entblößten Stellen ihres Körpers mit Küssen übersäte. Zufrieden mit ihrem Schicksal erklärte sie: »Ach, Robert, sind wir nicht glücklich? Nach all den Jahren, die wir gewartet haben!«

Robert, der den Kopf in ihrem Brusttuch vergraben hatte, konnte dem nur mit erstickter Stimme zustimmen.

»Du vermißt doch Louise nicht?« fragte sie versonnen. »Ich weiß ja, Königinnen müssen sich damit abfinden, daß ihre Männer Mätressen haben, aber ehrlich gesagt, lieber Robert, so recht gefallen würde mir das nicht.«

Robert war auf der Hut. »Sie vermissen, mein Kätzchen? Wenn du ihre Wutanfälle meinst, ja, die vermisse ich. Auch ihre Grausamkeiten, ihre vulgäre Art. Ich kann *le bon Dieu* nur dankbar sein, daß er sie von mir genommen und dich mir gegeben hat.« Er machte eine Pause. »Und er hat dich doch mir gegeben, oder? Kein heimliches Verlangen nach dem Künstlermenschen Jacob Fernby?«

Mirabelle lachte und zupfte ihre Sachen zurecht. »Der gute arme Jacob. Er wird schon drüber wegkommen.«

»Setz dich nicht so einfach über seinen Schmerz hinweg, Mirabelle. Das könnte gefährlich werden.«

Sie sah ihn prüfend an, ob er es ernst meinte. »Auch du bist gefährlich«, sagte sie dann fröhlich. »Ohne deinen Bart siehst du wie ein großer weißer Bär aus.«

»Er hat mich zum Duell herausgefordert«, gab Robert stirnrunzelnd zu bedenken. »Ich vermute, er hegt antiquierte Vorstellungen von gekreuzten Klingen im Morgengrauen.«

Mirabelle schreckte auf. »Ich spreche mit ihm.«

»Tu das nicht. Wenn es nicht zum Duell kommt, wird er zu anderen Methoden greifen, und die könnten weitaus gefährlicher sein.«

»Nicht, solange ich da bin und dich schütze, Geliebter«, meinte Mirabelle nachdenklich. Sie schenkte ihrem Neuvermählten eins ihrer bezauberndsten Lächeln, aber es wollte ihn nicht recht trösten.

Jacob Fernby war mit dem Ankleiden für seine Rolle beschäftigt, und er tat es mit Bedacht. Er würde diesen Kapellenmenschen spielen, wie ihn die alten Weiber ungenau bezeichnet hatten. Daß er sich von seinem Barbier hatte den Schnurrbart abnehmen lassen, konnte er sich immer noch nicht verzeihen. Mit dem Bart war der ganze neue Jacob Fernby dahin, an dem er die vergangenen zwölf Jahre mühsam gearbeitet hatte. Verschwunden war der vierunddreißigjährige höfliche, künstlerisch veranlagte, ernsthafte Porträtmaler; und wieder zum Vorschein gekommen war der naive, im gesellschaftlichen Leben unsichere, aber leidenschaftliche

Jüngling, der durch die Pariser Nachtclubs gestreift war auf der Suche nach Welterfahrung, der junge Bursche, der von der künstlerischen Meisterschaft einer Hélène Mai hingerissen und der – die Wunde schmerzte immer noch – von einer Louise Danielle verspottet und zurückgewiesen worden war. Er hatte lange gebraucht, um diesen grünen Jungen hinter sich zu lassen; um so mehr ärgerte es ihn, ihn in dem Gesicht im Spiegel wiederzuerkennen mit allen Schwächen, die der Bart nur verdeckt hatte. Eine Heirat mit Mirabelle hätte das Schicksal des Grünschnabels endgültig besiegelt. Aber jetzt hatte er auch sie verloren, wie seinerzeit Hélène und Louise, und er hatte einen heftigen Verdacht, warum das geschehen war. Robert sollte ihm für alle drei büßen. Es würde ihm eine einzige Genugtuung sein, seinem Gegner das spitze Rapier in den Wanst zu jagen. Töten durfte er ihn natürlich nicht, das könnte sich dumm für ihn auswirken. Er würde sehr geschickt vorgehen müssen.

Seine erste Reaktion war gewesen, heute gar nicht herzukommen. Wie sollte er es ertragen, Mirabelle am Arm eines anderen zu sehen? Dann aber war ihm aufgegangen, daß er in einer Falle steckte. Seine Majestät würde zugegen sein. Wenn er sich den sehnlichen Wunsch, Prinzessin Victoria zu malen, je erfüllen wollte, gab es kein Pardon; er mußte hin, allenfalls eine urplötzliche Choleraattacke würde als Entschuldigung gelten. Also gut, er würde sich aufraffen. Er würde auch diesen albernen Menschen von der Kapelle spielen – aber seine Anwesenheit würde sich allen für immer einprägen.

Nicht als Geist eines toten Liebhabers, nein, in Person und an diesem Nachmittag.

»Gehen wir, Auguste?« Im Türrahmen der Küche Nummer 2 stand Tatjana in befremdlicher Aufmachung. Oben war sie wie die Frau gekleidet, die Miss Moberly in einem der Häuser am Fenster gesehen hatte, wie sie ein Tuch schwenkte, unten steckte sie in graugrünen Kniebundhosen. Auguste war gerade damit beschäftigt, Eier und Sahne für die *lentilles fricassées (à la Didier)* cremig zu schlagen. Bei allem Abgelenktsein registrierte er, daß seine Frau nicht die passende Garderobe trug, um den Monarchen zu begrüßen, und auch Bertie würde das auffallen.

»Wie hast denn du dich angezogen, meine Liebe?« fragte er vorsichtig.

»Durchaus vernünftig«, verteidigte sich Tatjana. »Ich soll einen Schloßwächter spielen und außerdem die Frau mit dem Tuch. Da man von ihr ohnehin nur die obere Hälfte sieht, kann ich gut und gerne gleich beide Kostüme tragen.«

»Ich habe noch nie einen Wächter oder Gärtner mit Mieder und Brusttuch im Décolleté gesehen.«

»Wenn du meinst, ziehe ich zum Lunch eben den langen Uniformmantel über, das wird Bertie nicht weiter stören.«

»Oder einen Rock über die Hosen«, sagte Auguste entschieden.

»Nein, diese Eingebung!« Tatjana küßte ihn und holte hinter dem Rücken einen Rock hervor.

»Du hast dich wieder über mich lustig gemacht«, beschwerte er sich leicht pikiert. »Das ist unfair. Man darf nicht einen Koch hopp nehmen, wenn der gerade mit Kaninchenleberpastete kämpft.«

»*Ma mie*, es wird alles vorzüglich sein.«

Aber gerade da irrte sie sich; sein Gefühl sagte es ihm ganz deutlich. Das Lunch würde tadellos wie immer sein; die Beigaben zum Tee waren einfache rustikale Kost – oder sollten es wenigstens sein –, die man den »Geistern« am Seeufer beim Petit Hameau reichte, wie das Bauerndorf der Königin

Marie-Antoinette hieß. Aber was den Magen des Königs anging, war es mit einfacher Hausmannskost nicht getan.

Die Vorstellung Seiner Majestät von einem einfachen Picknick waren riesige Eßkörbe mit seinen Lieblingsleckereien wie zum Beispiel Taubenpastete oder aber ein großes Zelt mit allen möglichen warmen und kalten Gerichten, wie er es vom Buckingham Palace her kannte, dazu an die zwanzig Leute, die bedienten. Für Lunch, Tee und Dinner würde Auguste tun, was er konnte. Für das, was sich sonst abspielte, konnte er nicht garantieren.

Durch die große Toreinfahrt des Petit Trianon konnte man jetzt eine hochherrschaftliche Equipage sehen, die gerade im Begriff war, von der Allée des deux Trianons einzuschwenken. Sofort kam die Gruppe, die das Gefährt erwartete, in Bewegung. Robert und Mirabelle standen ganz vorn im Ehrenhof, gleich hinter ihnen am Eingang George und Winifred, Alice und Pierre, Jacob, Auguste und Tatjana. Auguste betrachtete die Gruppe und befand, daß er die einzige vernünftige Person unter ihnen abgab; er trug einen adretten Gesellschaftsanzug, während alle anderen in ihrem närrischen historischen Aufzug herumstanden. Dankenswerterweise war es Bertie selbst gewesen, der dieses Jahr für die Pferderennen in Goodwood verfügt hatte, daß Abendkleid und Cutaway nicht länger unerläßlich waren und daß man auch Melone statt Zylinder tragen durfte. Heute trug der König seine geliebte weiße Melone, und das war ein gutes Zeichen.

Tatjana sah aufgeplustert aus als trüge sie einen Reifrock; Mirabelle machte mehr den Eindruck einer vom Kaminsims herabgesprungenen Schäferin aus Meissener Porzellan, und bei den Männern konnte man meinen, sie wären Musketiere auf dem Weg, den Mann mit der eisernen Maske zu retten. Und nun nahte der König von England. Auguste konnte nur hoffen, daß jemand Bertie daran erinnert hatte, daß die anderen Gäste alle in Kostümen steckten, andernfalls lief das Trianon Gefahr, daran Schuld zu sein, daß ein paar weitere Köpfe rollten.

Der Kutscher hielt die Pferde an. Bedienstete in Livree sprangen vom Wagen, um die Türen aufzureißen, und Auguste sah jeden Moment den schweren Fuß Seiner Königlichen Majestät herabgleiten. Als es geschah, war der schwere Fuß von zierlichen rosa Satinstiefeletten umhüllt.

»*Bonjour*, Robert.«

Der Equipage war nicht der König von England entstiegen, sondern eine längst enthauptete Königin von Frankreich. Teint und dunkle Augen verrieten sie sofort, auch wenn sie haargenau wie Mirabelle gekleidet war und eine blonde Perücke trug – Louise Danielle gesellte sich zu ihnen, um an der Festivität teilzunehmen. Alle standen wie gelähmt. Mirabelle fand als erste die Sprache wieder.

»Was, in aller Welt, treibt dich hierher?« kreischte sie los. »Marie-Antoinette bin ich.«

»Meine Liebe«, entgegnete Louise langsam und gedehnt, »ich konnte Seine Majestät nicht im Stich lassen. Auch wenn mein armes Herz sich Roberts wegen grämt, ich mußte mich einfach überwinden, betrachtete es als meine Pflicht zu kommen.« Mit einem zarten Spitzentaschentuch betupfte sie die Augen.

»Du kannst dich genau so gut wieder umdrehen und gehen«, verkündete Robert.

»Oh, Robert«, stöhnte sie schmerzerfüllt auf und warf sich so unerwartet in seine Arme, daß er auf den kiesbestreuten Weg fiel und sie mit sich zu Boden riß.

George, der am nächsten stand, eilte zu Hilfe, aber Mirabelle kam ihm zuvor, packte Louise und zerrte sie hoch, worauf Louise in Georges Armen landete, der sie nur allzu bereitwillig an sich drückte.

»Seine Majestät!« rief Auguste warnend, der als einziger den Daimler hatte kommen sehen, während aller Augen auf das andere Spektakel gerichtet waren.

König Edward VII. schritt bereits auf die Versammelten zu, gefolgt von Caesar, seinem Lieblingsfoxterrier. Könige sind darin geübt, Ungemach zu übersehen, selbst wenn zwei eigentümlich gekleidete Weibsfiguren sich offensichtlich mit seinem Gastgeber in den Haaren liegen. Caesar war anderer Natur, und mit Vergnügen mischte er sich in das Handgemenge.

»Ah, Auguste«, sagte Seine Majestät; er hatte eine Zielscheibe gefunden, um seinem Mißvergnügen Luft zu machen. »Daß Sie mir nicht wieder die Trüffel vergessen heute!«

Auguste versuchte es mit einem unterwürfigen Lachen, erntete aber nur einen eisigen Blick. Seine Majestät ging mit seinem Scherz gar nicht so ganz fehl. Wo hatte er eigentlich die Trüffel gelassen?

Auguste kam aus dem großen Speisesaal getaumelt und wankte durch das Boudoir der Königin. Das war das Ende seiner Laufbahn. Niemals, niemals würde er wieder kochen, niemals wieder seine Nerven so einer Zerreißprobe aussetzen. Naja, für Tatjana vielleicht, da würde er hin und wieder ein *velouté d'homard* zubereiten. Sein Bankett war superb gewesen, die totale Perfektion, Cuisine vom feinsten. Das *blanquette de dindonneau* war ihm exquisit gelungen, zerging förmlich auf der Zunge, die jungen Wildenten waren zart und rosa, die Seezunge auf *purée d'oignons* hatte genau den richtigen ausgewogenen Geschmack von süß und pikant, und sogar das Dessert (*à la*

Didier mit einer Spur Weinbrand) hatte man gelobt.

Und was hatte es gebracht? Nichts, aber auch gar nichts. Perlen vor die Säue geworfen. Ein einziger Unglückstag. Nicht, daß es beim Lunch zu einer unerquicklichen Szene gekommen wäre; dank der Gegenwart Seiner Majestät war das nicht passiert. Aber bei aller höflichen Konversation knisterte es förmlich in der Atmosphäre, unterschwellig gab es derartig viele Spannungen, daß es jeden Moment zur Explosion hätte kommen können.

Bei Licht besehen war Seine Majestät die zivilisierteste Person unter den Gästen, mußte Auguste ihm zugestehen, zumindest hatte er so getan, als ob er die gereizte Stimmung gar nicht wahrnahm, die Louise mit ihrem Erscheinen heraufbeschworen hatte. Louise spielte die Selbstgefällige, Robert schwieg, Mirabelle machte wiederholte, wenn auch nicht glückende Versuche, Munterkeit vorzutäuschen, um ihre Wut zu verbergen, bei Jacob hatte man das Gefühl, er wollte Robert jeden Moment an die Gurgel gehen, aber gleichzeitig versuchte er, aus seinem Platz direkt neben Louise Vorteile zu ziehen. Winifred ließ keine Möglichkeit aus, Geistergeschichten zu erzählen, George starrte aus irgendeinem unerfindlichen Grund ständig zu Jacob hinüber, Pierre wiederum konnte seine Blicke nicht von Louise losreißen, und Alice spielte die beleidigte Leberwurst. Tatjana war die einzige, die von dem, was auf den Tisch kam, Notiz nahm, und ebenso Seine Majestät, der Auguste geradezu sympathisch wurde. Im Grunde genommen war Bertie gar nicht so schlecht. Obwohl er sich ihm wohlgesonnen gezeigt hatte, konnte das in Augustes Augen sein Ansehen als Meisterkoch nicht retten. Auch das Dinner abends würde es nicht wieder wettmachen, zumal es vorrangig in den Händen des Küchenchefs des Grafen lag. Man konnte vermuten, der riskiere sogar eine Magenverstimmung Seiner

Majestät, bloß um Auguste Didier eins auszuwischen. Sie hatten sich heftig darüber gestritten, wie man *œufs à l'oseille* anrichte. Monsieur Grospied, wie Auguste ihn heimlich nannte, hatte sich strikt dagegen verwahrt, den gedünsteten Sauerampfer zu passieren.

Jeden Augenblick würden sich die Gäste, nachdem sie ein letztes Mal ihre Kostüme gerichtet hatten, im Boudoir der Königin versammeln, wo Robert ihnen den genauen Ablauf des Programms erläutern wollte. George Ladyboys hatte alle mit einem Exemplar von Miss Moberlys und Miss Jourdains Bericht über ihren ersten Besuch hier versorgt. Auguste zumindest war reichlich nervös. Nicht, daß ihn die Vorstellung von Geistern beunruhigte; er hatte eher Sorge, sich in dem Gelände zu verirren. Selbst wenn die Damen wirklich das gesehen hatten, wovon sie schrieben, so hatten sich doch die Anlagen in mehr als hundert Jahren mächtig verändert. Sollte es ihn tatsächlich ins Jahr 1789 verschlagen, wie sollte er dann wieder zurück finden. Für den Rest seines Lebens wäre er verdammt, Vanillepudding zu kochen.

Seine Seelenpein stand ihm ins Gesicht geschrieben, schlimmer noch, sie grinste ihn von allen Ecken an, denn die Wände mit den Fenstern in dem kleinen Eckzimmer hatten durch die Spiegel eine Vergrößerung erfahren. Robert hatte die Arbeit des Architekten von Marie-Antoinette in ihrer Wirkung erhöht: Seine provisorisch angebrachten Spiegel verdeckten nicht nur die Fenster besagten Eckzimmers, sie reichten auch über die Wände und stießen im rechten Winkel aufeinander. Auf diese Weise starrten ihn zwei Auguste Didiers an, wenn er das Zimmer betrat, und je näher er der Ecke mit dem Tisch und dem Gebäck kam, desto mehr Spiegelbilder seiner selbst wurden es. Die Petits fours hatten die Form von Lilien und Rosen, den

Symbolen in den königlichen Wappen Frankreichs und Englands. Auch diese Idee hatte man von der königlichen Speisekarte von 1784 übernommen, und bei einem Blick in den Spiegel war Auguste sofort aufgefallen, daß ein Gebäckstück nicht einwandfrei geformt war. Im Raum standen bereits drei Bedienstete, die später Kaffee und Kuchen reichen sollten. Auguste wollte gerade das unschöne Backwerk entfernen und war leicht irritiert ob des Spiegelbildes, da sah er auch schon Seine Majestät den Raum betreten. Rasch tat er, als sei alles in bester Ordnung und war froh, daß Berties Kennerblick über Konditorwaren weniger aufmerksam hinweg glitt.

Seine Majestät betrachtete die vielfachen Spiegelbilder seiner selbst. »Da entgeht mir wenigstens kein Attentäter, falls Sie wieder welche für mich parat haben, Auguste.«

Auguste lächelte höflich. Seine Majestät lebte ständig unter dem Eindruck, daß Auguste die Morde vorher inszenierte, um sich dann später damit rühmen zu können, wie er sie löste. Immerhin war Seine Majestät guter Laune.

Hätte Robert seinen Ehrgeiz weniger auf die Modernisierung des Trianon zu Ehren Seiner Majestät verschwendet, wäre ihm vielleicht aufgefallen, daß in dem Boudoir nur schwerlich elf Personen bequem sitzen konnten. Außer Bertie standen die Gäste lieber, was wiederum die Bediensteten behinderte, die sich mit Kaffeetassen und den kostbaren Törtchen durch die Menge zwängten. Durch die Spiegel gewann man den Eindruck, der Raum sei voller Marie-Antoinettes in großen prachtvollen Hüten. Die beiden Königinnen setzten sich dann doch. Mirabelle hatte einen Stuhl am Ecktisch gewählt, um Hof zu halten, und Louise tat es ihr prompt gleich und setzte sich an die andere Seite des Tisches. Jacob besaß die Kühnheit, einen Stuhl heranzuziehen und sich zwischen beiden niederzulassen.

Durch die Menge hindurch hatte Auguste sie ab und an im Blickfeld und fragte sich, ob die drei gemeinsamen Gesprächsstoff finden würden, falls sie überhaupt ein paar Worte miteinander wechselten. Insgesamt hatte man den Eindruck, jedermann war darauf bedacht, weiteren Ärger zu vermeiden, und schien bemüht, Jacob in dieser Mission zu unterstützen. Die Raumknappheit aber blieb hinderlich; Gäste und Dienerschaft bahnten sich mühsam ihren Weg, eingezwängt wie Makkaroni im Kochtopf. Was mochte sich hier zusammenbrauen? Gleich würde die Sache losgehen, denn es war bereits dreiviertel drei, und Auguste war geradezu erleichtert, als Robert sich neben Seine Majestät postierte (die einzige Stelle, an der es überhaupt noch ein freies Fleckchen gab) und verkündete, daß sich in zehn Minuten alle an die vereinbarten Plätze begeben sollten.

»Mr. Didier, uns allen als Detektiv bekannt, wird das Gelände abschreiten und den Weg von Miss Moberly und Miss Jourdain nachvollziehen. Er hat mehr Erfahrung Mörder aufzuspüren als Geister, und insofern fühle ich mich sehr geehrt, daß er heute die Rolle des Schiedsrichters übernimmt.«

»Schiedsrichter?« Es war ein geradezu gequälter Aufschrei, der dem erschrockenen Auguste entfuhr.

Robert reagierte nicht sonderlich überrascht. »Genau das. Wir brauchen einen, und außer Seiner Majestät und Ihnen sind wir alle damit beschäftigt, unsere Parts zu spielen. Da können wir unmöglich noch auf Geister achten. Sie sind der einzige, der dafür in Frage kommt, Mr. Didier. Mit scharfem Auge werden Sie die Geschehnisse registrieren und entscheiden, ob Miss Moberly und Miss Jourdain die Wege und Gebäude von damals, die heute nicht mehr existieren, wahrheitsgetreu beschreiben. Finden Sie das nicht auch richtig so, George?«

George Ladyboys hatte offensichtlich größere Bedenken als Auguste lieb war, aber schließlich nickte er zögernd. »Vielleicht möchten Sie den Schiedsrichter lieber selbst machen, Sire«, wandte er sich hoffnungsvoll an Seine Majestät.

Der König griente. »Ich setze mit meiner Wette auf Sie, George. Sie wissen das nur allzu gut. Da kann ich nicht gleichzeitig Schiedsrichter sein.«

»Seine Majestät begibt sich zum Hameau am entgegengesetzten Ende der Trianon-Gärten und wird dort auf uns warten, denn dort finden wir uns alle zum Tee ein«, erläuterte Robert.

Er wird dort sein Verdauungschläfchen machen, dachte Auguste respektlos.

»Robert, *mon chéri.*« Mirabelle hatte schon die ganze Zeit etwas sagen wollen und sah jetzt ihre Chance gekommen. »Da ist noch ein kleines Problem. Wir haben zwei Marie-Antoinettes. Ich finde, wir sollten es allen klar und deutlich machen, auch der guten Louise, daß ich die Marie-Antoinette spiele, wie sie mit dem Zeichenblock auf dem Rasen sitzt.«

Auguste wartete förmlich darauf, daß der Zweikampf losging. Er wurde auch eröffnet, nahm aber einen völlig anderen Verlauf als erwartet.

Keine loskeifende La Dervicheuse, sondern eine verständnisvoll gurrende Louise. »Aber natürlich, liebe Mirabelle. Als Roberts Frau ist das Ihr gutes Recht. Nie wäre mir etwas anderes in den Sinn gekommen.«

»Großartig«, war Roberts Kommentar; er war sichtlich erleichtert, so glimpflich davonzukommen.

»Hätte ich doch nur daran gedacht, meinen Schmuck mitzubringen«, seufzte Louise, »und ein anderes Kleid, dann hätte ich die Comtesse Dubarry spielen können, Marie-Antoinettes größte Widersacherin.«

»Und einstige sattsam bekannte Hure«, ergänzte Mirabelle schlagfertig, aber honigsüß.

»Ich werde mich an den Ort zurückziehen, wo der alten Legende nach die Grotte war«, fuhr Louise fort, als hätte es keine Zwischenbemerkung gegeben. »Man hat die Königin dort oft mit ihrem Skizzenblock gesehen, und außerdem«, fügte sie hinzu, »ist das wohl auch die Stelle, wo Robert sein soll. Wir können uns dann Gesellschaft leisten und von glücklicheren Zeiten sprechen.«

Mirabelle machte schon den Mund auf, um loszulegen, aber Robert war schneller. »So hübsch, wie der Gedanke ist, Louise, so glaube ich doch, daß es nicht recht angebracht wäre, daß man die Königin in Gesellschaft ihrer Günstlinge sieht. Wir sollten unser Rendezvous lieber auf vier Uhr beim Gartenschlößchen verschieben.«

Louise zuckte mit den Schultern. »Auch gut, es wird mir ein Vergnügen sein. Ich werde mit Seiner Majestät zum Hameau gehen. Auch wir können über alte Zeiten plaudern – oh!«

»Was haben Sie, Louise?« fragte Tatjana besorgt.

»Sie sehen aus, als hätten Sie einen Geist gesehen, meine Liebe«, spottete Mirabelle.

»So etwas Ähnliches«, brachte Louise zögernd heraus. »Es sind die Spiegel, mir war, als sah ich ... lassen wir das.«

Auguste war reichlich verdutzt. Unwillkürlich mußte er an Miss Moberly und Miss Jourdain und deren Schilderungen denken. Damals war der Augusttag heiß und schwül gewesen, und als sie in die Anlagen vom Petit Trianon kamen, war die Luft plötzlich schwer und drückend geworden wie vor einem dräuenden Gewitter. Ihm war, als würde es heute genauso sein, möglicherweise noch ehe sie das Haus verließen. Nicht einmal Auguste Didiers vorzügliche Kochkunst würde das Unheil abwenden können.

3. Kapitel

Auguste gestand es sich ehrlich ein – er wollte nicht allein sein. Einfach lächerlich. Trotzdem schlug er Tatjana so harmlos wie möglich vor: »*Ma mie*, bis zum Musée des Voitures könnten wir doch zusammen gehen.« Das Museum war – wie auch die Wohnung des Wächters – in einem Gebäude am Weg zum Grand Trianon untergebracht. Dort hatten fünf Jahre zuvor Miss Moberly und Miss Jourdain die falsche Abzweigung genommen. Wären sie auf der breiten Allée des deux Trianons geblieben, hätten sie ohne Umwege ihr Ziel erreicht (und Auguste Didier viel Ärger erspart). Der jetzige Verwendungszweck des Gebäudes mochte Grund dafür sein, daß Tatjana ihn nicht begleitete, wenn er den Spuren der beiden Damen folgte. Da ihr zunächst nur die Aufgabe zukam, ihrem Mann aus dem Fenster mit einem weißen Tuch zuzuwinken, blieb ihr Zeit genug, ihrer Lieblingsbeschäftigung nachzugehen und Automobile zu betrachten. Selbst vor und nach ihrem zweiten Auftritt als Wächter (oder, wie die Damen zuerst gedacht hatten, als Gärtner) würde sie sich diesen Zeitvertreib leisten können.

Tatjana sah ihn an. »Bis zum Musée können wir gemeinsam gehen; dort mußt du aber ein Weilchen warten, ehe du weiterziehst.« Argwohn stieg in ihm auf. Hatte sie Monsieur Renault oder Monsieur Bollée dort hinbestellt, um sich wieder ein neues Automobil vorführen zu lassen? »Ich muß ganz ruhig und entspannt bleiben, sonst bin ich nicht für Geister empfänglich«, fügte sie erklärend hinzu.

»Ich wäre dir dankbar, wenn du sie nicht zu sehr ermuntern würdest.«

»*Non, chéri.*«

»Aufsparen für später kannst du deine übernatürlichen Kräfte wohl nicht?«

»Nein. Aber sie werden ohnehin höchst selten aktiv«, beruhigte sie ihn. »Außerdem sind wir beide der Meinung, daß die Damen sich mit dem Weg, den sie ihrer Ansicht nach gegangen waren, geirrt haben. Also brauchst du auch nichts zu befürchten.« Sie hatten sich genau die Lageskizze angesehen, die Miss Moberly George Ladyboys geschickt hatte, hatten sie mit einer Karte der Anlagen von 1898 und einer weiteren verglichen, die Richard Mique, Marie-Antoinettes Architekt und Gartenplaner, 1783 gezeichnet hatte.

Als Tatjana im Musée verschwunden war, kamen all seine unguten Gefühle wieder. Ihm war heiß, er fühlte sich verlassen und unwohl. Es regte sich kein Lüftchen, er spürte die Augusthitze förmlich in der Nase, sie ging ihm aufs Gemüt und machte ihn träge. Fünf lange Minuten wartete er nervös, wie es Tatjana verlangt hatte. Ob ein früher Renault sie in seinen Bann gezogen und sie alles hatte vergessen lassen? Nein. Zu seiner Erleichterung tauchte ihre vertraute, wenn auch befremdlich aufgeputzte Gestalt oben am Fenster auf; heftig schwenkte sie ihr weißes Tuch. Sie war es wirklich, leibhaftig, sie war kein Geist.

Das Signal war gegeben, die Fahne zum Start senkte sich, das Rennen begann. Noch konnte er sich ein wenig drücken und langsam dahinschlendern. Erst an der Ecke vorne würde es richtig aufregend werden. Das war die Stelle, wo Miss Moberly und Miss Jourdain gemeint hatten, daß die Atmosphäre umschlug, wo ein leicht bewölkter Augustnachmittag mit angenehm frischer Brise plötzlich drückend und zunehmend beklemmend geworden war. Er konnte das nachempfinden, spürte es jetzt schon.

Auf Grund des Besuches Seiner Majestät waren die Trianons und die Gärten für die Öffentlichkeit geschlossen, aber von hinten drangen aus den Hauptgärten des Schlosses von Versailles normale Geräusche beruhigend an Augustes Ohr. Dort vergnügten sich Mütter und Kindermädchen mit den Kleinen, wanderten Gentlemen umher, die über das Tagesgeschehen sprachen, gab es die Farbtupfer von Spaziergängern auf breiten Wegen unter den Bäumen. Dort plätscherten die Springbrunnen, blickten Statuen unverwandt auf das bunte Treiben, klapperten Gläser in dem hübschen Café La Flottille.

Er schritt weiter. In der Schwüle des stillen Nachmittags waren die Stimmfetzen immer schwächer wahrzunehmen. Schon bereute Auguste das eine Glas Wein, das er sich zu seiner Erbauung zum Lunch genehmigt hatte. Es schien eine zusätzliche Wirkung auf die bleierne Schwere zu haben, die er spürte und die ihm Kraft und Elan nahm. Er tröstete sich mit dem Gedanken, daß er nur noch wenige hundert Meter vor sich hatte, dann würde er wieder Tatjana sehen, diesmal in ihrer Aufmachung als grün uniformierter Wächter. Ihre Strecke sollte vom Automobil-Museum durch die Gärten des Petit Trianon bis zu der vereinbarten Stelle führen, an der die Hüter der Anlagen seinerzeit Posten bezogen, um am Eingang der Gärten Wache zu halten, wenn die Königin zugegen war. Bei der Festlegung dieses Punktes hatte es keine Meinungsverschiedenheiten zwischen den beiden Wettparteien gegeben.

Der August war ein eigenartiger Monat, dachte er. Die zarten Düfte des Frühsommers waren vergangen, auch die Wärme und Üppigkeit des Juli. Die Augusthitze sengte erbarmungslos, drohte gebieterisch: »Hier bin ich, der letzte warme Hort vor dem Winter.« Die reglose Luft ging ihm aufs Gemüt, aber er ließ sich nicht beirren, bog in den Weg ein, der zur verabredeten Stelle führte. Kein Sonnenschein, und doch schien die Hitze über dem staubigen Kiesweg zu flimmern. Das Knirschen seiner Fußtritte wirkte befremdlich und störend in der lautlosen Stille. Dann tauchte rechts vor ihm ein Gebäude auf, das quer zum Weg lag. Das mußte das *logement* sein, wo die Damen nach rechts gegangen waren in der Hoffnung, jemanden zu finden, der sich hier auskannte.

»*Courage, mon ami*, der Teufel ist tot!« sprach er sich selbst wiederholt Mut zu und zwang sich zum Weitergehen. Weiter vorne müßte sich der Weg gabeln, dort würden die Wachposten stehen. Er merkte, daß er fast rannte. Die Bäume links und rechts schienen ihn zu verhöhnen, lockten ihn buchstäblich in ihre dunkle Umarmung. Jetzt stieg der Weg an, genau wie Miss Jourdain es beschrieben hatte, und tatsächlich taten sich vor ihm ein Garten und verschiedene Wegästelungen auf. Ohne daß er es wollte, wurden seine Schritte langsamer, als hätte er gegen einen Widerstand anzukämpfen.

Was beunruhigte ihn eigentlich, fragte sich Auguste nervös; es gab doch gar keinen Grund (bis auf den, daß Bertie seine Wette verlieren könnte, wenn man keine Geister sichtete). Aha, da war der alte Pflug. Robert hatte ganze Arbeit geleistet, der Beschreibung der beiden Damen folgend selbst an die entsprechenden Requisiten gedacht, um die Geister zu animieren. Auguste war jetzt an der Kreuzung angelangt. Etliche alte Gebäude standen dort, man konnte auch meinen, daß Leute darin waren. Noch ein Stück weiter, und er müßte rechts Alice und Winifred sehen in ihrer Dorftracht mit den weißen Tüchern im Mieder. Zu seiner

Erleichterung war von einer Hütte, die die Damen bemerkt haben wollten, keine Spur, aber jetzt erblickte er die beiden Ersehnten. Nie zuvor hatte er mit solch einer Freude die robusten Figuren englischer Frauen wahrgenommen. Fröhlich winkte er ihnen zu. Winifred reichte Alice mit feierlichem Ernst den Krug. Sie hielt sich strikt an Miss Jourdains Ausführungen. Alice gab eine recht erwachsen wirkende Vierzehnjährige ab, aber wenigstens gehörte sie ins zwanzigste und nicht ins achtzehnte Jahrhundert.

Eigentlich müßte er jetzt gleich Pierre und Tatjana in ihren graugrünen Uniformen zu Gesicht bekommen – und da waren sie auch schon, standen, wie von Miss Moberly beschrieben, an einer Schubkarre. Geister hatten sich noch keine blicken lassen. Gerade wollte er die beiden fragen, wie er zum Petit Trianon käme, da ergriff ihn ein panischer Schrecken. Das war nicht Tatjana. Der eine war eindeutig Pierre, aber die andere Person war auch ein Mann, und noch dazu einer, der nicht zu den Gästen gehörte. Zwar erinnerte ihn das Gesicht unter dem Dreispitz vage an jemand, aber er konnte sich nicht zusammenreimen, an wen.

»Sie sind nicht meine Frau«, platzte er heraus.

»Zum La Maison führt dieser Weg, Monsieur« (so hatte Marie-Antoinette das Petit Trianon genannt, wie Auguste wußte), war die einzige Antwort, die er bekam.

Sein Magen krampfte sich zusammen, als meldete er seine Bedenken wegen der Austern vom Mittagstisch an; aber die waren einwandfrei gewesen. Der Mann spielte seine Rolle, weiter nichts. Die mechanische, ausdruckslose Stimme sollte lediglich das imitieren, was die Damen wahrgenommen hatten. Der Mensch war echt und leibhaftig, und doch ... Nein, es mußte an dem Glas Wein liegen. Er durfte jetzt nicht ausscheren, mußte weitergehen. Wahrscheinlich hatten die Automobile Tatjana so gefesselt, daß sie jemand anderen losgeschickt hatte, ihre Rolle zu spielen. Gut, sollte sie den neuen Bollée haben, wenn sie doch nur jetzt hier erschiene, um ihm Gewißheit zu geben. Aber niemand ließ sich blicken. Er war allein mit der Stille von Baum und Strauch.

Und wo nun weiter? Die Karte mit seiner Route, die er die ganze Zeit klar und deutlich vor Augen gehabt hatte, verschwamm und schwand, und er entschied sich für einen Pfad, der ihn seiner Meinung nach direkt zum Lustschloß bringen würde. Er wußte, es mußte ganz in der Nähe sein, und doch konnte er nirgends Umrisse eines Gebäudes ausmachen. Dann erblickte er zu seiner großen Beruhigung weiter vorn, wenn auch leicht von Büschen verdeckt, George, der an einem runden pavillonähnlichen Gebilde saß. (Auch hier hatte sich der Graf in seinen Vorbereitungen als gründlich erwiesen und just für diesen einen Tag den von den Damen erwähnten »Kiosk« nachbauen lassen.) George steckte in einem schwarzen Mantel und hatte einen großen Sombrero auf, auch hatte er sich kunstvoll Pockennarben aufs Gesicht gemalt, aber trotz aller echt wirkenden Imitation blieb er George. In dem Kostüm verbarg sich kein grimmig aussehender »Kioskmensch«, den die Damen gesehen haben wollten und den sie inzwischen für den Grafen von Vaudreuil, Marie-Antoinettes kreolischen Freund, hielten.

Auguste kam sich reichlich blöd vor, und als sich der Weg teilte, fragte er sich laut: »Welchen nehme ich jetzt am besten?« Der Vorlage nach waren die Damen von dem Erscheinungsbild des Mannes so verschreckt worden, daß sie nicht um Rat gefragt, sondern nur mit sich allein zu Rate gegangen waren.

»Den hier!« gellte ihm eine Stimme ins rechte Ohr, so daß er vollends verstört aufschrie.

»Das ist gegen die Spielregeln!« rief George wütend. »Sie haben hier nichts zu suchen!«

Robert zwirbelte an seinem Schnurrbart, raffte den Mantel um die Schultern und drückte sich den Sombrero tief über die Augen – er gab einen bühnenreifen Schurken ab.

»Ich bin der Geist des Comte de Vaudreuil«, verkündete er mit tiefer Stimme.

»Sind Sie nicht. Das bin ich!« Verärgert kam George auf sie zugerannt.

»Mein lieber George, man möchte zwar meinen, Sie laufen da einher, deshalb sind Sie aber nicht der ›Laufende Mann‹ aus unserem Schauspiel. Der bin ich. Oder ist es Jacob?« Robert gab einen Stoßseufzer von sich. »*Mon dieu*, ich kann nur hoffen, wir haben die Geister nicht vollends verschreckt. Kann ich die Sache wieder ausbügeln?«

Auguste mochte Robert immer weniger. »Sie könnten sich an die Vorgaben halten«, bedeutete er ihm kurz angebunden.

Robert reagierte mit einer spöttischen Verbeugung. »*Mesdames*, da dürfen Sie nicht langgehen. Sondern hier lang ... *cherchez la maison*«, sagte er dann gehorsam.

Fügsam zog Auguste nach rechts ab; hinter ihm hörte er den »Laufenden Mann« auf dem Weg herumhopsen – es sollte Schritte weiterer Fußgänger vortäuschen. Die Wirkung ging in Roberts Hohngelächter unter.

Schon präsentierten sich ihm neue Wegkreuzungen. Auguste schlug eine Richtung ein, in der er La Maison vermutete. Er war jetzt an den Punkt gekommen, wo die Damen angeblich über eine grobgezimmerte Brücke gegangen waren. Rechts sollte es eine hohe grüne Uferböschung an einem Bach gegeben haben, der links in einen kleinen Teich mündete. Es war genau dieses Stück Schilderung, das von der gegenwärtigen Situation völlig abwich und sich nicht mehr nachvollziehen ließ.

Er blieb kurz stehen, ein heimtückischer Gedanke hatte sich in ihm festgehakt. Was wäre geschehen, wenn er dem Pfad gefolgt wäre, den der »Laufende Mann« ihm quasi verwehrt hatte? Nichts, sagte er sich rasch. Der hätte ihn entweder zur Hauptbrücke über den See am großen Felsen geführt oder weiter zum Escargot-Hügel, wo es noch die Reste einer alten Grotte gab. Oder wäre er womöglich direkt dem Pöbel von Paris in die Arme gelaufen, der durch die Anlagen von Schloß Versailles stürmte? Was genau hatte Miss Moberly an der Stelle, an der er abgebogen war, gesagt? »Nichts wird mich dazu bringen, nach links zu gehen.«

Auguste versuchte sich zusammenzureißen. Er war hier zu einer wissenschaftlichen Erkundung; die Abzweigung nach links war irrelevant; relevant war zu prüfen, ob der Weg, auf dem er jetzt einherschritt, jemals eine Brücke über einen Fluß mit grüner Böschung gehabt hatte. Jetzt jedenfalls gab es hier keine Brücke. Seit 1789 hatte sich alles geändert. Vor vielen Jahren schon hatte man die kunstvoll errichteten »Berge«, in deren Schutz die Grotte der Königin lag, abgetragen. Geblieben waren nur Erdwälle und Felsbrocken, dichtes Gestrüpp und Bäume. Zögernd fragte er sich, ob es da nicht doch etwas geben könnte, das die Aussagen der Damen unterstützte. Rein theoretisch könnten ja Geister die Umgebung hier heimsuchen. Das war natürlich alles Unfug, aber die Augen aufhalten mußte er.

Er verließ den Weg und kletterte über die Felsbrocken bergab. Ein ungutes Gefühl beschlich ihn. Der Nachmittag war noch stickiger geworden, trotzdem lief es ihm kalt den Rücken herunter. Eine innere Stimme sagte ihm, er sei nicht mehr allein – war er auch nicht, sprach er sich Mut zu, George und Robert mußten ganz in der Nähe sein. Oder war es Einbildung?

Irgend etwas stimmte nicht. Er kam sich wie ein Bauer in einer Partie Schach vor, die er nicht durchschaute. Folgte er dem Drängen in seinem Inneren, müßte er umkehren. Aber er war nicht gewillt, sich auf dem Spielfeld willenlos hin- und herschieben zu lassen. Er mußte das Geschehen auf dem Schachbrett selbst bestimmen, mit der bleiernen Schwere um ihn herum fertig werden. Er würde das unzugängliche Gelände durchforschen, nach allen Wegen, Grottenresten und Brücken absuchen, sich dann zum Château durchschlagen und zu guter Letzt beim Bauerndorf und Nachmittagstee landen. Nur, daß diese schöne Verlockung noch in weiter Ferne lag.

Er hörte Wasser plätschern, es kam von einem gewaltigen Felsblock, fast so groß wie der an der Rocher-Brücke. Vermutlich hatten ihm die Sträucher und auch ein Erdwall bisher die Sicht versperrt. An der einen Seite, die mit Moosen und Farnen bedeckt war, gähnte ein Loch, und er konnte den Anfang einer Steintreppe erkennen. Unerklärliche Furcht ergriff ihn. War er aus Versehen an der Rocher-Brücke gelandet? Offensichtlich ja, denn der Felsen vor ihm sah dem anderen unheimlich ähnlich. Ihm war klar, daß er auf keinen Fall diese Stufen erklimmen würde. Er wandte sich also ab, versuchte, sich seinen Weg in lichtere Umgebung zu bahnen, wo einen die Angst weniger peinigte, im weiten Bogen den Felsen zu umrunden, wobei er sich durch dichtes Unterholz kämpfen mußte. Irgendwann würde er schon wieder auf seinen Weg stoßen.

Langsam kehrte sein Mut zurück; er blickte nach oben – und erstarrte. Das waren doch Säulen dort zwischen den Farnen und eine aus Stein gehauene Bank. Auch glaubte er, das blaßrosa Kleid einer Frau zu erkennen. Oder spielte ihm der Widerschein des Lichts einen Schabernack? Konnte es sein? Befand er sich direkt an der Grotte der Königin?

Saß die Königin von Frankreich, die man vor über hundert Jahren enthauptet hatte, also nicht auf einem Schemel in der Nähe der Terrasse, wo Mirabelle gewiß ihrer Rolle nachkam, sondern hier in ihrer geliebten Grotte, wo der Legende nach ein Höfling sie aufgesucht hatte, um sie vor der nahenden Gefahr im Oktober 1789 zu warnen?

Das Gesicht konnte er nicht sehen – er wollte es auch nicht sehen. Wenn die Erscheinung etwas näher an den Abgrund trat und auf ihn herabblickte, ob er dann den Schnitt vom Fallbeil erkennen würde? Ob sie überhaupt ein Gesicht hatte? Entschlossen machte er kehrt und stürzte den Weg zurück, den er gekommen war, stolperte über Felsbrocken, stieß und bog Gestrüpp zur Seite und hoffte, den richtigen Pfad wiederzufinden. Wenn jetzt der Höfling angelaufen kam, der »Laufende Mann«, wie ihn die Damen genannt hatten, der zur Königin wollte? Aber niemand kam. »Und singt kein Vogel mehr.« An einem Tag wie diesem war Keats' *La Belle Dame Sans Merci* erschienen. Diese bleierne Schwere und der Geruch von Moder und Zerfall konnte doch nicht nur auf den Augusttag zurückzuführen sein oder auf ein Glas Wein? Unheil lauerte hier; er konnte es förmlich riechen.

Ça suffit! sagte sich Auguste wütend und versuchte, ruhig zu atmen, als er endlich zum Weg, der nach rechts abbog, zurückgefunden hatte. Der würde sich jetzt bis zum Petit Trianon schlängeln, und dort bei der Terrasse würde er Mirabelle sitzen sehen. Noch nahmen ihm Bäume die Sicht, und schon krampfte sich wieder alles in ihm zusammen, als ihm einfiel, daß auch die Damen davon gesprochen hatten, daß hohe Bäume und Marie-Antoinettes Ringspiel ihnen die Aussicht versperrt hatten. Aber das *Jeu de Bague*, ein großer Umbau aus Holz, hinter dem sich ein Karussell verbarg, war längst verschwunden, und die Bäume, die es noch gab, hatte man ausgelichtet, so daß er das Schlößchen eigentlich durchschimmern sehen müßte.

Sie war da! Im Endeffekt hatte er das Bauwerk schneller erreicht als gedacht, und an seiner Nordfront draußen vor der Terrasse saß Marie-Antoinette. Einen kurzen Moment nur dachte Auguste, es könnte Louise und nicht Mirabelle sein. Doch schleunigst verwarf er den Gedanken. Niemals hätte sich Mirabelle davon abbringen lassen, ihre Rolle zu spielen. Wo sie jetzt saß, war im achtzehnten Jahrhundert eine wilde Wiese gewesen, die zum sorgfältig angelegten und von der Königin sehr geliebten Englischen Garten gehörte. Die oft zitierten Damen behaupteten, sie hätten noch hohes Gras dort wachsen sehen – bis an die Terrassenwände – und keine neumodischen Kieswege. Auguste aber war überzeugt, eine leibhaftige und tatsächlich lebende Königin vor sich zu sehen, wie sie da mit ihrem Zeichenblock saß mit blonden Locken unter einem großen weißen Hut.

»Ich bin's, Auguste«, rief sie fröhlich und unnötigerweise.

»*Enchanté*«, gab er inbrünstig zurück und eilte weiter zur Nordwestecke des Gebäudes. Mirabelle saß neben einem großen Rhododendronbusch, der jetzt da stand, wo Miss Moberly die Königin gesehen haben wollte, und Auguste hätte am liebsten unter den Busch gelugt, um sich davon zu überzeugen, daß sich da wirklich kein Geist verbarg. Wäre er allein gewesen, hätte er es vielleicht getan. Da er aber Mirabelles spöttischen Blick befürchtete, lief er weiter um eine Mauer, die den Französischen Garten abgrenzte, und gelangte an die nach Westen gelegene Terrasse. Zu seiner Befriedigung gab es keine Stufen an der Nordterrasse, obwohl die Damen angaben, auf selbigen nach oben geklettert zu sein. Vom hinteren Ende der Terrasse warf er einen Blick hinunter in den Ehrenhof, genau wie es Miss Moberly und Miss Jourdain getan hatten.

Jacob, in seiner Rolle als Mann von der Kapelle, kam ihm die Treppe herauf entgegen; er konnte nicht wie zu Marie-Antoinettes Zeiten eine große Terrasse entlanglaufen, die damals Kapelle und Château verband. Er war enttäuscht gewesen, daß sein dramatischer Auftritt in diesem Stück nicht durch die Tür der Kapelle erfolgen durfte; aber Robert hatte ihm bedeutet, daß er nicht gewillt war, für einen einzigen Nachmittag die Kapelle, ihre Treppen und Gänge restaurieren zu lassen. Und wie war das mit dem »Kiosk«, ging es Auguste plötzlich durch den Kopf, denn den hatte Robert nicht als eine seiner Verschönerungen für diesen Tag erwähnt. Besser, nicht weiter darüber nachdenken.

»Irgendwelche Geister gesehen?« fragte Jacob lachend entgegen allen Spielregeln.

Auguste hielt sich an die Vorgaben und ignorierte die Frage. »Ich wäre Ihnen sehr verbunden, junger Mann, wenn Sie mir zeigen könnten, wie ich hier wieder herauskomme.«

Jacob zuckte die Achseln und geleitete ihn pflichtschuldigst durch den Französischen Garten bis zur Allee, auf der er zurück zum Petit Trianon und Haupteingang kommen würde. Flugs verschwand er wieder, so daß Auguste sich fragte, ob er womöglich zu Mirabelle eilte und er ihm besser folgen sollte. Schließlich hatte Jacob gedroht, nicht nur Robert, sondern auch dessen Braut umzubringen; aber vermutlich hatte er das nur in der Hitze des Gefechts gesagt und nicht ernst gemeint. So blieb Auguste bei seinem ursprünglichen Vorhaben und lief die ihm vorgeschriebene Route bis zum Hauptportal des Schlößchens ab. Nur Roberts Landaulette stand dort, sonst lag der Schloßhof einsam und verlassen.

Was sollte er tun? Es war erst halb vier, Tee hatte man für vier Uhr vereinbart. Dann sollte die ganze Gesellschaft noch einmal ausschwärmen in der Hoffnung – oder auch nicht –, einen Geist zu sichten. Mit dem Rundgang würde das Programm des Nachmittags seinen Abschluß finden; für die Gäste bliebe Zeit, sich ihrer Abendtoilette zu widmen, und auch Auguste könnte sich dann wieder handfesteren Aufgaben zuwenden, den Vorbereitungen zum Dinner nämlich.

Wo würde er Tatjana finden? Er konnte sich durchaus vorstellen, daß sie noch im Automobilmuseum war. Dann setzte ihm plötzlich die Vorstellung zu, sie könne irgendwo bewußtlos liegen, im Trancezustand eines Mediums sein und gegen den eigenen Willen Geister aus der Vergangenheit heraufbeschwören. Unsinn. Er hatte nirgendwo Geister gesehen. Diesmal würde er durch den Französischen Garten zum Grand Trianon gehen, nicht die Hauptallee nehmen. Ringsherum bot sich die Landschaft völlig normal dar, rote Geranien blühten unbekümmert im Sonnenschein, und die perfekten Proportionen des französischen Pavillons auf halbem Wege waren eine Augenweide. Ich glaube nicht an Geister, sagte er sich entspannt und marschierte los. Erregte Frauenstimmen von weiter hinten ließen ihn innehalten, und neugierig geworden ging er die paar Schritte zum Eingang des Englischen Gartens zurück, wo Mirabelle saß. Der Rhododendronbusch versperrte ihm die Sicht, aber offensichtlich stritt sich Marie-Antoinette mit jemandem, und dieser jemand war eine Frau. Vielleicht zwei Marie-Antoinettes? Es konnte schon möglich sein, daß Louise sich mit ihr in den Haaren lag.

Louise – das war die Erklärung. Er entsann sich, daß Louise zuerst gesagt hatte, sie würde vielleicht zur Grotte gehen. War ja möglich, daß sie es sich mit Seiner Majestät und ihrer beider Unterhaltung anders überlegt und sie ein Rendezvous mit Robert in der Grotte mehr gereizt hatte.

Sie mußte es gewesen sein, die er gesehen hatte, und jetzt war sie bei Mirabelle auf dem Rasen. Über den banalen Fakt, daß Ludwig XVIII. schon im vergangenen Jahrhundert die Grotte zerstört hatte, ging er hinweg, indem er sich einredete, nur vom vorgeschriebenen Weg abgekommen zu sein.

Ein Streit zwischen Louise und Mirabelle war deren Privatangelegenheit, ging ihn nichts weiter an. In ihrem Falle handelte es sich nicht um Geister, und nur nach solchen Ausschau zu halten, war seine Aufgabe. Er nahm erneut die Spur Richtung Museum auf. Es war noch offen, als er dort ankam, denn Robert hatte darauf verwiesen, daß sich Seine Majestät darin vielleicht gern umschauen wolle. Tatjana fand er dort allerdings nicht, und auch der Wächter hatte sie schon längere Zeit nicht mehr gesehen.

Auguste versuchte, seiner Unruhe mit gesundem Menschenverstand Herr zu werden. Hier konnte ihr nichts zugestoßen sein, obwohl völlig unerwartet ein Ersatzmann als zweiter Wächter aufgetaucht war. Irgendwie kam ihm der bekannt vor, erinnerte ihn an Bilder von Marie-Antoinettes Hof und Gestalten ihres Gefolges, von denen er kürzlich Stiche gesehen hatte. Kurzerhand entschloß er sich zu einem kleinen Umweg, wollte noch einmal an der Stelle vorbeischauen, wo er die Wächter angetroffen hatte. Ob Tatjana dort war?

Sie war es nicht, aber er begegnete unterwegs Pierre, der, in eine, gelinde ausgedrückt, äußerst lebhafte Unterhaltung mit Winifred vertieft war, die wahrscheinlich auch gerade zum Tee ins Dörfchen wollte. Sie machten allerdings eher den Eindruck, als hätte man sie mitten in dringlichen Geschäften und nicht bei einem gemächlichen Spaziergang aufgehalten.

»Haben Sie meine Frau gesehen, Monsieur Gaston?«

fragte Auguste besorgt. »Sie sollte an sich mit Ihnen zusammen Wächter spielen, den zweiten Mann abgeben, aber als ich vorhin bei Ihnen vorbeikam, standen Sie mit jemand anderem da – einem Mannsbild.«

Pierre blickte ihn verwundert an. »Sie haben doch selbst einen Ersatz geschickt. Ist Ihnen das entfallen?«

Auguste wußte nicht, wie ihm geschah. »Ich?«

»*Mais oui.* Er kam und tat wie selbstverständlich, als ob ich Bescheid wüßte. Und da er auch entsprechend angezogen war, nahm ich an, man hätte die Rollen getauscht.«

»Wer war das?«

Pierre lachte herzlich. »Vielleicht war's ein Geist.« Dann sah er, daß Auguste wenig zum Scherzen aufgelegt war, und fragte vorsichtig: »Haben Sie ihn nicht erkannt?«

»Jetzt wissen wir es, Pierre«, spottete Winifred. »Du hattest einen echten Geist neben dir, und damit gewinnt George die Wette.«

»Unfug.« Pierre war verärgert. »Das sieht dir mal wieder ähnlich. Du hast wie immer eine blühende Phantasie ...« Er verstummte. Auguste ließ sie taktvoll stehen und setzte seinen Weg zum Hameau fort. Nach einem Weilchen drehte er sich um; sie folgten ihm nicht. Auch gut. Diesmal hörte er keine weiteren Schritte, sah auch keinen Robert oder George. Alles um ihn herum war friedlich und normal. Bald würde er am Gartenschlößchen in der Dorfidylle sein, dort erwartete ihn Tee, und Tatjana würde er hoffentlich auch vorfinden, aber keine Geister, keine bösen Eingebungen, nur das Klicken zarter Porzellantassen auf Untertassen und das genüßliche Verzehren von ausgefallenen Leckereien.

Le Hameau war hübsch, fand er, nicht schön. Schön waren Stätten, die zu dieser Welt gehörten, wo Mensch und Natur im Einklang standen. Dieses Kulissendorf aber mit seinen sorgsam kopierten normannischen Bauernhäusern um den künstlichen See, mit seiner Mühle, seiner Meierei, seinem Taubenschlag hatte kein eigenständiges Leben. Es war zum Anschauen, zum Bewundern, zum darin Spielen. Für Marie-Antoinette war es, der Mode von damals folgend, ein Puppendorf, eine Spielstätte, wo sie mit ihren Damen tanzen, dinieren, lachen und singen konnte. Das Haus der Königin dort, ein geräumiges Gebäude mit einem Altan und einem herrlichen Blick über den See, war bei aller äußeren Schlichtheit mit kostbarem Mobiliar ausgestattet. Der riesige Speisesaal konnte hundert und mehr Gäste fassen. Auch ahnte man von außen nicht, welche Unmengen an Nebengelassen es gab und welche Heerscharen von Dienern ihr Werk da drinnen verrichteten. Hier konnte sich Marie-Antoinette noch weiter von der Realität und ihrer Verantwortung als Königin von Frankreich zurückziehen als im Petit Trianon.

Aber wie in jedem Märchen entbehrte auch dieses Dorf nicht seiner Schattenseite, resümierte Auguste. Als Miss Jourdain ein Jahr später, 1902, zu einem zweiten Besuch herkam, hatte sie angeblich abermals übersinnliche Erscheinungen, diesmal im Hameau und in unmittelbarer Umgebung. Jetzt beschrieb sie in ihren Erinnerungen Musik, Stimmen, seidene Gewänder, die sie zart berührten – keine düsteren Eindrücke, durchweg solche, die etwas mit den angenehmen Seiten des Lebens zu tun hatten, die die Königin an diesem Ort erfuhr, wenn sie der Etikette entrinnen wollte.

Aber ganz kann man der Wirklichkeit nie entrinnen. Am 5. Oktober 1789 mußte die Königin nach Versailles zurückkehren, nur um nach Paris geschleppt zu werden und ein paar Jahre später einen grausamen Tod zu erleiden – eine weißhaarige, gealterte Frau von achtunddreißig, von allen verlassen bis auf einen hingebungsvollen Liebhaber. Sogar ihr Sohn, der Dauphin, verriet sie. »Er konnte nach Wien fliehen. Ich weiß es genau.« Auguste erinnerte sich sehr gut der erregten Stimme von Alice. Aber das war wieder eine andere Legende und wohl nichts weiter als Alices sehnlichster Traum. Beweise gab es dafür nicht.

Der Nachmittag war immer noch warm, und die Häuser mit ihrem normannischen Fachwerk spiegelten sich klar in dem Wasser des Sees. Es herrschte eine für ihn befremdliche Stille. Auguste hatte damit gerechnet, daß sich die Gesellschaft am anderen Ende des Sees schon zum Tee eingefunden hatte. Ein Blick auf seine Taschenuhr sagte ihm: fünf vor vier. Seltsam. Wo waren die alle? Er sah lediglich zwei Gestalten; eine davon war mit Sicherheit Seine Majestät und die andere vermutlich Mr. Sweeney, sein Privatdetektiv. Dabei war Seine Majestät ein hartnäckiger Verfechter von Pünktlichkeit. Aber wenigstens eine bange Frage löste sich von selbst, denn eine dritte Person erschien hinter den beiden auf der Bildfläche, und das war Tatjana in ihrer Dorftracht mit Rock und Mieder.

Er lief an dem Achtung gebietenden Marlborough-Turm am Seeufer vorbei, an Anlegesteg und Fischerhütte. Als er die Meierei erreichte, fiel ihm ein, daß die Königin an diesem Ort immer spuken sollte, denn dort spielte sie gern Kuhmagd und fertigte eigenhändig Butter aus der Milch an, die von ihrem Kunstdörfchen nebenan kam. Zweifelsohne war auch der Bauernhof zum Entzücken der Königin aufs peinlichste sauber und aufgeräumt. Kuhfladen durften den zierlichen Fuß nicht beschmutzen. Die Tiere hatten vermutlich Instruktionen erhalten, ihren natürlichen Bedürfnissen nur zu festgelegten Zeiten nachzukommen, um derart peinliche Situationen zu vermeiden.

Schon wollte er weitereilen, da konnte er der Eingebung nicht widerstehen, kurz in die Milchwirtschaft hineinzuschauen. Was er sah, erschreckte ihn. Schemenhaft, ihm mit dem Rücken zugewandt, erblickte er ein wohlvertrautes kurzes, cremefarbenes Gewand, ein grünes Mieder und einen weißen Hut. Doch die Königin war nicht allein. War es König Ludwig XVI., der seine Frau umarmte? Sein Herz klopfte spürbar, er wagte dennoch einen zweiten Blick – und entspannte. Es war Jacob, und in seinen Armen lag Marie-Antoinette. Natürlich warf auch diese Konstellation interessante Fragen auf, aber wenigstens war die Dame kein Geist. Es mußte Mirabelle sein, eng umschlungen mit ihrem verflossenen Liebhaber.

Draußen vor dem Haus der Königin hatte man Tische aufgestellt, und Diener waren zur Hand. Tatjana plauderte mit Bertie, und ausnahmsweise sah Auguste die traute Verwandtschaftsszene mit Vergnügen.

»Ah, der Gespensterjäger!« begrüßte ihn Bertie ausgesprochen fröhlich. Die Mittagsruhe mußte ihm gut getan haben. »Wie steht's mit meiner Wette?«

»Ich werde mein Urteil um sechs Uhr verkünden, Sir. Wir müssen ja die Geistertour erst noch einmal nach dem Tee absolvieren.« Landete man in England auf dem Schafott, wenn man dem Monarchen eine Antwort schuldig blieb? Glücklicherweise nahm es Bertie mit Humor. »Hauptsache, Sie sorgen dafür, daß ich gewinne, sonst büßen Sie es mit Ihrem Kopf.«

Auguste schluckte; er versuchte, auf ein neutrales Thema auszuweichen. »Ist noch niemand weiter hier, Sir?«

Bertie runzelte die Stirn und konsultierte ostentativ seine kostbare Uhr. »Es ist vier Uhr«, erwiderte er. Die kurze Feststellung sagte alles.

»Wo hast du gesteckt, Tatjana?« Auguste versuchte, so harmlos wie möglich zu klingen. Das war ihm deutlich mißlungen, denn reichlich verwundert sah sie ihn an. »Hier«, war ihre Antwort.

»Du solltest doch aber den zweiten Wächter spielen.«

Noch größere Verwunderung. »Du hast jemand anderen gebeten, die Rolle zu übernehmen. Ich bin wie vereinbart in die Gärten gelaufen. Aber außer Pierre war da schon ein anderer Mann. Der sagte, du hättest ihn gebeten, den Part zu spielen; ich dachte halt, du hättest vergessen, es mir zu sagen. Es störte mich nicht weiter. Ich ging wieder zurück und habe mir die frühen de Dions im Museum angeguckt. Dann bin ich hierher gekommen. Bertie und ich haben über alte Zeiten geschwatzt.«

»Alte Zeiten?« Das ließ nichts Gutes ahnen.

»Bertie hat uns früher immer in Paris besucht. Einmal hat er mich sogar ins Moulin Rouge mitgenommen. Papa hätte das natürlich mißfallen.«

»Hmm.« Bertie räusperte sich, ein Zeichen, daß er auch nicht gerade erbaut war. An früheren Zeiten rührte er nicht gern. »Das war eine Sondervorstellung, Tati. Zu einer normalen Show hätte ich dich nie mitgenommen.«

»Nein.« Tatjana lachte. »Ich weiß noch, wie ich einmal mit Robert in die Moulin-Rouge-Gärten gegangen bin; da zog Le Petomane auf der kleinen Bühne seine Nummer in dem Gipselefanten ab. Ich war völlig hingerissen.«

Seine Majestät war sichtlich schockiert. Unterhaltung der Art, daß ein Darsteller mit Hilfe seines Afterschließmuskels musikalische Töne von sich gab, war eine Sache, über die Damen Stillschweigen bewahren sollten, auch Tatjana. Belustigungen dieser Sorte waren reine Männersache. »Ich dachte, Ihre englische Teestunde war für vier Uhr angesetzt?« Er sah Auguste mit bohrendem Blick an.

»Ja, Majestät. Ganz wie und wann Sie wünschen. Es ist an ein zwangloses Büfett gedacht, wie es jedem beliebt. Wahrscheinlich ist das der Grund, weshalb die anderen Gäste noch nicht eingetroffen sind.« Lag es wirklich daran? Er hatte nicht den blassesten Schimmer. Wo waren sie alle?

»Ich warte nicht länger.«

Englischer Tee in einem normannischen Dörfchen gleich neben einem englischen Garten. So hatte es sich Auguste vorgestellt, und Robert, der Gastgeber, hatte diesem Vorschlag bereitwillig zugestimmt. Vielleicht hatte auch er ein wenig seinen Träumen nachgehangen. Was bot sich schon Besseres an – ein Nachmittag im August, englischer Rasen am Flußufer, englischer Tee, ein leichter Imbiß, der alle Möglichkeiten offen ließ wie ein schöner Sommertag auch. Teegebäck, Weißbrotschnittchen (nicht gerade beliebt bei Seiner Majestät), *patisserie*, Götterspeise, Biskuitdessert und schließlich die Eisspezialitäten in den Metallbehältnissen, die wie Früchte geformt waren, je nach Art der Frucht, die den Geschmack gab. Heute war es Pfirsich, und Pfirsichscheiben zierten die Köstlichkeit.

Das *pièce monté* aber würde ein Schwan sein. Er war aus zartestem Biskuit, saß auf einem Untergrund aus Baiser und war umhüllt von einem Hauch von Zuckerwatte. Gerade das mit der Zuckerwatte hatte Auguste große Sorgen gemacht, denn die konnte man erst in letzter Minute drapieren, und so mußte dieser Arbeitsgang ohne den prüfenden Blick seiner Adleraugen geschehen. Wie er so darüber nachdachte, fiel ihm auf, daß das Kunstwerk noch gar nicht da war, und er eilte in das Haus der Königin, um nachzuforschen. Aber auch dort war es nicht, wenngleich man ihn beruhigte, es würde jeden Moment gebracht werden. Da er es nicht holen konnte, praktisch machtlos war, kehrte er ungehalten zur Gesellschaft zurück, wo sich inzwischen mehrere Personen eingefunden hatten.

Tatjana unterhielt sich mit George. Der hatte immer noch seinen Sombrero auf; aber den schwarzen Mantel hatte er abgelegt, so daß seine etwas eigentümlichen schwarzen Hosen voll zur Geltung kamen. Er wirkte gedämpft. Winifred, die vom Laufen frische Farbe hatte, kam zusammen mit Pierre, doch von Jacob, Alice oder Mirabelle war noch keine Spur. Auch nicht von Louise, wie er feststellte, die doch vorher ihre Absicht kundgetan hatte, sich hier mit Bertie vergnügen zu wollen. Oder war es Louise in der Meierei mit Jacob gewesen? Wenn ja, wo war dann aber Mirabelle? Und warum fehlte Alice?

Fünf Minuten später jagte er wieder ins Landhaus, wollte sehen, ob der Schwan inzwischen da war. Robert selbst brachte ihn gerade angeschleppt, er trug ihn schändlicherweise in einem großen Waschzuber. Der Korb, den Auguste für den Transport bereitgestellt hatte, war offensichtlich für etwas anderes gebraucht worden. Das war mal wieder typisch für Monsieur Grospied, schäumte Auguste und flog förmlich zu seinem geliebten Schwan. Dem fehlte immer noch die Zuckerwatte.

»Ich wußte, wie wichtig Ihnen das Stück war, Auguste«, sagte Robert allen Ernstes, »deshalb hatte ich angeboten, es selbst mit meinem Auto herzufahren, als der Koch jammerte, daß es dringlichst her müßte.« Dankbar nahm ihm Auguste seine Bürde ab. »Ich mache mir um Louise Sorgen. Haben Sie sie gesehen?« fragte Robert. Er wirkte in der Tat nervös, und das war verständlich. Louise konnte leicht Unheil stiften, auf Rache versessen, wie sie war.

»Ich hatte gehofft, Sie hätten ihr zureden können, wieder wegzufahren.«

»Wenn mir das nur gelungen wäre. Aber Louise kann man überhaupt nicht zureden. Mir war so, als ob sie ins Petit Trianon ging, aber ich habe sie dort nicht gefunden. Ist sie wirklich nicht hier?«

»Ich kann nicht genau sagen, ob ich sie gesehen habe«,

begann Auguste behutsam, als beide nach draußen gingen. »Ich habe eine der Marie-Antoinettes in der Grotte gesehen, und Mirabelle stritt sich mit einer Dame, die durchaus Louise hätte sein können.«

»Das ist schlecht möglich«, ließ sich Bertie vernehmen. »Muß ein Geist sein, den Sie da gesehen haben. Louise war hier bei mir. Und damit gewinnt wohl das Pferd, auf das ich gesetzt habe, die Wette, wie?« Er gluckste fröhlich, ob über seinen Witz oder die vorzüglichen Häppchen, blieb dahingestellt. »Sie haben einen Geist gesehen.«

Auguste war plötzlich der Appetit auf sein *petit éclair* vergangen.

»Den ganzen Nachmittag, Sir?« fragte Robert und hatte seine Zweifel.

»Sie war hier; allerdings waren wir nicht die ganze Zeit zusammen. Sie sagte, sie sei müde, und da habe ich sie hier ins Gartenschloß geschickt, um sich auszuruhen. Ich fand das einigermaßen sonderbar, denn sonst kannte ich sie ganz anders; aber Sie wissen ja, wie Frauen sind.« Bertie versuchte, seine Bemerkung mit einem Lacher abzutun.

Auguste konnte er nichts vormachen. Es war viel wahrscheinlicher, daß Bertie müde war und einnickte. Tatjana erbot sich, drinnen nachzuschauen, und kam fünf Minuten später wieder zurück mit dem Bescheid: »Dort ist sie nicht.«

»Sie muß aber dort sein«, grunzte Bertie. »Ich habe Sie dorthin geschickt.«

»Vielleicht ist sie noch bei Ihrer Frau, Robert«, sagte Auguste, »falls sie es war, die ich mit ihr auf dem Rasenstück streiten hörte.« Kaum hatte er das gesagt, war ihm klar, daß das gar nicht stimmen konnte, denn Mirabelle hatte er doch in Jacob Fernbys Armen liegen sehen.

»Mirabelle sehe ich hier auch nirgends.« Robert ahnte Schlimmes.

»Mir ist Alice ebenfalls abhanden gekommen«, erklärte Pierre heiter, während ihm ein Diener das Glas neu einschenkte. »Weit und breit nicht zu erblicken.«

Der Champagnerfizz, eine Alternative zum Tee, erfreute sich allgemeinen Zuspruchs, und sorgenvolle Betrachtungen über verlorengegangene Ehefrauen hielten sich nicht lange in der heiteren Runde. Auch Auguste wurde lockerer, und er wunderte sich nicht weiter, als Jacob etwa gegen halb fünf auftauchte, Louise und Mirabelle aber verschwunden blieben. Winifred hatte gemeint, die Damen könnten sich zu einem Plauderstündchen zurückgezogen haben, und mit dieser Vermutung gab man sich allgemein zufrieden. Auguste konnte dem Gedanken nicht viel abgewinnen, apartes Klingenkreuzen schien ihm wahrscheinlicher; aber der Champagnertrunk machte beschwingt. Vielleicht war ein bißchen zu viel Sekt darin, doch Grübeleien ließen sich damit herrlich weit wegschieben. Noch eine Stunde Nervenprobe, dann würde sich alles versammeln, um seinen Urteilsspruch und damit den Ausgang der Wette zu hören. Danach würde er sich der Aufgabe widmen können, die ihm am meisten lag – dem grandiosen Dinner um acht Uhr. Ein weiteres Mal würde man in den ehemals königlichen Küchen ein Dinner bereiten, noch dazu eins, das selbst das grandiose Diner übertreffen würde, das im April 1784 dem Comte de Haga geboten wurde. Übrigens war dessen Name auch Teil einer Maskerade; denn wie Marie-Antoinette hatte Gustav III., König von Schweden, den Hang, sich den Verpflichtungen eines Monarchen zu entziehen. So liebte er es, sich als Graf Haga nach seinem Schloß in der Nähe von Stockholm auszugeben, das gewissermaßen sein Petit Trianon war. Das wäre ein hübsches Bild, dachte Auguste, wenn alle gekrönten Häupter von Europa ihre Kronen ablegten und miteinander ein Maskenspiel aufführten. Bertie, zum Beispiel, als Kasperlefigur oder Krebsfischer, wenn nicht gerade alle Welt auf ihn blickte.

Er beschloß, noch ein wenig um den See zu spazieren und sich dann wieder zu den anderen zu gesellen. Unterwegs und mit sich alleine konnte er in den Einzelheiten des bevorstehenden Dinners schwelgen, die einzelnen Schritte noch einmal durchgehen, für die er als Küchenchef verantwortlich war. Alles wollte bedacht sein, die Kräuter für die Sauce, die zum *sauté de filets de lapereau* serviert werden sollte, die *concombres à l'espagnole*, die holländische Sauce für die *poulets à la reine* und hundert andere berückende Aufgaben. Sein ganzes Leben lang hatte er Gerichte *à la reine* zubereitet und sich nie Gedanken über die Herkunft der Bezeichnung gemacht; erst jetzt fiel es ihm auf, da er für die Königin persönlich kochen durfte – nein, für den König, berichtigte er sich. Für Ludwig XVI., nein, für Bertie! Der Sekt mußte ihm wohl ziemlich zu Kopf gestiegen sein.

Er kam sich wie in einem Grimmschen Märchen vor, als er an den makellos sauberen, auffallend hübschen, unbewohnten Häuschen vorbeiwanderte – nur das eine etwas zurückgesetzte auf der rechten Seite, in dem der Parkwächter wohnte, machte eine Ausnahme. Auguste hätte sich nicht gewundert, wenn eine künstliche Taube aus dem Taubenschlag geflogen wäre, dessen eingebauter Mechanismus sie alle halbe Stunde erneut in Bewegung setzte. Stille herrschte ringsherum, nur das Stimmengewirr der anderen an den Tischen hinter ihm hallte über den ruhigen See, weiter über die Landungsbrücke am Marlborough-Turm und bis zur Meierei. Er nahm allen Mut zusammen und lugte noch einmal hinein, sah aber nichts als gähnende Leere. So blieb es eine müßige Frage, ob Jacob einen Geist oder eine Frau in den Armen gehalten hatte.

Als Auguste wieder bei der Gesellschaft anlangte, war Pierre in einem merklichen Stadium der Erregtheit und ereiferte sich über die möglichen Gründe von Alices Abwesenheit. Nie würde sie Tee mit Seiner Majestät ausschlagen und lieber mit Louise und Mirabelle schwatzen. Mit gedämpfter Stimme, um Seine Majestät nicht zu stören, stritt er sich mit Winifred, und ehe er sich's versah, war Auguste ebenfalls in den Streit verwickelt.

»Du mußt sie gesehen haben, Winnie. Ihr habt beide die Dorfschönen gespielt. Sie war mit dir zusammen. Was hast du mit ihr gemacht?«

»Nichts«, zischte Winifred. »Alice ging los, gleich, nachdem Auguste zehn nach drei bei uns vorbeigekommen war.«

»Wo ist sie dann aber jetzt?«

»Vielleicht bei dem zweiten Wächter, den Sie geschickt haben, Auguste«, wehrte sich Winifred. »Den sehe ich auch nirgends.«

»Ich habe keinen zweiten Mann geschickt. Tatjana war für die Rolle mit Pierre zusammen vorgesehen.«

»Er hat aber gesagt, Sie hätten jemand anderen geschickt«, beharrte Pierre streitsüchtig.

»*Non.* Ich bin hier nur Küchenchef.« Auguste hatte Pierres großes, verärgertes Gesicht so dicht vor seiner Nase satt. Er war für das Essen drinnen auf dem Tisch verantwortlich, nicht für die Vorgänge hier draußen. Nein, das stimmte nicht. Sein Kopf war immer noch wirr. Sie waren ja auch keine richtigen Wächter oder Höflinge. Oder war dieser mysteriöse zweite Wächter ein zweiter Geist?

»Sie ist bei den anderen Damen, was anderes kann nicht sein«, behauptete Winifred.

Pierre wurde puterrot. »Wenn sie bei der *poule de luxe* ist, bring ich sie um.«

»Wen, Pierre? Ihre Frau oder Louise?« fragte Auguste interessiert.

Pierre starrte ihn an. »Ich bitte um Entschuldigung, Auguste. Ich bin etwas durcheinander. Ich empfinde keine Zuneigung für La Dervicheuse, und das weiß Alice.«

La Dervicheuse. Verrückt, wie oft dieser Name immer wieder auftauchte. Dann aber dachte Auguste, es sei durchaus verständlich, weil viele der hier Anwesenden sich zum ersten Mal begegnet waren, als Louise auf der Höhe ihres Ruhmes stand.

»Während wir die Route noch einmal ablaufen, könnten ein paar von uns doch nach den Damen Ausschau halten«, schlug er versöhnlich vor.

»Und nach Jacob«, meinte Winifred. »Der ist auch wie vom Erdboden verschwunden.«

»Und nach dem zweiten Wächter«, fügte Pierre hinzu.

»Hab ich da eben meinen Namen gehört?« Jacob trat aus dem Landhaus, in dem sich auch Ruheräume befanden. Damit blieben nur noch drei – vier? -- Personen verschwunden. Auguste kam mit den Zahlen nicht zurecht und gab es auf. In einer Stunde würde man von ihm das Urteil erwarten, würde wissen wollen, ob er am Nachmittag irgendwelche Geister gesehen hätte, und noch hatte er nicht die geringste Ahnung, wie sein Urteilsspruch lauten würde. Und dazu war es ein Urteil, an dem Seine Majestät ein höchst persönliches Interesse hatte.

»Also gehen wir«, drängte Robert. »Am besten, wir gehen direkt zum Petit Trianon: Wenn, dann sind sie dort. Ich bin sicher, Louise hat es dorthin gezogen.«

»Sie war hier«, knurrte Bertie.

»Vielleicht ist sie gegangen, als Sie ein wenig eingenickt waren, Majestät«, gab Winifred taktlos zu bedenken.

»Ich nicke nie ein, Madam.«

Alle (außer Seiner Majestät, der zum Petit Trianon mit dem Automobil fuhr) nahmen den direktesten Weg zum Haupthaus, vorbei an der Insel mit dem Liebestempel, einem Teil der Anlagen, den Auguste noch nicht gesehen hatte. Für ihn hatten die Gärten ohnehin längst ihren Zauber verloren, und je mehr sie sich dem Château näherten, desto mehr sehnte er sich nach der heiteren Ruhe seiner Küchenräume. Ihm würde obliegen, den ganzen Geistersuchpfad noch einmal abzuschreiten. Sie kamen an die Nordterrasse, wo sie die Stufen hinaufgehen mußten, um ins Haus zu gelangen. Sein Herz schien versagen zu wollen.

»Ich gehe hinein«, sagte Robert. »Sie durchsuchen ...«

»Nicht nötig«, rief Auguste. »Mirabelle ist immer noch dort vor der Terrasse ... und ...«

Seine Stimme erstarb, als er das Geschehen erfaßte. Ohne seine Bewegungen bewußt steuern zu können, stolperte er auf die hingestreckte Gestalt zu. Marie-Antoinette zeichnete nicht mehr. Sie war vom Schemel auf den Kiesweg neben dem Rhododendronbusch gesunken. Ihr Hut war verrutscht und verdeckte ihr Gesicht und, wie zu befürchten war, auch Blut. Neben ihr stand eine zweite Marie-Antoinette, ein mit Blut beschmiertes Tranchiermesser in der Hand. Vom Geräusch der Hinzueilenden aufgeschreckt, schaute sie hoch.

»Sie ist tot!« schrie Alice. »Oh, Pierre, man hat sie geköpft!«

4. Kapitel

»Nein, nicht Sie, Robert!«

Nach einem ersten Moment des Entsetzens hielt Auguste den Grafen zurück, der zu der gekrümmten Gestalt stürzen wollte. »Überlassen Sie das mir.« Keiner von den anderen hätte gewußt, wie man sich in so einer Situation verhielt. Was zu tun war, wußte allein er, auch wenn er nur widerwillig handeln würde. Man mußte die Polizei in der Préfecture benachrichtigen, aber so lange würde Robert nicht warten, um die grausame Wahrheit bestätigt zu bekommen – daß es Mirabelle war, deren Kopf unter dem großen, ehemals blütenweißen Hut lag. Selbst aus einigen Metern Entfernung sagten die roten Flecken alles.

Robert schwankte kurz. Dann, während Auguste auf den Leichnam zueilte, stürzte er sich auf Alice, packte sie an ihrem freien Arm und schrie sie an: »Was hast du angerichtet, du englisches Miststück?«

Pierre stand wie angewurzelt, und so kam George ihr zur Hilfe und versuchte ein schwaches: »Nur immer hübsch die Ruhe bewahren.«

»Ich war es nicht!« kreischte Alice. »Ich hab es nicht getan!«

»Das Messer«, stotterte Pierre. »Was machst du mit dem Messer?«

Alice blickte auf das Messer, als wäre sie selbst überrascht, es in ihren Händen zu sehen, zog die Stirn in Falten, sah prüfend auf ihren blutbefleckten Marie-Antoinette-Rock und erklärte verwirrt: »Ich muß mich umziehen gehen, das Kostüm ist hin.«

»Noch nicht. Ich sage Ihnen, wann Sie das tun können«, entschied Auguste. Um die Leiche konnte er sich erst einmal nicht kümmern, er mußte die Sache hier in der Hand behalten. Alice, so schien es zumindest, hatte einen Menschen mit dem Messer umgebracht, und Schlimmeres konnte noch passieren, wenn man sie in ihrem augenblicklichen Zustand weiter erregte. »Darf ich Sie von dem gräßlichen Messer befreien, Alice?« Er bemühte sich um einen ganz normalen Tonfall. »Und, George, Sie könnten sie am Arm nehmen und ein wenig stützen. Nach diesem Schock könnte sie leicht in Ohnmacht fallen.« Beflissen kam George der Aufforderung nach. Er sah aus, als würde er selbst jeden Moment wegkippen. Immer wieder mußte er zu dem leblosen Körper auf der Erde blicken.

Alice ließ es mit sich geschehen, wehrte sich nicht, als Auguste ihr das Messer abnahm, vorsichtig mit einem Taschentuch, genau wie Hauptinspektor Egbert Rose von Scotland Yard verfahren wäre. Er hätte nicht dafür garantieren können, ob es seins war, möglicherweise war es eins aus der Wäscheausstattung, die Robert zur Verfügung gestellt hatte. Aber das spielte auch keine Rolle, es würde Alices Fingerabdrücke auf dem Griff sichern, und sollte sie wider Erwarten nicht die Mörderin sein, würde man mit Sicherheit andere Abdrücke darauf sehen. Das Verfahren, Fingerabdrücke von Gegenständen zu nehmen, steckte noch in den Kinderschuhen, aber er wußte von Egbert, daß die Gerichte zunehmend beeindruckt waren von dieser Art der Beweisführung.

Die Greueltat hatte Auguste völlig ernüchtert, trotzdem wirbelten in seinem Kopf die Gedanken durcheinander.

War es wirklich Mirabelle, oder war es womöglich Louise, die dort lag? Und wieso steckte Alice plötzlich im Kostüm der Marie-Antoinette?

»Tatjana«, sagte er ruhig, denn er wußte sie neben sich und merkte sehr wohl, daß sie am ganzen Körper zitterte, »geh bitte ins Haus und telefoniere mit der Sûreté Générale. Frage nach Inspektor Chesnais. Wenn der nicht da ist, dann versuche, den Präfekten von Versailles zu erreichen.« Als er das letzte Mal Inspektor Chesnais gesehen hatte, stand er auf dessen Befehl hin unter Arrest, aber jetzt war der unpassende Moment, irgendwelchen Groll zu hegen. Wenn nur Egbert hier wäre. Nie hätte Auguste geglaubt, es könnte ihn in Frankreich, seinem Heimatland, nach der beruhigenden Gegenwart eines Engländers verlangen.

Robert schien mit sich uneins zu sein, ob er Tatjana begleiten sollte oder nicht, aber Winifred übernahm deren Rolle und versuchte, ihm etwas Halt zu geben und ihn zu beruhigen, vielleicht auch, sich selbst zu beruhigen. Pierre und Jacob standen leichenblaß beieinander.

Auguste wurde es immer leicht übel, wenn er Blut sah, aber da keiner von den anderen seine Autorität in Frage stellte, mußte er bei der Leiche bleiben. Oder lag es daran, daß er ein Außenstehender war, der Joker in diesem Spiel der High Society, auf den sich alle verließen, wenn die Regeln des gesellschaftlichen Dekorums außer Kraft gerieten. Würde man erst einmal den großen weißen Hut zur Seite ziehen ... nein, nicht noch die Sache schlimmer machen und sich ausmalen, was man dann sehen würde, es war so schon furchtbar genug. Vorsichtig schob er dennoch den Hut beiseite, und als er wegglitt, kamen ihm Tee und Sekt gleichermaßen hoch, und er mußte würgen.

»Wer ist es?« krächzte Jacob.

Mirabelles blonde Locken, die einst bei jeder Bewegung

mithüpften und tanzten, waren jetzt voller Blut, das deutlich von einer tiefen Schnittwunde durch die Kehle herrührte. Blut war überall, hatte das weiße Brusttuch über dem grünen Mieder durchtränkt, hatte Spritzer auf Büschen, Kies und Mauerwerk hinterlassen. Behutsam fühlte er nach ihrem Puls, wenngleich sie eindeutig tot war. Kein Pulsschlag; er blickte hoch und zu Robert und schüttelte den Kopf.

Robert heulte gepeinigt auf, stöhnte nur »Mirabelle« und stieß Winifred von sich, die in gut gemeinter Fürsorge den Arm tröstend um ihn gelegt hatte. »Lassen Sie nicht das Weib da aus dem Auge, George«, schrie er. »Sie ist eine Mörderin, sie ist wahnsinnig. Oh, meine Mirabelle.«

»Alice würde keiner Fliege etwas zuleide tun«, begehrte Pierre verzweifelt auf, »geschweige denn Ihrer Frau, Robert.« Für einen Ehemann, der seine Frau verteidigen wollte, war es eine schwache Leistung, aber wenigstens ging er jetzt zu ihr, um sie zu schützen.

»Ich hab es nicht getan, wirklich nicht.« Erneut strömten ihr Tränen übers Gesicht.

»Wie, um Himmels willen, kommen Sie aber zu diesem Kleid, Alice?« fragte Winifred.

»Ich wollte einfach auch die Königin spielen«, schluchzte sie. »Schließlich ist sie meine Vorfahrin. Ich hatte mit meiner Zofe ausgemacht, daß sie das Kostüm im Haus des Wächters bereithalten sollte, und gleich, nachdem Auguste bei uns vorbeigegangen war, habe ich mich umgezogen. Ich wollte euch alle überraschen.«

»Das ist dir gelungen«, stammelte Pierre.

»Und wo ist Louise?« wollte Winifred wissen.

»Sie haben die doch nicht etwa auch auf dem Gewissen?« grollte George; vermutlich fühlte er sich in seiner gegenwärtigen Position verpflichtet, so zu fragen.

»Nein«, jammerte Alice. »Das Kostüm gehört mir. Ich habe es eigens anfertigen lassen. Bitte, sei mir nicht böse, Pierre. Es war teuer.«

Pierre beschäftigten ganz andere Dinge als Haushaltsrechnungen. »Louise – natürlich, die ist an allem Schuld«, rief er erleichtert.

»Ihre Frau steht hier, man hat sie mit dem Messer in der Hand gefunden, und auf ihrem Kleid sind Blutspuren«, hielt Robert ihm entgegen. Entsetzt schaute Alice auf die Blutflecken.

La Dervicheuse ließ sich natürlich am ehesten beschuldigen. Wenn Auguste sich richtig erinnerte, gehörte zu ihrem Auftritt auch ein Messer, und das jonglierte sie mit ungeheurem Geschick. Und gab es einen, der mehr Grund hatte, Mirabelle lieber tot als lebendig zu sehen? Schon kreisten seine Gedanken um die neue Konstellation von drei Marie-Antoinettes; doch mit dieser Problematik würde er sich erst später beschäftigen. Im Augenblick durfte ihn nur der Leichnam zu seinen Füßen interessieren und Beweismaterial, das vielleicht herumlag, und schon machte er sich an die Spurensuche.

Tatjana war ziemlich rasch wieder da. »Der Inspektor wird in einer Stunde hier sein, die Polizei von der örtlichen Préfecture aber kommt jeden Moment.« Sie schwieg, dann: »Ist es ...«

»Ja, *ma mie*,« schnitt ihr Auguste ernst das Wort ab. »Es ist Mirabelle.«

Sacht berührte sie Roberts Arm. »Kommen Sie, gehen wir hinein. Das hier ist nicht der rechte Ort für Sie.«

Auguste nutzte die Gelegenheit und forderte die Umstehenden auf: »Mir wäre lieb, Sie gingen alle ins Schloß und blieben dort, bis die Polizei kommt. Man wird mit jedem von uns sprechen wollen.«

»Es reicht doch, wenn die wissen, daß die Frau dort das Messer in der Hand hatte«, stöhnte Robert. »Ich setze mich nicht in einen Raum mit der Mörderin meiner geliebten Mirabelle.«

»Das ist verständlich.« Auguste suchte nach einem Ausweg und mußte schnell handeln. »George, Sie gehen mit Alice und Pierre in das Vorzimmer an der Treppe oben, und alle anderen versammeln sich bitte im Salon.«

»Vielleicht wird George besser woanders gebraucht«, warf Tatjana sachlich ein. »Bei Alice könnte einer der Detektive Seiner Majestät bleiben.«

Wie recht seine Tatjana mal wieder hatte. Schlagartig ging ihm auf, daß er etwas Entscheidendes übersehen hatte. Wie konnte er nur vergessen, daß im Petit Trianon Bertie saß und sehr wahrscheinlich Auguste Didier grollte, der ein weiteres Mal an einem Mord schuld war. Tatjana hatte ihn vermutlich von der Sachlage informiert. Auf Inspektor Chesnais zu warten schien fast die angenehmere Wahl zwischen zwei Übeln.

Die Polizisten aus Versailles trafen zuerst ein, und da sie ihn als einzigen bei der Leiche vorfanden, reagierten sie prompt und folgerichtig, verhafteten ihn und wollten ihn unter bewaffneter Begleitung zum Petit Trianon bringen. Erst als er ihnen sagte, daß er Inspektor Chesnais gut kannte und außerdem ein Verwandter des Königs von England sei, der sehr ungehalten sein würde, wenn man seinen Cousin des Mordes beschuldigte, nahmen sie von ihrem Vorhaben Abstand.

Als Chesnais mit seinem Stab aus Paris endlich eintraf, war Auguste ungemein erleichtert. Nicht, daß ihm Chesnais bei vorangegangenen Begegnungen sympathisch gewesen wäre, aber in der jetzigen Situation empfand er ihn als Retter. Er war von kleiner Statur, hatte stechende

Augen, fiel in seiner Art durch *laissez-faire* und *bonhomie* auf und machte den Eindruck eines Mannes, für den der Arbeitstag nur ersonnen war, um sich Appetit für Lunch und Dinner zu machen. Ganz abwegig fand Auguste eine solche Haltung nicht, aber ein Polizist mußte von einer anderen Pflichtauffassung durchdrungen sein. Außerdem konnte Lust aufs Essen auch zu Enttäuschungen führen, wie Auguste nur allzu gut wußte. Chesnais verzog keine Miene, als er sich den Leichnam anschaute, in aller Ruhe mit den Polizisten sprach und sich schließlich Auguste zuwandte.

»*Monsieur l'agent* berichtet, Sie hätten ihm das Messer übergeben, Monsieur Didier«, äußerte er ohne Hast, nachdem er ihn förmlich begrüßt hatte. »Scheint dem Verbrechen, das uns das letzte Mal zusammenführte, nicht ganz unähnlich.«

Auguste atmete tief durch. »Ich habe das Messer Madame Gaston abgenommen; wir fanden sie mit dem Messer in der Hand neben der Leiche stehend. Für diesen Tatbestand gibt es genügend Zeugen, Inspektor, unter anderen Comte de Tourville.«

Chesnais sah enttäuscht aus; fast konnte man meinen, er hatte gehofft, daß sich seine früheren Verdächtigungen zur Person Augustes bestätigen würden. »*Le pauvre.* Ich habe bereits mit ihm gesprochen, er ist tief erschüttert über den Tod seiner Frau.« Nach einer kurzen Pause wollte er wissen: »Weshalb sind alle so seltsam kostümiert?«

»Um die Geister zu animieren.« Es war eine wahrheitsgemäße Antwort, und Auguste hatte damit gerechnet, daß Chesnais stutzen würde; aber nicht einmal um den säuberlich gezwirbelten Schnurrbart zuckte es.

»Ach so, den Geist von Marie-Antoinette. Zu dieser Jahreszeit soll sie ja immer die Gegend hier heimsuchen. Nur, soviel ich gehört habe, trägt sie meist rosa. Die Kleidung dieser bemitleidenswerten Dame da ist aber crème und grün. Unbedeutende Feststellung vielleicht.« Sinnend blickte er auf die Tote, neben der jetzt der Arzt kniete.

»Es ist wegen einer Wette, *monsieur l'inspecteur*«, erklärte Auguste und war bemüht, Chesnais' nebensächliche Bemerkung, die sich auf »rosa« bezog, zu verdrängen. »Einige Gäste glaubten, der Geist Marie-Antoinettes würde erscheinen, andere nicht.«

»Und nun liegt Comtesse de Tourville ermordet da, und vollbracht hat es die Engländerin. Sie muß von Sinnen sein.«

»Auf den ersten Blick scheint es so, ja.«

»Auf den zweiten Blick auch. Ich möchte meinen, unser beider Freund Inspektor Rose würde genauso denken – mit einem Messer in der Hand neben dem Leichnam stehen ist Beweis genug«, bemerkte Chesnais trocken.

»Das Blut war schon geronnen, und das paßt zu ihrer Geschichte, sie sei kurz vor uns dorthin gekommen, hätte die Gräfin tot vorgefunden und voller Entsetzen das Messer aufgehoben.« Auguste entwickelte das Nachmittagsprogramm und erzählte von dem Treffen vor dem Gartenschloß. Chesnais hörte aufmerksam zu.

»Waren die Gräfin oder Madame Gaston auch im Hameau?«

»Ich weiß nicht«, gestand Auguste unglücklich.

»Und wieso nicht? Zuviel Tee vielleicht?«

»Nein. Ich ... hm ... eine Marie-Antoinette habe ich kurz gesehen, aber ich wußte nicht, daß Madame Gaston sich ebenfalls als Königin verkleidet hatte. Auch sie hat blondes Haar; aber an sich sollte sie für den Nachmittagsauftritt ein vierzehnjähriges Mädchen darstellen und entsprechend kostümiert sein.«

»Warum hat sie die Rollen gewechselt?«

»Sie behauptet, sie hätte ihren Mann überraschen wollen. Sie glaubt, sie stammt von Marie-Antoinette ab.«

»Und wieso konnten Sie nicht ausmachen, wer welche Königin war?«

Auguste hielt es für das Beste, nichts zu verbergen. »Weil sie in der Meierei in den Armen von Mr. Fernby lag, und da konnte ich ihr Gesicht nicht sehen.« Insgeheim hoffte er, daß das nicht Louise gewesen war, daß Louise ihr Stelldichein in der Grotte gehabt hatte. Oder hätte es sogar Alice gewesen sein können, die ihren geeigneten Augenblick gekommen sah? Schon klammerte er sich an den zweiten Hoffnungsstrahl.

»Und beide Damen sind verheiratet, Mr. Fernby aber nicht.«

»Leider ist es so.« Dann eröffnete er Chesnais: »Es gibt noch eine dritte Marie-Antoinette, genauso gekleidet wie die beiden anderen. Auch sie fehlt.«

Langes Schweigen. Chesnais stöhnte. »Fangen Sie bitte noch einmal von vorne an, Monsieur Didier. Erzählen Sie mir alles über jeden und bitte hübsch der Reihenfolge nach. Sie verstehen mich richtig?«

»Ja, *monsieur l'inspecteur*. Ich weiß, Sie sind sehr gründlich.«

»*Oui*, Monsieur Didier, ich bin gründlich. Der König von England hält sich im Petit Trianon auf; er läßt mich wissen, daß er sowohl im Hameau als auch vorher beim Lunch zugegen war. Ich werde mit ihm erneut sprechen müssen. Er erwartet, daß man gründlich ist, nach dem, was ich gehört habe.«

Sie wechselten einen Blick des gegenseitigen Einverständnisses, und das ließ Auguste gleich ein klein wenig aufleben.

»Ich möchte Ihnen noch eine letzte Frage stellen.« Chesnais hatte Augustes detaillierter Schilderung der Ereignisse konzentriert und ohne ihn zu unterbrechen zugehört. »Wenn Sie mir die beantwortet haben, können Sie ins Petit Trianon zurückgehen. Ist Madame Gaston die Geliebte des Königs?«

Auguste versuchte in dem gleichen nüchternen Tonfall zu antworten, in dem Chesnais gefragt hatte. Ein Egbert Rose wäre nie im Traum darauf verfallen, eine solche Frage für relevant zu halten. Aber in Frankreich waren Polizisten pragmatische Diplomaten. »Das würde mich arg wundern.«

»*Bon.* Dann verhafte ich sie.«

»Didier!«

Auguste kam sich vor wie zu seinen Lehrjahren bei Monsieur Escoffier, wenn er wegen einer verunglückten Garnierung zum Meister zitiert wurde.

Er folgte dem erzürnten Ruf, betrat den Raum, in den sich zurückzuziehen es Seiner Majestät beliebt hatte, und grüßte mit einer Verbeugung. »Eure Majestät.« Der König war allein mit seinem Privatdetektiv, ein untrügliches Zeichen dafür, daß Seine Majestät nicht guter Dinge sein konnte. Besagter Raum aber war das Boudoir der Königin, und in den Spiegeln ringsum sah Auguste jede Menge Berties, was sein Selbstvertrauen nicht eben hob. Sweeneys Augen blitzten schadenfroh; er wußte, was sich gleich abspielen würde.

»Was soll das Ganze?« herrschte ihn Seine Majestät an.

»Gräfin Mirabelle ist tot aufgefunden worden, Sir.« Falsche Eröffnung.

»Ja, ja«, sagte Bertie unwirsch. »Das ist mir bekannt. Gräßliche Geschichte. Mit durchschnittener Kehle. Mord, wie ich befürchte. Chesnais teilte mir mit, Robert ist zutiefst erschüttert. Kein Wunder, waren gerade erst seit ein paar Wochen verheiratet.« Er starrte Auguste an, als würde der ahnen, wer der Übeltäter sei. »Nicht zu fassen, wo immer Sie sind, es geschieht ein Mord.«

Auguste wußte sehr gut, daß Bertie voller Mitgefühl sein konnte – nur, wenn es um Auguste Didier ging, blieb er hart. »Das war das letzte Mal, daß ich Sie zu einer rein privaten Festivität einlade«, verkündete der König finster. »Es heißt, Alice war es. Will mir nicht in den Kopf. Anständige Familie – und so jung. Was mag sie bezweckt haben?«

»Man hat sie mit dem Messer angetroffen, aber deshalb ist noch nicht gesagt, daß sie den Mord begangen hat.«

»Sie halten sich für einen Detektiv?«

»Nein, Sir. Ich bin vor allem Koch.«

Bertie fixierte ihn mit zusammengekniffenen Augen. Dann streifte er die königliche Maske ab und gab sich plötzlich ganz natürlich und menschlich. »Kümmern Sie sich um die Geschichte, bitte seien Sie so gut. Vielleicht war es Selbstmord. Man weiß ja nie.« Irgendwie klang die Stimme erwartungsvoll, und das wunderte Auguste. Im allgemeinen inszenierte Bertie – und Sweeney in seinem Auftrag – sofort ein Rückzugsmanöver, sobald es nach Ärger roch, und das bedeutete gleichzeitig, daß man am Ausgang der Geschichte nicht weiter Anteil nahm.

»An Selbstmord glaube ich nicht, Sir. Selbstmord begehen nur ganz wenige Frauen, und schon gar nicht solche, die so auf ihr Äußeres bedacht sind wie die Gräfin. Außerdem bedeckte ihr Hut Gesicht und Wunde; er hatte zwar ein paar Blutflecken, aber es ist nicht einzusehen, warum er so präzise hätte fallen sollen – der ist mit aller Sorgfalt so und nicht anders hingelegt worden. Das Blut fing schon an zu ...«

Auguste hielt ein, als er sah, daß Seine Majestät kreidebleich wurde. »Ersparen Sie mir die Einzelheiten, verdammt noch mal.« Doch der Vorwurf kam ohne Feuer und Wut; Bertie reagierte anders als sonst.

Und er nicht minder! Erst jetzt bemerkte Auguste, daß er einer Sache bisher keine Beachtung geschenkt hatte. Dem Hut! Warum hatte Alice herausgeschrieen, man hätte die Königin geköpft? Wie wollte sie gesehen haben, was geschehen war, wo der Hut doch alles verdeckte, es sei denn, sie hatte die Tat selbst begangen. Oder hatte sie ihn angehoben, um nachzuschauen, was sich darunter verbarg? Wenn ja, wieso wurde der Hut dann mit aller Sorgfalt wieder zurückgelegt? Nach einer so grauenvollen Enthüllung wäre es doch für eine Frau – im Grunde genommen auch für einen Mann – das Natürlichste aller Dinge gewesen, den Hut glattweg fallen zu lassen. Das gab neue Rätsel auf. Man würde der Sache Aufmerksamkeit schenken müssen. Aber nicht er, und standhaft erklärte er: »Ich bedaure, Sir, ich kann in diesem Mordfall keine Nachforschungen für Sie betreiben.«

Schon war die königliche Gereiztheit mit aller Vehemenz wieder da. »Sie sind Franzose, Didier. Sie wissen, wie die Leute hier denken.«

»Inspektor Chesnais wird mich genau wie alle anderen hier wie eine Verdachtsperson behandeln – Sie ausgenommen, natürlich«, fügte er noch schnell hinzu. »Nach den unglücklichen Ereignissen im vergangenen Jahr bin ich ihm besonders suspekt.« Das war ein Bluff, konnte ja sein, er funktionierte.

Pause. Schließlich erwiderte Seine Majestät: »Wenn ich davon ausgehe, in welchem Ton dieser Inspektor mit mir geredet hat, bin auch ich ihm suspekt. Würden Sie das nicht ebenso sehen, Sweeney?«

Auguste verschlug es die Sprache, aber dann reagierte er rasch. »Das kann nicht sein, Sir. Es ist eine reine Protokollfrage, daß er als erstes zu Ihnen gekommen ist.«

»Wäre schön, wenn Sie recht hätten«, entgegnete Bertie finster. »Trotzdem, mir wäre wohler, wenn Sie Chesnais zur Hand gingen.«

Aus dem Munde Seiner Majestät kam das einem Kniefall gleich; auf Verweigerung zu beharren war ausgeschlossen.

»Wenn Sie meinen, Sir – aber nur unter der Voraussetzung, daß Sie persönlich Inspektor Chesnais davon in Kenntnis setzen, daß ich in Ihrem Auftrag handle.«

»Großartig.« Bertie warf Sweeney einen Blick zu, und der nickte leicht. Auguste stutzte. Hier wurde nicht mit offenen Karten gespielt, und das bedeutete erfahrungsgemäß Ärger für ihn. Ob Alice Gaston tatsächlich Berties Geliebte war oder gewesen war? Auguste konnte sich das nicht vorstellen. Bertie liebte reife, selbstbewußte Frauen, nicht naive Mädchen wie Alice. In seinem Hirn arbeitete es fieberhaft, und schon hatte er einen Gedankenblitz, der sich als Wegweiser durch den Irrgarten der Liebesaffären Seiner Majestät erweisen sollte.

»Ich könnte mir vorstellen, Sir, daß es Inspektor Chesnais – sollte er noch einmal mit Ihnen sprechen wollen – lediglich um die Zeitspanne geht, die Sie allein im Hameau mit Madame Danielle verbracht haben; sie hatte ja wohl den allermeisten Grund, die Gräfin lieber tot als lebendig zu sehen, und nun ist auch sie verschwunden.«

Aus der Reaktion Seiner Majestät konnte er schließen, daß er auf der richtigen Fährte war. »In der Hinsicht ist alles sonnenklar, Didier. Louise hat immer meinen Rat zu schätzen gewußt, und als ich ihr nahelegte, sie hätte mehr davon, in aller Stille abzuwarten, anstatt hier eine Szene zu machen, denn Robert würde seiner Mirabelle bald überdrüssig werden, da wehrte sie sich nicht lange gegen den Gedanken, ruhte eine Weile und fuhr dann nach Hause.«

»Wissen Sie das genau, Sir?«

Bertie stieg die Röte ins Gesicht. »Es ist doch eindeutig, oder? Sie ist aus dem Gartenschlößchen der Königin verschwunden, und sie ist auch nicht hier im Château. Selbstverständlich ist sie nach Hause gefahren. Lange hätte sie nicht zu warten brauchen, wenn Sie mich fragen.«

»Worauf, Sir?« Auguste konnte der Logik nicht recht folgen.

»Auf den Zeitpunkt, da das eheliche Verhältnis es Madame Danielle erlauben würde, ihre früheren Beziehungen mit dem Grafen wieder aufzunehmen.« Eilfertig war Sweeney mit seiner Erläuterung dem König zu Hilfe gekommen.

Bertie wußte, wovon er sprach; es war ein Gebiet, auf dem er sich auskannte, urteilte Auguste. Mit dem Balanceakt zwischen Ehe und Liebschaften war er vertraut. Allerdings gab es einen entscheidenden Unterschied zwischen Seiner Majestät und dem Grafen: Die einstigen Mätressen des Königs waren vernünftig genug, sich mit einem freundschaftlichen Verhältnis abzufinden, wenn es mit den intimen Beziehungen vorbei war. Auguste hegte seine Zweifel, daß La Dervicheuse jemals die Rolle einer geachteten Freundin und Vertrauten akzeptieren würde. Wie auch immer, die Audienz schien beendet, und rückwärts, wie es die Etikette vorschrieb, begab er sich zur Tür.

»Übrigens, was ich noch fragen wollte, Didier.« Bertie war Verschiedenes durch den Kopf gegangen.

»Ja, Sir?«

»Wie werden Sie heute abend mit dem Dinner verfahren?«

Dinner? Wie konnte ihm das entfallen sein. All die Herrlichkeiten, die in den Küchenräumen ausgebreitet lagen, sah er vor sich – die Lammkoteletts, die *timbale de nouilles, œufs à l'Aurore*, die *fanchonettes* ... Es war kurz vor sieben. Das Bankett war für acht Uhr angesetzt. Er nahm an, daß Monsieur Grospied trotz der Tragödie versuchen würde, alles Notwendige zu erledigen, da ihn niemand ausdrücklich gebremst hatte. Aber ohne ihn, den *maître*, war es ein Orchester ohne Dirigenten, fehlte des Schöpfers Krönung. Durfte man unter den gegebenen tragischen Umständen überhaupt ein Dinner servieren? Doch wohl kaum.

»Das Hotel vielleicht, Sir. Der Graf wird nicht ...« Noch rechtzeitig genug erkannte Auguste, was sich in Bertie abspielte, und nahm einen neuen Anlauf. »Aber Sie haben recht, Sir, auch trotz des Mordes müssen die Gäste des Grafen speisen können. Ich würde vorschlagen, wir geben ein informelles Dinner, es kommt nur, wer möchte, und wir verzichten auf jedwede festliche Ausschmückung.«

Seine Majestät strahlte. »Großartig, Auguste, großartig. Im Grunde genommen sind Sie gar nicht so übel.«

Im Gesellschaftszimmer nebenan, dem großartigen *salon de compagnie*, fand Auguste George und Winifred vor, Tatjana, die ungemein erleichtert aussah, als sie ihn erspähte, Jacob und, zu Augustes Erstaunen, auch Robert. Alle standen unter strenger Bewachung eines Polizisten.

Behutsam nahm Auguste das Gespräch auf. »Ist Pierre ...?«

Robert schaute mit gramvollem Gesicht auf. »Mit der Mörderin zur Préfecture gegangen.«

»Es ist nicht zu fassen.« George hüstelte, wollte vermutlich zu verstehen geben, daß er die Verhandlung hier leitete. »Wir haben versucht herauszufinden, welche Beweggründe Alice gehabt haben mochte.«

»Sie hat kein Wort davon gesagt, daß sie Mirabelle

umbringen wollte, als ich mit ihr die Frau aus dem Dorf spielte«, steuerte Winifred eifrig bei.

Keiner ging darauf ein. Auguste ergriff die Gelegenheit, die sich ihm so unerwartet eröffnete. »Um halb vier etwa habe ich auf dem Rasenstück sich zwei Frauen streiten hören, aber wenn der Streit zum Mord geführt haben sollte, macht es nicht viel Sinn, daß Alice noch kurz vor fünf hier war. Vielleicht waren es auch Louise und Mirabelle, die ich gehört habe, und ich habe mir nur eingebildet, in der Meierei im Dörfchen eine Marie-Antoinette gesehen zu haben. Allerdings wenn es nun drei ...« Er redete nicht weiter, wollte abwarten, ob Jacob sich äußern würde.

Jacob tat es, ohne zu zögern. »Die in der Meierei ist vielleicht ein Geist gewesen. In den Räumen dort spukt es öfter.«

»Ich hatte geglaubt, Sie wären mit ihr dort gewesen, Jacob«, entgegnete Auguste unbeirrt. »Ich habe eindeutig das schwarze Kostüm vom Mann aus der Kapelle erkannt.« Jacobs Reaktion verblüffte ihn. Für jemanden, der eben erst mit dem Leichnam der Frau, die er geliebt hatte, konfrontiert worden war, schien es ihn erstaunlich wenig zu kümmern, wie sein eigenes Verhalten am Nachmittag definiert wurde.

»Ich hab's doch gesagt, Auguste, Geister! Der Pöbel hielt Marie-Antoinette für eine Hure, und nun kommen Sie und enthüllen, ihr Liebhaber war der Mann aus der Kapelle.« Ohne den noch eben deutlich spöttischen Unterton fragte Jacob bissig: »Dürfte ich erfahren, mit welchem Recht Sie so inquisitorisch Fragen stellen?«

»Ich bin von Seiner Majestät, der sich ins Boudoir der Königin zurückgezogen hat, beauftragt, den Umständen der Tragödie nachzugehen.«

»Dann kann er sich zu uns gesellen«, sagte George unloyal und wütend. »Er steckt genauso gut drin wie wir alle.«

»Die Umstände sind eindeutig«, winkte Robert schroff ab. »Alice ist von jeher unausgeglichen gewesen, nur wußte bis heute, als sie meine Frau umbrachte, niemand, in wie starkem Maße. Ich bitte mich zu entschuldigen; wenn die Polizei nichts dagegen hat, möchte ich jetzt nach Hause.«

Das erinnerte Auguste an das Dinner Seiner Majestät. »Ich habe Seiner Majestät ein informelles Essen hier für heute abend vorgeschlagen statt des offiziellen Dinners. Seine Majestät ist einverstanden. Hätten Sie etwas dagegen, Robert?«

»Ich werde nicht kommen; ich denke, Seine Majestät wird Verständnis dafür haben. Aber Sie sind selbstverständlich meine Gäste und sollen nicht die Leidtragenden sein. Der gewohnte Gang des täglichen Lebens muß weitergehen.«

Wie konnte man ein Dinner zum gewohnten Gang des täglichen Lebens zählen? Selbst in Zeiten tiefster Trauer bot es Trost, in Zeiten der Freude wurde es zum krönenden Höhepunkt, und im ganz normalen Tagesablauf bot es ungeahntes Vergnügen. Auguste eilte zur Servierküche; so nannte er die, die im Château selbst untergebracht war. Sie lag einsam und verlassen. Stehenden Fußes machte er kehrt, rannte weiter zum Dienerschaftstrakt und sah, was er befürchtet hatte. Selten hatte ihn sein Paradies im Stich gelassen, aber heute geschah es. Köche, Küchenmädchen und Bedienstete in ihren Livrees hasteten in einem einzigen Durcheinander umher. Er lief in die Hauptküche und hätte verzweifeln können. Schmorbraten wollten aus den Öfen genommen werden, die Soßen waren bereits von Haut überzogen, die *potage du printemps* brodelte fröhlich vor sich hin. In der Küche für die Vorspeisen lagen die *boudins* noch da wie zuvor, Trüffel und Pilze zum Garnieren verzierten den Fußboden, und in der Patisserie waren überall Sahnehäubchen, nur nicht auf den *fanchonettes* oder *bavaroises*, wo sie hingehörten. Der Sahneklecks, der sich auf Monsieur Grospieds Kinn verirrt hatte, war die hellste Stelle an dem ganzen Mann. Dieses Dinner, dieses köstliche Dinner, für das er aus dem ursprünglichen Menü für den schwedischen König mit aller Sorgfalt einundzwanzig Delikatessen zusammengestellt hatte, brachte ihm jetzt mehr organisatorische Probleme, als es die Fülle der ursprünglichen vierhundertsieben Gerichte getan hätte.

Mit zitternder Hand wies Auguste auf die Auflaufformen. »Was ist das?« fragte er entgeistert.

»Uns waren die Bandnudeln ausgegangen, und da habe ich Makkaroni genommen«, erklärte ihm Monsieur Grospied stolzgeschwellt ob seiner Findigkeit.

»Makkaroni?« schrie Auguste auf. »Seine Majestät ist eine anspruchsvolle Person in bezug auf sein Essen, besonders, was die Zubereitung angeht. Er hat einen verwöhnten Gaumen. Seine Majestät mag Wild, Seine Majestät mag Fisch, Seine Majestät mag Gemüse, Seine Majestät mag sogar Innereien.« Seine Stimme überschlug sich fast. »Kurzum, es gibt nur eine Sache, die er nicht mag, und das sind Makkaroni.«

»Es ist nicht meine Schuld«, winselte Monsieur Grospied, »aber wir sind heute ein Mann weniger als sonst.«

»Kein entscheidendes Hindernis«, bemerkte Auguste trocken. Rasch ging er ans Werk, um zu retten, was zu retten war, damit Seiner Majestät um acht Uhr ein passables Dinner vorgesetzt werden konnte. Er hatte den argen Verdacht, das Personal hatte sich mehr für die delikaten Einzelheiten der blutrünstigen Tat draußen interessiert als für die in der Küche.

Fünf Minuten vor acht, er war gerade dabei, eine Pastete aus Ravioli und Gemüse zu fabrizieren, tauchte Tatjana plötzlich in der Schloßküche auf. Daß sie passend zum

Anlaß ein dunkelbraunes Chiffon-Abendkleid trug, war Héloïse zu verdanken, wie er vermutete.

»Ist was, *ma mie*? Hat Bertie was am Menü auszusetzen?« Er herrschte einen vorübereilenden Unterkoch an. »Wo ist die *sauce tomate*?«

»Das nicht, Auguste. Ich mache mir um Louise Sorgen.«

»Bitte nicht jetzt. Inspektor Chesnais wollte jemanden zu ihr nach Hause schicken, wohin sie wahrscheinlich, wie Bertie meinte, zurückgefahren ist.«

»Sie ist nicht der Typ, der sich geschlagen gibt und nach Hause geht, Bertie hin, Bertie her. Außerdem hat mir Inspektor Chesnais gerade erzählt, daß Louise nicht bei sich zu Hause ist.«

»Das ist sein Problem«, beschwor sie Auguste. »Meins hingegen ist, so rasch und so perfekt wie möglich ein Dinner auf den Tisch zu bringen.«

»Ich habe darüber nachgedacht, was du gesagt hast.«

»Sehr schmeichelhaft, aber bitte nicht jetzt.« Er raste hinüber zum Herd, wo eine holländische Soße Gefahr lief, im Wasserbad zu verderben, dann wieder zurück, um sich mit dem Arrangieren der Speisen zu beschäftigen, damit die Diener sie auftragen konnten. Tatjana blieb ihm bei jeder Bewegung, die er machte, auf den Fersen. »Du hast gesagt, Bertie war im Boudoir der Königin.«

»Habe ich, ja«, rief er bestätigend zurück, denn schon flitzte er in die nächste Küche.

Tatjana jagte ihm hinterher. »Das erinnerte mich daran, daß es auch im Hameau ein Boudoir der Königin gibt. Bertie hat erklärt, er hätte Louise ins Gartenschloß der Königin geschickt, um der Ruhe zu pflegen, und hat damit das Gartenschlößchen gemeint, an dem wir draußen unseren kleinen Tee-Empfang hatten. Wenn ihn nun aber Louise anders verstanden, ihn wörtlich genommen hat und zum anderen Anwesen der Königin, ins Gartenhaus, gegangen ist, wo die Königin auch ein Privatgemach hatte, das man gleichfalls als ihr Boudoir bezeichnet? Das Gebäude steht abseits vom Wege in der Nähe der Mühle.«

»Warum ist sie dann nicht längst wach?« fragte Auguste geduldig; ihm war inzwischen klar geworden, daß Tatjana nicht weichen würde. »Für ein Nachmittagsschläfchen dauert das ganz schön lange.«

Seine Frau antwortete nicht, und im gleichen Moment lief ihm ein Schauer über den Rücken. Er sah auf die Speisen, die er mit Hingabe angerichtet hatte, und wußte, er mußte sie im Stich lassen. »Du hast recht, Tatjana. Wir müssen hin, solange es hell ist.« In aller Eile gab er der strapazierten Küchenmannschaft klare Anweisungen, hoffte inständigst, daß alles gut ginge, und kehrte seinem Paradies den Rücken, um möglicherweise die Hölle zu erleben.

»Hier lang. Berties Automobil steht draußen.« Tatjana drängte ihn durch das Untergeschoß des Château zum Hof.

»Hat er gesagt, wir können den Wagen nehmen?« fragte er besorgt, als er den bekannten blauen Daimler mit dem königlichen Monogramm sah, der majestätisch auf seinen königlichen Fahrgast wartete.

»Nicht direkt, aber sein Chauffeur hat dienstfrei. Da wird er es nicht merken.«

»Hoffentlich hat er auch den Hund mitgenommen, denn der merkt's bestimmt.« Bertie schien Caesar darauf abgerichtet zu haben, zuzupacken, sobald er Auguste sah; aber Caesar befand sich offensichtlich in der Obhut des Chauffeurs.

Auguste schloß die Augen, als Tatjana beherzt anfuhr und eine Staubwolke aufwirbelte. Es war nicht weit, zunächst die Allée des deux Trianons entlang, und eine scharfe Kurve in die Allée des Matelots, dann um eine weitere scharfe Kurve, und schon verhandelten sie mit dem Wächter, um durch das Gutshoftor im Kunstdörfchen zu dürfen. Tatjana lehnte sich aus dem Fenster, mimte den Chauffeur Seiner Majestät, und Auguste versuchte sein Bestes, einen Bertie abzugeben. Der Wächter grüßte ehrerbietig, und sie fuhren so weit wie möglich vor. Den Rest des Weges liefen sie zu Fuß. Im Dämmerlicht des Abends war es ein leichtes, sich Geister vorzustellen; Auguste hätte sie gern in Kauf genommen, wenn er dafür in anderer Hinsicht Gewißheit erlangt hätte. Falls Louise noch in dem kleinen Häuschen bei der Mühle wäre ... Er hing dem Gedanken nicht weiter nach, denn da war es. Mit fliegenden Schritten nahm er die geschwungene Treppenflucht; sie führte zu dem einzigen Eingang, den sie sehen konnten.

Auguste riß die Tür auf, und sie standen in dem kleinen Salon der Marie-Antoinette. Im Hintergrund schimmerte ein Kamin aus weißem Marmor; die Wände hatten Eichentäfelung und waren mit üppigen Wandteppichen bespannt. Er trat einen Schritt weiter hinein und sah, daß der Raum noch mehr barg. An einer Seite stand ein Kanapee, und darauf hingestreckt lag Louise Danielle. Sie war immer noch im Kostüm der Marie-Antoinette, und sie war tot.

5. Kapitel

Zum zweiten Mal an diesem Tag war er allein mit einer Leiche. Lange würde es nicht dauern, bis die Polizei eintraf, die abermals von Tatjana benachrichtigt worden war, und die ganze Chose würde wieder von vorn beginnen. Die Hoffnung, Louise könnte im tiefen Koma liegen, weil sie versehentlich eine zu starke Dosis Laudanum genommen hatte, hatte sich erledigt; es gab keinerlei Anzeichen von Atmung oder Pulsschlag. Auch konnte sie nicht eines natürlichen Todes gestorben sein; die verengten Pupillen waren ein untrügliches Zeichen. Auguste war zu müde, um sich alle Möglichkeiten vorzustellen, die in Frage kamen.

Eine Sache schien klar. Seine Majestät hatte Louise vorgeschlagen, sich ins Gartenschloß der Königin zurückzuziehen, und Louise hatte den Ort mißverstanden, hatte geglaubt, er hätte dieses Boudoir, Marie-Antoinettes allerpersönlichstes Refugium gemeint, das nur aus dem einen Salon und einem Ankleidezimmer bestand. Wahrscheinlich hatte auch hier eine ganze Riege Diener in der Nähe auf Abruf bereitgestanden, um jeder ihrer Launen nachzukommen, aber nach außen hin gaukelte das Häuschen pure Bescheidenheit vor. Nur, daß die Bescheidenheit wie bei allen Gebäuden im Hameau nicht für das Innere galt. Parkettfußboden und Innenausstattung waren von einer Pracht, wie man sie schwerlich in einem normannischen Dorf fand. Konnte man es der Königin verdenken? Sie war im Luxus der österreichischen Kaiserfamilie aufgewachsen und heiratete noch als Backfisch in die ebenso reiche Königsfamilie der Kapetinger ein.

Auguste ertappte sich dabei, daß das Schockerlebnis seine Gedanken in eine Richtung wandern ließ, in die sie nicht gehörten. Es spielte keine Rolle, was dieser Raum für Marie-Antoinette bedeutete, entscheidend war, daß La Dervicheuse hier ihren letzten Auftritt gehabt hatte. Das sprühende Leben war dahin; jetzt im Tod sah sie nicht mehr jünger, sondern älter aus, als sie tatsächlich war. Sollte er sich nach Indizien umschauen, die für die Polizei hilfreich sein könnten? Besser nicht. Er, der eben erst von Seiner Majestät beauftragt worden war, die Umstände vom Mord an Mirabelle zu untersuchen, saß in der Falle. Halb Franzose, halb Engländer war er weder Fisch noch Fleisch. Er war dem britischen König verpflichtet, und von der französischen Polizei wurde er mit Argwohn betrachtet. Könnte er doch nur wieder unter die Bettücher schlüpfen, unter denen er sich vergangene Nacht noch so geborgen fühlte, und bei einem zweiten Erwachen feststellen, daß die Schreckgespenster dieses Tages nur Alpträume gewesen und verflogen waren.

Seine Augen würde man ja aber benutzen dürfen. Louises dunkles Haar lag offen, die blonde Perücke war nirgends zu sehen. Mit forschendem Blick tastete er das Umfeld nach irgendeinem Indiz ab, ob sie eine Überdosis zu sich genommen hatte, fand aber nichts, kein Glas, kein Papier, keine Flasche, nur einen kleinen Pompadour. Da der in unmittelbarer Reichweite lag, war er der Meinung, es handele sich nur um einen winzigen Übergriff auf ein anderes Hoheitsgebiet und hob ihn auf. Er hoffte, daß nicht gerade in diesem Moment Chesnais hereinmarschierte und ihn dabei erwischte. Das Täschchen enthielt nichts von Interesse, nur ein Taschentuch, Eau de Cologne, nichts, nicht einmal Riechsalz und schon gar nicht irgendein Opiumpräparat.

Keine Wundermedizin aus Großmutters Zeiten für Louise Danielle; dabei hatte er den argen Verdacht, daß die Todesursache eine Opiumvergiftung war.

Er stand ganz still, verließ sich auf seinen Spürsinn und versuchte den Schauplatz in sich aufzunehmen, wie er es bei Egbert oft genug beobachtet hatte. Was stimmte hier und was nicht, was sagte ihm sein Instinkt? Herzlich wenig, mußte er sich eingestehen. Vielleicht konnte ein Sherlock Holmes allein aus der Tatsache, daß Anhaltspunkte fehlten, Rückschlüsse auf Vorgänge ziehen, aber er, ein bloßer Auguste Didier, konnte es nicht.

Er war noch ohne Abendessen; doch der Gedanke an die Köstlichkeiten, die er im Schweiße seines Angesichts in den vergangenen Tagen zubereitet hatte, widerte ihn eher an, als daß er verlockte. Außerdem sah es so aus, als würde er eine lange Nacht vor sich haben. Louises Mann mußte herangeholt und befragt werden, und alle Polizeivernehmungen würden von vorn losgehen. Die würden doch nicht im Ernst Alice eines doppelten Mordes bezichtigen? Nein, an Essen war angesichts der Greueltaten gar nicht zu denken, und an Kochen erst recht nicht. Höchstwahrscheinlich würde man auch Seine Majestät erneut befragen müssen; irgendwo wurde er den Verdacht nicht los, daß Bertie ihm nicht die ganze Geschichte erzählt hatte und daß seine Aufgabe als Beauftragter Seiner Majestät komplizierter werden könnte als ohnehin befürchtet. Feige wie er war, hatte er Tatjana gebeten, Bertie die Nachricht von Louises Tod beizubringen. Wie sie ihn angesehen hatte, sagte alles – einerseits hatte ihr Blick volles Verständnis für sein Anliegen ausgedrückt und andererseits ihn deutlich wissen lassen, daß er ein Schlappschwanz war, sich mit solch einer Bitte an sie zu wenden. Na gut, er war's, aber er konnte nicht anders.

»Monsieur Didier!«

Auguste war so in Gedanken versunken, daß ihn Inspektor Chesnais' Ankunft überraschte; er hatte noch nicht einmal das Ankleidezimmer inspizieren können. Chesnais' Blicke wanderten zum Kanapee, und vorübergehend war Auguste vergessen, denn der Inspektor murmelte so etwas wie *»merde«*. Schweigend betrachtete er einige Augenblicke Louise, fühlte routinemäßig den Puls, seufzte hörbar und sagte: »Der Arzt wird gleich hier sein. Monsieur le Préfect de Versailles auch. Seine Frau hat Geburtstag, da wird sie nicht gerade beglückt sein.«

»Seine Majestät auch nicht«, bemerkte Auguste sachlich.

»Der Graf nicht minder.« Sie sahen sich an, und Chesnais fuhr fort: »Ich gehe wohl nicht fehl in der Annahme, daß das hier Madame Danielle ist, die Marie-Antoinette, die Sie vermißten. *Pauvre dame.* Daß die Karriere der Dervicheuse so enden mußte!« Dann kam es wie ein Peitschenhieb: »Wie kommt es, daß Sie ausgerechnet hier sind, Monsieur Didier? Geschah das rein zufällig?«

»Non, Monsieur l'inspecteur, meine Frau kam auf die Idee, Madame Danielle hätte irrtümlicherweise hierher gegangen sein können statt in das andere größere Haus der Königin am See, als der König ihr den Vorschlag machte, sich ein wenig auszuruhen.« Chesnais würde doch nicht etwa glauben, daß er und Tatjana in einer gräßlichen Verschwörungsaktion die gesamte Gästeschar, einschließlich Bertie, umzubringen gedachten? Wahnvorstellungen bedrängten Auguste, denn im Zusammenhang mit seiner Person konnte Chesnais auf alle möglichen Verdachtsmomente kommen.

»Selbstmord?« murmelte Chesnais.

»Es gibt keinerlei Anzeichen dafür, daß Madame Danielle absichtlich Gift genommen hätte.«

»Sie wissen also, wie sie gestorben ist. Über wie viele Talente verfügen Sie eigentlich, Monsieur Didier? Meisterkoch, Meisterdetektiv und nun auch noch Wunderdoktor. *Mes félicitations.*«

Auguste hatte Mühe, sich zu beherrschen; mit der französischen Polizei durfte er sich nun schon gar nicht anlegen. Die französische Gefängniszelle, in der er vor Jahresfrist ähnlich der unglücklichen Königin sein Schicksal erwartet hatte, war ihm noch in unangenehmer Erinnerung. Bloß nicht die Nerven verlieren, gebot er sich selbst.

»Es ist nur meine Vermutung, Monsieur. Madame Danielle hat Seiner Majestät gesagt, sie wäre müde, und jetzt liegt sie hier und hat deutlich verengte Pupillen; das deutet doch auf Gift hin, nicht wahr? Wäre das Gift … «

»Ich bin Ihnen wie immer äußerst dankbar für Ihre Unterstützung, Monsieur.« Chesnais machte eine Verbeugung, als Auguste zögerte weiterzusprechen. »Sie wollten mir vielleicht gerade sagen, um welches Gift es sich gehandelt haben könnte?«

Er hatte sich tatsächlich in dieser Richtung äußern wollen, aber plötzlich hatte er das Gefühl, es wäre unhöflich, das zu tun. »Seine Majestät wird Ihnen berichten können, wann genau … « Wieder brach er ab. Beiden, ihm und Chesnais, ging gleichzeitig auf, daß Seine Majestät König Edward VII., Herrscher über ein Viertel des Erdballs, des Mordes verdächtig war (theoretisch, versteht sich), wenn Selbstmord ausgeschlossen werden mußte. Er war der letzte gewesen, der Louise lebendig gesehen hatte. Nach kurzem Schweigen bemerkte der Inspektor mehr beiläufig: »Wenn ich Seine Majestät über diesen zweiten Mordfall informiere, brauchen Sie nicht zugegen zu sein, Monsieur Didier.«

Auguste behielt es für sich, daß das ein winziger Trost an

diesem schauderhaften Abend war. Man würde Seine Majestät beim genüßlichen Verdauen seiner Lammkoteletts brutal stören, um ihn wegen seiner Nähe zu nun wahrscheinlich schon zwei Morden ins Verhör zu nehmen. Je weiter Auguste Didier sich da fernhalten konnte, desto besser.

»Sicherlich dürfen wir Seiner Majestät auch nicht zu nahe treten«, meinte Chesnais nachdenklich. »Wenn ich mich recht erinnere, ist er – oder war er – ein persönlicher Freund von Madame Danielle.«

»Ich glaube, er begegnete ihr während seiner Besuche im Moulin Rouge; das war vor vielen Jahren, noch ehe er auf den Thron kam«, fügte Auguste hastig hinzu.

»Ja, natürlich.« Pflichtschuldigst tat Chesnais, als läge ihm der Gedanke fern, daß ein regierender Monarch Interesse an den Beinen von Tänzerinnen haben könnte. »Und haben Sie nicht auch früher die Bemerkung fallen lassen, daß Madame Danielle unter allen Anwesenden am ehesten einen Beweggrund gehabt hätte, die Gräfin zu ermorden?«

»Ja«, bestätigte Auguste – wohl war ihm dabei nicht.

»Dabei hat Madame Danielle einen Gatten, der ihr gewogen ist und im politischen Geschehen einen Namen hat.«

Auguste tat Chesnais den Gefallen und packte aus. »Madame Danielle ist uneingeladen auf der Hochzeit des Grafen erschienen und hat für Turbulenz gesorgt. Die Hochzeit war für alle überraschend gekommen, denn man glaubte allgemein, daß der Graf eine ebenso tiefe Zuneigung zu Louise empfand wie sie zu ihm.«

»*Pauvre femme.*« Aber schon sah Chesnais verdächtig fröhlich aus. »Sie selbst waren in den neunziger Jahren mit der Dervicheuse ebenfalls befreundet?«

»*Non*«, entgegnete Auguste heftig, denn er sah, was sein Widerpart bezweckte. »Als das Moulin Rouge eröffnete, arbeitete ich bereits in England. Ich bin Madame Danielle ein einziges Mal 1894 begegnet, und mit den anderen Gästen habe ich erst vor kurzem die Bekanntschaft gemacht.«

»Kannten die anderen Gäste sich untereinander gut?«

Auguste dachte an das unheilvolle Dinner vor zwei Monaten bei ihnen zu Hause und kolportierte Chesnais den triumphierenden Satz der Dervicheuse: »Es ist mir ein Vergnügen, so viele alte Freunde wiederzusehen.«

»Inklusive Seiner Majestät«, säuselte Chesnais.

»Ja.« Auguste hörte Stimmen draußen, und Chesnais gemahnte rasch: »Ich gehe doch in der Annahme sicher, daß Sie von Ihrem Freund, dem geschätzten Inspektor Rose, gelernt haben, nichts anzufassen oder zu verrücken.«

»Selbstverständlich«, erwiderte Auguste, ohne mit der Wimper zu zucken.

»Großartig. Im vorliegenden Fall scheint es mir angebracht, daß wir Sir Edward Henry gegenüber Monsieur Bertillon den Vorrang geben.«

Daß ein französischer Polizist die Vorteile der Methode von Fingerabdrücken zur Identifizierung einer Person (wie von Sir Edward klassifiziert) der Vorgehensweise von Körpermessungen (wie von Monsieur Alphonse Bertillon ausgearbeitet) überhaupt zugab, war ein weiteres Zeichen dafür, daß Chesnais mit Komplikationen rechnete.

»Zur gegebenen Zeit wird man auch Ihre Fingerabdrücke nehmen, genau wie die aller anderen«, fuhr Chesnais fort. »Aber ich denke, wenn meine Leute erst einmal hier alles gründlich durchsucht haben – Sie hatten doch bestätigt, daß Sie den Ankleideraum nicht betreten hatten? – werden wir auch zur Aufklärung des Verbrechens kommen.«

Auguste verstand den Hinweis. Er war entlassen. Schnell schritt er über die Gartenwege zurück zum Petit Trianon und betrat den Dienerschaftstrakt durch den Eingang von der Allee aus. Er hatte nicht das Bedürfnis, Bertie unnötig früh zu begegnen. Was ihm not tat, war etwas zu essen, vielleicht auch eine Tasse Baldriantee zur Magenberuhigung. Die Küchen schienen menschenleer. Die Stapel mit Tellern und übriggelassenen Speisen sprachen für sich, aber ausnahmsweise hatte er keine Lust, sich eingehender damit zu beschäftigen. Dann merkte er, daß er sich geirrt hatte. Er war nicht allein; Tatjana wartete auf ihn.

»*Mon brave.*« Sie stand auf und ging zu den Herdplatten. »Ich hab dir Suppe warm gehalten. Die *potage d'été*.«

Suppe! Das beste aller Beruhigungsmittel für einen aufgestörten Magen. Wenn die Verantwortlichen sich befehdender Nationen Suppe essen würden, ehe sie einander den Krieg erklärten, würde es friedlicher auf der Welt zugehen. Dankbar ließ sich Auguste am Tisch nieder, als Tatjana ihm eine Schale mit cremiger Kräutersuppe vorsetzte. Voller Appetit löffelte er sie aus und fragte schließlich: »Wo sind sie alle?«

»Bertie und die anderen sind im Salon; die Köche sind, nachdem man sie befragt hatte, nach Hause gegangen, und die Kellner sind oben und servieren Kognak und Kaffee.«

»Und dich haben sie hier als Spülmamsell zurückgelassen?«

»Nein. Als die Polizei von der Sache mit Louise erfahren hatte, wurde die Parole ausgegeben, daß hier alles stehen und liegen bleiben soll, wie es ist. Außerdem hätte ich gar nichts dagegen gehabt, daß Spülmädchen abzugeben«, erklärte Tatjana fast vergnügt. »Wenn man es nicht so oft machen muß, hat Geschirrspülen durchaus etwas für sich. Es ist sicher ähnlich wie Autoreparieren – man macht alles hübsch sauber und bringt die Dinge schön in Ordnung, damit man sie wieder benutzen kann.«

Auguste ließ es gelten. Er wußte, Tatjana hatte nie hinter

der grünen Tür in der Küche gearbeitet, so reizvoll, wie ihr die Verrichtungen jenseits der Tür auch erscheinen mochten. Verbotenes hatte immer seine Reize. »Wie hat Bertie die Nachricht aufgenommen?« fragte er müde.

»Erstaunlich gut. Er war ohnehin recht ruhig.«

»Nicht unbedingt ein positives Zeichen.«

Augustes Blick fiel auf das Spargeleis, das in seiner Konsistenz jetzt mehr einer Suppe glich. Es war ein Experiment gewesen, und er war stolz darauf, auch wenn es sich – den Resten nach zu urteilen – nicht großen Zuspruchs erfreut hatte. An Speisen war nie zu deuteln: sie waren, was sie waren, Erfolg oder Mißerfolg. Wenn sie nicht gerade vergiftet waren. Ein unerquicklicher Gedanke, den Chesnais offensichtlich mit ins Kalkül zog; mißmutig schob er den Teller von sich. Wie und wann hätte Louise vergiftet werden können? Wie Pfeilwurz hatte die Suppe seinen Verstand geschärft, denn schon kam ihm die schreckliche Antwort: sein Lunch! Angenommen, es stimmte, was Seine Majestät über Louises Verbleib gesagt hatte, dann wäre es um die Teestunde herum zu spät gewesen. Sollte etwa? Von scharfem und klarem Verstand konnte kaum die Rede sein, eher erstarrte er vor Entsetzen. Hielt er es allen Ernstes für möglich, daß Bertie nicht die Wahrheit gesagt hatte?

Tatjana beobachtete ihn voller Mitgefühl. »Wir müssen gehen, *chéri*. Aber nicht so.«

Auguste sah an sich herunter und stellte fest, daß er immer noch in seiner Arbeitskleidung war. Er eilte in die Vorratskammer, die gleichzeitig als Umkleideraum diente, um sich in Schale zu werfen. Gleich fühlte er sich besser gewappnet für den quälenden Auftritt im Salon, wo sich zu den Gästen inzwischen Seine Majestät gesellt hatte. Auch war leider zu erwarten, daß Pierre von der Préfecture zurück war. Schweigen empfing sie, und offensichtlich hatte man schon länger geschwiegen. Es war eine delikate Situation, und Auguste besann sich der vorgeschriebenen Etikette. Bertie war derjenige, der das Wort hätte ergreifen müssen. Seine Majestät jedoch schien tief in Gedanken versunken, war weit weg, als zauderte er, ob er auf Marie-Antoinettes Klavichord spielen oder lieber ihre zwei österreichischen Vasen aus versteinertem Holz ersteigern sollte. Schließlich, vielleicht auch nur, weil Tatjana dazugekommen war, kehrte er in die Gegenwart zurück.

»Was soll das alles mit Louise? Sie war nur müde. Sie müssen sich geirrt haben, Didier.« Fast war ein Flehen in seiner Stimme.

»Leider nicht, Sir. Sie ist tot. Inspektor Chesnais und seine Leute sind bereits da.«

»Aber ich weiß, wovon ich rede. Sie kann nicht gestorben sein.«

»Wie und woran?« fragte Jacob verstört. »Herzschwäche?«

»Das wäre möglich, ja«, ließ Winifred eifrig verlauten. »Das wird's gewesen sein. Sie war in letzter Zeit viel zu erregt. Wir haben es bei der Hochzeit erlebt – und heute vormittag erst wieder.«

»Winifred hat recht, Sir.« George war sichtlich erleichtert, und Bertie sah seinen Freund geradezu dankbar an, wie es Auguste schien. »Die Müdigkeit, über die sie klagte, wird ein erstes Symptom dafür gewesen sein.«

»Dem schließe ich mich an«, sagte Pierre plötzlich laut. »Nicht Alice hat Mirabelle umgebracht; es war Louise. Und dann ist sie vor Entsetzen über das, was sie getan hat, selbst gestorben.« Schon stand er auf, als wollte er gehen und die Freilassung von Alice fordern.

Auguste hatte keine Chance, seine Zweifel an dieser Theorie anzumelden; Jacob kam ihm zuvor. »Louise war zu allem fähig.«

»Aber nicht, an mir ungesehen vorbeizugehen«, merkte Bertie ärgerlich an. Jacob, der befürchtete, sich die Erhebung in den Adelsstand zu verscherzen, nickte ihm beifällig zu.

»Es sei denn, Sie waren eingeschlummert, Majestät.« Tatjana wagte diese mehr als taktlose Feststellung und riskierte es, ihre Stellung als Berties Lieblingscousine einzubüßen. Zum Glück war er durch Roberts Rückkehr abgelenkt, dessen Blick sofort auf Pierre fiel.

»Was suchen Sie hier?« fragte er matt.

»Es war nicht Alice, die Ihre Frau umgebracht hat. Sie werden doch einsehen, daß jenes schreckliche Weib es getan hat«, erwiderte Pierre.

»Dieser neue Schlag muß Sie hart treffen«, mischte sich Tatjana rasch ein.

»Welcher neue Schlag?«

»Wissen Sie es noch nicht? Louise ist auch tot«, verkündete ihm Jacob. Seine Stimme klang ernst, aber Auguste glaubte, eine Spur Schadenfreude herauszuhören.

»Louise tot?« Robert konnte es nicht fassen. »Was soll das heißen? Wie kann das sein? Ist sie nicht bei sich zu Hause?«

»Sie ist an Herzversagen gestorben«, erklärte Winifred wichtigtuerisch.

»Nein, das ist noch nicht erwiesen«, korrigierte sie Auguste.

Robert war aschfahl. »Wie dann?«

»Die Polizei ist mit dem Fall beschäftigt.«

»Soll das heißen, sie hat sich das Leben genommen?« Allein der Tonfall sagte, daß er das für unmöglich hielt. Wie beschwörend wandte er sich an die anderen. »Eure Majestät, George, Jacob, Pierre – Sie alle kennen Louise seit Jahren. So etwas würde sie nie tun. Sie sprühte förmlich vor

Leben, nie hätte sie feige den Freitod gewählt.« Er schluckte. »Wo ist sie?«

»Im Gartenhaus, im Boudoir der Königin«, antwortete Tatjana. »Offensichtlich war sie schon die ganze Zeit dort.«

»Ich gehe sofort dorthin«, sagte Robert verzweifelt. »Wenn Sie mich entschuldigen wollen, Sir.«

»Ich glaube, Sie sollten besser hierbleiben«, versuchte Auguste ihn zurückzuhalten, »bis die Polizei wieder da ist. Es ist durchaus möglich, daß sie ermordet wurde.«

»Ermordet?« Robert war fassungslos. »Das kann nicht sein. Ermordet worden ist Mirabelle.«

Auguste schaute zu Bertie hinüber; der sah alles andere als glücklich aus. Es war zehn Uhr. Normalerweise spielte er um diese Zeit Karten; das Abweichen von seinem gewohnten Rhythmus, gekoppelt mit dem Unbehagen, das immer spürbar wurde, wenn Louises Name fiel, blieb nicht ohne Wirkung. Es gab nur eine Möglichkeit, sein Gleichgewicht wieder herzustellen.

»Ich könnte für ein Abendbrot sorgen, Sir.«

»Großartig, Auguste.« Ein Strahlen huschte über das königliche Gesicht, verschwand aber gleich wieder. Strahlen war jetzt nicht angebracht.

Auguste ging zu den Küchenräumen zurück und hoffte, dort etwas zur Besänftigung aufzutreiben. Irgend etwas aus den Vorräten, die man nicht fürs Dinner gebraucht hatte, würde sich schon finden lassen.

Zu seinem Pech hielten dort etliche Polizisten Wache und verwehrten ihm den Zutritt. Es brachte auch nichts, daß er ihnen klarzumachen versuchte, daß der König von England zu Abend zu speisen wünschte. Er bekam lediglich zur Antwort, daß Seine Majestät vermutlich lieber hungrig bleiben würde als vergiftet zu werden. Es hatte keinen Zweck, sich mit ihnen anzulegen. Der einzige Ausweg war,

Bedienstete hinüber zum Hotel Trianon zu schicken und von dort etwas Eßbares heranschaffen zu lassen. Aber selbst das machte Schwierigkeiten.

»Wir sind nicht genügend Leute, *maître*«, erklärte der Erste Diener in aller Gemütsruhe. »Wir können das nicht machen.«

»Heute früh war es Ihnen aber möglich.«

»Da waren wir auch sieben. Jetzt sind wir nur sechs.«

Von Monsieur le Comte weiß ich, daß er sechs Leute schicken wollte. Was soll also der Unsinn?«

»Wir waren sieben, Sir. Sechs von uns und dann noch der, den Sie mitgebracht haben, der dann unsere Reservelivree bekam.«

Jetzt wurde es ganz verrückt. »Ich habe niemanden mitgebracht«, schnauzte Auguste.

Hochmütig zuckte der Mann mit den Schultern. Angestellte des Hauses Tourville in Livree irrten sich nie.

»Er hat gesagt, daß er von Ihnen käme, zu Ihrem Personal hier in Paris gehöre und daß Sie darum bitten würden, ihm die Reservelivree zur Verfügung zu stellen. Das haben wir gemacht. Um ehrlich zu sein, Sir, er entsprach nicht unserem Niveau. War ganz schön fahrig.«

»Ich habe niemanden geschickt.« Ein weiteres Mal sträubte sich ihm das Nackenhaar.

Letztendlich gewann er den Kampf und bekam die Diener dazu, ein Abendessen für Seine Majestät auf die Beine zu stellen. Der Streit wurde in Gegenwart eines Polizisten ausgetragen, der dem Wortgefecht mit Vergnügen zuhörte. Auguste war es egal. Nach einem ausgiebigen Bankett war es Seine Majestät durchaus zufrieden, wenn man ihm ein leichtes Abendessen servierte, bestehend aus kalten Wachteln und einem warmen Hähnchengericht anstelle von seinen geliebten gegrillten Austern, die zu dieser Jahreszeit nicht auf dem Markt waren. Heute aber hatte man ihn bei seinem Dinner unterbrochen; Abendessen in irgendeiner annehmbaren Form war folglich ein Gebot.

Zu allem Überfluß erschien auch noch Inspektor Chesnais, ehe das Souper serviert werden konnte, und die weitere Verzögerung half nicht gerade, das königliche Gemüt zu besänftigen, wollte man den spitzen Bemerkungen der Dienerschaft trauen.

Auguste begab sich selbst in den Salon, um die Situation zu erklären. Chesnais war nicht allein, sondern in Begleitung von Alice Gaston gekommen. Als Auguste eintrat, stürzte sie gerade durch den Raum und ihrem Mann in die Arme, ohne Bertie auch nur zuzunicken. »Ich hab ihnen gesagt, ich war's nicht«, heulte sie.

»Was will die hier?« fragte Robert aufgebracht.

»Wir haben Madame Gaston auf freien Fuß gesetzt«, erwiderte Chesnais verbindlich, »und uns in aller Form entschuldigt, daß wir sie in Untersuchungshaft hielten.«

»Es war gräßlich.« Alice wurde zusehends ungehalten. »Sie glaubten mir nicht, wo ich ihnen doch immer sagte, ich hab's nicht getan. Und ich war's wirklich nicht, Majestät. Aber jetzt glaubt man mir.«

»Ist das wahr, Chesnais?« fragte Bertie unwirsch.

»Ja, Majestät. Es ist völlig klar, wie die schrecklichen Vorkommnisse von heute geschehen konnten, nicht wahr, Monsieur Didier? Madame Danielle ist heute mit dem ausdrücklichen Vorhaben hier erschienen, die Gräfin umzubringen, auf die sie eifersüchtig war.«

Chesnais hatte sich für die leichtere Deutung entschieden, stellte Auguste fest.

»*Quoi?*« Robert erblaßte. »Das ist doch Wahnsinn.«

»Deshalb erschien sie im Kostüm der Marie-Antoinette, nicht, um mit der Gräfin zu rivalisieren, sondern um jeden

Verdacht von sich abzulenken, falls man sie sähe«, fuhr Chesnais unbeirrt fort, als hätte Robert nichts gesagt. »Vielleicht wollte sie sie auch nicht unbedingt töten, ihr nur drohen. Das benutzte Messer ist eins von der Art, wie sie unten in den Küchen üblich sind. Wie ich höre, diente die Küche im Château lediglich als Zwischenstation, ist nicht ständig in Gebrauch. Sie könnte aber auch eins beim Lunch haben mitgehen lassen. Monsieur Didier hat gehört, wie sich die beiden Damen auf dem Rasenfleck stritten, und kurz darauf hat Madame Danielle die Gräfin ermordet. Von Entsetzen über ihre eigene Tat gepackt, hat sie dann Selbstmord begangen.«

»Louise ist auch tot?« kreischte Alice.

»Aber ... «, wandte Auguste ein, wurde jedoch sogleich unterbrochen.

»Ja, *ma petite*. Ich erzähl dir alles später«, redete Pierre beruhigend auf sie ein.

»Wie?« Alice beachtete ihn nicht.

»Einschläferndes Gift, Madame«, gab Chesnais bereitwillig Auskunft.

»Oh, wie schrecklich«, stöhnte Alice.

»Selbstmord ist schrecklich«, bestätigte Pierre ernst, »ist sogar strafbar.«

»Die gute, arme Louise«, seufzte Winifred, »sie war so sensibel. Und an Geister glaubte sie auch.«

»So ein Verlust – und auf so eine Art.« Jacob stieß ins gleiche Horn. »Sind Sie sicher, daß es Selbstmord war, Inspektor?« fragte er dann und versuchte, die Frage möglichst sachlich klingen zu lassen.

»*Mais oui.* Als sie den echten Schmerz des Grafen angesichts des Todes seiner Frau sah, muß ihr klar geworden sein, daß sie vom Leben nichts mehr zu erwarten hatte. Sie hatte ein *crime passionel* für nichts und wieder nichts begangen. Das einzige, was ihr blieb, war, sich selbst das Leben zu nehmen.«

»Aber ... «, versuchte Auguste erneut.

»Sie interessiert vermutlich die Uhrzeit, Monsieur Didier«, schmetterte ihn Chesnais ab. »Das Gift – der Doktor meint, es könnte Opium gewesen sein, wahrscheinlich ein Laudanum-Präparat – würde eine halbe Stunde gebraucht haben, um erste Wirkungen zu zeigen, und hat wahrscheinlich erst nach etlichen Stunden zum Tode geführt. Natürlich kann Erschöpfung ein erstes Symptom sein. Aber Louises Müdigkeit war vorgetäuscht; Seine Majestät würde so ein Alibi für sie vorweisen können. Sie hatte das Gift noch nicht genommen. Sie tötete die Gräfin, *la pauvre*, kurz vor dem Tee. Zuvor hatte sie sich in das Boudoir zurückgezogen, wohlgemerkt in das weiter entfernte und für ihre Zwecke günstiger gelegene Gartenhaus. Aber der Ruhe pflegte sie nicht. Sie schlich sich durch den Garten und den hinteren Teil der Anlagen und huschte dann zu dem Rasenstück, um die grausige Tat zu vollbringen. Dann packte sie das Entsetzen, sie kehrte zum Boudoir der Königin zurück, nahm das Gift, das sie möglicherweise zuerst der Gräfin zugedacht hatte, und legte sich nieder in Erwartung ihres Endes. Sie haben den Leichnam, wenn ich nicht irre, kurz vor acht Uhr vorgefunden, Monsieur Didier.«

»Ja, aber ... «

»Ich war es nicht, Pierre«, schluchzte Alice, »ich hab's dir gesagt.«

»Sie waren es nicht, Madame. Wie Sie uns sagten, haben Sie das Messer lediglich wie jede gute Hausfrau aufgehoben, als Sie es auf der Erde liegen sahen. Der Arzt bestätigt, daß sie schon eine Stunde etwa tot gewesen sein muß, als Sie dazukamen. Wir werden bald Genaueres erfahren, aber was wir bislang wissen, erhärtet Ihre Schilderungen.«

»Aber ... «, versuchte Auguste einen neuen Anlauf, denn Robert schien seiner Erregung kaum noch Herr zu werden.

»Die Fingerabdrücke, das ist es sicher, was Sie sagen wollten, Monsieur Didier«, schnitt ihm Chesnais das Wort abermals ab. »Man hat das Messer untersucht. Madame Gaston hat es fest in der Hand gehabt, mit allen Fingern zugepackt. Sie trug keine Handschuhe, und jetzt gibt es dermaßen viele Abdrücke auf dem Messer, daß es schier unmöglich scheint, sie alle zu identifizieren. Ist ja auch nicht mehr nötig, denn es steht fest, was sich an diesem schrecklichen Tag zugetragen hat. Mein Mitgefühl, Monsieur le Comte. Und Ihnen, Monsieur und Madame Gaston, mein Bedauern wegen der Unannehmlichkeiten. Und vor allen Dingen bitte ich Sie, Majestät, um Verzeihung, daß ich Sie mit ermüdenden Fragen belästigen mußte.«

»Aber ... «

»Didier, lassen Sie das ständige Unterbrechen, seien Sie vernünftig«, gebot diesmal Bertie in aller Deutlichkeit. »Der Inspektor hat recht. Was hier abgelaufen ist, ist eindeutig, und dabei müssen wir es belassen.«

Als Inspektor Chesnais gegangen war, herrschte längeres Schweigen. Dann sagte Robert stockend: »Daß Louise mich immer noch liebte, wußte ich; aber wie konnte ich ahnen, daß es diesen Ausgang nehmen würde.«

Auguste enthielt sich jeden Kommentars. Seiner Meinung nach hatte es einen anderen Ausgang genommen, aber es hätte nichts gebracht, sich dazu zu äußern. Die offizielle Untersuchung war abgeschlossen und damit auch seine inoffizielle. Folglich war er dieser unliebsamen Aufgabe enthoben.

»Können wir etwas tun, um Ihnen zu helfen, Robert?« fragte Tatjana.

»Mir kann niemand helfen. Meine Freundschaft mit Louise hat zu dieser Katastrophe geführt, und ich muß den bitteren Preis zahlen.«

Alice schluchzte immer noch an Pierres Schulter. Auguste hatte ausnahmsweise Verständnis für Bertie nach den Strapazen des Tages und beeilte sich zu sagen: »Im kleinen Speisesalon servieren wir ein Souper, Majestät, wenn Sie sich dorthin begeben wollten.«

»Das ist eine blendende Idee.« Winifred war äußerst angetan, besann sich aber sogleich, denn zu große Begeisterung schien unangebracht. »Der guten, armen Gräfin wäre sicher sehr daran gelegen, daß Sie bei Kräften bleiben, Robert«, fügte sie rasch und wenig überzeugend hinzu.

Auguste hastete nach unten, um dem Personal zu bedeuten, daß man jetzt das Essen auftragen könne. Wachteln, wie vorgesehen, schien es nicht zu geben. Aber das Schicksal erwies sich als gütig – das Hotel war auf Hummersalat ausgewichen. Auch wenn der nicht à la Didier war, er war eins der Lieblingsgerichte Seiner Majestät und würde ihn vor dem Hungertod bewahren. Auguste kehrte zurück und stieß in der Eingangshalle auf Chesnais, der in ein Gespräch mit einem Herrn mittleren Alters im Smoking vertieft war.

Der Herr drehte sich um, als Auguste auf sie zukam. Dem war ohnehin fast schlecht, und nach den Aufregungen im Laufe des Tages fühlte er sich reichlich erschöpft, dennoch blieb ihm ein weiterer Schrecken nicht erspart. Den Mann kannte er doch. Das Gesicht hatte er erst vor kurzem gesehen, aber mit einem Smoking konnte er es nicht in Verbindung bringen. Eher mit einer Livree, und ganz bestimmt mit einer graugrünen Wächteruniform, und das war heute nachmittag gewesen.

»Darf ich Ihnen den Ehemann des Opfers vorstellen«, sagte Chesnais, »Monsieur Bertrand Danielle.«

6. Kapitel

Der Trupp russischer Ulanen der Kaiserlichen Leibwache, der in leuchtend roten Uniformen verwegen durch das Waschbecken ritt, hatte ihm heute gerade noch gefehlt. Nicht einmal beim Zähneputzen hatte man seine Ruhe. Am frühen Morgen mochte man solche Verschrobenheiten (ein Geistesprodukt von Tatjanas Vater) ja noch ertragen, aber heute abend würden sich die Lanzenreiter munter unter die Nachtgespenster mischen, die ihm ohnehin den Schlaf raubten. Dabei waren sie, verglichen mit der künstlerischen Gestaltung des Klosettbeckens, geradezu ein Gewinn. In dessen Schüssel prangte nämlich eine riesige Flasche Wodka, gewissermaßen an die Rückwand des Beckens gelehnt, und aus den seitlichen Rundungen streckten sich ihr verlangend Hände entgegen, die Becher umschlossen.

Vor allem in seinen späteren Jahren war Tatjanas Vater, bei dem Auguste einst gearbeitet hatte, reichlich unkonventionell gewesen, und das war milde ausgedrückt. Aber Tatjana wollte alles so belassen wie zu seinen Lebzeiten. Selbst die Badewanne verschreckte den nicht vorgewarnten Benutzer. Den Boden zierte eine drastische Darstellung von Napoleons Rückzug aus Moskau, und damit man die Zusammenhänge richtig interpretierte, gab es an den Seitenwänden auch noch etliche russische Fahnen. Damals hatte Auguste eine solche Ausschmückung für nicht gerade taktvoll gegenüber dem Gastland seiner Herrschaft gehalten, aber es war alles eine Frage der Gewohnheit. Er akzeptierte das Bad als Familienerbgut und unterdrückte standhaft sein Verlangen, in den Rückzug aus Moskau ein paar hübsche kleine Löcher zu bohren, um das gute Stück entsorgen zu können.

Als er ins Schlafzimmer kam, hatte sich Tatjanas Kammerzofe Héloïse bereits zurückgezogen. Tatjana saß an der Frisiertoilette und bürstete ihr Haar. Auguste hob ihre dunkle Lockenpracht an und küßte sie auf den Nacken.

»Und jetzt erzählst du mir, was dich bedrückt, *chéri*.«

»Der ganze Tag heute.« Er hatte beschlossen, von der Sache mit Monsieur Danielle nichts vor dem Schlafengehen zu erwähnen; vielleicht würden sich seine Wahnvorstellungen über Nacht zerstreuen.

»Da muß noch etwas geschehen sein. Irgend etwas, ehe du zu Tisch kamst. Du warst sehr schweigsam, bist es den ganzen Abend über geblieben.«

Auguste zögerte. Wenn er jetzt darüber sprach, verwischten sich vielleicht die Bilder, die er aus der Erinnerung zu rekonstruieren versuchte; wiederum verlangte es ihn danach, das, was ihn bewegte, mit ihr zu teilen oder überhaupt mit irgend jemand. Ihm tat die Vergewisserung not, daß er bei klarem Verstand war. Er erzählte ihr also, was ihn beschäftigte. Tatjana drehte sich auf ihrem altersschwachen Stuhl um. Auch der war ein Stück aus dem Familienerbe; den Sitz zierte eine Reihe derber russischer Bauersfrauen mit in die Seite gestemmten Armen – eine Stickerei ihrer Großmutter (vermutlich hatte Tatjanas Vater von ihr den Hang zum Exzentrischen geerbt).

»Das sind Trugbilder; kein Wunder nach dem, was du heute hinter dir hast«, war ihre erste Reaktion.

»Nein. Er kam mir schon heute nachmittag irgendwie bekannt vor; ich konnte mich nur nicht erinnern, wo ich ihn schon einmal gesehen hatte.« Trotzdem, ausgeschlossen war es nicht, daß er sich irrte. Bei dem Bekanntheitsgrad eines Mannes wie Monsieur Danielle konnte sich im Unterbewußtsein auch das Bild aus einer Zeitschrift zum Beispiel festgesetzt haben. Dem aber widersprachen Mimik und gewisse Handbewegungen des Mannes, die sich Auguste eingeprägt hatte.

»Wenn er wirklich einen deiner Diener und dann bei Pierre den zweiten Wächter gemimt hat, wird er das abstreiten. Ich erinnere mich ganz deutlich, daß Louise, als wir beim Kaffee waren, plötzlich einen Schreck bekam. Vielleicht hatte sie ihn erkannt. Aber aus welchem Grund mag es ihn hergetrieben haben?«

Sie nahm ihn ernst, und allein das beruhigte ihn. »Möglicherweise hat er etwas mit einem, wenn nicht mit beiden Morden zu tun. Oder er wollte lediglich Louise im Auge behalten.«

»Dann ist ihm das gründlich mißlungen, *mon héros*«, bemerkte Tatjana nüchtern.

»Oder sein Plan ging allzu gut auf.«

»Ah.« Tatjana seufzte. »Hätte ich ihn doch bloß gesehen. Hast du ihm auf den Kopf zu gesagt, daß er sich als dein Diener ausgegeben hat? Konntest du ja wohl schlecht.«

Damit hatte sie recht. Bei dem Ruf, den Monsieur Danielle als Politiker genoß, würde man nicht so ohne weiteres Verdächtigungen aussprechen und seine Redlichkeit in Frage stellen (es sei denn, politische Erwägungen hätten ihn den einen oder anderen Schritt tun lassen). Ihm gegenüber zu äußern, man hätte den Verdacht, er hätte sich als Bediensteter verkleidet und sei gleich darauf auch noch als quasi Geist aufgetreten, wäre einem diplomatischen Balanceakt gleichgekommen – unter den gegebenen Umständen allemal.

»Ich glaube, wir sind uns schon einmal begegnet, Monsieur«, war das einzige, was er über die Lippen gebracht hatte.

Mit ruhigen grauen Augen hatte der ihn einen Augenblick angesehen. »Tut mir leid, Monsieur. Ich kann mich beim besten Willen nicht entsinnen.« Der entschiedene Tonfall bedeutete, daß für ihn das Thema damit erledigt war.

Auch Pierre, der andere Wächter, konnte ihm wenig helfen. »Monsieur Danielle?« hatte er nur ungläubig zurückgefragt. »Er ist ein hoch angesehener Politiker. *C'est impossible.* Ich könnte mich auch nicht genau an das Gesicht des Mannes, den Sie geschickt hatten, entsinnen, ich weiß bloß noch, daß die Uniform in Ordnung war. Wir hatten ja nur kurz miteinander zu tun. Als Sie vorbei waren, verschwand er ... « Und dann, als er erkannte, daß seine Wortwahl mißverstanden werden könnte, verbesserte er sich rasch: »... ging er sofort.«

Die Dienerschaft hatte ähnlich reagiert. Für sie sei wichtig gewesen, daß Perücke und Livree bei dem Ersatzmann gestimmt hatten. Für das Gesicht hatte man sich nicht weiter interessiert. Und der, der ihm die Livree ausgehändigt hatte, mußte zugeben, daß die Gesichtszüge eine gewisse Ähnlichkeit mit denen von Monsieur Danielle gehabt hätten, aber das bedeutete ja nicht, daß es sich um ein und dasselbe Gesicht handelte. Monsieur Danielle war ein *gentilhomme*. Der andere Mann war ein Diener.

»Die Polizei ist von der Richtigkeit ihrer Erkenntnisse überzeugt«, redete ihm Tatjana gut zu. »Ihre Erklärung paßt zu dem Tatbestand – und wenn nicht, zimmert man ihn so zurecht, daß er paßt. Das Gegenargument ist so unglaubwürdig, daß jeder die Beweisführung der Polizei für logisch hält. Kann denn jemand so viel Haß anstauen, daß er gleich zwei Frauen ermordet, oder kann es innerhalb einer kleinen Gruppe zwei Mörder geben, die sich vorgenommen haben, ihren Mord just zur gleichen Zeit zu begehen? Ich kann mir das nicht vorstellen.«

»Es gibt noch eine andere Möglichkeit«, wandte Auguste aufgeregt ein. Er konnte wieder klar denken, vergaß darüber aber leider, daß die Sache offiziell abgeschlossen war und er sich nicht länger im Auftrage des Königs um die Klärung der Ereignisse bemühen mußte. »Mirabelle hat Louise vergiftet, und als die begriff, was geschehen war, als sie eine große Müdigkeit überfiel, schwor sie Rache, schleppte sich an den Tatort und ermordete Mirabelle.«

Völlig verdattert sah ihn Tatjana an. »*Mon ami*, es ist ein Uhr durch. Du hast einen langen Tag hinter dir und etliche Glas Champagner getrunken; deine detektivischen Kräfte spielen dir einen Streich. Jetzt und heute nacht jedenfalls.« Entschieden stand sie auf.

Er blieb in dem Sessel, der neben ihrem Stuhl stand, sitzen. Allzu deutlich hatten ihre Worte ihn an die von Inspektor Chesnais erinnert: »Wenn Sie mir hieb- und stichfeste Beweise bringen, daß ich mich irre, wird die Polizei von Paris die Sache selbstverständlich erneut aufrollen. Nur, seien Sie vorsichtig, Monsieur Didier; denn sollten Sie recht haben, ist einer der höchst ehrenwerten Gäste hier, zu denen auch der König von England gehört, für zwei Morde verantwortlich. Und in den Augen der Pariser Polizei kommen von diesen höchst ehrenwerten Persönlichkeiten nur Sie, Monsieur Didier, als ein des Mordes Verdächtiger in Frage.«

Er hatte gelacht, aber Auguste war sich darüber im klaren, daß es Chesnais mit seiner Bemerkung ernst war. König Edward VII. war zugegen, und allein das würde ganze Schwärme von Journalisten und Photographen der internationalen Presse auf den Plan rufen. Ein Mord in seiner unmittelbaren Umgebung war schlimm genug, aber man würde zu verhindern wissen, daß die Anwesenheit des Königs an die große Glocke gehängt wurde. Ein zweiter Mord allerdings, noch dazu, wenn man die Leiche nur einen Steinwurf vom König entfernt fand, der friedlich geschlummert hatte, roch zumindest nach Vernachlässigung der Sicherheitsvorkehrungen für seine Person. Schlimmstenfalls ... Auguste beschloß, sich das Schlimmste gar nicht erst auszumalen. Zweifelsohne würde Mr. Sweeney zu den französischen Schutzmaßnahmen ein paar Worte sagen müssen. Der kleinste Hinweis von Auguste aber, daß es unter den Freunden des Königs ein oder zwei Mörder geben könnte, würde nur zur Folge haben, daß er Sweeneys Beistand verlor. Der König würde sich höchstpersönlich hinter seinen Leibwächter stellen; denn die ärgerlichen Vorfälle vom vergangenen Jahr in Marienbad waren nicht vergessen, als sich dem Monarchen ein ganzes Rudel Photographen an die Fersen geheftet hatte, das von Sweeney energisch abgewehrt werden mußte.

Wie immer stritten zwei Seelen in Augustes Brust: Erleichterung, daß er sich nicht länger um die Klärung der Mordfälle kümmern mußte, und sein detektivischer Spürsinn, der ihm keine Ruhe ließ. Die Erleichterung blieb Sieger. »Ich lasse die Finger davon. Die Entente Cordiale ist in Gefahr«, verkündete er nicht ganz überzeugend.

Tatjana lachte. »Ins Bett, *mon brave*.«

Die Ehe war eine wundersame Küchenwaage. Wenn sich auf der einen Waagschale Kümmernisse und Schwierigkeiten häuften, sorgte der Partner auf der anderen für stetes Gleichgewicht. Liebevoll betrachtete Auguste Tatjana, sah, wie sich ihr Busen unter dem Spitzennachthemd hob und senkte, und dankte dem lieben Herrgott für dieses kostbare Geschenk in seiner *batterie de cuisine*.

»Bitte keine dummen Gedanken mehr von der Art«, sagte sie.

»Wie wäre es mit diesen?« Er zog sie an sich.

»Das ist natürlich ganz etwas anderes, *mon amour*.«

»Draußen steht ein großes Automobil.« Tatjana lugte durch die Gardinen. Es war neun Uhr; sie stand sonst früher auf.

»Haben wir es gekauft?« fragte Auguste verschlafen.

»Das hier dürfte unverkäuflich sein; es würde dir ohnehin nicht gefallen.«

»Dann kann ich ja weiterschlafen.«

»Ich glaube, das geht nicht. Es ist ein Daimler, ein dunkelblauer mit weinroten Zierleisten, gehört Seiner Majestät.«

»Doch nicht zu so früher Stunde?« Er hievte sich hoch und ging zu ihr ans Fenster. Es bestand kein Zweifel. Nicht nur, daß der Wagen so aussah wie der von Seiner Majestät, daneben stand auch der königliche Chauffeur. Das bedeutete, daß im Damenzimmer Goldstick oder ein anderer gewichtiger Hofbeamter wartete, um ihn zu Seiner Majestät zu schleppen, und Caesar lauerte wahrscheinlich auch irgendwo.

»Vorsicht, *chéri*, du bist noch nicht angezogen. Ich mag dich so, aber der Chauffeur dürfte sich arg wundern, wenn er hochguckt.«

Hastig zog sich Auguste vom Fenster zurück, griff sich einen Morgenrock und eilte zum Bad. Héloïse war schneller gewesen. Sie hatte gehört, daß man im Schlafzimmer munter wurde, und ließ bereits Wasser auf Napoleons Rückzug aus Moskau strömen.

Eine halbe Stunde später war Auguste unten, um den neuen Tag und sein Schicksal zu begrüßen – leider nicht sein *petit déjeuner*. Wenn ein Beamter wie Goldstick kam, um ihn zu holen, duldete die Sache keinen Aufschub. Was mochte geschehen sein, daß seine Anwesenheit so dringend gefragt war? Er bat Tatjana, ihn zu begleiten, aber sie hatte schon andere Pläne.

»Autowerkstatt, was sonst?« murmelte er leicht verbittert. Schließlich war Bertie ihr Verwandter, und damit hatte sie eine gewisse Verantwortung. Im allgemeinen war der König ein großzügiger Gastgeber, was das Essen anging, aber ob Auguste schon gefrühstückt hatte oder nicht, würde ihn wenig interessieren. Mißmutig folgte er Goldstick nach draußen, ohne die knusprigen Croissants oder seinen *café du matin* auch nur angerührt zu haben.

Seine Majestät arbeitete am Schreibtisch im Hotel; das war nichts Besonderes, er ließ sich höchst selten vor Mittag in der Öffentlichkeit sehen. Er hatte Trauerkleidung angelegt, ohne die er nie reiste. »Wo bleiben Sie denn?« herrschte er Auguste an und verschwendete keine Sekunde auf Begrüßungsformalitäten. »Es ist allerhöchste Zeit.«

»Wofür, Sir?« Auguste fuhr erschreckt zusammen. Hatte er etwas vergessen?

»Um elf Uhr versammelt man sich im Hotel. Sie wollen die Trauerfeierlichkeiten besprechen. Robert kommt auch – und dieser dämliche Danielle. Armer Kerl«, setzte Bertie noch rasch hinzu.

»Und weshalb?« Auguste konnte sich keinen Reim darauf machen. Über den Tod des Partners würde man eigentlich in aller Stille im Familienkreis reden wollen, das war doch kein Thema für eine halb öffentliche Gesprächsrunde.

»Das hat George verbockt. Ich weiß nicht, was mit dem Kerl los ist. Unter den gegebenen Umständen müßte man sich vorher abstimmen. Leider verwahrt sich Monsieur

Danielle dagegen, Robert bei sich zu empfangen, was ich verstehen kann, weigert sich aber auch, Roberts Haus zu betreten. Ohne mir ein Wort zu sagen, hat George in aller Einfalt vorgeschlagen, daß man sich hier trifft. Wenn er glaubt, ich würde auch anwesend sein, hat er sich geirrt. Deshalb habe ich Sie rufen lassen – Sie werden stellvertretend für mich hingehen. Schließlich gehören Sie zur Familie.

»Gewiß, Sir.« Es war ein befremdlicher, aber nicht unmöglicher Auftrag. Gott sei Dank hatte Tatjana darauf bestanden, daß er in Schwarz ging. »Werden Sie, Majestät, zu den Trauerfeierlichkeiten in Paris bleiben?«

Bertie räusperte sich. »Leider wird das nicht möglich sein. Ich bin terminlich in Marienbad gebunden, und, was natürlich weit wichtiger ist, in vier Tagen treffe ich auf Schloß Friedrichshof bei Kronberg mit dem Kaiser zusammen. Einer Begegnung mit Willy sehe ich immer mit Freuden entgegen.« Auguste wagte das zu bezweifeln. Es war bekannt, daß der König und sein deutscher Neffe nicht gerade auf freundschaftlichem Fuß standen; da mußte er sich schon ein bißchen mehr einfallen lassen, wenn er anderen weismachen wollte, sie seien Busenfreunde.

»Wann gedenken Sie abzureisen, Sir?«

»Im Grunde genommen gleich. Diplomatische Erwägungen gebieten es«, verkündete Bertie kühl und sachlich. »Ich verlasse mich darauf, daß Sie mein aufrichtiges Bedauern zum Ausdruck bringen.«

»Ganz gewiß, Sir.« Auguste war überrascht und erleichtert, daß die Audienz so bald beendet war, und setzte sich in seinem bekannten Rückwärtsgang in Bewegung. Berties Stimme hielt ihn jedoch zurück; sie klang verdächtig beiläufig und harmlos.

»Nebenbei gesagt, Auguste, ich gehe wohl nicht fehl in der Annahme, daß Sie glauben, Chesnais irrt mit seiner

Auslegung von Louises Mord, und daß es nicht Louise war, die ... « – Seine Majestät machte eine Pause – » ... die das getan hat.«

»Ich kann mir nicht vorstellen, daß sich Louise das Leben genommen hat.«

Längeres Schweigen. Dann gestand Bertie ihm ein: »Ich auch nicht. Aber ich möchte nicht, daß Sie den Dingen weiter auf den Grund gehen. Sie sind einer der besten Leute, wenn es ums Essen geht, aber wenn Sie eine Fährte in Mordsachen aufnehmen, vergaloppieren Sie sich.«

»Ich verstehe, Sir.« Auguste war ehrlich erleichtert.

»Großartig.« Auch Bertie schien zufrieden, sagte dann aber noch unnötigerweise: »Sie könnten sonst leicht mehr Schaden anrichten als Gutes tun.«

»In welcher Hinsicht, Sir?« Es klang irgendwie unheilvoll, und als Seine Majestät nicht antwortete, bohrte er vorsichtig nach: »Wenn es etwas gibt, was Sie mir vielleicht sagen möchten, etwas, das Ihnen entfallen war, als Inspektor Chesnais mit Ihnen sprach, dann ... «

Seine Majestät überlegte. »Ich wage zu behaupten, von Mann zu Mann gewissermaßen«, äußerte er bedächtig, »daß es in Ihrem Leben ein paar Dinge gibt, von denen Ihnen lieber wäre, wenn sie Tatjana nicht weiß. Aus der Zeit vor Ihrer Ehe natürlich«, fügte er noch hinzu, wie immer ganz Diplomat.

Auguste war sich ziemlich sicher, daß Tatjana die meisten Geschichten dieser Art ahnte. »An der Vergangenheit sollte man besser nicht rühren, Sir«, erwiderte er entgegenkommend.

»Genau das meine ich auch.«

Seine Majestät war sichtlich erlöst, und im gleichen Moment erkannte Auguste, daß er sich selbst eine Falle gestellt hatte. Seine Majestät hatte ihn in der Hand, konnte ihn wie sein heißgeliebtes *bécassine* aufspießen, grillen und verspeisen. Aus der Schlinge gab es kein Zurück.

»Da Sie und ich der gleichen Auffassung sind, Sir, daß sich hinter diesen Tragödien mehr verbirgt, als Chesnais mit seiner Lösung des Falls wahrhaben will, glaube ich, es wäre in Ihrem Interesse, wenn ich als Ihr inoffizieller Vertreter die Situation weiter beobachte. Mit aller gebotenen Vorsicht, versteht sich.«

»Wieso?« Ein bohrender Blick traf ihn.

»Es könnte sich zum Beispiel ergeben, daß Monsieur Danielle eine Verunglimpfung seiner Frau nicht auf sich beruhen läßt und weitere Untersuchungen verlangt. Ergäbe sich dabei, daß Inspektor Chesnais etwas aufdeckt, was ihm zuvor vorenthalten wurde, könnte dem größere Bedeutung beigemessen werden, als es unter normalen Umständen geschehen wäre. Auch wenn man an der Vergangenheit nicht rühren will, das eine oder andere kann unverhofft ans Tageslicht kommen.«

Wieder längeres Schweigen. »Also gut, behalten Sie die Dinge im Auge«, blaffte Seine Majestät schließlich. »Noch eins, Didier … «

»Ja, Sir?«

»Treiben Sie es nicht zu heftig mit Ihrem Herumspionieren. Halten Sie sich lieber ans Kochen.«

Kaum war er der königlichen Gegenwart entronnen, meldete sich sein Magen mit allem Nachdruck. Doch bis zum Lunch würde er sich schon gedulden müssen. Zuerst wollte noch eine langwierige Debatte sich streitender Leute abgesessen werden – und das in Vertretung Seiner Majestät, der sich sacht und unmerklich in Nichts auflösen würde.

»Ah, Auguste«, begrüßte ihn George laut, als er den Privatsalon betrat, den ihnen das Hotel zur Verfügung gestellt hatte. »Ich bin erfreut, Sie zu sehen.« Die Freude schien sich in Grenzen zu halten; im allgemeinen wirkte er angenehm zurückhaltend, heute aber machte er einen äußerst geschäftigen, fast erregten Eindruck. Der Tod von Mirabelle hatte ihm zugesetzt, aber nach außen hin war er der Engländer geblieben, den nichts so leicht aus der Ruhe brachte. Louises Tod hatte ihn sichtlich erschüttert und offenbar tiefer getroffen. Eigenartig.

»Probleme dürfte es doch kaum geben, oder? Monsieur Danielle und Robert als die unmittelbar Leidtragenden werden wenig Interesse verspüren, ausgiebiger über das Dilemma zu sprechen.«

»Hm ... ja. Aber sie sind Franzosen«, sagte George zögernd. »Sie sind es auch, ich weiß, aber Sie leben in England und wissen, wie man gewisse Situationen handhabt.«

Auguste schwankte, ob er sich ärgern oder amüsieren sollte, ließ sich aber nichts anmerken. »Da ist etwas dran, ja.«

»Ich bin froh, daß Sie als erster gekommen sind. Ich wollte Sie etwas fragen, es ist wegen der Wette.«

»Wette?« Auguste hatte an den ursprünglichen Grund für die gestrige Veranstaltung gar nicht mehr gedacht.

»Theoretisch gilt die Wette noch. Robert ist der Herausforderer, also kann auch nur er sie offiziell für beendet erklären. Ist natürlich problematisch jetzt.«

Die Umstände, die sie alle die Wette hatten vergessen lassen, waren Augustes Ansicht nach weit problematischer. »Da wir die Jagd nach den Geistern praktisch nicht bis zu Ende geführt haben, finde ich, die ganze Wette muß zurückgenommen werden. Das gilt auch für englische Gentlemen«, erwiderte Auguste ernst.

George war schockiert. »Nein. Das würde ja aussehen, als ob man sich drücke.«

»Was schlagen Sie dann also vor?« Auguste war nicht in bester Verfassung, sein rebellierender Magen setzte ihm zu.

»So einfach geht das nicht. Wir müssen noch einmal von vorne anfangen. Selbstverständlich erst nach ein paar Wochen.«

Alle Engländer waren verrückt, aber einige entschieden verrückter als andere. »Ich glaube nicht, daß Seine Majestät … «

»Nein, nein. Robert und ich müssen das allein durchziehen. Das ist nur recht und billig. Und Sie machen wieder den Schiedsrichter.« Auguste wurde es fast schwarz vor Augen. Und er hatte Georges Erregung auf den Tod von Louise zurückgeführt! Zum Glück mußte er keine Antwort geben. Winifred kam, und mit ihrem Erscheinen wurde das Gesprächsthema gewechselt.

Gleich hinter ihr betrat Robert den Raum. Er sah grau und abgespannt aus. Auguste konnte in ihm kaum den lustigen Lebemann aus früheren Zeiten erkennen. Nur wenig später schlenderte Jacob herein, aber von Pierre und Alice war zunächst keine Spur. Jacob, George und Winifred hatten sich, so gut es ging, dem Anlaß entsprechend gekleidet – dunkler Anzug beziehungsweise dunkelrotes Nachmittagskleid. Allen gemeinsam war eine Unsicherheit, wie man sich geben sollte; für derart unorthodoxe Anlässe waren nirgends Verhaltensregeln festgeschrieben.

»Ist Monsieur Danielle nicht hier?« fragte Robert ruhig. »Ich bin vermutlich etwas früh gekommen. Habe keinen Schlaf gefunden. Und nun das hier. Wie soll ich das durchstehen? Für eine doppelte Tragödie wie diese muß es auch eine doppelte Trauerfeier geben, und das sobald als möglich. Könnten Sie diesen Gedanken Bertrand nahelegen, George? Wenn er von mir kommt, wird er sich dagegen sperren, aber ich denke, so wäre es ein würdiges Begängnis.«

»Mirabelle und Louise haßten sich aber.« Jacob brachte den Einwand nicht ganz ohne Häme hervor.

»Jetzt tun sie es nicht mehr, *mon ami*. Sie sind tot und beim lieben Herrgott«, erwiderte Robert.

Wie aufs Stichwort tauchte Bertrand Danielle auf. Auch jetzt brachte ihn Auguste zuerst mit der Uniform des Wächters, dann mit der Livree des Dieners in Verbindung; dabei hatte er nur eine verschwommene Erinnerung an die beiden kurzen Momente. Es war denkbar, daß Danielle beide Rollen gespielt hatte; der kleine Dreispitz hätte das gepuderte Haar durchaus verdecken können.

»Wir sollten in aller Ruhe die organisatorischen Belange besprechen und uns darüber verständigen, was im Sinne unserer geliebten Frauen das beste ist«, eröffnete Robert die Zusammenkunft. »Ich für meine Person würde es vorziehen, wenn die Trauerfeier nicht gleich, sondern erst in ein paar Tagen stattfände.«

»*Monsieur le comte*, ich möchte in aller Deutlichkeit zur Kenntnis geben, daß es mir völlig gleichgültig ist, wann Sie die Trauerfeier für Ihre Frau ansetzen.«

George hüstelte. »Denken Sie nicht, daß es bei dem Bekanntheitsgrad und der öffentlichen Anteilnahme richtig wäre, eine Doppel-Trauerfeier zu veranstalten?«

»Das kommt für mich nicht in Frage«, entgegnete Bertrand unnahbar. »Wo und wann die Trauerfeier für meine Frau stattfindet, ist meine Sache. Ich bin lediglich hierhergekommen, um Seiner Majestät gegenüber Höflichkeit walten zu lassen.« Seine Augen tasteten den Raum ab, konnten Seine Majestät jedoch nicht ausfindig machen. »Der Polizei zufolge hat meine Frau die Ihrige ermordet; eine Doppel-Trauerfeier ist da wohl nicht angebracht.«

»Seine Majestät ... «, versuchte George das Wort zu ergreifen.

»Seine Majestät ist König von England und nicht von Frankreich«, unterbrach ihn Bertrand eiskalt. »Die Trauerfeier für meine Frau findet im Kreis der Familie und Freunde statt, und ich möchte unmißverständlich zum Ausdruck bringen, daß mir daran gelegen ist, daß Sie dort nicht erscheinen, *Monsieur le comte*.«

»Die Kirchen von Paris stehen allen offen, glaube ich«, erwiderte Robert gefaßt. »Sie sind Häuser Gottes und nicht eines Bertrand Danielle.«

»Sollten Sie Eintritt begehren, wird sich die Tür Ihnen verschließen.«

Der glorreiche Zwölfte, Eröffnung der Saison der Rebhuhnjagd, fiel dieses Jahr auf einen Sonntag und erwies sich somit in der Tat als glorreich – für das Rebhuhn zumindest. Die englischen Herren mußten ihre Ungeduld noch ein wenig zügeln und auf den glorreichen Montag warten. Dem Wild am Sonntag den Garaus zu machen galt als unchristlich; an Wochentagen hingegen schien sich das Rebhuhn das Abgeschlachtetwerden gefallen zu lassen. Besagter Montag war auch für Auguste ein glorreicher Tag. Er konnte sein Frühstück ungestört genießen. Als er das Speisezimmer betrat, saß Tatjana schon dort und war in ihre Zeitungslektüre vertieft.

»Du bist aber zeitig heute«, sagte er, strebte nicht gleich zu den warmen Croissants, sondern ging erst zu ihr hinüber, um sie zu küssen.

»Ja, ich bin verabredet. Und wie sieht dein Tag aus?« Sie blätterte die Zeitung um. »Hier steht, die Trauerfeier für Mirabelle ist für den 15. August, an Mariäe Himmelfahrt, angesetzt, nachmittags drei Uhr. – Oje!« Auguste zuckte zusammen und verschüttete etwas von seinem *café au lait*. »Die für Louise auch, und zur gleichen Zeit.«

»Also doch.« Demnach war man zu einer vernünftigen Entscheidung gekommen.

»Nur in unterschiedlichen Kirchen, Auguste«, fuhr seine Frau mit dumpfer Stimme fort.

»Das hat bestimmt Monsieur Danielle so gewollt.« Mit Vernunft hatte es weniger zu tun, aber wer an welcher Trauerfeier teilnehmen würde, konnte spannend werden.

»George und Winifred gehen bestimmt zu Mirabelles Trauerfeier«, mutmaßte Tatjana, die den gleichen Gedanken nachhing. »Jacob auch. Bei Alice und Pierre könnte ich mir vorstellen, daß sie sich für Louise entscheiden, schon um Robert aus dem Wege zu gehen. Ist wahrscheinlich auch am besten so. Dann kommen die sich befehdenden Parteien gar nicht erst miteinander in Berührung.«

Daß die Konstellation auch für sie beide ein Problem barg, wurde Auguste erst klar, als Tatjana schon fort war. Wie würden sie sich entscheiden, wo sollten sie hingehen? Er würde sich bis zum Abend gedulden müssen, ehe er mit ihr darüber sprach. Immer, wenn sie in Paris waren, sah er herzlich wenig von Tatjana. Pariser Freunde und französische Automobile nahmen sie gleichermaßen in Anspruch.

Letztendlich ging es dann um drei Dinge. Erstens hatte er in ihrer Abwesenheit ein köstliches *soufflé de volaille* fabriziert. Wenn Tatjana zu Hause war, ließen ihn ihre Köche nie kochen. Das hatte ihn stets gewurmt; schließlich hatte sie ihm aber klargemacht, daß ihre Leute sein Arbeiten in der Küche als Kritik an ihren eigenen Fähigkeiten auffaßten. Zweitens hatte er sich zu der Meinung durchgerungen, sie sollten zu Louises Trauerfeier gehen, und drittens erklärte er ihr: »Ich werde nicht nur die Situation weiter beobachten, wie ich es Bertie gegenüber formuliert habe; ich werde herausfinden, wer Mirabelle und Louise wirklich umgebracht hat.« Auguste wartete auf ihre Einwände, aber Tatjana sagte nur: »Dann werde ich an der Trauerfeier für Mirabelle teilnehmen, *ma mie*.«

Die Trauerfeier für Louise sollte in der Eglise Nôtre Dame des Victoires am Place des Petits Pères hinter dem Jardin du Palais-Royal stattfinden, ein passender Ort für den Abschiedstag Unserer Lieben Frau und Louises. Beerdigt werden sollte sie auf dem Montmartre, wo sie zu den Höhen ihres Ruhms gelangt war. Die Kirche war klein genug, um eine gewisse Intimität zu wahren, groß genug, um dem Anlaß einen würdigen Rahmen zu geben, und beeindruckte mit einer Fülle von prächtigen Skulpturen und Holzschnitzereien. Noch auf dem kleinen Platz draußen vor der Kirche sah Auguste zu seinem großen Erstaunen George und Winifred ankommen, hinter ihnen Jacob. Jacob hatte doch aber Mirabelle geliebt! Sollte Robert sich seine Anwesenheit verbeten haben?

Auguste betrat die Kirche. Hinter ihm war die Kutsche des Hauptleidtragenden vorgefahren, und Monsieur Danielle stieg aus. Im Vestibül schlug Auguste der bekannte Geruch von Weihrauch entgegen. Ein Kirchendiener verteilte Handzettel, ein anderer neben ihm hielt ein Kondolenzbuch bereit und bedeutete den Trauergästen, sich einzutragen, um mit dieser unüblichen Geste Monsieur Danielle ihr Mitgefühl auszudrücken.

»Vielen Dank, Sir«, sagte der Mann auf englisch, als Auguste Namen und Adresse einschrieb. Er zündete seine Kerze an, schritt durch das Seitenschiff, um sich einen Platz zu suchen, war aber mehr mit dem Gedanken beschäftigt, ob Pierre und Alice zugegen waren. Er konnte sie nirgends sehen. Das bedeutete, daß genau das Gegenteil von dem eingetreten war, was Tatjana und er erwartet hatten.

Ein Gedankenblitz riß Auguste aus seinem Gebet für Louise Danielles Seelenheil. Die Stimme des Kirchendieners, kannte er die nicht? Doch, er kannte sogar das Gesicht, natürlich, wenn auch aus einer völlig anderen Umgebung und nicht in dieser Aufmachung. Oder waren das schon wieder Wahnvorstellungen? Verrückt, er hatte doch wirklich einen Moment geglaubt, der Kirchendiener sei Hauptinspektor Egbert Rose gewesen. Erneut versenkte er sich in sein Gebet, um La Dervicheuse und ihre Seele Gott zu befehlen.

7. Kapitel

»Ich mache hier Urlaub«, erklärte Egbert, ohne mit der Wimper zu zucken. »Edith wollte was von der weiten Welt sehen. Vielleicht hat sie auch deine Kocherei gelockt, Auguste. Als Tatjana anrief, haben wir uns jedenfalls kurzerhand entschlossen, rüberzukommen und am High life zu schnuppern.«

»Eigentlich wollten wir wieder nach Ramsgate«, warf Edith ein; es klang fast wehmütig. »Der Tee schmeckt hier ganz anders als in England; damit will ich nicht unbedingt sagen, daß er schlecht schmeckt, aber irgendwie eigenartig, erinnert mich an den Tee, den du damals gemacht hast, als ich mich bei dem Rezept von Mrs. Marshall etwas vertan hatte. Es sollte Hühnerfrikassee in Aspik à la Victoria werden, weißt du noch? Statt drei Prisen Corallinpfeffer hatte ich gleich drei Löffel voll genommen.«

»Probier den Tee mal mit Zitrone«, schlug ihr Auguste vor. Von Mrs. Marshalls Rezepten konnte man nehmen, welches man wollte, man würde hinterher immer Baldriantee zur Magenberuhigung brauchen.

»Und was wollt ihr im Urlaub so machen, Egbert?« fragte er dann höflich.

»Komisch, was einem so passiert. Lauf ich doch vorhin Inspektor Chesnais in die Arme. Wir haben ein wenig miteinander geplaudert, wie es eben so kommt. Nach dem, was mir Tatjana beim Abholen vom Bahnhof schon erzählt hatte, hielt ich mit meiner Meinung nicht hinterm Berg, meinte, man sollte lieber von vornherein auf alles gefaßt sein. Wenn es noch ungeklärte Dinge gäbe, wäre es besser, man wartet nicht, bis man von den Tatsachen überrollt wird. Dem konnte er sich nicht verschließen. Im Gegenzug zu der Liste mit den Trauergästen bleibt er vielleicht gar nicht so zugeknöpft, und wenn ich Glück habe, läßt er mich in die gerichtsmedizinischen Berichte Einsicht nehmen.«

»Dir wird es um Ramsgate nicht leid tun«, versuchte Tatjana Edith zu trösten. »Ich zeige dir den Louvre, und wenn Egbert und Auguste sich das Petit Trianon und seine Umgebung näher anschauen, ziehen wir derweil durch das Schloß von Versailles. Vielleicht gehen wir auch alle miteinander zum Montmartre oder ins Moulin Rouge.«

»Nach allem, was ich darüber gehört habe, ist der Cancan nun nicht gerade das Feinste. Aber wenn du keinen Anstoß an dieser Art Tanz nimmst, Tatjana, könnte ich mir vorstellen, daß er auch mir gefällt.«

Als Egbert später am Abend in Augustes Arbeitszimmer eine bequeme Heimstatt gefunden hatte, bestand Auguste auf einer ehrlichen Auskunft. Was sollte das mit Urlaub und Paris? Die Antwort war einfach. Tatjana hatte telefoniert und ihn gebeten zu kommen.

»Sie erzählte mir, daß du mit der diplomatischen Erklärung, die Chesnais gegeben hatte, nicht glücklich seist und keine Ruhe geben würdest, ehe du nicht der Wahrheit auf den Grund gekommen wärst.« Egbert blickte sich in dem Zimmer um, das weit mehr Zeugnis von des Schwiegervaters Exzentrik ablegte als das Bad, denn hier war sein ureigenstes Reich gewesen. Aus der Kuckucksuhr kam statt des Vogels der Kopf von Iwan dem Schrecklichen hervorgeschossen und ließ die Menschheit mit exakter Regelmäßigkeit erschauern. Das Porträt von Katharina der

Großen zeigte sie mit einem Golfschläger und Samowar als kaiserliche Insignien, und auf einer Korkplatte, die als Anschlagbrett genutzt wurde, prangte Napoleons Konterfei.

»Da hat Tatjana sich nicht weniger diplomatisch verhalten als unser Pariser Kollege«, stellte Auguste fest. »Übrigens möchte auch Seine Majestät wissen, was wirklich geschehen ist, selbst wenn er so tut, als ob ihm Chesnais' Erklärung genüge.«

»Er ist im allgemeinen sehr darauf bedacht, den Ort eines Verbrechens so weit wie möglich hinter sich zu lassen.«

Selbst Egbert gegenüber konnte sich Auguste in bezug auf Bertie nicht ganz freimütig äußern. Er entschied sich für die halbe Wahrheit. »Ich glaube, er zieht in Betracht, daß man ihn des Mordes an Louise Danielle verdächtigen könnte.«

Lange Stille. Schließlich fragte Egbert: »Bezichtigst du den König von England des Mordes, Auguste?«

»Nein!« Auguste war entgeistert. »Angenommen – und so unwahrscheinlich ist das nicht –, es war jemand aus unserer Gesellschaft, der Mirabelle und Louise auf dem Gewissen hat, dann liegen die Wurzeln des Übels in der Vergangenheit, denn die meisten kannten sich aus früheren Jahren. Robert hatte Louise zu Zeiten ihres höchsten Ruhms am Moulin Rouge kennengelernt; das gleiche gilt auch für etliche andere und, da bin ich ganz sicher, auch für den König. Insofern ist es durchaus möglich, daß er befürchtet, man könnte glauben, er hätte ein Motiv gehabt, sie zu töten.«

Egbert atmete tief durch. »Erzähl mir alles und von Anfang an.«

»Drei Marie-Antoinettes, und es soll nicht möglich gewesen sein, sie auseinanderzuhalten?« fragte Egbert. Augustes Schilderung hatte erhebliche Zeit in Anspruch genommen.

»Aus unmittelbarer Nähe schon, aber von weitem nicht.« Auguste wunderte sich über Egberts Reaktion, so selbstverständlich erschien ihm inzwischen das bizarre Geschehen am Petit Trianon. »Zwei waren blond, und Louise hatte dunkles Haar, trug aber eine blonde Perücke.«

»Ach ja. Chesnais hat mir erzählt, daß man sie im Gartenschloß am See gefunden hat. Es passieren schon merkwürdige Dinge in gehobeneren Kreisen. Das wäre dann also alles? Ich bin jetzt völlig im Bilde?«

»Ja, Egbert.« Es war nicht die volle Wahrheit. Seine Befürchtungen an der Grotte hatte er verschwiegen; aber da ihm klar geworden war, daß es sich kaum um Louise gehandelt haben konnte, waren sie irrelevant. Zumindest für andere.

»Ich habe die Gäste nicht befragen können, wo im einzelnen sie sich im Laufe des Nachmittags aufgehalten haben. Ich kann also nichts darüber sagen.«

»Da kann ich behilflich sein. Chesnais war geradezu glücklich, mich mit Kopien ihrer Aussagen versorgen zu können. Ich habe sie hier.« Egbert runzelte die Stirn. »Trotzdem habe ich das Gefühl, er hat mir etwas verschwiegen. Egal was, es muß etwas Komisches sein.«

»Etwas Komisches?«

»Vielleicht irre ich mich, aber er konnte sich kaum ein Grinsen verkneifen, als er mir viel Glück wünschte.«

In Augustes Augen war Chesnais so arrogant, daß er einen Kriminalbeamten von Scotland Yard nie als einen ebenbürtigen Partner respektieren würde. Das war wohl der Grund seines Grinsens, aber damit wollte er seinem Freund nicht weh tun.

»Kommen wir noch einmal auf die Motive zurück«, fuhr Egbert fort.

»Die zentrale Figur ist Robert. Alle wußten um sein

Verhältnis zu Louise – sie war seine Geliebte. Aber dann heiratete er vor zehn Tagen Mirabelle. Louise fand sich mit dieser Mißachtung ihrer Person nicht ab. Folglich hatte sie ein Motiv, Mirabelle aus dem Wege zu räumen, um sich weiteren Ärger zu ersparen, kein Motiv allerdings, sie deswegen umzubringen.«

Egbert ging seine Notizen durch. »Seinen Aussagen zufolge hat Robert nach seiner kurzen Unterhaltung mit dir in seiner Kostümierung als der ›Laufende Mann‹ geglaubt, Louise gesehen zu haben, und befürchtet, sie könne Mirabelle ins Gehege kommen. Er hat angeblich etwa zwanzig nach drei ein paar Worte mit Mirabelle gewechselt und sich dann auf die Suche nach Louise gemacht. Er fand sie draußen nirgends, ging daraufhin zum Trianon, um zu sehen, ob sie dort für Ärger sorgte, wobei ihm stets gegenwärtig war, daß sowohl Tee als auch Dinner noch vor ihnen lagen. Dort fand er sie aber auch nicht, wie er mit Erleichterung feststellte, er schlußfolgerte dann, sie müsse im Hameau sein, und beschloß, selbst hinzufahren und nachzuschauen. Daselbst herrschte helle Aufregung, weil die Dienerschaft, die mit den Picknickkörben losgezogen war, um den Tee zu servieren, irgend etwas Entscheidendes vergessen hatte. Er bot sich an, den Transport zu übernehmen, kam bei der Gesellschaft, wie er behauptet, zehn nach vier an und blieb auch dort.«

»Das stimmt, ich habe ihn mit dem Schwan ankommen sehen.« Auguste ärgerte sich immer noch bei dem Gedanken, wie ein Küchenchef vergessen konnte, ein solches Meisterstück mitzuschicken. »Hat ihn jemand im Trianon gesehen?«

»Der Koch, und vermutlich auch ein paar Diener. Der Koch bestätigt es, von den Dienern kann sich keiner recht erinnern. Wer sonst könnte noch einen Grund gehabt haben, die Frau des Grafen lieber tot als lebendig zu sehen?«

»Jacob Fernby, der Künstler, wollte sie ehelichen.«

»Nach dem, was du mir erzählt hast, tröstete er sich mit einer der Marie-Antoinettes in der Meierei. Er selbst spricht davon natürlich nicht. Er gibt vor ... « – Egbert blätterte erneut in seinen Notizen – » ... daß, nachdem du ihn gesehen hattest, er beschlossen hätte, zum Hameau zu gehen, unterwegs aber Mrs. Gaston getroffen hätte, die aufgrund eines Zerwürfnisses mit Mirabelle sehr bedrückt war.«

»Demnach war es Alice, die ich mit Mirabelle auf dem Rasenstück habe streiten hören.«

»Nach Mr. Fernbys Aussage war sie am Liebestempel, als er auf dem Weg zum Dörfchen mit ihr zusammentraf, und da war er gerade an Mirabelle vorbeigezogen, die zu dem Zeitpunkt putzmunter und lebendig war. Er erklärt, er hätte natürlich gedacht, es wäre Louise, die er da sah, weil sie im Kostüm der Marie-Antoinette war, und mußte dann zu seinem Erstaunen feststellen, daß es sich um Alice handelte. Sie hätten sich um viertel fünf etwa getrennt. Pierre sei ja immer gleich so eifersüchtig. Er wäre schnurstracks zum Hameau gegangen, während Alice den etwas weiteren Weg genommen hätte. Jedenfalls hätte er das gedacht.«

»Stimmt das mit der Aussage von Alice überein?« wollte Auguste wissen. Wenn ja, dann konnte es nicht Louise gewesen sein, die er in der Grotte gesehen hatte, möglicherweise aber Alice, ehe sie zu Mirabelle ging, um sich mit ihr zu unterhalten – besser gesagt zu streiten.

»Mehr oder weniger ja. Die Angabe zum Ort, wo genau sie sich unterhalten haben, bleibt ähnlich vage. Sie behauptet, sich von Jacob etwas früher getrennt zu haben, etwa fünf nach vier; sie sei von dort zur Grotte gegangen, wollte nachschauen, ob Marie-Antoinettes Geist dort wäre. Escargot-Hügel. Macht das Sinn?«

»Ja.« Schneckenhügel. Was für ein Name für einen künstlich angelegten Berg. Schnecken gehörten in eine *sauce d'ail*, nicht in Ruinen alter Grotten. Ein weiteres Mal konnte er seine Hoffnungen begraben. Wenn Alice den Schneckenhügel für die Grotte gehalten hatte, er aber eine Grotte gesehen hatte, die sich eindeutig nicht am Schneckenhügel befand, dann konnte es auch nicht Alice gewesen sein, die er erspäht hatte.

»Kommt noch jemand anderes in Frage, der Mirabelle dermaßen gehaßt hat, daß er sie umgebracht haben könnte?«

»Ich wüßte niemanden, es sei denn, jemand hat sie für Louise gehalten, die eine blonde Perücke trug.«

»Das konnte in unmittelbarer Nähe nicht passieren; du hast es selbst ausgeschlossen. Wer aber hätte Louise töten wollen? Bleiben nur Robert oder aber ihr Mann übrig, und da wiederum müssen wir abwarten, ob er tatsächlich zu Hause war, wie er behauptet, oder ob er als Geist herumstiefelte, wie du behauptest.«

Auguste ging nicht darauf ein. »Mich hat verblüfft, daß Alice und Pierre auf Mirabelles Trauerfeier waren. Zuerst dachte ich, sie wollten damit nachdrücklich betonen, daß Alice beim besten Willen nichts mit dem Mord an Mirabelle zu tun hat. Es könnte aber auch sein, daß sie oder zumindest Pierre, lieber Mirabelle als Louise die letzte Ehre erweisen wollten. Ich werde der Sache nachgehen. Jeder aus der Gästeschar scheint den anderen von früheren Zeiten her zu kennen; da könnte einiges ans Tageslicht kommen, was wir noch nicht wissen, vielleicht sogar weitere Motive.«

»Von dir und Tatjana weiß ich, wo und wann ihr euch im einzelnen aufgehalten habt. Laß uns noch einmal Schritte und Zeit der anderen durchgehen.« Wieder vertiefte sich Egbert in die Unterlagen. »Pierre Gaston sagt aus, er hätte sich ein Weilchen mit Winifred unterhalten, nachdem du vorbeigekommen warst, und hätte sich dann auf die Suche nach Alice begeben. Er fand sie nirgends, deshalb sei er durch die Anlagen geschlendert, bis es an der Zeit war, zum Hameau zu gehen. Dabei hätte er angeblich kurz nach halb vier bei Mirabelle vorbeigeschaut, die zu dem Zeitpunkt noch am Leben war. Er hätte sich ein wenig verlaufen und wäre deshalb erst viertel fünf am Gartenschloß eingetroffen.«

»Richtig.«

»George Ladyboys sagt kaum etwas anderes. Er ist auf der Suche nach Winifred durch das Gelände gewandert, hat sie nicht gefunden. Kann sich nicht erinnern, ob er bei Mirabelle vorbeigekommen ist, hat das Gartenschlößchen kurz nach vier erreicht.«

»Seltsam, daß er Winifred nicht gesehen hat, wenn die sich ganz in der Nähe mit Pierre Gaston unterhalten hat.«

»Finde ich auch.«

»Winifred gibt zu Protokoll, sie hätte mit Pierre geschwatzt, hätte sich dann zum Theater der Königin bei den Französischen Gärten aufgemacht; das sei aber geschlossen gewesen, woraufhin sie sich für ein Weilchen ins Petit Trianon ›zurückgezogen‹ habe. Als sie von dort losgegangen sei, wäre Mirabelle am Leben gewesen –, das war ungefähr zwanzig vor vier, und sie hätte sich langsam zum Hameau getrollt.« Egbert stöhnte. »Klingt wie aus Shakespeares ›Sommernachtstraum‹«, wo sich alle im Walde verirren.«

»Klingt auch ebenso glaubwürdig«, setzte Auguste noch eins drauf. »Du kannst machen, was du willst, die Antwort liegt in der Vergangenheit der Herrschaften.«

»Da geh ich diesmal nicht mit dir mit«, sagte Egbert. »Louises Blütezeit am Moulin Rouge ist über zehn Jahre her. So lange wartet niemand, der sich rächen will, höchstens bei Sherlock Holmes. Ich vermute, irgend etwas muß damals im Juni bei dem Dinner in eurem Haus vorgefallen sein, und es muß irgend etwas mit den Ehemännern zu tun haben. *Cherchez l'homme*, wie Edith immer sagt, und in unserem Fall handelt es sich um zwei.«

»Und Jacob«, gab Auguste zu bedenken. »Er hat Robert gedroht, er würde ihn umbringen, wenn er ihm Mirabelle wegschnappe.«

»Da hast du's. Mord entspringt einer unmittelbaren Leidenschaft und nicht verblassender Erinnerung.«

»Und um Soufflés zu machen, braucht man zunächst Eier.«

»Ich will dir etwas sagen, Auguste. Ich gehe die Sache auf meine Weise an und stütze mich auf die Gegenwart, hier und heute. Und du schnüffle nach deinen Trüffeln in der Vergangenheit. Wir werden sehen, wer recht behält.«

»Bitte schön.«

Egbert griente. »Und wenn sich mein Weg als richtig erweist, kannst du mir eins deiner Königsmenüs kochen.«

»Und was, wenn ich richtig liege?« fragte Auguste höflich.

»Dann koche ich dir eins.«

»Darf ich anmerken, daß das eine unfaire Ausgangsbasis ist?«

»Der Herausforderer bin ich.«

Auguste mußte daran denken, wie sich Egbert seinerzeit in der Old King Cole Music Hall mit einer Lammkeule abgeplagt hatte; so gesehen konnte er nur hoffen, daß er selbst die Wette verlor.

Die berühmten roten Flügel zierten immer noch das Moulin Rouge am Fuße des Montmartre. Die waren aber auch das einzige, was aus seinen besten Zeiten Anfang der neunziger Jahre unter seinem Begründer Zidler geblieben war. Das alte Gebäude existierte nicht mehr, und mit ihm war auch ein gut Teil seines Ruhmes dahin. Wie unterschiedlich ein Ort bei Tag und bei Nacht wirken konnte! Pigalle unten am Montmartre hatte am hellichten Tag in der Woche wenig Reizvolles zu bieten; es erstickte im Verkehr, und das Gedränge von Leuten, die einkaufen wollten, war erheblich. Und auch oben auf dem Montmartre, von wo Auguste gerade kam, sah es trostlos aus ohne die verführerische Stimmung des nächtlichen Treibens. Obwohl das strahlende Weiß von Sacré Coeur auf der Kuppe des Hügels alles beherrschte, konnte es nicht über die engen Straßen mit den armseligen Häuschen hinwegtäuschen, in denen die Menschen ein kümmerliches Dasein fristeten. Die Marktstände auf dem Platz hätten genausogut in jedem anderen Pariser *quartier* stehen können. Sie erhielten lediglich ihren malerischen Reiz, weil ein paar Möchtegernkünstler ihr Können beweisen wollten und die gleichen Motive zeichneten wie ihre illustren Vorgänger. Auch die Windmühlen, für die Montmartre einst berühmt war, wurden immer weniger. Jetzt gab es nur noch drei, und im grellen Tageslicht ließ sich nicht verheimlichen, daß sie verwittert und am Zerfallen waren. Selbst Moulin Galette, der beliebten Tanzhalle, hätten ein paar Pinselstriche von Renoir not getan, um ihr wieder den alten Glanz zu verleihen.

Nachts aber erwachten Montmartre und Pigalle zum Leben. Die Zollschranken von ehedem, die jeder passieren mußte, wollte er in die Stadt Paris, hatten dazu geführt, daß sich hier draußen eine Fülle billiger Weinstuben, Cafés und Geschäfte angesiedelt hatten. Später kamen Unterhaltungsetablissements dazu, wo sich zunächst nur die Leute aus der unmittelbaren Umgebung vergnügten. Bald aber lockten sie auch Gäste aus der Pariser Innenstadt an, die etwas erleben wollten. Mit der Eröffnung des Moulin Rouge zog es dann auch die bessere Gesellschaft hierher, und das fröhliche Treiben hielt die ganze Nacht durch an. Weniger seriöse Tanzkabaretts und fragwürdige Bars hatten Hochkonjunktur.

Auch jetzt scheute die Pariser Gesellschaft nicht die unmittelbare Nähe zu dem einfachen Volk in den Tanzsälen. Man kam zusammen, um sich zu amüsieren, und wenn die einen am späten Abend schlossen, ging es in den Cafés und Kabaretts weiter. Trotzdem, Auguste konnte sich nicht des Eindrucks erwehren, daß Montmartre vorrangig von vergangenem Ruhm zehrte. Das Moulin Rouge, die Elysée Montmartre, das *café-concert* Chat Noir und dessen Nachfolgeeinrichtung Le Miriliton unter der Leitung von Aristide Bruant – Auguste kannte sie alle aus seiner Pariser Zeit oder von späteren Frankreich-Besuchen. Besonders gegenwärtig war ihm das Jahr 1894, als er im Moulin Rouge war, kurz bevor Zidler ging. Er hatte seine geliebte Maisie bei einer Reise von London dorthin ausgeführt. Sie arbeitete am Galaxy-Theater, gehörte zur Tanzgruppe, und es hatte ihr ungeheuren Spaß gemacht, den berüchtigten Cancan zu sehen. Als die Mädchen in den Saal wirbelten, sich unter die Zuschauer mischten, die Röcke schürzten und beim *chahut* die Beine hochwarfen, hatte er sie nicht zurückhalten können. Ehe er sich versah, steckte sie mitten in dem wirbelnden Getümmel und machte mit. Völlig verschwitzt, aber glücklich war sie zu ihm zurückgekommen und gab freiwillig zu, daß sie mit den Spagats am Ende nicht hatte mithalten können.

»Wenn wir uns das im Galaxy leisteten, würden wir schließen müssen«, stellte sie verärgert fest. »Wir brauchen nur ein bißchen Wade zu zeigen, und schon haben wir die Sitte auf dem Hals.« Das war natürlich leicht übertrieben, wie Auguste wußte.

Kurz danach war Zidler gegangen, und keine zwölf Monate später hatten auch La Goulue und La Dervicheuse dem Moulin Rouge den Rücken gekehrt. Und Hélène Mai.

War sie nicht Roberts erste Frau gewesen? Auguste zermarterte sein Hirn; eine eigenartige Erregung packte ihn. Verglich man Hélène Mai mit La Dervicheuse, ergab sich das gleiche Bild wie bei Jane Avril und La Goulue – hier die Betonung der künstlerischen Darbietung des Tanzes, dort die des unverfroren Erotischen. La Goulue und La Dervicheuse hatten es darauf angelegt, die Handbreit nackten Fleisches zwischen Strumpf und Unterhose zu zeigen. Eine Hélène Mai hingegen schürzte den Rock nie höher als bis zum Knie. Sie hatte es auch nicht nötig. La Dervicheuse war irdisch derb, Hélène entrückt ätherisch. Im *grand écart*, bei den Spagats, sank sie nieder wie die Pawlowa bei ihrem »Sterbenden Schwan«; den *chahut* tanzte sie traumhaft wie eine Ballettänzerin, und trotzdem kam sie beim Publikum ebenso gut an wie La Dervicheuse – vielleicht sogar besser. Sie hatte die Sinnlichkeit, die Louise fehlte. Vom Moulin Rouge war sie zum Jardin de Paris bei den Champs Elysées gegangen, wo Vulgäres verpönt war. Und bald darauf war sie aus dem Blick der Öffentlichkeit verschwunden. Hartnäckig versuchte Auguste, Erinnerungsfetzen zusammenzubringen. Er glaubte sich ziemlich sicher zu entsinnen, daß sie Robert geehelicht hatte. Wenn dem so war, wann war sie gestorben – und woran?

Louise, Mirabelle – und Hélène. Nicht zwei Frauen spielten in Roberts Leben eine Rolle, sondern drei. Hatte ihm Mirabelle schon immer etwas bedeutet? Von ihrem früheren Leben war Auguste nichts bekannt. Aus welchen Kreisen mochte sie stammen? Kannte sie Louise und Hélène von der gemeinsamen Arbeit? Kam sie aus besserer Familie? Er konnte sich schwerlich vorstellen, daß die imposante blonde Schöne im Moulin Rouge ihr Bein schwang oder in einem *café-concert* trällerte. Oder war er nur einem Trugschluß erlegen, weil sie einen englischen Lord geheiratet hatte? Von den Herren der gehobenen Stände hatte sich manch einer seine Braut aus dem unterhaltenden Gewerbe gefischt, zumindest für London galt das.

Er betrat das Moulin Rouge. Es war nicht mehr das Gebäude, das er in Erinnerung hatte. Unter Zidler waren die Besucher durch den Garten hineingekommen, und mit dem Gipselefanten und den anderen Attraktionen war das schon ein Vergnügen für sich. Der Tanzsaal hatte weiter hinten gelegen, und für das Finale des Cancan mußte das Parkett geräumt werden. Wenn er daran dachte, hatte er immer noch das Gegröle des Publikums in den Ohren, das Gekreische der Mädchen, spürte die schwere Luft, in der der Geruch von Schweiß hing und in der es vor Begeisterung knisterte.

Tagsüber wich der Spuk einer gähnenden Leere – keine Glitzerkleider, keine exotischen Darsteller, kein Publikum in farbenfroher Aufmachung. Nur ein griesgrämiger Direktor des Ganzen. Zweifelsohne würde er abends elegant gekleidet sein, mit gezwirbeltem Schnauzbart imponieren. Aber jetzt hingen die Bartenden müde herunter, Schultern und Rücken nicht minder, und Sorgenfalten durchfurchten das Gesicht.

»Dort drüben.« Ungeduldig wies der Direktor zur Bühne. »Zeigen Sie, was Sie drauf haben, und lassen Sie mich dann in Ruhe.«

»Ich bin kein Künstler.«

»Nicht?« Er war sichtlich verwundert. »Was sind Sie dann?«

»Ich bin Küchenchef, aber ... «

»Einen Koch haben wir. Allerdings könnten wir einen Küchengehilfen gebrauchen, der Würstchen und Kartoffeln austeilt. Ich hab auch schon daran gedacht, das Sortiment um *rillettes* zu erweitern. Was halten Sie davon?«

Auguste hatte einige Mühe, ihm klarzumachen, daß er gern mit einem der Mädchen gesprochen hätte, die zu Zidlers Zeiten hier getanzt hatten.

Resigniert erklärte sein Gegenüber: »Sie sind nicht der erste von der Sorte, mit dem ich zu tun habe.«

Mir geht es nicht anders, dachte Auguste bei sich. Dann sagte er: »Ich war ein Freund der Dervicheuse. Man hat sie gestern begraben.«

Das verstärkte nur den Argwohn. »Der ganze Montmartre strömte zusammen, um das Begräbnis zu erleben. Man sollte sie in Frieden ruhen lassen.«

»Ich arbeite als Berichterstatter für *Le Matin*. Ich möchte einen Nachruf für sie schreiben.« Auguste ließ alle Förmlichkeit fallen. »Man sieht Ihnen an, *mon pauvre*, daß Sie sich selten die Zeit für ein anständiges Mittagessen gönnen.« Er beförderte etliche Francs ans Tageslicht, die gut und gerne für mehrere Mahlzeiten reichten. Sogleich wurde ihm größere Aufmerksamkeit zuteil.

»Da kann ich wenig helfen, Monsieur. Unter den Akteuren hier ist keiner, der noch die Zeiten unter Zidler kennt. Alles ist anders geworden. *Ça ne fait rien.* Das Leben geht weiter.« Er griff nach den Francs und blickte schon weniger finster drein.

»Jetzt, wo ich daran denke, fällt mir ein, bei uns arbeitet Françoise, Madame Cerigny. Eine Reinemachefrau. Die muß hier gleich durchkommen. Wird dann erst wieder abends gebraucht.«

Als Madame Cerigny schließlich auftauchte, schlußfolgerte Auguste auf den ersten Blick, daß die einfach gemusterte Bluse, der schwarze Rock und die derbe Schürze schon etliche Jahre treue Dienste geleistet hatten, und die bloßen Hände verrieten schwere Arbeit. Sie sah wie sechzig aus, war aber vermutlich um die vierzig.

»Sie müssen offensichtlich schwer arbeiten, Madame.«

Sie zuckte mit den Achseln. »Alle Arbeit ist schwer. Aber man muß halt leben.« Sie ließ deutlich erkennen, daß sie keine Lust verspürte, unnütz lange im Moulin Rouge zu bleiben, und so begleitete Auguste sie unaufgefordert auf ihrem Weg nach Hause. Es war ein ziemlicher Anstieg zur Rue de la Bonne, und ihm fiel das Atmen schneller schwer als ihr. Kaum standen sie an der baufälligen Steinhütte, da flog die Tür auch schon auf. Bei dem Anblick, der sich ihm bot, sprang er verschreckt zur Seite. Eine gorillaähnliche Gestalt in einer riesigen Packkiste auf Rädern kam wütend auf ihn zugesteuert. Sie entpuppte sich als ein Krüppel mit wirrem Blick und langem, ungekämmtem Haar, der seine Frau mit einer Zote begrüßte, Augustes Kleidung abschätzte und ihn herausfordernd anherrschte: »Geld!«

Widerspruchslos drückte ihm Auguste ein paar Francs in die Hand. Madame Cerigny tat ihm von Herzen leid, und von dem, was er im Innern des Hauses sehen konnte und roch, durfte er nur auf eine einzige Misere schließen. Die Packkiste schob sich mißmutig an ihnen vorbei und rollte, mit sicherem Geschick gelenkt, den steilen Hang hinab.

»Gut, daß Sie ihm was gegeben haben, Monsieur«, seufzte Madame Cerigny. »Er läßt sich nicht abweisen. Wenn ihm die Leute nicht geben, was er verlangt, jagt er ihnen hinterher und schlägt Krawall. Eines Tages werden ihn die Gendarmen schnappen –, Sie werden der Polizei doch nichts sagen, Monsieur? Gestern, wissen Sie, durfte er laut Gesetz betteln, es war Mariä Himmelfahrt, aber an solchen

Tagen ist er nur noch schlimmer zu ertragen. Er ist der Meinung, er hat das Recht, jeden Tag um Almosen zu bitten.«

Auguste fiel ein, daß es in Paris verboten war, auf den Straßen zu betteln – eine Ausnahme machten der 1. Januar, der 14. Juli und ein oder zwei weitere Tage. Er hatte das immer für heuchlerisch gehalten, auch wenn man so Besuchern nur die schöne Seite von Paris zeigen konnte. Armut und Elend mußten aus dem Wege geräumt werden, damit die Spaziergänger auf den großen Boulevards sich nicht belästigt fühlten.

»Kommen Sie, Madame, ich lade Sie in ein Café ein«, schlug er ihr vor.

Madame war überwältigt, und als auch noch ein Absinth vor ihr stand, umklammerte sie das Glas, damit es ihr auch ja keiner wegnahm.

»Ah, das ist schon besser«, stellte sie zufrieden fest, nachdem sie das Glas hastig geleert hatte. »Und was wollten Sie mich fragen, Monsieur?«

»Ich möchte mehr über La Dervicheuse und ihre anfängliche Laufbahn wissen. Kannten Sie sie?«

»Ganz Paris kannte sie. Auch La Goulue. Ja, das waren noch Zeiten.«

»Haben Sie auch Hélène Mai gekannt, und den Comte de Tourville? Soviel ich weiß, tanzte Hélène kurz im Moulin, ehe sie ans Jardin de Paris ging.«

Madame Cerigny grinste breit und ließ ihre schwarzen Zahnstümpfe sehen. »Woher soll ich das wissen? Bin immer eine Reinemachefrau gewesen, und nicht eine von Madames Beine-hoch-Mädchen.«

»Und was wissen Sie über die?«

»Nini kannten alle. Noch einen Absinth, Monsieur, *s'il vous plaît*.«

»Erst, wenn Sie mir von Nini erzählen«, drängte Auguste charmant.

»Sie kannte sie alle. Und allen brachte sie den *chahut*, den Cancan bei. Neu war der Tanz nicht, Monsieur. Aber er war nicht anständig. Nini gab ihm, was sich schickte, sorgte für Disziplin und Körperbeherrschung, und genau das übte sie auch mit den neuen Mädchen ein. Ach, und dann Nini selbst und der *port-d'armes*, ich sehe sie noch genau vor mir, der Fuß an der Schulter, das Bein kerzengerade wie eine Marionette.«

»Lebt sie noch?«

»Für mich ist sie tot; das ist alles schon lange her.« Sie wischte sich mit dem Ärmel übers Gesicht. »Ob sie für andere noch lebt, kann ich nicht sagen.«

»Dann erzählen Sie mir von La Dervicheuse.«

»Man legte sich ungern mit der Dervicheuse an. Nur La Goulue wagte es. Sie waren Feinde, aber wenn sie arbeiteten, arbeiteten sie zusammen. La Dervicheuse war klüger als La Goulue, nicht ganz so laut, so aufdringlich in ihrem Tanz. Wenn La Goulue das Bein hochwarf oder dem Publikum den Rücken zuwandte und die Röcke hob, blieb sie zu lange in der Haltung. La Dervicheuse stimmte solche Momente zeitlich besser ab.«

»Kannten Sie auch ihre Verehrer?«

»*Mais non, monsieur.*« Sie tat schockiert, und Auguste beeilte sich, ihr einen weiteren Absinth, einen großen, zu bestellen.

»*Merci, monsieur.*« Eine so hohe Bezahlung für vergleichsweise geringfügige Dienstleistung hatte sie nicht erwartet. Großherzigkeit dieser Art wollte erwidert sein, und sie gab sich alle Mühe, dem Herrn gefällig zu sein.

»Die Karriere der Dervicheuse hat nicht im Moulin angefangen, Monsieur. Das alte Elysée Montmartre mußte schließen, als Moulin Rouge eröffnete und ihm alle Tänzer von Rang und Namen wegschnappte. Inzwischen hat das Elysée wieder aufgemacht, aber im Moulin gibt es kaum noch welche, die wissen, wie's früher war. Ich wüßte da allerdings jemanden, der sie vielleicht noch aus ihren allerersten Tagen kennt.«

Aus ihren Anfängen? Selbst auf den Höhen ihres Ruhms am Moulin Rouge konnte Louise höchstens Anfang zwanzig gewesen sein.

»Der Herr, den ich im Auge habe«, fuhr sie fort, »spendiert mir ab und zu einen Absinth. Er war beim Elysée in der Kapelle, spielte Akkordeon.«

Auguste dankte ihr. »Noch eine letzte Frage, Madame. Können Sie sich erinnern, den König von England im Moulin gesehen zu haben?«

»Da sind viele Gentlemen gekommen, Monsieur, aber die kamen nicht immer unter ihrem richtigen Namen. Es wurde getuschelt, er wäre da. La Goulue hat ihm auch einmal was zugerufen. Monsieur Zidler war aufgebracht. Ob er noch einmal gekommen ist, weiß ich nicht.«

Ein Akkordeonspieler, der in den achtzigern im Tanzsaal vom Elysée gespielt hatte, würde sich schwerlich unter die Kreise am Place Vendôme mischen. Aber für Madame Cerigny war er ein Gentleman, weil sie von ihm ab und an einen Absinth bekam. Gesellschaftliche Stellung ist ein seltsam Ding, dachte Auguste, als er hügelabwärts marschierte, um sein neues Opfer auszuhorchen.

Henri Martineau lebte allein. Er hatte zwei Zimmer in der Rue Ganneron, die auf den Friedhof Montmartre hinausgingen. Die Aussicht auf ein ausgiebiges Mittag in einem nahegelegenen Lokal machte ihn sofort gesprächig.

»Ich schaue gern auf den Friedhof«, erzählte er Auguste trübsinnig. Alle, die da liegen, sind meine Freunde – Berlioz,

Stendhal, Zola, Prinz Ernst von Sachsen-Coburg. Wo sonst könnte jemand wie ich so illustre Nachbarn haben? Mein lieber Hector oder mein lieber Emile. Nun ja, bald werde ich auch da sein, wo sie sind.«

Wenn er zu jeder Mahlzeit so viel Wein, Ente und *pommes de terre* verdrückt, könnte ihm das durchaus gelingen, dachte Auguste.

»In meiner Jugend haben wir nur einmal am Tag gegessen«, fuhr sein Gast gemächlich fort und tupfte sich den Mund mit dem Taschentuch ab. Dann griff er begierig zum Weinglas, als wäre es der Rettungsring eines Ertrinkenden. »Stimmt zwar, es war ausgiebig und kräftig, reichte dann aber auch. *Eh bien*, die Zeiten ändern sich, Monsieur, und gar nicht mal immer zum Schlechteren. Ob ich vielleicht noch etwas von dem ausgezeichneten Kalbsragout haben könnte? Ich muß das Rezept zu Hause auch mal versuchen.«

Auguste stellte sich vor, wie der Mann daheim über seinem kleinen Herd gebeugt stand und sich vergeblich mühte, ein *Ragout* hinzukriegen. Aber eine der Grundregeln, die für jeden Meisterkoch galt, war, daß gute Dinge aus einfacher Küche kamen. Mach es einfach – war der Leitsatz, den Escoffier, sein Lehrmeister, ihnen immer gepredigt hatte. Allzu leicht konnte man …

»La Dervicheuse, lassen Sie mich mal überlegen«, sagte Henri nachdenklich und brachte Auguste zu seinem eigentlichen Anliegen zurück. »Sie kam ein Jahr nach La Goulue ans Elysée Montmartre, da war sie keine sechzehn. Als Monsieur Zidler das Moulin Rouge eröffnete, holte er sie beide zu sich, wie viele andere – mich übrigens auch«, fügte er leicht verschämt hinzu. »Und nun spiele ich wieder im Elysée, aber es ist nicht mehr das, was es mal war. Es geht mir wie Ikabod, Monsieur. Die Herrlichkeit ist dahin, wie es schon in der Bibel heißt; die alten Tage sind unwiederbringlich.«

Nach allem, was Auguste gehört hatte, war es mehr ein verklärter Ruhm, dessen sich das Elysée im Rückblick erfreute. Der Tanzsaal am Boulevard Rochechouart ganz in der Nähe vom Moulin Rouge war Zidlers Vorbild gewesen. In dem mit künstlichen Palmen verzierten Garten war Tanzmusik erklungen, dargeboten von einer Blaskapelle und von Monsieur Martineau mit seinem Akkordeon. Als der Cancan wiederbelebt wurde, gerieten in der Begeisterung für die Mädchen Walzer in Vergessenheit. Das war noch die Zeit, ehe die Pariser entdeckt hatten, daß sie ihren Vergnügungen in weniger respektierlichen Außenbezirken frönen konnten, als also Ninis Kunst der Selbstbeherrschung hier noch nicht vonnöten war.

»Die jungen Damen arrangierten ihre Unterwäsche so, daß das bloße Fleisch zu sehen war«, flüsterte Henri lüstern. »Manchmal ließen sie sie ganz weg. Das wußten Monsieur Zidler und Nini.«

»Gab sich La Dervicheuse bei ihren Auftritten auch so?«

»Das kann ich nicht sagen, Monsieur. Ich konnte ja nicht immer zusehen, ich arbeitete schließlich«, betonte er nachdrücklich. »Ich glaube aber nicht. La Goulue vielleicht, aber La Dervicheuse war anders, die gehörte einer besseren Klasse an, war die Tochter eines Landwirts. Als sie anfing, habe ich ihr ein Baguettte gekauft, sie hatte kein Geld, mußte erst ihre erste Gage abwarten. Aber sie wußte, wie man's machte. Sie ging sparsam mit dem Geld um, und als sie im Moulin Rouge war, legte sie noch mehr auf die hohe Kante. Nicht wie La Goulue, das arme Weib.«

Auguste konnte sich an die Goulue erinnern. Wo Louise verführerisch sinnlich war, war sie munter, vulgär und draufgängerisch. Goulue blond, Louise mit blaßroten Wangen und dem bezaubernden schwarzen Haar; sie gaben ein prächtiges Paar ab auf der Bühne. Arroganz und überspannte Selbtherrlichkeit wurden der Goulue zum Verhängnis. Sie verließ das Moulin Rouge; wenige Jahre später trat sie in einem Zirkus auf, und von da an hörte man kaum noch etwas von ihr. Es ging das Gerücht, daß sie sich zu Tode getrunken hätte.

»Ist der König von England jemals im Elysée Montmartre gewesen?«

»Kann sein, ich weiß es nicht.«

Auguste bezweifelte diese Aussage. Auch als Prince of Wales war Bertie immer seiner Position eingedenk gewesen und hätte gewisse Grenzen nie übertreten. Anders La Goulue.

»Kennen Sie Hélène Mai oder jemand namens Mirabelle?«

»So eine kenn ich nicht, aber Hélène Mai natürlich, ja, wer kannte sie nicht? Ganz Paris hat sie bezaubert. Da gab's auch einen jungen Künstler, der oft ins Moulin Rouge kam. Er war Engländer, glaub ich, und studierte in Paris. Ach, der hat sie vielleicht angehimmelt, und nicht nur er, viele andere auch. Und so, wie Monsieur Toulouse-Lautrec die Jane Avril gemalt hat, malte er wie besessen Hélène. Er hatte einen feinen Pinselstrich, genau passend für sie.«

»Können Sie sich an seinen Namen erinnern?«

Henri überlegte einen Augenblick. »An seinen Vornamen, ja. Jacob hieß er, denn ich hörte ihn einmal sagen, sie sei seine Rahel, und er würde vierzehn Jahre ihretwegen dienen. Aus der Bibel, wissen Sie«, erläuterte er gewichtig. »Die Dervicheuse war eifersüchtig und legte es darauf an, sein Herz zu erobern.«

»Und, ist ihr's gelungen?« Das konnte sich doch nur um Jacob Fernby handeln. Wenn, dann war er auf einer heißen Spur, dann gab es einen Zusammenhang zwischen Hélène, Louise und Jacob.

»Auf Herz und Gemüt versteh ich mich wenig. Jedenfalls hieß es allgemein, sie hat sich seinen Körper gekapert. Und als sie genug von ihm hatte, ließ sie ihn fallen.«

Auguste frohlockte. Noch heute abend würde er Egbert verkünden, daß der ihm bald besagte Mahlzeit würde ausrichten müssen.

»La Goulue weiß sicher mehr über die Geschichte«, sagte Henri beiläufig.

»Sie lebt noch?« Er glaubte, seinen Ohren nicht zu trauen.

»Mehr ihre äußere Hülle, Monsieur. Aber es gibt Tage, da kommt ihre Erinnerung wieder. Oben in der Rue Lamarck, da finden Sie sie.«

»Hier in Montmartre?« Auguste schoß hoch und rief nach der Rechnung. Bei so viel Glück konnte man gut und gerne ein zweites Mal den Berg hinaufklettern.

»Wohin wollen Sie, Monsieur? Ich hab doch noch gar nicht meine *tarte aux fraises* gehabt.« Henri war verdrossen.

»Ich laß Ihnen das Geld dafür da. Ich muß La Goulue ausfindig machen.«

Der alte Mann wollte sich ausschütten vor Lachen; Tränen rollten ihm übers Gesicht, und er klatschte sich auf die Schenkel.

»Was amüsiert Sie so?«

»Es ist viertel vor drei, *monsieur*. Wenn überhaupt, kriegen Sie aus La Goulue nur morgens was raus. Ab Mittag ist sie besoffen. Ich nehm übrigens noch einen *petit café* und einen Schnaps, wenn Sie nichts dagegen haben.«

Auguste hatte nichts dagegen. In ausgelassener Stimmung, weil ihm dieser Tag so viele Fingerzeige beschert hatte, und voller Ungeduld, Egbert alles zu berichten, strebte er seinem Heim zu. Dort fand er den Hauptinspektor und Tatjana vor, die in eine Unterhaltung über die Vorzüge französischer Automobile gegenüber englischen vertieft waren. Edith war nirgends zu sehen, und er erfuhr, daß sie sich im Louvre selbständig gemacht hatte. Tatjana hatte völlig aufgelöst nach ihr gesucht und sie schließlich auch gefunden. Aber Edith hatte erklärt, sie wolle noch einmal durch die Räume streifen, sie würde mit dem großartigen Bus schon allein zurückfinden. Das war ihr auch gelungen. Sie lag jetzt oben und ruhte etwas, denn die zweite Runde durchs Museum hatte sie doch einigermaßen erschöpft.

Die höchst technische Erläuterung der Vorzüge eines Royce schien kein Ende nehmen zu wollen, und Auguste wurde nervös. »Ich bin ein enormes Stück vorangekommen heute, Egbert«, platzte er schließlich heraus.

»Ich auch. Ich habe noch nie gewußt, daß der Royce ein so interessantes Automobil ist.«

Tatjana lachte; sie hatte sofort erkannt, wie ungeduldig Auguste war. »Verachte nicht das Thema ›Automobil‹, *mon brave*. Egbert hat mir zum Beispiel erzählt, daß man gesehen hat, daß kurz nach vier Uhr Roberts Landaulette hinter dem Gartenschloß vorfuhr.«

»Ich weiß, *ma mie*«, erwiderte Auguste geduldig. »Er hat das *pièce monté* gebracht. In einem Waschzuber«, knurrte er verbittert.

»*Oui*, aber ich glaube nicht, daß Robert entgegen seiner sonstigen Art seinem Personal hilfreich beigesprungen ist. Eher glaube ich, daß er Louise vorher das Opium verabreicht hat und sich vergewissern wollte, ob sie tot war, ehe er sich zu den anderen gesellte.«

»Weshalb sollte er sie umbringen wollen? Er hatte doch ein intimes Verhältnis zu ihr, und selbst wenn das nun vorbei war, muß man ihn doch nicht gleich des Mordes verdächtigen.«

»Immer noch eine bessere Theorie als deine, daß der König sie auf dem Gewissen hat«, stellte Egbert ungerührt fest.

»Ich habe nicht ... « Auguste brachte den Satz nicht zu Ende. »Das meinst du nicht im Ernst, Egbert«, sagte er resigniert.

»Mag sein. Chesnais hat mir mitgeteilt, daß Louise offensichtlich lange, bevor du sie gefunden hast, gestorben ist. Das würde bedeuten, man hat ihr das Opium entweder beim Lunch oder mit dem Kaffee untergejubelt, ehe ihr alle auseinandergeströmt seid, um euren Geisterpart zu spielen. Wenn sie Mirabelle getötet und danach das Zeug selbst genommen hätte, hätte sie viel später sterben müssen. Das habe ich mir allein zusammenklamüsert; Chesnais würde sich nicht selbst kompromittieren. Es sieht so aus, als könntest du recht haben mit deiner Annahme, daß man Louise ermordet hat, und für Mirabelle gilt das mit ziemlicher Sicherheit.«

»Vielleicht wurde die eine versehentlich für die andere gehalten.«

»Donnerwetter, Tatjana, das könnte sich als zutreffend erweisen«, sagte Egbert anerkennend. »Fast hat es den Anschein, du könntest dich an das Menü für mein Bankett machen, Auguste. Ich gehe morgen zu Bertrand Danielle. Vermutlich wird er mir viele offene Fragen beantworten können. Und was hast du für morgen vor, Auguste?« fragte er noch nachträglich.

Sein großer Moment war gekommen. »Ich suche La Goulue auf.«

»Wen?«

Nachdem er aufgetrumpft hatte, erklärte Auguste die Zusammenhänge und fragte zuletzt: »Hat Inspektor Chesnais irgend etwas in der Garderobe gefunden, das Rückschlüsse darauf zuläßt, daß Louise das Gift selbst genommen hat?«

»Nein. Ich glaube, das ist auch der Grund, warum er uns

insgeheim behilflich ist. Viel interessanter ist aber etwas, das noch woanders gefunden wurde.«

»Nämlich was?«

»Er hat im Sommerschloß der Königin im Hameau nicht nur die Perücke, sondern auch Damenunterwäsche gefunden.«

»Und was soll das mit Louise zu tun haben?«

»Eine ganze Menge. Als man ihren Leichnam im Labor entkleidete, machte man eine pikante Feststellung. Sie hatte keine Beinkleider an.«

In Augustes Gesicht war deutlich der gräßliche Gedanke zu lesen, der ihm sofort kam.

Egbert nickte. »Das war's wohl, weshalb Chesnais so gegrinst hat.«

8. Kapitel

Sein Vorhaben war fehlgeschlagen, und Auguste mußte überlegen, wie seine weiteren Schritte aussehen sollten. Er marschierte durch die auf der Höhe gelegene Rue Lamarck in Montmartre. Er hatte vor der Tür der Adresse gestanden, die man ihm als La Goulues Aufenthaltsort gegeben hatte. Aber niemand öffnete. Vielleicht war elf Uhr schon zu spät am Vormittag, um die Bewohnerin aus ihrer Lethargie zu locken. Vielleicht lungerte sie aber auch schon in einer der umliegenden Kneipen herum. Dann war aus einer Nachbarbehausung eine mit Wäschebündeln bepackte Frau herausgekommen, vermutlich eine Wäscherin. Sie war offensichtlich mit der Lage der Dinge vertraut, kicherte verständnisinnig und gab ihm den Bescheid: »Sie ist nicht zu Hause.« Mehr erfuhr er nicht, denn sie verschwand sofort, und falls sie überhaupt wußte, wo La Goulue zu finden war, behielt sie es für sich. Ihm blieb nur die Wahl zwischen drei Dingen: den Blick auf Paris zu genießen, die Kneipen der näheren Umgebung abzuklappern oder darüber nachzusinnen, was für eine Bewandtnis es mit Louises halb bekleidetem Zustand hatte. Er entschied sich fürs erste, zumal die dritte Möglichkeit unweigerlich eine Schreckensvorstellung heraufbeschwor – die unglückliche und, wie Auguste inständig hoffte, zufällige Nähe Seiner Majestät König Edwards VII. zu Louise in besagter Zeit.

Niemand störte ihn in seiner Freude an dem herrlichen

Ausblick. Nur eine alte Frau mit einem Korb am Arm kam in seine Richtung geschlurft. In England schaffte man die Alten und Armen aus dem Wege, indem man sie in Arbeitshäuser steckte. Vielleicht war das eine bessere Lösung , als sie hier in feuchten und primitiven Häusern ein elendes Dasein fristen und langsam dahinsiechen zu lassen. Schwer zu sagen. Es brauchte einen nicht zu wundern, wenn eine Goulue, nachdem Ruhm und Aussehen unwiderruflich dahin waren, ihre Zuflucht im Alkohol als für sie einzig möglichen Ausweg gesucht hatte.

Die Wohnsiedlung der Armen hatte er hinter sich gelassen; vor ihm tat sich ein atemberaubender Blick auf die Zuckerseite von Paris auf – eine elegante Ansammlung hellgrauer Dächer mit gelegentlichen Einsprengseln von grün. Er konnte die Seine erkennen, die sich durch die Stadt schlängelte, und hier und da eine Kirchturmspitze. Auch konnte er Les Invalides und Saint Sulpice ausmachen. Und immer wieder faszinierte den Betrachter der alles beherrschende, häßliche Eiffelturm. Die ursprünglichen Baupläne hatten ihm nur ein paar Jahre beschieden, aber das war siebzehn Jahre her, und er stand immer noch, und seine unschöne Silhouette begrüßte das zwanzigste Jahrhundert.

Ein heiseres Gekicher neben ihm riß ihn aus seinen Betrachtungen. Aufgeschreckt blickte er zur Seite und sah neben sich ein altes Weib, mehr ein wandelndes Lumpenbündel. Ein strenger Geruch von Schmutz und Alkohol stieg ihm in die Nase.

»Ganz Paris lag mal zu meinen Füßen, Monsieur. Deshalb wohne ich auch hier oben – ein schönes Gefühl, daß die Stadt es immer noch tut.«

Ein gräßlicher Gedanke durchfuhr ihn. Nicht, daß das La Goulue war! Die zahnlose Alte mußte mindestens sechzig sein. Sie war voller Furchen und Falten, das stumpfe Haar bedeckte eine Schiebermütze, und ansonsten steckte sie in schwarzen Lumpen, die widerborstig und unregelmäßig wie Miesmuscheln an ihr klebten.

Auguste zog höflich den Hut. »Madame, können Sie mir vielleicht sagen, wo ich Madame Louise Weber, La Goulue, hier finde?«

»Wer wünscht sie zu sprechen?«

»Auguste Didier, Meisterkoch.«

»Ein Koch.« Sie spuckte deftig aus, fast hätte es seine Stiefel erwischt. »Mein Essen hab ich längst.« Sie zeigte auf ihren Korb; darin lag eine Flasche Schnaps, vermutlich hartes Zeug, und ein zugekorkter Weinkrug, dessen Inhalt billig erstanden sein mußte. »Absinth und Wein von Monmartres guten Weinhängen, mehr braucht La Goulue nicht.«

»Würden Sie mir die Ehre zuteil werden lassen, mit Ihnen über alte Zeiten zu plaudern, Madame, über Ihre glorreichen Tage damals?«

»*La gloire?*« In ihren Augen leuchtete es kurz auf. Vorsichtig setzte sie den Korb ab, humpelte im Kreis herum, grüßte das imaginäre Publikum und rief: »*La France, mesdames et messieurs, la gloire, la patrie!*« Das Gehumple ging in ein kurzes Gehopse über, die Lumpen flogen. »*Houp-la!*« Ein Fuß wurde in die Höhe gestreckt und gab die Sicht frei auf einen dreckigen, zerrissenen Unterrock und ein bloßes welkes Bein voll knotiger Krampfadern.

Sie schien seine Gedanken zu lesen und rief ihm zu: »Den *port-d'armes* kann ich noch, Monsieur! So lange ist das alles gar nicht her.« Der Fuß blieb, wo er war, aber von der Schulterhöhe, wie im Cancan vorgeschrieben, konnte keine Rede sein. Auguste wandte seinen Blick ab. Sie grunzte. »Früher hätten Sie nicht weggeguckt, Monsieur.« Der Fuß wackelte und kam schließlich wieder herunter. Ein tiefer Seufzer begleitete die Bewegung. »Darf ich Sie in mein Schloß bitten, Herr Küchenchef.«

Zögernd folgte Auguste ihr in die Hütte. Es gab unten und oben nur je einen Raum und offensichtlich keine Küche. Wenn überhaupt, dann war ein Wasserhahn zum Waschen nur draußen. Aber Wasser und Waschen schien für sie keine große Rolle zu spielen und für die Haushaltsutensilien erst recht nicht.

»Setzen Sie sich doch, Monsieur.« Sie machte eine einladende Geste. »Ich hatte auch mal einen Stuhl.« Jetzt standen nur noch Holzkisten herum; ein niedriger Tisch mit einer roten Plüschdecke fiel geradezu auf in dieser Umgebung. Auf ihm standen Fotos in billigen Rahmen. Eins zeigte La Goulue in ihren Zirkusjahren, eine stämmige Figur im Löwenkäfig. Da waren ihre hehren Zeiten am Moulin Rouge schon passé.

»Hat es Ihnen leid getan, das Moulin zu verlassen, Madame?«

Sie zuckte mit den Schultern. »Ist ja nun auch egal. Zidler ging. Er verstand uns. Er wußte, daß wir nicht des Geldes oder der Männer wegen tanzten. Es bedeutete Leben, Monsieur, es war Kunst.« Mit leerem Gesichtsausdruck schaute sie sich in dem Zimmer um. »Trotzdem, so schlecht ist es hier auch nicht. Nachmittags.«

Wollte man von ihrem Äußeren und ihrer Ernährungsweise schließen, würde das Leben, das sie jetzt führte, nicht mehr lange dauern. Eine Dame aus Tatjanas Motorclub, eine von diesen neumodischen militanten Suffragetten, hatte ihn einmal erbost gefragt, ob er sich nicht schämte, Meisterkoch zu sein, wenn so viele andere Not litten. Er war ernsthaft in sich gegangen und hatte dann mit »Nein« geantwortet, denn die Aufgabe in seinem Beruf bestand darin, aus dem, was ihm zur Verfügung stand, ein Kunstwerk zu schaffen, ähnlich wie ein Maler mit seiner Palette. Er wußte, er konnte unter bloßer Zuhilfenahme von Wildkräutern, wie sie der liebe Gott wachsen ließ, aus Brot und einfachem Wein etwas Großartiges zaubern. Und er ließ sich nicht lumpen. So, wie Soyer Suppenküchen für die Armen eingerichtet hatte, um die irische Hungersnot lindern zu helfen, hatte er mit Mrs. Jollys Hilfe im East End von London, nicht weit von der Old King Cole Music Hall, wo er einmal gearbeitet hatte, für Imbißstände mit billigen Fleischpasteten gesorgt.

»Kunst fürwahr«, bestätigte er La Goulues Rede. »Wollen Sie mir ein wenig von Ihrer Zeit am Moulin Rouge und am Elysée Montmartre erzählen?«

»Und am Moulin de la Galette. Ich war damals gerade erst sechzehn. Da tanzte man einzig und allein für die Leute aus Paris. Merken Sie, mein Gedächtnis spielt noch mit, dabei bin ich schon ... «, sie zählte, » ... zweiunddreißig. Dreiund- oder einunddreißig? Seh nicht so aus, wie?«

»Nein«, antwortete Auguste wahrheitsgemäß.

»In meinem Innern bin ich immer noch sechzehn, Monsieur. Da geht es mir wie anderen auch«, erklärte sie prosaisch. »Ja, das waren noch Zeiten, *mon ami*. Das Moulin Rouge unterm alten Zidler. Wenn die Lichter in den Bäumen im Garten angingen, wenn Le Petomane in dem Gipselefanten seine Töne furzte, und wenn *mon cher* Valentin, ›der mit den Gummiknochen‹, mich in die Arme nahm und wir – er mit Zylinder – Walzer tanzten. Keiner im Publikum rührte sein Glas an. Alle schauten uns wie gebannt zu. Wer da sagt, ich sei eine *sale*, eine unflätige Tänzerin, gewesen, hat mich nie mit Valentin Walzer tanzen sehen. Sogar der Prince of Wales kam, um uns zu sehen, und der ist immerhin König heute.«

»Und doch heißt es, Sie seien ihm frech gekommen.«

»Fragt sich, wer wem frech gekommen ist«, erwiderte La Goulue hochtrabend. »Wenn ein feiner Herr mir an den Hintern grabscht, muß er es sich schon gefallen lassen, daß man ruft: ›Die Runde Champagner zahlen Sie, Wales!‹«

»Sie hätten's nicht in aller Öffentlichkeit tun dürfen.«

»Wieso nicht? Der hatte es auf mich abgesehen, Sie. Das ist mir doch nicht entgangen; er da oben auf der Galerie und sein lüsterner Blick. O ja, ich hätte eine zweite Madame de Pompadour abgeben können – Mätresse eines verrückten Prinzen, wenn die da nicht gewesen wäre.«

»Wer?« Auguste verschlug es fast den Atem.

»La Dervicheuse. Das kleine Dreckschwein Louise. Mußte auch noch den gleichen Namen wie ich haben. Sie hat ihn mir weggeschnappt. Die packte ständig die Eifersucht, aber auch bei jedem. Gönnte keinem den Ruhm, gönnte keinem die Liebhaber. Nicht, daß sie sie unbedingt selbst haben wollte, aber sie ertrug es einfach nicht, mußte überall und immer dazwischen gehen. Besonders bei mir. Und dann erst, als Wales hinter mir her war. Ich war für sie eine Rivalin, – war die beste Tänzerin, die Hauptattraktion. Im Moulin de la Galette und im Elysée Montmartre – da hab ich sie kennengelernt – da konnte man die Höschen hochziehen und ganz hübsch was sehen lassen, konnte sie auch ganz ausziehen, wenn man wollte. Aber unter Zidler im Moulin Rouge ging es züchtiger zu. Das war die Zeit, als sie anfing zu glauben, sie könne mit mir mithalten. Ich war immer die erste in der Reihe, mußte als erste die *port-d'armes* Figur machen, als erste den *grand écart*, die Spagats hinlegen. Das konnte sie nicht ertragen, o nein. Sie fing mit ihren eigenen kleinen Drehern und Hüpfern an, wie ein tanzender Derwisch, das hat ihr dann ihren Spitznamen eingebracht. Wissen Sie, wie ich zu meinem gekommen bin? Die Gefräßige. Hat was mit der Gosse zu tun, schluckt alles, was ihr in den Weg kommt.« Sie lachte laut los. Beim Anblick ihres offenen Mundes hatte Auguste das Gefühl, schnellstens hinaus an die Luft zu müssen.

»Demnach entwickelte Louise eine freundschaftliche Beziehung zu Seiner Majestät.«

»Eine sehr freundschaftliche«, bestätigte sie. »Na ja, wie weit das nun ging, kann ich nicht so genau sagen. Aber Louise blieb nicht gern für sich allein, und Wales ging es wohl nicht anders nach dem, was man so hörte. Jedenfalls hat sie rumposaunt, sie hätten's gemacht. Vielleicht hat sie auch gelogen.«

»Haben Sie ihren Mann gekannt?«

La Goulue schüttelte den Kopf. »*Non.* Geheiratet hat sie später. Als Zidler ging, verschwand auch Madame, ging zum Jardin de Paris. Für den Direktor dort war ich nicht fein genug. Nun ja, ich weiß, was die Leute möchten, und das ist wichtiger, als den Lebemännern im alten Jardin um den Bart zu gehen. Stimmt doch, oder?« Herausfordernd schob sie ihr Kinn vor.

»Stimmt, *Madame*. Sie haben Ihrem Beruf alle Ehre gemacht. Kannten sie auch den Comte de Tourville? Er war ein Lebemann, besuchte das Moulin Rouge zusammen mit dem Prince of Wales.«

»*Mais oui.* Der kam auch zu den Privatveranstaltungen. Mir gefiel er nicht so, aber Louise ließ keinen Grafen aus, egal, was er in den Hosen oder in der Tasche hatte. Sie hätte den Glücksgriff gemacht, sagte sie, und er würde sie mit dem Ehering schmücken.«

»Dann hat er aber Hélène Mai geheiratet. Sie war doch auch eine von den Cancan-Tänzerinnen, oder?«

»Eine von uns? Miss Hoity-Toity? Getanzt hat sie mit uns, das stimmt, aber sie war völlig mit sich beschäftigt, ehrgeizig, wie sie war. All ihr Getue und Getanze galt nur dem einen Ziel, daß Zidler sie als Solotänzerin nahm, damit sie auch gleichzeitig singen durfte. Louise wurde eifersüchtig auf sie, als dieser Künstler ... «

»Jacob Fernby?« unterbrach er sie erregt.

»Seinen Namen weiß ich nicht mehr. Sie verlangen ein bißchen viel, finden Sie nicht? Toulouse-Lautrec war's jedenfalls nicht. Er kam zu jeder Vorstellung, ob Bein gezeigt wurde oder nicht. Der nahm sogar Quartier am Boulevard de Clichy, nur um in unserer Nähe zu sein.«

Der verkrüppelte Toulouse-Lautrec, der brauchte keine Packkiste auf Rädern, war schließlich der Sohn eines Grafen. Auguste mußte an Madame Cerignys Mann denken und konnte sich nur schwer von dem Bild losreißen. Aber La Goulue holte ihn wieder in die Wirklichkeit zurück.

»Dieser Künstlermensch malte Hélène im Moulin Tag und Nacht. Louise versuchte, dem ein Ende zu bereiten. Sie umgarnte ihn, *le pauvre*, und er fiel drauf rein. Sein Körper zumindest, aber Hélène malte er trotzdem immer weiter. Sie war ein Miststück, tat wie 'ne feine Lady mit ihrem ›Komm mir nicht zu nahe!‹ Doch genau so hat Hélène sich den Grafen gefischt, meinte Louise jedenfalls. Hélène Mai zu seinen Eroberungen zählen zu können, darauf durfte er sich was einbilden, aber der Preis, den sie forderte, war Heirat. Heiraten«, wiederholte sie bitter. »Komisches Wort. Bedeutet hier ringsum nicht viel. Wie man zu Geld kommt, das ist, was zählt. Trinken Sie 'nen Schluck mit, Monsieur?«

Bloß nicht aus den verdreckten Gläsern trinken, die sie geradezu schwungvoll hervorholte, dachte Auguste. Aber er tröstete sich damit, daß der hochprozentige Alkohol Bakterien keine Chance lassen würde. Zögernd griff er nach dem Glas.

La Goulue beobachte ihn mit hämischem Grinsen. »Sie werden nicht dran sterben, Meisterkoch. Mit dem reichhaltigen Zeug, das Sie jeden Tag kochen, muten Sie Ihrem Magen viel Schlimmeres zu.«

»Wie sagte doch schon der heilige Paulus? ›Ein wenig Wein um deines Magens willen‹«, brachte Auguste mit einem krampfhaften Lächeln heraus und nahm dann tapfer einen Schluck. Er bekam ihn kaum herunter. Der herbe Rotwein hatte bestimmt seine sechzehn Prozent.

»Dieser Paulus ist Gast in Ihrem Restaurant?«

»In letzter Zeit gerade nicht«, stammelte Auguste.

»Ach, jetzt fällt es mir ein. Der ist ja einer von den Heiligen. Ich bin da mal in die Kirche gegangen, nicht der Predigt wegen, brachte bloß Wäsche dorthin, und da sah ich einen, der nie seine Rechnung bezahlte. Also stellte ich mich neben ihn, und als alle knieten und still vor sich hin beteten, rief ich laut: ›Wann kriege ich die zwanzig Sous, die Sie mir noch schulden, Sie Schwein?‹. Daraufhin haben die mich rausgeschmissen, nicht etwa ihn. Das war doch nicht fair, oder?«

»Das Leben geht nie fair mit einem um. Was können Sie noch über Hélène Mai erzählen?«

»Da gibt's nicht viel zu erzählen. Die war nur sechs Monate oder so am Moulin, dann ging Zidler, und haste nicht gesehen, war auch sie fort und am Jardin. La Grieve nannte man sie dort. Sie sagte, das war wegen ihrer Stimme; singen konnte sie wie 'ne Drossel. Aber ich glaube, es hatte eher etwas damit zu tun, daß man sie leicht vernaschen konnte.« Sie kicherte. »Der Graf jedenfalls hat's gemacht.«

»Ich habe gehört, sie ist vor ein paar Jahren gestorben.«

»So sagt man, ja.«

»Woran?«

Sie zuckte die Achseln. »Keine Ahnung. Gräfinnen

gehen selten in den Zirkus, also hab ich sie nach ihrer Heirat auch nie mehr gesehen. La Dervicheuse könnte Ihnen da sicher mehr erzählen, die müßte es wissen. Die läßt erst locker, wenn es ihr paßt. Da spielte noch ein Mann 'ne Rolle – seinen Namen habe ich vergessen – ein Photograph oder so was ähnliches, wenn Sie wissen, was ich meine; der hat Selbstmord begangen ihretwegen. Sie konnte ihn gar nicht schnell genug ins Bett kriegen, denn er zeigte sich ungemein großzügig; aber kaum hatte sie ihm den Kopf verdreht, gab sie ihm schon wieder den Laufpaß. Auch schluckte sie es nicht so ohne weiteres, daß der Graf es mit einer anderen hatte, nachdem sie ihm das ungeheure Privileg gewährt hatte, Madame Louises Körper zu genießen. Ich möchte wetten, er ist immer noch in ihren Fängen. Am besten fragen Sie sie selbst.«

»Sie wurde vergangene Woche ermordet.«

»Ermordet?« Selbst La Goulue verschlug es für einen kurzen Moment den Atem. »Auf dem Strich, was? Hab immer gesagt, es würde mit ihr ein schlimmes Ende nehmen. Gott gebe ihrer Seele Frieden.«

»Nein. Es passierte in Versailles, bei einer Party. Der König von England, der Comte de Tourville und seine Jungvermählte, Mirabelle, waren dort. La Dervicheuse war mit einem Politiker verheiratet.«

La Goulue lachte spöttisch. »Louise und Politik? Da müßte sie sich gewaltig geändert haben. Nun, es bestätigt sich, was ich gesagt habe. Die hatte ihre Pfoten überall drin. Die ganze alte Clique. War George auch dabei? Der war einer von Louises *petits amis* – im Falle von Big George wiederum nicht ganz so *petit*.«

»George Ladyboys?« fragte Auguste vorsichtig.

»*Alors, mon ami.* Ich hab wirklich nicht all ihre Namen im Kopf. Nicht mal von denen, mit denen ich geschlafen habe, und erst recht nicht all die, mit denen es Louise hatte. Sie nannte ihn immer Georgie. Wenn Wales nicht da war, dann war er dran. Der war immer da, wenn's not tat, war ein besseres Arbeitstier. Als das Mitstück Louise mitkriegte, daß Wales von mir angetan war, machte sie sich daran, ihn mir abzujagen, und kaum hatte sie ihre Krallen in edleres Fleisch geschlagen, sagte sie Georgie Ade.«

La Goulues Enthüllungen boten dem inoffiziellen Ermittler Seiner Majestät wenig erbauliche Einblicke, aber vorerst galt es, anderen Spuren nachzugehen. »Haben Sie auch Georges Ehefrau Winifred gekannt?«

»Ehefrauen? Daß ich nicht lache! Am Moulin?«

»Oder Mirabelle, die neue Frau des Comte? Sie wurde zur gleichen Zeit wie La Dervicheuse ermordet.«

La Goulue klatschte in die Hände und gluckste vergnügt. »*Merde*, da sieht man, wie's in der feinen Gesellschaft zugeht. Übertrifft ja eine Nacht der feinen Pinkel in einem Puff. Hat sie beide um die Ecke gebracht, wie?«

»Bisher steht nichts fest.«

»Das hätt' ich ihm nicht zugetraut. Hatte keinen Mumm in den Knochen. Die muß ihn mit Blicken gestraft haben, als er wieder geheiratet hat. *Madame* hat ein gutes Gedächtnis. Vielleicht war sie es sogar, die sie umgebracht hat. Schon mal daran gedacht?«

»Hab ich, die Polizei auch. Aber nun ist sie ja auch tot, und es ist unwahrscheinlich, daß sie sich selbst etwas angetan hat.«

»Wird ihr Mann gewesen sein. Politiker sind zu allem imstande.«

»Aber er wird nicht auch die Frau des Comte umgebracht haben.«

Wieder zuckte sie die Achseln. »Mich geht die ganze Sache jedenfalls nichts an.« Plötzlich kam ihr ein Gedanke.

»Gestern soll hier jemand begraben worden sein. War sie das?«

»Ja. Sie liegt auf dem Montmartre-Friedhof.«

»Vielleicht schau ich mal vorbei – wegen früher und so. Komisch, ich seh sie noch ganz deutlich vor mir mit ihrem schwarzen Haar. Sie konnte einen manchmal anstarren, daß einem ein Schauer über den Rücken lief, schlimmer als nach ein paar Flaschen Absinth. Mir war immer unheimlich, wenn sie hinter mir in der Reihe stand, kann ich Ihnen sagen. Rayon d'Or oder Cri-Cri oder Nini Hoch-das-Bein, die waren alle in Ordnung, oder, wie hieß sie doch gleich?« Sie kramte in ihrem unendlichen Gedächtnisspeicher alter Zeiten. Auguste nutzte die Gelegenheit und zeigte ihr ein Foto von Mirabelle, das Egbert sich von der Polizei hatte geben lassen.

»Sagt Ihnen dieses Gesicht etwas, Madame?«

»Hören Sie auf, mich so zu nennen. Klingt so nach Puffmutter«, brauste sie auf. Sie griff das Bild mit schmutzigen Händen, reichte es ihm dann zurück, mit dem Daumen auf Mirabelles Gesicht. »Nein. Aufgetakelt wie die ist, würde ich nicht mal meine eigene Mutter erkennen. Irgendwie kommt sie mir bekannt vor, aber nach ein, zwei Gläschen geht mir das bei jedem so.« Sie schenkte sich erneut ein Glas ein. »Die Dervicheuse ist also nicht mehr. *Alors*, der Teufel also wird der letzte sein, der sie in die Arme schließt.« Sie blickte in ihr Weinglas. »Aber vielleicht hat sie bereut und Buße getan. Man sagt ja, es sei niemals zu spät.«

»Das stimmt, Madame.«

Stolz schnellte ihr Kopf in die Höhe. »Ich hab's Ihnen schon mal gesagt. Nennen Sie mich einfach La Goulue.«

»Dann darf ich Ihnen meine Anerkennung zollen im Gedenken an eine große Tänzerin.« Er legte etliche Francs auf den Tisch; sie registrierte es verblüfft.

»Was heißt hier im Gedenken an, Mister? *Merde*, für das Geld verdienen Sie eine Sondervorstellung.«

»Bitte nicht«, schrie Auguste taktlos auf, aber es nützte nichts. Sie schob die Packkisten zur Seite und gab ein Zwischending von Heulen und Kreischen von sich. Auguste sprang aufgeschreckt hoch und verschüttete dabei den Wein, an dem er immer noch brav genippt hatte. Ihr Körper verharrte einen Moment unbeweglich. Sie schloß die Augen und fing leise an, Offenbachs bekannte Cancan-Melodie zu summen. Dann begann sich ihr Körper zu wiegen, ihre Hände streckten sich nach ihm aus, wie wenn sie in einer erotischen Traumvorstellung das Publikum umschlang. Das Summen wurde schneller, der Körper zuckte, sie wiegte und drehte die Hüften. Dann begannen die Füße zu tanzen, der Unterleib, die Taille, in ständigem Auf und Ab. Auguste fühlte sich wie hypnotisiert. Die Musik in ihrem Kopf schien sich von einem Crescendo ins nächste zu steigern. Jetzt schrie sie, warf die Beine immer höher, das häßliche nackte Fleisch war wie weggeblasen, die grauen Fetzen ihrer Unterröcke störten nicht; er sah ihr hingerissen zu. Mit zunehmender Konzentration glätteten sich die Falten im Gesicht, und ein Hauch der Jugend des Mädchens von vor zwölf Jahren, dessen er sich vage erinnerte, kehrte wieder.

»*Le port-d'armes*«, verkündete sie übermütig und riß das Bein bis zur Taille hoch.

»Bravo!« rief er ehrlich beeindruckt.

»*Le grand écart!*« Das Summen ging in Ekstase und unverständliches Stöhnen über.

»Nein!« rief er gebieterisch, aber es war zu spät. Sie sprang eine Handbreit hoch und versuchte den Spagat. Aber die Beine wollten sie nicht länger halten, und sie stürzte zur Seite in einen Haufen Lumpen.

Er eilte ihr zur Hilfe. »Haben Sie sich etwas getan?« fragte er besorgt.

Sie stöhnte. »Nichts, was ein Glas Absinth nicht kurieren könnte«, erwiderte sie und rappelte sich mit seiner Hilfe wieder hoch. »Doch ein bißchen aus der Übung, wie?«

»Der Künstler in einem geht nie zu Grunde.«

»Sie sind ein netter Mensch. Schade, daß ich Sie damals noch nicht kannte. Soll ich Ihnen mein Hinterteil zeigen?« schlug sie ihm erwartungsvoll vor. Eine Vorstellung hatte immer damit geendet, daß sie sich mit dem Rücken zum Publikum verbeugte und die Röcke hochraffte, um die nicht unbeträchtlichen Reize zur Schau zu stellen.

»Nein, La Goulue«, sagte er sanft. »Wer könnte das vergessen?«

Sie kicherte. »Wales jedenfalls nicht. Grüßen Sie ihn mir.«

Wenn Politiker unter Verdacht standen, hatte man seine liebe Not, dachte Egbert, selbst wenn sie, wie Bertrand Danielle, des Englischen mächtig waren. Man hatte das Gefühl, man redete mit einem Schauspieler, der sich strikt an seine Rolle hielt. Er nutzte seinen ganzen Erfahrungsschatz, brauchte aber lange, bis sich seine Mühen auszahlten. Anfänglich hatte sich Danielle nicht aus der Reserve locken lassen.

»Ich habe gerade erst meine Frau verloren, Monsieur. Ich sehe keinen Grund, weshalb ich Ihre Fragen beantworten sollte, selbst wenn, wie Sie behaupten, die französische Polizei nichts gegen Ihre Nachforschungen einzuwenden hat.«

»Ich verstehe, Monsieur Danielle.« Was mochte hinter dieser Fassade in dem Kerl wirklich vorgehen? Egbert konnte ihn nicht recht einschätzen. Er lebte in großem Stil, hatte ein Appartement am Place Vendôme, das selbst den

Ansprüchen Seiner Majestät genügt hätte. »Sie werden sich aber nicht der Vorstellung verschließen wollen, daß dem König, der ein alter Freund Ihrer Gattin war, sehr daran gelegen ist, die wahren Zusammenhänge zu erfahren.«

»Demnach halten Sie die Sûreté nicht für kompetent«, erwiderte er kühl.

Wenn das, was Auguste ihm über La Dervicheuse erzählt hatte, stimmte, war es kein Wunder, daß es sie bei so einem kalten Fisch nach einem Liebhaber verlangte.

»Für absolut kompetent, Sir. Die Sachlage bleibt dennoch etwas befremdlich, finden Sie nicht? Sie sind gewiß nicht daran interessiert, daß Ihre Gattin – selbst wenn es nur in den Geheimakten der Sûreté ist – als Mörderin erscheint, wenn sie es gar nicht war. Damit erweisen Sie Ihrem eigenen Namen keinen Liebesdienst.«

Das Fischauge starrte ihn an. »Meine Frau hat Selbstmord begangen.«

»Nachdem sie die ihrem Liebhaber neu Angetraute umgebracht hat. So liest man es in den Polizeiprotokollen. Natürlich kann ich nicht beurteilen, ob das stimmt oder nicht«, fuhr Egbert liebenswürdig fort, »aber es bleibt in den Akten eine häßliche Anschuldigung, um so mehr, wenn sie zu Unrecht besteht und jemand Ihre Gattin ermordet hat.«

Es kam zu einer Pause. Schließlich sagte Bertrand: »Mir wird Ihre Rolle jetzt klarer, Hauptinspektor Rose.« Er reichte Egbert ein Glas Portwein, der es mißtrauisch beäugte. Portwein war nicht gerade sein Fall, und vor dem Mittagessen mochte er ihn schon gar nicht. Aber wenn man nun einmal in Frankreich war ... »Selbstverständlich will ich mithelfen, meine Frau von dem gräßlichen Verdacht zu entlasten«, ließ sich Bertrand vernehmen. »Nur würde das bedeuten, daß ihr jemand etwas Böses hatte zufügen wollen. Das kann ich mir nicht vorstellen. Sie war überall und bei jedem beliebt.« Sein aalglatter Tonfall ließ Egbert eher das Gegenteil vermuten.

»Merkwürdig, daß immer wieder die nettesten Menschen so leicht mißverstanden werden, Sir. Selbst Sie machen da keine Ausnahme.«

Bertrand wurde erneut steif und förmlich. »Mein Ruf ist makellos. Mein Name ist von keinerlei Skandalen besudelt.«

»Gegen Gerüchte kann man nicht an, Sir, das gilt auch für einen so prominenten Politiker wie Sie. Weiß der liebe Himmel, wie die in Umlauf geraten. Sie entbehren oft jeglicher Grundlage; trotzdem muß man sie gleich im Keim ersticken. Nehmen Sie doch bloß die verrückten Geschehnisse von vergangener Woche und in welcher Tragödie sie endeten. Da geht das Gerücht um, daß einer der beiden Herren, die als Wächter der Marie-Antoinette verkleidet waren, Ihnen ungemein ähnlich sah; das Gleiche wird von einem der Diener in Livree gesagt. Dabei kann ich mir gut und gerne vorstellen, daß Sie den ganzen Nachmittag mit allen möglichen Leuten zu tun hatten, im Palais du Luxembourg zum Beispiel oder im Elysée-Palast.«

»Geben die Gerüchte vielleicht auch Auskunft darüber, wieso ich mich auf eine so alberne Maskerade hätte einlassen sollen?«

»Gerüchte entbehren immer jeder Grundlage, wie ich schon sagte. Für mich besteht kein Zweifel daran, daß wir im Falle eines untadeligen Politikers, will sagen in Ihrem Fall, Mord gar nicht in Betracht ziehen. Welchen Grund sollten Sie auch haben, die Gräfin Tourville zu töten, geschweige denn Ihre eigene Frau? Sie führten eine sehr glückliche Ehe, möchte ich meinen.«

»Lassen wir es dahingestellt, ob an diesen Gerüchten überhaupt irgend etwas dran ist. Jedenfalls können Sie sich darauf verlassen, daß es absolut keinen Grund gab, dessentwegen ich meine geliebte Louise oder Mirabelle, die ich kaum kannte, hätte ermorden wollen.«

»Natürlich nicht, Sir.« Egbert tat schockiert. »Wenn, dann hätte ich das Motiv Ihrer Anwesenheit eher in einer Art Schutzengelfunktion gesehen.«

»Für meine Frau?«

»Vielleicht. Oder Sie hätten von den Gerüchten über Ihre Gattin erfahren haben können, die öffentlich gedroht hatte, den Grafen und die Gräfin umzubringen; dann wären Sie möglicherweise gern präsent gewesen, um zu gewährleisten, daß es sich um bloße Drohungen handelte.«

Er lächelte. »Sie glauben, ich würde mir solche Umstände machen, um Robert zu schützen? *Non, monsieur.* Da gehen Sie mit Ihrer Hypothese fehl. In der Pariser Gesellschaft wird allgemein behauptet, Robert sei ein früherer Liebhaber meiner Frau gewesen, und einige Stimmen gehen sogar so weit, daß er es auch noch bis zu seiner Heirat jüngst war. Ich weiß natürlich, daß an diesen Gerüchten nichts, aber auch gar nichts dran ist.«

»Selbstverständlich.«

»Wie auch immer, ich würde keinen Finger rühren, um Robert oder seine Frau vor Louise in Schutz zu nehmen, falls es überhaupt einen Grund dafür gegeben hätte. Die Worte meiner Frau waren leere Drohungen.«

»Vielleicht hätten Sie Ihre Gattin auch lediglich im Auge behalten wollen, um sicherzugehen, daß sie vor dem König von England nicht Ihren eigenen guten Ruf gefährdete. Das hätte sehr unerquicklich werden können.«

»Sie sprechen Ihrem Portwein nicht zu, Hauptinspektor Rose. Ihr Sachverstand, der in einer Richtung bemerkenswert scharf entwickelt ist, scheint in der Wertschätzung dieses edlen Tropfens zu versagen.«

9. Kapitel

Die Ausstattung von Roberts Haus in der Nähe der Kirche La Madeleine zeugte von exquisitem Geschmack. Von einer angeblichen Verarmung war da keine Spur. Wenn man in dem eleganten Salon saß, war einem klar, daß Louise, selbst wenn sie frei gewesen wäre, schwerlich hier hineingepaßt hätte als Gräfin Tourville. Mirabelle hingegen, gleich aus welchen Verhältnissen sie kam, besaß den in die Gesellschaft passenden Charme und verbindlichen Umgangston; man konnte sie sich gut in dieser maßvollen Eleganz vorstellen. Inmitten der blassen Grau- und Grüntöne und eines sachlichen Weiß hätte Louises sprühende Vitalität zu aufdringlich gewirkt. Mit leichtem Erstaunen nahm Auguste zur Kenntnis, daß die Gemälde an den Wänden modern und nicht unbedingt überliefertes Erbgut waren, etliche im Stil der Impressionisten, Monet etwa –, in einem glaubte er den Garten von Giverny zu erkennen. Nur eins fiel aus dem Rahmen und zog sofort die Aufmerksamkeit auf sich, das Porträt einer Frau in blauem Kleid. Die Gestalt erweckte den Eindruck, als wiege sie sich zu einer Musik, die Augen waren halb geschlossen, die Arme über den Kopf gestreckt, die Hüfte seitlich geschwungen, das ganze Wesen träumerisch in sich versunken.

»Meine erste Frau.« Robert hatte unbemerkt den Salon betreten, während Auguste in das Bild vertieft war. »Ein frühes Gemälde von Jacob Fernby.«

Auguste hatte verschiedene Porträts von Fernby gesehen, aber keines war von einer solchen Gefühlstiefe durchdrungen wie dieses. »Darf ich Ihnen meinen Freund vorstellen, Hauptinspektor Egbert Rose von Scotland Yard?«

Robert sah kummervoll genug aus; aber diese Nachricht faßte er sichtlich als einen erneuten Schicksalsschlag auf. »Scotland Yard? Nimmt denn das Grauen gar kein Ende?«

Auguste beeilte sich, die Wahrheit ein wenig zu beschönigen. »Seine Majestät möchte es als persönliche Angelegenheit betrachtet wissen. Aber er hat uns gebeten, den Zusammenhängen der schrecklichen Ereignisse von vergangener Woche auf den Grund zu gehen. Da er der letzte war, der Louise lebend gesehen hat, fühlt er sich verständlicherweise persönlich betroffen. Er kann sich zum Beispiel nicht vorstellen, daß sie Mirabelle getötet haben soll.«

»Natürlich nicht«, entgegnete Robert bitter. »Alice Gaston hat meine Frau ermordet.«

»Das gerichtsmedizinische Gutachten deutet auf einen anderen Sachverhalt hin«, versuchte Egbert ihm schonend beizubringen. »Sie ist eher um vier als um fünf Uhr gestorben.«

»Alice Gaston hat sich nicht im Hameau blicken lassen. Sie hat offensichtlich Mirabelle getötet, war dann aber so entsetzt über ihre Tat, daß sie blieb, wo sie war, um dann gleich alles einzugestehen, wenn jemand kam. Einige menschliche Regungen will ich ihr nicht absprechen.«

»Zu Recht, Monsieur. Aber was sollte sie dazu getrieben haben, Mirabelle zu töten?«

»Woher soll ich das wissen? Sie selbst haben gehört, daß Mirabelle sich mit jemandem stritt. Alice wollte die Marie-Antoinette spielen und geriet außer sich, als Mirabelle nicht nachgab. *Mon Dieu*, mußte es auch ausgerechnet so ein verrückter Auslöser sein.«

»Sie hat sich schwerlich mit einem Messer bewaffnet auf den Weg gemacht, Sir«, gab Egbert zu bedenken. »Das hätte sie im Speisezimmer oder in der Küche mitgehen lassen müssen. Ich glaube viel eher, daß Madame Danielle ein Motiv hatte, Ihre Gattin umzubringen, und wie, das kann sie durchaus vorher geplant haben.«

»Louise war eine schwierige Frau«, erwiderte Robert langsam. »So, wie ich es sehe, wäre sie zu einem Mord fähig gewesen, und ich gebe auch zu, daß sie Grund hatte, Mirabelle zu hassen. Viele Jahre war sie meine Geliebte. Ich hatte sie lange vor meiner ersten Ehe kennengelernt, und als Hélène starb, fühlte ich mich erneut zu ihr hingezogen. Sie war bestrickend, ermüdend und anspruchsvoll, sowohl in sexueller Hinsicht als auch von ihrer ganzen Persönlichkeit her. Man kann aber im Leben nicht andauernd mit Volldampf voraus fahren. Man muß sich auch einmal eine Ruhepause gönnen. Hélène verschaffte mir diese Ruhe. Mirabelle auch. Louise konnte das nicht. Ist das eine Antwort auf die Frage, die Sie nicht gestellt haben, Inspektor?«

»Haben Sie sie geliebt?«

Robert lachte. »Was ist Liebe, Auguste? Haben Sie darauf eine Antwort? Sie sind glücklich verheiratet, aber in vergangenen Zeiten war, wie mir zu Ohren gekommen ist, die Kalinkowa, die russische Ballettänzerin, Ihre Geliebte. Lieben Sie sie noch? Lieben Sie Emma Pryde noch? Oder lieben Sie Ihre kleine Tänzerin vom Galaxy noch?«

Auguste hätte Robert am liebsten eine riesige Sahnetorte in die Visage geschleudert und ihm obendrein mit der Faust noch eins reingehauen, aber Egbert griff rasch ein und beteuerte: »Ich bin Ihnen sehr dankbar, daß Sie sich so ausführlich über Madame Danielle geäußert haben, wird Ihnen nicht leicht gefallen sein. Da Sie der Dame sehr gewogen waren, wird es Sie freuen zu hören, daß sie aller Wahrscheinlichkeit nach Ihre Gattin nicht getötet hat, denn das Gift, das sie genommen oder das man ihr gegeben hat, muß schon am frühen Nachmittag seine Wirkung getan haben.«

»Hätten Sie das nicht früher sagen können, Inspektor?«

»Muß mir im Moment entfallen gewesen sein, Sir. Nehmen wir einmal an, Louise wurde ermordet. Denken wir an Monsieur Danielle. Der Ehemann ist immer die nächstliegende Verdachtsperson.«

»In meinem Fall nicht«, betonte Robert ungerührt. »Und über Louises Verhältnis zu ihrem Mann kann ich Ihnen nichts sagen. Wenn ich Louise richtig verstanden habe, wußte er von unserer Beziehung und hatte nichts dagegen. Vielleicht bin ich diesbezüglich auch nicht besonders gut informiert.«

Egbert ging nicht darauf ein. »Es ist immer schwer zu sagen, was sich zwischen Mann und Frau abspielt. Dabei geschehen Verbrechen aus Leidenschaft selten in aller Öffentlichkeit. Und schon gar nicht in Anwesenheit des Königs von England.«

»Er war seinerzeit ein intimer Freund von Louise.« Robert betrachtete angelegentlich seine wohlmanikürten Fingernägel.

»Ich glaube, wir können davon ausgehen, daß der König von England wohl kaum umherzieht und Verbrechen aus Leidenschaft begeht.«

Auguste kochte immer noch im stillen und war Egbert dankbar, daß er diese Strecke der Befragung übernahm. Früher hatte er immer gedacht, daß Bertie bei seinen Gelüsten nie recht auf Widerstand gestoßen sei und daß er folglich auch nie das Bedürfnis verspürt haben konnte, aus Leidenschaft etwas Gesetzwidriges zu tun. Doch Chesnais hatte mit seiner Entdeckung im Gartenschlößchen diese seine Grundüberzeugung erschüttert. Chesnais zufolge gab es keinen Beweis dafür, daß Louise am besagten Tag

Geschlechtsverkehr gehabt hatte. Aber er hatte La Goulues Enthüllungen im Kopf, daß Louise sich damit gebrüstet hatte, es mit Bertie, als er noch Prince of Wales war, getrieben zu haben. Roberts Anspielung jetzt ging in die gleiche Richtung. Demnach waren Augustes Zweifel berechtigt, ob Bertie ihm die ganze Wahrheit über die Vorgänge im Hameau an jenem Nachmittag gesagt hatte.

»Im Gegensatz zu Inspektor Rose glaube ich«, gelang es Auguste schließlich in ruhigem Ton zu sagen, »daß der Schlüssel zur Aufdeckung zumindest des einen, wenn nicht beider Verbrechen in der Vergangenheit liegt. Gestern erst hörte ich von dem Gerücht, daß Louise während ihrer Zeit am Moulin Rouge und Elysée Montmartre neben Ihnen noch andere Liebhaber hatte.«

Robert lachte auf. »Sie denken vermutlich an unseren aufrechten Familienmenschen George Ladyboys. Wenn eine Nacht schon eine Liebesaffäre macht, dann ja, dann waren sie Liebende. Armer George. Louise war die Leidenschaft seiner Jugend. Er setzte ihr so lange zu, bis das arme Mädchen nachgab, und dann wollte er nicht mehr von ihr lassen. Auf Schritt und Tritt war er ihr in Paris hinterher, schrieb ihr fürchterliche Gedichte, überschüttete sie mit Blumen, pochte auf weitere Zuwendung und war regelrecht empört, als sie nicht darauf einging. Was glauben Sie, warum er mich nicht leiden kann? Weil Louise mich damit beauftragte, ihn ihr vom Leibe zu halten, und so sieht er in mir noch heute den Bösewicht, der ihn um seine Louise gebracht hat. Deshalb hat er mich zu der Wette herausgefordert und ist so scharf darauf, sie zu gewinnen.«

»Da es leichter ist, die Nichtexistenz als die Existenz von Geistern zu beweisen, war es nicht gerade klug von ihm, auf diese Art Wette zu setzen«, wandte Auguste ein.

»Es sei denn, er täuscht uns irgendwelche Beweise vor.

Warten Sie nur ab, der kommt bestimmt mit einem Vorschlag, die Wette erneut aufzunehmen. Wenn George Louise ermordet hätte, das könnte ich noch verstehen. Mit dem gehen sie durch, wenn er aufgebracht ist.«

»Dafür hat er sich ganz schön gebremst. Zwölf Jahre sind eine lange Zeit, um auf Rache zu sinnen«, war Egberts Kommentar.

Robert zuckte die Achseln. »Vermutlich ist George in all den Jahren Louise nicht begegnet. Möglicherweise hat das Wiedersehen im Juni die Flamme wieder neu entfacht. Er ist töricht genug, sich einzureden, die große Nacht der Leidenschaft ließe sich wiederholen – hat vielleicht gehofft, er käme im Petit Trianon dazu.

»Dann hätte er aber den Mord lange im voraus planen müssen«, meinte Auguste. Das spöttische Lächeln auf Roberts Gesicht galt ihnen, nicht George.

»Jacob gab es ja auch noch«, sagte Robert gleich darauf, wie um ihnen entgegenzukommen. »Er hatte gleichfalls Grund, Louise zu töten. Aus Rache, wie George«, erklärte er mit düsterer Stimme.

»Eine ernstzunehmende Leidenschaft«, sagte Egbert. »Damit sollte man nicht spaßen.«

»Sie müssen schon verzeihen. Es ist meine Art. Jeder trägt seine Maske.«

Bloß muß die so widerlich sein? dachte Auguste zynisch.

»Als junger Kunststudent war Jacob in Louise verknallt«, fuhr Robert fort. »Doch leider wies Louise seine Annäherungsversuche zurück.«

»Nachdem sie ihn zunächst ermutigt hatte?« Auguste konnte sich die Frage nicht verkneifen.

»Ich sage es ungern, aber Louise spielte mit der Liebe.«

»Wie kommt es, daß er das Porträt Ihrer ersten Frau mit solch einer Hingabe gemalt hat, wenn er doch Louise liebte?«

Für einen kurzen Augenblick hatte er seine Gesichtszüge nicht unter Kontrolle. »Jacob fühlte sich zu Hélène als Modell hingezogen, er war von ihrer Art zu tanzen und zu singen fasziniert. Seine weniger edlen Regungen allerdings galten Louise.«

»Da soll es noch einen anderen Verehrer gegeben haben, einen Photographen, der sich das Leben genommen hat, als ihm Louise – ähnlich wie Jacob – den Laufpaß gab.«

Robert merkte auf. » Das hatte ich schon fast vergessen. Über ihn habe ich Pierre kennengelernt. Michel, sein Bruder. Sie betrieben die Photographiererei gemeinsam. Als das Moulin Rouge eröffnete, fing man gerade an, ein Faible für Postkarten beliebter Künstler zu entwickeln. Louise hatte den Reklamewert solcher Aufnahmen sofort erkannt und vermutlich Michel ermuntert.« Er hob die Achseln. »Die Photos waren aufreizend genug und verkauften sich zu Tausenden. Wiederum waren sie nicht so schlimm, daß man dem Modell – sagen wir – die Salons verschloß. Louise war nicht so wie La Goulue, von der Sie vielleicht gehört haben. Wenn's um ihre Karriere ging, benutzte sie ihren Verstand.«

»Heißt das, daß Pierre Groll gegen Louise hätte hegen können, wegen des Todes seines Bruders?«

»Das möchte ich meinen, denn seinen Geldbeutel hatte es auch getroffen.« Robert grinste. »Vielleicht tat es ihm um das Geld sogar mehr leid als um seinen Bruder. Ihr Photogeschäft war ruiniert, denn Michel war derjenige mit dem Gespür für die Lichtbilder. Es vergingen etliche Jahre, ehe Pierre mit seinem jetzigen Partner wieder Fuß faßte. Inzwischen hat er sich mit ihm erfolgreich in den tonangebenden Kreisen etabliert. Geld und Erfolg geben den Ausschlag in der Pariser Gesellschaft. Nach anderen Werten fragt niemand. Ob Photographen oder Köche – verzeihen

Sie, lieber Auguste. Sie zähle ich selbstverständlich nicht zu diesen *parvenus*. Schließlich sind sie mit dem König von England verwandt, wenn auch nur angeheiratet.«

»Zu gütig«, zischte Auguste durch die Zähne. Der Gedanke, Robert wegen Mordes verhaften zu können, war mindestens so ergötzlich wie der Genuß der ersten Auster an einem trüben Sonntagmorgen. »Ob Parvenü oder nicht, Pierre ist seit vielen Jahren Ihr Freund.«

»Freund?« Das Wort behagte Robert nicht. »Nützliche Bekannte sind nicht immer Freunde. Aber Sie könnten recht haben mit Ihrer Annahme, daß die Gründe für die Morde in der Vergangenheit zu suchen sind. Vielleicht hat Ihr exzellentes Dinner im Juni auch andere Leidenschaften wiedererweckt als nur Liebesgefühle.«

»Wenn Sie das so sehen, Sir, könnten Sie uns vielleicht ein wenig über die Vergangenheit Ihrer Frau erzählen«, warf Egbert leichthin ein.

»Meiner Frau?« Robert schien überrascht. »Ach so, Mirabelle. Sie war die Witwe von Lord Harper, einem jener großartigen Herren, die im Oberhaus still vor sich hin dösen und wie ein Schemen unmerklich dahinschwinden. Sie wohnten in Tunbridge Wells. Vor zwei Jahren ist er gestorben.«

»Das bedächtige Beharren der Lords im Oberhaus zahlt sich manchmal mehr aus als die Geschäftigkeit der Abgeordneten im Unterhaus.« Auguste konnte sich nicht erklären, was ihn an Robert so reizte, daß er ihm gegenüber sogar England verteidigte.

»›Bedächtig‹ und ›Beharren‹ mag ja angehen, nur, Lord Harper befand sich bereits im Zustand völliger Reglosigkeit«, gab Robert zurück.

»Was für ein Leben hat Ihre Frau vor ihrer ersten Ehe geführt?«

»Darüber hat sie kaum gesprochen. Sie meinte, wir seien uns vor ihrer Eheschließung wiederholt in Paris begegnet, zu ihrer Zeit als Sängerin damals; aber daran konnte ich mich nicht erinnern. Ich weiß nur noch., daß ich sie beide zusammen, sie und den Lord, nach ihrer Heirat kennenlernte. Sie kam aus Clermont-Ferrand. Aber zu unserer Hochzeit ließ sich niemand aus ihrer Familie blicken, nur Freunde aus ihren Jahren in England waren da. Vielleicht lebt auch keiner mehr von der Verwandtschaft. Jedenfalls war sie – im Gegensatz zu Louise – von Hause aus etwas Besseres.« In seinem Gesicht zuckte es schmerzlich. Er spielt seine Rolle gut, dachte Auguste. »Ich habe Mirabelle geliebt«, offenbarte ihnen Robert. »Und da gibt es jemand, der sie mir genommen hat. Es könnte Louise gewesen sein, aber Sie sagen ja, sie war es nicht. Dann bleibt nur, daß Alice meine Frau ermordet haben könnte. Was Louises Tod angeht, wenn sie das Gift nicht selbst genommen hat, dann muß ihr Mann der Schuldige sein. Mich würde es nicht überraschen, wenn es plötzlich heißt, er sei neulich im Petit Trianon aufgetaucht. Mit ihren Szenen in aller Öffentlichkeit gefährdete Louise seine Karriere.«

Egbert reagierte nur mit der knappen Bemerkung: »Wir werden der Sache nachgehen, Sir.« Er wollte offensichtlich schon aufbrechen, doch Auguste war entschlossen, zu einem kleinen Racheakt auszuholen.

»Wenn ich noch eine letzte Frage stellen darf, Robert. Wir haben von der Vergangenheit gesprochen, dabei aber eine Person bislang außer Acht gelassen.«

Robert meinte scherzend: »*Chère* Winifred? Was hat die damit zu schaffen, so standhaft englisch, wie die ist, und ohne das geringste Verständnis für das fröhliche Treiben in Paris?«

»Nicht Winifred. Hélène, Ihre Frau.«

»Hélène hat mit der Geschichte nichts zu tun. Sie ist tot«, erwiderte er kurz und bündig.

»Ob Sie vielleicht doch ein paar Worte über sie verlieren könnten?«

»Ungern. Aber wenn Sie darauf bestehen, will ich's versuchen. Ihr enormer Ruf als Sängerin und Tänzerin dürfte Ihnen bekannt sein. Hélène ließ mir die Ehre ihres Ja-Worts zuteil werden. Wir führten eine glückliche Ehe – fünf Jahre lang.«

»Nehmen Sie es mir nicht übel, aber woran starb sie?«

»An Schwindsucht. Sie hatte keine robuste Natur. Sie war die Tochter eines Landwirts, ja, aber zart von Geburt an. Sie versuchte der schweren Arbeit auf dem Bauernhof zu entrinnen und ging nach Paris. Bis sie sich auf der Bühne einen Namen gemacht hatte, war es eine unendliche Plackerei – und das, mit Verlaub zu sagen, ohne sich gutbetuchten Männern an den Hals zu werfen, was viele in ihrer Situation taten. Die aufreibende Arbeit war Gift für ihre ohnehin schwache Lunge und führte zu ihrem frühen Tod. All meine Bemühungen vermochten nicht, dem entgegenzuwirken. Mein Kummer war unermeßlich groß, und noch heute fällt es mir schwer, über sie zu sprechen.«

»Und dann tauchte Louise erneut auf und spendete Trost.« Auguste gab sich alle Mühe, nicht sarkastisch zu klingen.

»Louise war völlig anders als Hélène, und insofern war sie in der Tat ein Trost. Leider trieb sie es wieder zu stürmisch, und ich heiratete ein zweites Mal aus Liebe. Sicher war es unfair, Louise nicht vorgewarnt zu haben, aber ich konnte nicht anders. Hätten wir schon früher etwas über unsere Hochzeit verlauten lassen, hätte Louise etwas ersonnen, sie zu verhindern.«

»Und was?« fragte Egbert unverblümt.

»Da spricht jemand, der Louise nicht kannte.«

Egbert rührte heftig in seinem Kaffee. »Er war's. Du kannst mir glauben.« Auguste stimmte ihm ohne die geringsten Bedenken zu. »Möchte wissen, was Edith mit diesen Tassen anstellt. Sie sind halb so groß wie die, die meine Schwägerin immer den Kindern gab, um sie vor die Tür für die guten Geister zu stellen. Für mich einen Tee das nächste Mal, ja?« Sie saßen draußen im Garten des Café Flottille im Park von Versailles. Die Bäume hatten bereits einen ersten Schimmer von Gelb, aber die Besucherschwärme ließen sich von den Anzeichen des nahenden Herbstes nicht weiter beeindrucken. Sonnenschirme, Matrosenanzüge und Kleider aus leichtem Musselin gaben ein farbenfrohes Bild und wollten zu den Schrecken des 10. August nicht passen, die es jetzt nachzuvollziehen galt. Als sie am Petit Trianon ankamen, wimmelte es auch dort von Menschen. Mit dem Abschluß der polizeilichen Untersuchungen war es für die Öffentlichkeit wieder zugänglich, und nun war die Stelle, wo der Mord geschehen sein sollte, deutlich die Hauptattraktion.

In dem großen Speisezimmer versuchte Auguste, den Ablauf des Geschehens Egbert genau zu schildern. »Robert saß an diesem Ende des Tisches, Seine Majestät am entgegengesetzten. Mirabelle hatte links vom König Platz genommen, Winifred rechts von ihm. Robert hatte Alice links und Louise rechts neben sich; die Sitzordnung hatte umarrangiert werden müssen, um Louise noch unterzubringen. Pierre und Jacob saßen sich in der Mitte gegenüber.«

»Dann wäre es für Robert ein leichtes gewesen, Louise etwas ins Essen oder Getränk zu tun.«

»Er müßte rein per Zufall vier Kügelchen Opium oder ein Fläschchen Laudanum bei sich gehabt haben. Keiner wußte, daß Louise kommen würde, außer Bertrand Danielle.«

»Und der war, wie wir nunmehr annehmen dürfen, einer der Bediensteten. Dem mangelte es folglich nicht an Gelegenheiten.«

»Nur, selbst wenn der allen Grund hatte, seine Frau aus dem Weg schaffen zu wollen, so hatte er doch keinen, gleich noch Mirabelle umzubringen – und schon gar nicht auf eine so grausame Art. Wenn er wirklich Gift für Louise benutzt hatte, dann hätte er es auch bei Mirabelle in Anwendung bringen können. Wäre weniger riskant gewesen. Ich glaube immer noch, Robert war der Täter«, schloß Auguste überzeugt und wäre fast über ein Kind im Matrosenanzug gestolpert. Dessen Interesse für vorrevolutionäre Geschichte war längst erlahmt; es saß auf der Erde und sah sich die Bilder in einem Buch an.

»Wenn er es war, und sie etwa um vier Uhr gestorben ist, wie hat er sich dann von den Blutspritzern befreit? Er kam beim Schlößchen im Bauerndorf etwas später an, wiederum nicht so spät wie andere.«

»Das habe ich auch schon in Betracht gezogen«, erwiderte Auguste eifrig. »Wenn die Tat von hinten erfolgte, wird die Kleidung nicht allzu viel Blut abbekommen haben, und die unteren Kleidungsstücke so gut wie gar keins. Robert hatte dunkle Sachen an und darüber einen Umhang. Wenn er den abgelegt hatte, ehe er den Mord beging, mußte er ihn sich nur wieder umtun und konnte so etwaige Blutflecken verbergen. Außerdem hatte er im Petit Trianon ein Zimmer eigens für sich allein – das Schlafgemach der Königin.«

»Wo Chesnais bei der Durchsuchung nichts gefunden hat. Trotzdem, er könnte es gewesen sein, um so mehr, da das Verbrechen vorher sorgfältig durchdacht gewesen sein muß, wenn ein und dieselbe Person beide getötet hat, Louise und Mirabelle.«

»*Eh bien.* Kommen wir noch einmal auf das zurück, was ich vorhin gesagt habe. Warum nicht beide vergiften?«

»Ich vermute, das Gift wurde der falschen Marie-Antoinette untergemischt, und er mußte rasch handeln.«

»Aber aus der Nähe konnte man die beiden Frauen nicht verwechseln, ob mit Perücke oder ohne; selbst in dem dicht gedrängten Boudoir nicht, wo der Kaffee serviert wurde. Paß auf, ich zeig's dir.« Auguste führte Egbert durch den Salon ins kleine Boudoir. Er hatte eine plötzliche Eingebung. »Vielleicht war es doch möglich, daß man sie miteinander verwechselte. Die Spiegel sind jetzt fort, aber sie waren an dieser Stelle hier und im rechten Winkel zueinander angebracht. Angenommen, der Mörder hat im Spiegelbild in den voll besetzten Raum geblickt und dadurch die falsche Tasse erwischt. Louise hat hier links gesessen, glaube ich, und Mirabelle rechts, Jacob zwischen beiden. Könnte Robert, wenn er nur ihre Spiegelbilder sah, ein Fehler unterlaufen sein?«

Egbert lachte hell auf. »Das ist mal wieder typisch für dich, Auguste! Ich denke, dein alter Chef Escoffier hat euch immer gepredigt, alles so einfach wie möglich zu machen. Sobald du in die Rolle des Sherlock Holmes schlüpfst, kannst du nicht anders und komplizierst die Dinge. Auch für den Fall, daß Robert sich von hinten genähert und nur das Spiegelbild vor sich hatte, muß ihm aufgegangen sein, daß er die Personen seitenverkehrt wahrnahm, selbst wenn er nicht die Gesichter sehen konnte.« Egbert merkte, wie betroffen Auguste reagierte, und wollte ihn rasch aufmuntern. »Bei dieser Konstellation rückt allerdings Bertrand Danielle wieder stärker in Verdacht, und genausogut sind alle anderen nicht als Tatverdächtige auszuschließen, auch Mirabelle nicht.«

Als sie Marie-Antoinettes Spielzeugdorf erreichten,

nachdem sie die ganze Strecke abgewandert waren, fühlte sich Auguste müde und matt und keineswegs klar im Kopf. Der Gedanke an die Grotte, die er nicht gefunden hatte, ließ ihm keine Ruhe, und er versuchte sich beharrlich einzureden, daß dieses Detail für ihre gegenwärtige Aufgabe bedeutungslos war. Die Gestalt, die er zu sehen geglaubt hatte, war nicht Mirabelle gewesen, auch nicht Louise oder Alice, sondern pure Einbildung, die ihn genarrt hatte. Er war versehentlich hinten bei der Rocher-Brücke an dem großen Felsen herausgekommen. Irgend etwas hatte sich bewegt, und in dem nervlich angespannten Zustand, in dem er war, hatte er den Schatten falsch gedeutet.

Im Gegensatz zu Auguste war Egbert hell wach und an allem um ihn herum interessiert, besonders an der Meierei, dem Schlößchen am See und dem Boudoir im Gartenhaus der Königin. Zum Schluß fragte er: »Hast du nicht gesagt, daß George Ladyboys die Wette erneut aufnehmen möchte?«

Auguste sah ihn entsetzt an. »Ja, aber der kann das doch nicht ernst gemeint haben!«

Egbert grübelte. »Vielleicht sollten wir ihm mal auf den Zahn fühlen.«

»George, Sie?« Robert zog die Augenbrauen hoch. »Was soll ich sagen – Ihr Besuch ehrt mich.«

»Ist mir völlig egal, was Sie sagen, Robert«, kam die schroffe Antwort. »Winifred und ich reisen mit dem Nachtzug nach London ab, und ich möchte zuvor noch ein paar offene Fragen klären.«

»Und die wären?«

»Es geht um die Wette.«

»Ob Sie es glauben oder nicht, George, ich habe geahnt, daß Sie mir damit kommen.«

»Mir ist klar, daß angesichts der Geschehnisse der vergangenen Woche die Wette in den Hintergrund rücken mußte. Aber selbst wenn wir sie nur als eine Formsache betrachten – gut sieht das nicht aus, es erweckt den Eindruck, als ob ich abspringe.«

»Und was schlagen Sie vor? Soll ich Auguste heranzitieren und von ihm eine Aussage verlangen, ob er irgendwelche Geister gesehen hat?«

»Ich weiß nicht, ob Sie dem zustimmen, aber ich dachte, wir könnten das Szenarium des ganzen Nachmittags im Petit Trianon noch einmal nachspielen. Es wäre selbstverständlich nicht nötig, Seine Majestät erneut zu bemühen.« Raffiniert schob er von vornherein den einen möglichen Einwand beiseite und wich auch der Frage aus, wo er selbst sich zu gewissen Zeiten an jenem Nachmittag aufgehalten hatte. Gott sei Dank gab es dafür ja keine Zeugen.

»Sie sind nicht bei Trost, George«, erwiderte Robert eisig. »Noch einmal spielen, daß meine Frau und meine …«

»Liebste, ich weiß«, beendete George den Satz für ihn, als er zögerte. »Die Frage ist nur – warum nicht?«

»Weil zwei Tote genügen.«

»Ich habe ja nicht vorgeschlagen, Sie zu ermorden, auch wenn ich große Lust dazu hätte. Ich möchte nur diese dämliche Wette vom Tisch haben, damit Seine Majestät erfährt, wie sie ausgegangen ist.«

»Das ist wahnwitzig.«

»Wenn Sie nichts zu verbergen haben, was spricht dagegen?« erwiderte George herausfordernd.

Stille. »Mein Schmerz, George. Haben Sie den in Betracht gezogen?«

»Nein. Ich glaube, wir wissen beide um die Wahrheit.«

»So? Das möchte ich bezweifeln«, entgegnete Robert trocken. »Nehmen Sie mal an, ich würde der Neuinszenierung zustimmen. Was soll man von mir denken, wenn ich mich so kurz nach dem tragischen Tod meiner Frau in der Öffentlichkeit sehen lasse, noch dazu am gleichen Ort?«

»Es bleibt eine private Veranstaltung«, bedeutete ihm George.

»Nach dem letzten Mal und dem, was geschehen ist, wird sich die Polizei schwerlich darauf einlassen, die Öffentlichkeit auszuschließen.«

»Dafür kann ich Sorge tragen«, erklärte George entschieden. »Ich schlage Freitag, den 5. Oktober, vor.«

»Hoffen Sie immer noch, diese verrückte Wette zu gewinnen? Glauben Sie etwa, es könnten sich Geister sehen lassen, weil es genau der Tag ist, der 1789 für Marie-Antoinette der letzte im Petit Trianon war?«

»Nein, das ist es nicht. Es hat einfach damit zu tun, daß ich wissen möchte, wer Louise umgebracht hat«, sagte George schroff. »Ich war ... hm ... war ihr sehr zugetan. Selbstmord, heißt es. Sie wissen genausogut wie ich, sie würde sich nie das Leben genommen haben. Wenn Sie es nicht waren und ich es nicht war, wer dann? Oder waren Sie es doch? Nehmen Sie es als eine neue Wette, Robert, diesmal nur zwischen uns beiden. Wenn Sie es nicht waren, haben Sie nichts zu verbergen, doch es könnte die Wahrheit ans Tageslicht bringen. Wenn Sie es aber waren, können Sie es sich nicht leisten, die Wette abzulehnen. Ihr Nichterscheinen würde bei allen Verdacht erregen. Und alle wissen, was ich vorhabe. Ich hab's ihnen erzählt.«

Robert starrte ihn an. »Sie sind nicht so dumm wie Sie aussehen, George.«

»Das wird wohl so sein.«

»Bedrückt dich etwas, Pierre?« Alice hatte ihr hübsches Voilekleid mit den rosa Punkten und weißen Satinschleifen angezogen, zu dem auch ein passender Sonnenschirm gehörte. Pierre nahm von solchen Dingen eigentlich stets Notiz. »Es ist doch hoffentlich nicht immer noch diese schreckliche Mordgeschichte?« fragte sie voller Mitgefühl. »Nicht, daß du mich nach wie vor in Verdacht hast. Ich weiß, es war töricht, aber ich konnte nicht anders. Ich war so schockiert. Ich mußte einfach das Messer aufheben. Ich habe jede Nacht Alpträume deswegen, Pierre. Denk doch bloß mal, was die arme Königin ausgestanden haben muß.«

Pierre mußte wie so oft umschalten, um ihrem Gedankengang folgen zu können. »Verzeih, *mon petit chou*, aber mir ist etwas Unerquickliches von George zu Ohren gekommen.«

»Was?« fragte Alice, sofort hellhörig geworden.

»Er und Robert wollen im Oktober diesen Geisterblödsinn im Petit Trianon noch einmal inszenieren, um die Wette ordentlich zum Abschluß zu bringen.«

Alice klatschte begeistert in die Hände. »Das finde ich großartig, Liebling.«

Verdutzt sah Pierre sie an. »Was findest du so großartig daran?«

»Na, wir können uns wieder alle in Kostüme werfen, und ich kann dann endlich die Königin spielen«, erklärte ihm seine Frau vergnügt.

»Meinst du nicht, daß das angesichts der Toten etwas despektierlich ist?«

»Keinesfalls. Die Königin ist meine Vorfahrin, die vergt mir das bestimmt nicht.«

»Ich dachte mehr an Mirabelle und Louise.«

»Ach so.« Sie machte ein trauriges Gesicht.

Pierre seufzte. »Wir werden es ohne Abstriche genau wie

das letzte Mal durchziehen müssen, sonst ist es keine faire Wette.« Er hatte Mirabelle und Louise schon für immer aus seinem Leben gestrichen, und der Umstand hatte ihn nahezu beruhigt. Bei dem neuerlichen Spiel würden sie zwar nicht dabei sein, aber ihre Abwesenheit konnte womöglich störender sein als ihre Anwesenheit.

»Na, dann ist doch alles bestens.« Sie drehte sich im Kreise, und das rosa gepunktete Kleid umspielte schmeichlerisch ihre Waden. Da er nicht reagierte, fühlte sie sich verunsichert. »Oder nicht, Pierre?«

»Nicht ganz. George hat mir noch etwas anderes erzählt. Bei Auguste treibt sich ein Inspektor von Scotland Yard herum. Er gibt sich nicht zufrieden, verblüffende Doppelung der Vorfälle. Sie schnüffeln noch weiter herum. Wenn die im Oktober auch dort hinkommen ... «

Er sprach nicht weiter, aber Alice wußte, was er sagen wollte.

»Du hast Angst, daß sie mich zum Sündenbock ihrer albernen Theorien machen, um zu beweisen, daß Inspektor Chesnais unrecht hat. Das wolltest du doch sagen, stimmt's?«

Pierre schwieg.

»Ist es nicht grandios, wieder heim nach England zu reisen?« Behaglich kuschelte sich Winifred in die Decke oben auf dem offenen Deck des Fährschiffes. George schnarchte noch unten in der Kabine. Aber Winifred konnte es gar nicht erwarten, die heimatlichen Gestade zu begrüßen, und war in der frischen Morgenluft nach oben an Deck gekommen, wo sie Jacob vorfand. Der stand in Gedanken versunken hinten über die Reling gelehnt; er schaute ins Wasser, als kämpfte er mit sich, hineinzuspringen und nach Frankreich zurückzuschwimmen.

»Ich liebe Frankreich, im allgemeinen jedenfalls«, war seine Antwort. »Ich fühle mich wie ein Franzose, der am falschen Ort geboren ist.« Das war eine Platitude aus seinen Studententagen, und damals mochte sie der Wahrheit entsprochen haben. In Frankreich hatte er seine besten Kunstwerke geschaffen, und der Tod von Hélène hatte seine Sehnsucht nach Paris unsterblich gemacht. Er hatte es sogar geschafft, Louises Zurückweisung seiner Person verklärt zu sehen. Schließlich gehörte ein gebrochenes Herz zum *vie de bohème*. Das hatte sich allerdings geändert, als Mirabelle ihm eröffnete, sie würde Robert heiraten. Plötzlich hatte er sich des Auftrags entsonnen, den ihm Hélène nahegelegt hatte und dem er pflichtgetreu nachgekommen war.

»Das klingt aber hübsch.« Winifred wußte nicht recht, wie sie auf Jacobs Bekenntnis reagieren sollte. Ihre Gefühle waren völlig anders gelagert. Die bloße Erwähnung von Frankreich erweckte in ihr schon ein ungutes Gefühl in der Magengegend, und das hatte nichts mit Seekrankheit zu tun, vielmehr mit dem, was George ihr gestern eröffnet hatte. »Über kurz oder lang sind wir ja alle wieder in Frankreich«, erklärte sie tapfer. »In wenigen Wochen schon.«

Verstört sah er sie an. »Was wollen Sie damit sagen?«

»Am 5. Oktober treffen wir uns doch alle wieder im Petit Trianon.« Zu spät fiel ihr ein, daß George sich Sorgen gemacht hatte, weil der Brief, den er Jacob geschrieben hatte, ohne Antwort geblieben war. George war besessen von der fixen Idee dieses zweiten Besuchs im Petit Trianon und setzte Himmel und Hölle in Bewegung, daß ja nichts dazwischen käme.

Jacob wurde aschfahl. »Und zu welchem Behufe?«

»George und Robert müssen die Wette zu Ende bringen. George hat den Verdacht, daß man wegen der Morde immer noch keine Ruhe gibt. Auguste hat jemanden von

Scotland Yard bei sich. Sollten beide dort auftauchen, wissen wir, daß die Maulwürfe noch im Gange sind. George hat Ihnen deswegen geschrieben.« Sie machte eine Pause. »Sie haben Louise gekannt, als Sie Kunststudent waren, nicht wahr?«

»Ja«, erwiderte er kurz. » Ich habe sie alle gekannt. La Goulue, Louise, Mirabelle und Hélène.«

»George meint, Louise ist häßlich zu Ihnen gewesen.«

»George soll sich zum Teufel scheren«, knurrte Jacob wütend, wendete sich ab und blickte wieder in die schäumenden Wogen.

»Sie ist zu allen gemein gewesen«, sagte Winifred rasch. Sie hatte begriffen, wie taktlos sie sich verhalten hatte. »George hat sie nie kennengelernt, aber er wußte von ihr und hat mir auch von Pierres armem Bruder Michel erzählt.«

»An den entsinne ich mich.« Jacob zeigte plötzlich Interesse. »Er war Photograph, ein guter sogar. Sie müssen Arbeiten von ihm in Paris gesehen haben.«

»Ich bin nicht dort gewesen.«

»Oh, hat nicht George gesagt, er hätte Sie in Frankreich kennengelernt?«

»Nicht in Paris«, erwiderte Winifred zögernd und wünschte, sie hätte ihren Mund gehalten. »Meine Eltern wohnten in Frankreich; es waren schwere Zeiten für sie. Wir verließen England, weil das Leben im Ausland billiger war. Dort habe ich George kennengelernt. Wir heirateten ziemlich schnell, und er brachte mich nach England zurück.« Sie mußte auf ein anderes Thema kommen, ehe er weitere Fragen stellte. Zum Glück drehte das Schiff. England, das geliebte England lag vor ihr. »O, Jacob, sehen Sie doch nur, die weißen Klippen dort. Sind die nicht prachtvoll? Und was für eine Ruhe und Sicherheit von ihnen ausgeht!«

10. Kapitel

Jacob hatte als Treffpunkt für ihre Verabredung das Café Royal in der Regent Street in London vorgeschlagen, ein Ort, der Auguste durchaus recht war. Er betrat das Domino-Zimmer durch die Pendeltür. Er kannte das Café von einem Besuch in den neunziger Jahren, aus der Zeit, als Oscar Wilde, Toulouse-Lautrec, Aubrey Beardsley und die ganze Schar der extravaganten Individualisten aus der Künstlerwelt hier ein und aus gingen. Auguste befand sich damals auf der »falschen« Seite der mit grünem Tuch bespannten Tür, welche die hehren Gäste und das arbeitende Personal trennte. Das waren die Jahre, als er Küchenchef auf Stockbery Towers in Kent und später beim Galaxy Theatre am Londoner Strand gewesen war. Selbst als er es zum Chefkoch im Plum's Herrenclub gebracht hatte, wurde er vom gesellschaftlichen Status her immer noch als »Koch« eingestuft. In England zählte die Kochkunst nicht zu den Künsten; in Frankreich hatte man zur Cuisine eine andere Einstellung.

Die elitären Kreise um Oscar Wilde gehörten der Vergangenheit an, jetzt gab es eine neue erlesene Clique mit neuen Gesichtern, und Jacob gehörte offensichtlich dazu. Vom ersten Eindruck her hatte sich wenig geändert. Die protzig vergoldeten und üppig verzierten Wände zeugten von dem Franzosen, der das Café Royal gegründet hatte – an das traditionelle viktorianische England erinnerten sie weniger. Das gleiche galt für die Atmosphäre an den dicht gedrängt stehenden einfachen Tischen. Man fühlte sich mehr in einer französischen Konditorei als in einem englischen Kaffeehaus.

Jacob saß allein an einem Tisch. Er hatte Augustes Erscheinen noch nicht bemerkt, wirkte entspannt, aber irgendwie uneins mit sich, in welche Rolle er schlüpfen sollte, in die eines Gentleman oder in die eines Künstlers und Bohemiens. Manchmal gab es zwischen den beiden keinen Unterschied, häufig aber doch. Die Gegend um den nahegelegenen Piccadilly Circus bot allen Schichten der Gesellschaft etwas, ob es nun die Damen des nächtlichen Gewerbes in der simplen Absteige waren oder die gekrönten Häupter im Ritz.

Auguste liebte den Piccadilly und das Leben, das sich unmittelbar in seinem Rondell abspielte. Dort traf sich alle Welt; Blumenmädchen fanden bereitwillige Abnehmer für ihre Ware: Blüten für ein Stelldichein von Verliebten oder auch nur eine Blume für das Knopfloch im Frack. Wenn man dort eine Weile stand, sah man sie alle – arbeitende Menschen und Müßiggänger, aber auch solche, auf denen das Leben schwer lastete, denn anders als in Paris gab es hier kein Gesetz, das Bettler bis auf wenige Tage von den Straßen verbannte.

Auguste ging auf den Tisch zu, an dem Jacob saß. Jacob blickte auf, nahm im Nu seine zur Schau getragene selbstsichere Haltung an und schnippte mit dem Finger nach dem Kellner.

»Was kann ich Ihnen schon berichten, Auguste? Ich hab nicht viel Zeit. Der Präsident erwartet mich in der Akademie.« Er lachte verklemmt. »Es ist todsicher nichts daran, aber man spricht davon, daß mir eine hohe Auszeichnung winkt.«

Auguste, der am liebsten einen Bogen um König und Hof machte, konnte sich nicht vorstellen, was Menschen dazu trieb, um Ämter und Orden zu buhlen. Aber so war das Leben. Eine Art Herdentrieb hielt die Leute in Bewegung: Während auf der einen Seite des Gatters Schafe hineindrängten, zwängten sich ebenso viele auf der anderen Seite heraus.

Man servierte den Kaffee. »Wie ich höre, sollen wir uns alle wieder im Oktober treffen«, sagte Jacob. »Heißt das, daß Sie den tragischen Todesumständen im Petit Trianon weiter nachgehen? Soviel ich weiß, hatten Sie auch einen Inspektor von Scotland Yard bei sich zu Gast.«

»Mit der Oktoberzusammenkunft soll die Wette zum Abschluß gebracht werden«, erwiderte Auguste wahrheitsgemäß, auch wenn es nur die halbe Wahrheit war. Egbert war nämlich immer noch in Paris, und ihn beschäftigten ganz andere Dinge als der Ausgang von Wetten und ob Seine Majestät gewinnen würde.

»Irgendwelche Geister aufstöbern«, entrüstete sich Jacob. »Wenn die ein bißchen Verstand haben, bleiben sie weg. Sie hatten doch keine gesehen, oder?«

Auguste nutzte die Chance. »Ich bin mir nicht sicher. Was später geschah, hat vom Eigentlichen abgelenkt. Ich hatte Ihnen ja schon gesagt, daß ich sah, wie Sie Marie-Antoinette in den Armen hielten. Louise und Mirabelle können es nicht gewesen sein, also war es Alice. Oder aber es war ein Geist; doch Sie behaupten steif und fest, Geister gibt es nicht. Nur, wenn es Alice war, was geschah mit ihr, nachdem Sie sich getrennt hatten?«

»Darüber spricht ein Gentleman nicht«, ließ Jacob hochtrabend verlauten. »Außerdem gibt es lediglich Ihre Aussage, daß Sie irgend etwas gesehen haben, und Sie waren ja darauf aus, Geister zu sehen, oder nicht?«

»Ich war auf gar nichts aus – ich war ein unparteiischer Zeuge.« War an dem, was Jacob sagte, etwas dran? Hatte ihn das Schreckbild an der Grotte nicht mehr klar und nüchtern denken lassen? Nein, das konnte nicht sein. Auguste war davon überzeugt, er hatte eine Marie-Antoinette gesehen. »War es Alice?« drängte er.

Jacob trank gemächlich seinen Kaffee. »Wenn Sie im Oktober genau rekonstruieren wollen, wann sich jede einzelne Person wo aufgehalten hat, könnte es für eine der Damen sehr peinlich werden.«

»Eher dürfte es für Sie noch peinlicher werden, Jacob, wenn Sie mir nicht die ganze Geschichte erzählen.«

Wenn es ums eigene Überleben ging, zögerte Jacob nicht lange. Er packte aus. »Die Dame ist etwas kindisch. Sie hat einen ehrenwerten Mann, auch wenn er, wie soll ich sagen, nicht gerade romantisch veranlagt ist. Außerdem ist er erheblich älter als sie. Sie ging völlig auf in dem Programm des Nachmittags, hatte sich als Marie-Antoinette ausstaffiert, fand aber nirgends ihren Mann, um sich ihm in ihrem Putz zu zeigen. Sie brauchte jemanden, wollte bewundert sein, und ein Künstler hat immer einen Sinn fürs Romantische.« Er lehnte sich zurück, so daß seine sorgfältig frisierten Locken voll zur Geltung kamen.

»Wo und wann sind Sie am besagten Nachmittag Alice begegnet?«

»Ich fand eine Dame in Tränen aufgelöst, kurz nach halb vier oder so muß es gewesen sein, kurz bevor Sie uns sahen. Ich – hm – ich habe versucht, sie zu trösten, habe gesagt, ich würde sie zum Hameau begleiten. Die Dame ist hübsch, fürwahr, und ich dachte mir, sie ein wenig in die Arme zu nehmen, wäre die beste Art, sie auf andere Gedanken zu bringen. Außerdem hat sie einen reichen Mann«, lachte er verschämt, »könnte ja sein, er würde ein Porträt von ihr in Auftrag geben, wenn sie ihn darum bat. Man muß praktisch denken. Geld darf man nie verachten. Das tun nur die, die keinen Zugriff dazu haben.«

Auguste gab sich redliche Mühe, sich von derart weltmännischer Weisheit beeindruckt zu zeigen. Allerdings schien ihm die Sentenz eher von Oscar Wilde als von Jacob zu stammen. »Und was geschah, als Sie die Dame aus Ihren Armen entließen, Jacob? Zum Tee kam sie nicht.« Auch Auguste vermied tunlichst den Namen der Dame und verdarb Jacob nicht sein Spiel.

»Wir hielten es für besser, nicht gemeinsam dort zu erscheinen. Ihr Mann ist krankhaft eifersüchtig. Sie ging um vier Uhr und ich kurz danach. Ich rechnete damit, sie beim Tee wiederzusehen, aber sie war nicht dort.«

»Demnach könnte sie zurückgeeilt sein und Mirabelle umgebracht haben, während die anderen beim Tee weilten.«

»Wäre denkbar.« Aber der Maler hatte seine Bedenken. »Nur halte ich es für unwahrscheinlich, daß sie einen Mord beging, wenn sie noch kurz zuvor in meinen Armen lag.«

»Wieso haben Sie der Polizei nichts von Alice gesagt?«

»Ich dachte mir, die Dame würde es selbst tun, wenn sie es für richtig hielt.« Jacob reagierte erstaunt. »Alice wurde doch erst eine Stunde später bei der Leiche gefunden. Weshalb sollte da die Erwähnung meines Kusses von Bedeutung sein? Nebenbei bemerkt, war man nicht übereingekommen, daß sie das Verbrechen nicht begangen hat?«

Auguste ignorierte die Bemerkung. »Sie selbst haben auch kein Alibi für die Zeit zwischen Alices Weggang und Ihrer Ankunft auf der Teaparty. Ich habe Sie dort erst gegen halb fünf gesehen.«

Er wurde rot. »Das ist geradezu lächerlich. Warum sollte ich meine geliebte Mirabelle umgebracht haben?«

»Sie wollten sie heiraten und haben Robert mit einem Duell gedroht«, erinnerte ihn Auguste gelassen.

»Wenn ich sie so geliebt habe, daß ich sie heiraten wollte, werde ich ihr wohl schwerlich die Kehle durchgeschnitten haben.« Jacob hatte so laut gesprochen, daß die Gäste an den benachbarten Tischen aufhorchten. Er wurde sofort wieder leise. »Und Louise? Glauben Sie, die hätte ich auch getötet? Ihnen ist bestimmt nicht entgangen, daß wir uns einst geliebt haben, daß sie mir nachstellte und mich umgarnte, sich mir hingab – und als sie mich gefangen hatte, machte sie sich über mich lustig und warf mich weg. Keine schöne Geschichte.«

»Louise wurde am Nachmittag vergiftet.«

»Dann hat Seine Majestät ...«

»Seine Majestät hat nichts damit zu tun«, unterbrach ihn Auguste rasch. »Vermutlich wurde sie beim Lunch oder gleich danach beim Kaffee vergiftet, und da saß sie neben Ihnen.«

Damit, daß Jacob auf diese Bemerkung mit einem Lachen reagieren würde, hatte Auguste nicht gerechnet. »Ein ausgefüllter Nachmittag. Eine Dame habe ich vergiftet, der nächsten die Kehle durchgeschnitten und die dritte verführt – o Gott!« Er verstummte und verbarg den Kopf in den Händen. »Ich habe sie beide geliebt«, sagte er dann leidenschaftlich. »Für Alice empfinde ich nichts, aber für die beiden anderen alles.«

»Dann werden Sie mir auch helfen, ihren Mörder zu finden. Was können sie mir über Mirabelles Vergangenheit erzählen?«

»Mirabelle?« Argwöhnisch zuckte er auf. »Ich war ihr nur begegnet, als sie im Jardin sang mit Hélène, und dann wieder zu Hélènes Begräbnis. Da war sie schon verheiratet und hatte den Namen Mirabelle angenommen. Dann verloren wir uns aus den Augen, und ich sah sie erst wieder, als Lord Harper mich beauftragte, sie zu porträtieren. Ich fühlte mich zu ihr hingezogen, sie hatte etwas von der Hélène Mai, auch wenn sie derber war, nicht so kultiviert wie Hélène. Die war durchgeistigt, selbstlos, zart. Mirabelle war, wie Ihnen aufgefallen sein wird, mehr dem Diesseits verbunden. Aber an der Art, wie sie sich gab, und in ihrer ganzen Erscheinung war etwas, das mich an Hélène erinnerte – und es wurde ein gutes Porträt. Mirabelle gefiel es. Und als Lord Harper starb, suchte ich sie auf, um ihr mein Beileid auszusprechen. Soweit es die Regeln der Trauerzeit gestatteten, begleitete ich sie zu verschiedenen Anlässen nach London, besuchte sie in Tunbridge Wells. Ich begann, sie zu bewundern und zu verehren, liebte sie schließlich. Wir hatten uns dahingehend verständigt, daß wir heiraten würden, sobald die offizielle Trauerzeit vorüber war.«

Es war nicht die Geschichte einer Leidenschaft, aber sie klang echt, auch wenn, wie Auguste sehr wohl wußte, das nicht hieß, daß sie völlig stimmte. Ihm blieb nicht verborgen, daß Jacob bei aller sachlichen Darlegung der Fakten nervös geworden war.

»Dann haben Sie Robert in Ihrer Studentenzeit auch gekannt.«

»Ja«, bestätigte Jacob knapp. »Mirabelle nahm es ihm übel, daß er Hélène heiratete und nicht sie. Wieder einmal spielte sie nur die zweite Geige, und das mochte sie überhaupt nicht.«

»Robert hat gesagt, er könne sich nicht daran erinnern, ihr vor ihrer ersten Ehe begegnet zu sein.«

»Dem guten Robert kann man nicht immer trauen«, merkte Jacob sarkastisch an. Er verdrehte leicht die Augen und erklärte unerwartet: »Leider galt das auch für Mirabelle. Manchmal reagierte sie befremdlich. Wie alle

Liebenden, habe ich dem weiter keine Beachtung geschenkt, aber als sie verkündete, sie würde Robert heiraten, stieß mir alles wieder auf. Es tat mir leid, daß ... « Er verstummte.

»Daß was ... ?« Auguste drängte ihn weiterzusprechen.

»Daß ich sie so viel gemalt hatte«, brachte Jacob seinen Satz zu Ende, aber es klang so, als ob es nicht das war, was er eigentlich sagen wollte. »Und dann die Sache mit ihrem Dienstmädchen. Sie war Französin, und Mirabelle hatte sie schon seit vielen Jahren. Als Mirabelle beschloß, eine Ehe mit Robert einzugehen, wurde die Frau ohne jede Abfindung und vorherige Kündigung entlassen. Man ließ sie wissen, sie würde langsam zu alt für diese Art Arbeit, und der Herr Graf wünsche nicht, daß sie Mirabelle nach Frankreich begleite.«

»Was hätte ihn daran stören können? Das klingt seltsam.«

»Das fand ich auch. Da ich mir nicht vorstellen konnte, daß Robert irgendwelche Beweggründe hatte, die sich gegen Suzanne richteten, dachte ich, es muß Mirabelles Entscheidung gewesen sein.«

»Was ist aus Suzanne geworden? Ist sie nach Frankreich zurückgegangen?«

»Sie ist noch in England. Mirabelle hatte zwar im Juni von ihren Heiratsplänen gesprochen, aber ich wollte es nicht glauben. Dann sah ich die Anzeige in der ›Times‹, mit der man die überraschende Eheschließung bekanntgab. Ich konnte nicht anders, war, ehe ich wußte wie, in Tunbridge Wells, wollte mich vergewissern. Dort traf ich bloß auf Suzanne, aus der es nur so heraussprudelte.«

»Ist sie noch im Haus ihrer bisherigen Herrschaft?«

»An sich hatte man ihr bedeutet, noch im Juni zu gehen. Irgend jemand wird Bescheid wissen. Am besten, Sie fragen in High Lea Court nach.«

»Vielen Dank.« Mit dieser Auskunft eröffnete sich ihm ein unerwarteter Weg durch den Dschungel; gleich morgen würde er sich dorthin aufmachen.

Jacob erhob sich, um zu gehen, und besann sich wieder auf die Würde des Künstlers. »Bis Oktober, Auguste. Ich bin überzeugt, bis dahin haben Sie den wahren Hintergrund der beiden Morde aufgedeckt und erkannt, daß Sie mich zu Unrecht verdächtigen. Künstler sind Beobachter des menschlichen Verhaltens und keine hitzigen Draufgänger.«

Mit diesen Worten verabschiedete er sich. Auguste sah ihm nach, während er selbst seinen Kaffee austrank. Jacobs letzte Bemerkung beschäftigte ihn. Er mußte an Christopher Marlowe denken, an Vincent van Gogh oder an John Wilkes Booth, den Schauspieler, der Abraham Lincoln erschoß. Nicht alle kreativen Künstler hielten ihre Leidenschaft so im Zaum, daß sie nur ihrer Kunst diente.

»Ich fahre dich nach Tunbridge Wells«, bot ihm Tatjana großzügig an. »Und zurück kannst du fahren.« Das war ein Zugeständnis ihrerseits, denn ihre Leidenschaft fürs Fahren war weitaus größer als ihr Verlangen, gefahren zu werden. Den Leon Bollée zu chauffieren hatte Auguste gelernt, aber er hatte wenig Gelegenheit zum Üben gehabt. Trotzdem war Tatjana davon überzeugt, daß sie ihm die größte Ehre erwies, wenn sie ihm das Steuerrad überließ.

Tunbridge Wells war weit genug von London entfernt, um die Reise zu einem Abenteuer werden zu lassen. Voller Erleichterung erinnerte sich Auguste, daß es eine ausgezeichnete Bahnverbindung nach dort gab und daß somit Rettung in Sicht war, falls der Motor heißlief, die Staubwirbel in einen Sandsturm ausarteten oder falls es unerwartet viele Reifenpannen gab.

Zum Glück waren die Vorschriften für die Kleidung der Autofahrerinnen nicht mehr ganz so streng. Eine vollständige Montur gegen Straßenstaub war nicht länger die Grundvoraussetzung, um in ein Automobil zu steigen. Und was die Kopfbedeckung betraf, so ging Tatjana einen Kompromiß ein. Sie schmückte sich mit einem Sommerhut, um den sie einen Schleier band. Auguste und Mrs. Jolly hatten ein phantastisches Picknick zusammengestellt, und die Sonne lachte am Himmel. Er war nicht gerade begeistert von einer Mahlzeit im Freien auf der Wiese, wenn es genügend Restaurants zum Einkehren gab, aber Tatjana, die diese Freuden von ihrer Kindheit her nicht kannte, schwärmte dafür. Der Picknickkorb enthielt Köstlichkeiten nach Augustes Geschmack, Leckereien, die wiederum nicht gleich ganze Wespenschwärme anlocken würden, und Mrs. Jollys Pasteten erwiesen sich auch in dieser Hinsicht als ideal.

Suzanne ausfindig zu machen war nicht weiter schwierig. Sie wohnte in einem Häuschen in dem nahegelegenen Dorf Frant. Praktisch denkend wie alle Franzosen, hatte sie lieber geheiratet, als daß sie am Hungertuche nagte. Die einst verschmähten Aufmerksamkeiten eines Milchmanns aus der Gegend hatte sie rasch wieder gesucht und aufleben lassen, und binnen Monatsfrist war sie seine Frau geworden.

»Immer noch besser als das Arbeitshaus«, erklärte Suzanne achselzuckend, nachdem sie sie in dem kleinen Bau aus roten Klinkersteinen aufgespürt hatten. »Und wenn man keine anderen Aussichten hat, ist der Ehestand gar nicht so schlecht. Ich habe ihn gefragt, ob das Haus gemietet sei, schließlich kann er ja nicht bis in alle Ewigkeit arbeiten, aber es gehört ihm. So ein Dach über dem Kopf ist allemal mehr wert als ein Sargdeckel.«

Möglicherweise hatte auch sie einmal etwas von Oscar Wilde gehört, dachte Auguste und schaute sich in dem Wohnraum – es gab nur den einen – etwas näher um. Links und rechts in der Kaminöffnung die üblichen Feuerstellen, die alten schweren Kochtöpfe aus Eisen und der sonstige Hausrat.

»Ihre frühere Herrschaft hat Sie nicht gut behandelt, Madame?«

»Wie *merde*, Monsieur.« Alle Ambitionen einer frisch Vermählten, die einem eigenen Haushalt vorstand, waren vergessen. »Dabei habe ich sechzehn Jahre Madame Mirabelle gedient.«

Augustes Hoffnungen stiegen. »Sie haben bei ihrer Familie in Clermont-Ferrand gearbeitet?«

»*Non.* Ich lernte sie in Paris kennen. Da war sie ein junges Ding von neunzehn.«

»Lebte die Familie in Paris?«

»Sie hatte keine Familie. Sie wohnte zur Untermiete – in einem Loch kleiner als unsere Kaninchenbuchte hier.« Ein Kompliment für ihr neues Heim war der Vergleich nicht. »Sie sang in einem billigen Kabarett. Als sie dort hinkam, mauserte es sich gerade zu etwas besserem, und da sie gut aussah, wie eine Dame, wurde sie am Jardin de Paris engagiert. Sie war als Sängerin nicht erste Klasse, aber sie sang gut genug, und ihr Aussehen sorgte für den Rest.«

»Stammte sie aus guter Familie?«

»Was heißt gut?« Suzanne zuckte mit den Schultern. »Sie hatte genug Geld, die Miete zu zahlen, und sie war gebildet. Mir tat sie leid. Sie war eine Waise, jedenfalls erzählte sie mir das damals; später rutschte ihr dann mal was raus, und das gab mir zu denken. Ich sagte ihr auf den Kopf zu, daß sie mich wohl belogen hätte, und sie gestand dann, sie hätte sich mit ihrer Familie überworfen und sei nach Paris gekommen, um ihren eigenen Weg zu gehen, aber nicht auf der Straße. Sie war entschlossen, es zu schaffen. Ich war immer sehr besorgt um sie, wie um mein eigenes Kind, und das ist nun der Dank. Daß sie mich so mit Füßen tritt, Monsieur.«

»Sie ist tot, Madame.« Englische Zeitungen nahm Suzanne offensichtlich nicht zur Hand.

»Tot?« Sie gab einen herzzerreißenden Schrei von sich. »War sie krank? Hat sie mich deswegen so grausam behandelt? Sie sagte doch, sie beabsichtige zu heiraten.«

»Sie hat auch geheiratet, und eine Woche später wurde sie ermordet.«

»Ermordet?« kreischte Suzanne. »Das kann nicht sein, Monsieur. Wer hätte sie töten wollen? Ihr Mann, es muß ihr Mann gewesen sein. Der war bestimmt nur hinter Madame Mirabelles Geld her.«

»War sie vermögend?«

»Ich glaube schon. Lord Harper war zweimal verheiratet. Es gibt einen Sohn, der würde alles erben, und meine Herrin hat immer von Seiner Lordschaft als einem reichen Mann gesprochen. Er war ein gütiger Mensch; er hat gewiß Vorsorge für sie getroffen, da bin ich ganz sicher.«

»Hatte sie kein eigenes Geld?«

»Anfangs nicht; aber allmählich wurde sie mir gegenüber großzügiger, und auch selbst leistete sie sich mehr Extravaganz in ihrer Kleidung und in ihren Gewohnheiten. Lord Harper lebte lieber einfach und bescheiden, Madame nicht. Und als er tot war, genoß sie den Wohlstand. Sagen Sie, wen hat sie geheiratet? Etwa Mr. Jacob?« fragte sie erwartungsvoll.

»Nein. Den Comte de Tourville.«

»Ich ahnte es«, schrie sie los. »Ich hab sie gewarnt. Sie selbst hat mir erzählt, daß es Gerüchte gab, er hätte seine erste Frau umgebracht.«

»Kannte sie ihn schon des längeren?« Auguste war merklich erregt. Seine vagen Vermutungen bestanden vielleicht zu Recht. Wenn er das Egbert erzählen würde!

»Natürlich«, erwiderte Suzanne gereizt und auftrumpfend. »Schon von ganz früher, als sie noch sang. Damals war ich noch nicht bei ihr angestellt, sondern war ihre Wirtin. Ich bin mit ihr zum Jardin gegangen, wollte sie im Auge behalten, denn Paris ist für alleinstehende junge Mädchen ein gefährliches Pflaster. Als der Graf begann, regelmäßig im Jardin aufzutauchen, versuchte sie, ihn sich zu angeln. Sie war entschlossen, ihn zu heiraten, und er konnte ihr nicht widerstehen, das war eindeutig. Rosen, Konfekt, Einladungen zum Essen –, und sie gab sich wie eine feine Dame, sie wollte ihn wirklich heiraten. Dann hatte es plötzlich ein Ende. Das war die Zeit, als Hélène Mai schon am Jardin sang. Als der Graf Madame offenbarte, daß er zu heiraten gedenke, dachte sie, es handelte sich um jemanden aus seinen Kreisen, und damit hätte sie sich abfinden können. Aber als sie dahinter kam, daß es Hélène war, schäumte sie vor Wut. Hélène war eine talentierte Sängerin und Tänzerin, weitaus besser als Madame, und Madame wußte das. Daß der Graf ausgerechnet die heiraten wollte, war mehr, als sie ertragen konnte. Aber sie war nicht dumm. Sie entwickelte ein freundschaftliches Verhältnis zu Hélène, so daß sie Robert weiterhin sehen konnte. Das galt auch noch für die Zeit, als Madame die Ehe mit Lord Harper einging und mit ihm nach England übersiedelte. Ich bin mit ihr hierher mitgegangen und habe ihr all die Jahre treu gedient.«

»Der Graf behauptet, er kenne Mirabelle erst aus der Zeit nach ihrer Eheschließung mit Lord Harper.«

»Dann hat er ein schlechtes Gedächtnis«, sagte sie mehr zu sich selbst. »Als Lord Harper starb, dachte ich, sie würde vielleicht den Grafen heiraten. Der hatte nach dem Tod von

Madame Hélène nicht wieder geheiratet. Aber auch jetzt gingen die Pläne meiner armen Herrin nicht auf, denn er hatte eine Geliebte, La Dervicheuse – Sie haben vielleicht von ihr gehört –, und er konnte nicht von ihr lassen. Wir fuhren immer mal wieder nach Frankreich, und sie sah den Grafen in mehr oder weniger regelmäßigen Abständen, aber von einer Heirat war nie die Rede. Es überrascht mich also – und wiederum auch nicht – zu hören, daß sie ihn dann doch geheiratet hat.«

»La Dervicheuse wurde zum gleichen Zeitpunkt wie Ihre Herrin ermordet.«

»Beide?« Triumphierend schlug sie sich auf die Schenkel. »Dann ist es klar, Monsieur, der Graf hat sie auf dem Gewissen. Bis zu einem gewissen Grad hatte Madame ihn in der Hand; sie genoß das. Nicht, daß sie bösartig war, aber wenn sie hinter irgendwelche Heimlichkeiten eines anderen gekommen war, konnte sie es nicht lassen und machte sich einen Spaß daraus, ihn vor anderen bloßzustellen.«

»Madame Mirabelle und eine Erpresserin?« fragte Auguste. Wenn dem so war, taten sich ihm viele Wege auf.

»Nicht des Geldes wegen. Es ging ihr um Macht, sie mußte sich immer hervortun. Als Lord Harper noch lebte, habe ich allerdings manchmal gedacht, daß ihr vieles Geld vielleicht auch damit zu tun hatte, daß sie andere unter Druck setzte. Wenn sie noch lebte, würde ich das nicht so sagen. Aber jetzt ... «

»Könnte es sein, daß sie auf diese Art und Weise vom Grafen zu Geld gekommen ist?« Er hielt den Atem an.

»Wäre das der Fall gewesen, dann hätte er sie nicht geheiratet.«

»Es sei denn, ihm war das Geld ausgegangen, und sie bestand auf Eheschließung als Zahlungsbedingung.«

»Das wäre möglich. Arme Madame. Und nun ist sie tot.«

»Glaubst du, Suzanne hat damit recht, daß der Graf Mirabelle umgebracht hat, Tatjana?« fragte Auguste eine Weile später mitten beim Picknick. Sie hatten sich ein Fleckchen an den gigantischen Felsen der High Rocks gesucht, die ihn an den Wald von Barbizon bei Fontainebleau erinnerten.

»Wahrscheinlich ja.«

»Warum?«

»Weil du überhaupt keine Notiz von Mrs. Jollys Hasenpastete nimmst, mein lieber Sherlock, dabei hat die heute eine äußerst pikante Geschmacksnote, Estragon. Aus deinem Verhalten schlußfolgere ich, daß dich Suzannes Argumentation nicht losläßt, also hat sie vermutlich recht.«

Schnell griff Auguste nach einem zweiten Stück Pastete. »Ich werde mich jetzt einzig und allein auf meine Aufgabe als Meisterkoch konzentrieren.«

»Ich habe es für richtig befunden, Sie noch einmal herzubitten, Inspektor Rose, nachdem ich die Sache in aller Sorgfalt erwogen habe«, bedeutete ihm Bertrand Danielle und preßte die gespreizten Finger aneinander. »Der Gerechtigkeit zuliebe.«

Egbert wartete. Wenn sich Zeugen auf Gerechtigkeit beriefen, verfolgten sie im allgemeinen ein eigennütziges Ziel. Was immer Danielle bezweckte, die Chance, mit ihm ein weiteres Mal ins Gespräch zu kommen, mußte man nutzen, auch wenn Vorsicht geboten war. Danielles Bereitschaft, ihn erneut zu empfangen, hatte Egbert überrascht. Viel blieb für ihn in Paris nicht mehr zu tun. Edith drängelte und wollte in die gewohnte Umgebung nach Hause; ohne Tatjana und Auguste in deren Haus zu wohnen machte ihr wenig Spaß. Die Dienerschaft huschte umher, behandelte sie wie vornehme Herrschaft, und trotzdem gab es Probleme. Es fing damit an, daß keiner der Diener erträglich Englisch sprach; also mußten sie zusehen, wie sie zurechtkamen. Schon beim Essen hatte das seine Tücken. Gestern erst wurde Edith Kalbshirn vorgesetzt, und das, weil die Diener zwar das englische Wort für *veau* kannten, aber nicht für *cervelles*. Egbert hatte heute früh im Wörterbuch nachgeschlagen, sich dann aber dafür entschieden, sie besser im Ungewissen zu lassen. Pinpole, ihr Metzger in Highbury, hatte nie Bregen im Angebot, zumindest verkaufte er Edith keinen.

»Monsieur Ladyboys hat mich davon in Kenntnis gesetzt«, begann Danielle, auf seine Wortwahl bedacht, »daß man im Oktober zusammenkommen will, um die Wette, in die meine arme Louise mit hineingezogen wurde, zum Abschluß zu bringen.«

»Das ist richtig.«

»Man hat mir weiterhin mitgeteilt, daß Sie möglicherweise dabei sein würden.«

»Auch das ist richtig. Es hängt davon ab, wie weit wir die Dinge bis dahin haben klären können.«

»Wenn man tatsächlich soweit geht, daß alle wieder ihre Kostüme anlegen, käme das einer Rekonstruktion der Geschehnisse vom 10. August gleich. Der Umstand würde sich für Ihre Untersuchungen als dienlich erweisen, um den Ausgang der Wette zwischen Mr. Ladyboys und dem Comte de Tourville zu entscheiden, gleichzeitig aber auch die Geister herausfordern.«

»Auch diese Überlegung ist richtig, Sir. Die Neuinszenierung des Spiels könnte Erinnerungen wachrufen.«

»Wird Seine Majestät zugegen sein?«

»Man wird ihn selbstverständlich informieren, aber ich glaube nicht, daß er kommen wird. Zu diesem Zeitpunkt dürfte er gerade von seinem jährlichen Kuraufenthalt zurückgekehrt sein und auf Balmoral weilen.«

»Das ist mir bekannt. Biarritz hat seinen Reiz für den König von England verloren. Marienbad wird jetzt der Vorzug gegeben, und das gewiß nicht nur seiner Quellen wegen. Es liegt auch günstig, um auf dem Wege dahin Kronberg einen Besuch abzustatten, würden Sie das nicht auch so sehen?«

»Dazu kann ich nichts sagen, Sir.«

»Im französischen Parlament vertritt man jedenfalls diese Auffassung.«

Egbert hielt es für besser, sich nicht auf politische Erwägungen einzulassen. »Weshalb wünschten Sie mich zu sehen, Sir?«

»Ich lege Wert darauf, daß der Mörder meiner Frau gefunden wird. Ich gehe doch nicht fehl in der Annahme, daß Sie zu dem definitiven Schluß gekommen sind, daß Louise – wie ich schon immer geglaubt habe – mit dem Mord an der Gräfin nichts zu tun hat. Über neue Erkenntnisse Ihrerseits wäre ich gern informiert. Ich habe mich entschlossen, Ihnen im Interesse Ihrer Nachforschungen meine Rolle, die ich im Petit Trianon gespielt habe, genauer zu erklären. Ich bin ebenfalls gewillt, besagte Rolle am 5. Oktober zu wiederholen.«

«Im Ernst, Sir?« Das war mehr, als er zu hoffen gewagt hatte, dennoch mußte er mit Bedacht vorgehen.

»Als ich von Louises Plänen erfuhr, im Petit Trianon wegen Roberts Hochzeit Unruhe zu stiften, befürchtete ich, wie Sie selbst scharfsinnig schlußfolgerten, daß angesichts der Gegenwart Seiner Majestät mein Ruf gefährdet sein könnte. Sie war in einer seltsamen Verfassung. Auf Grund verständlicher Umstände war ihr bedeutet worden, besser fernzubleiben, und doch beharrte sie darauf zu gehen. Kurz entschlossen entwickelte ich einen eigenen Plan. Sie hatte mir von den Rollen für die Geisterjagd erzählt, und wir hatten beide über die Kostüme gelacht, die George in allen Einzelheiten vorgeschrieben hatte. Auch uns hatte man die ausführlichen Beschreibungen zugeschickt; das war noch, ehe man Louises Einladung zurückzog. Insofern war es für mich ein leichtes, einen der Wächter zu spielen. Dessen Rolle zu übernehmen gab mir die Möglichkeit, mich frei im Gelände zu bewegen, und was das Haus betraf, so war ich mit den Pflichten eines Bediensteten durchaus vertraut und sah keine Schwierigkeiten darin, sie für ein oder zwei Stunden zu imitieren.«

Egbert war froh, daß Auguste das nicht hörte.

»Bei meiner eigenen Dienerschaft erkundigte ich mich ausführlich, wie bei solchen Anlässen das Dinner serviert wurde; dabei erfuhr ich auch, daß stets eine Ersatzlivree parat sein mußte, falls mit Speisen oder Wein ein Malheur passierte. Das Personal von Robert glauben zu machen, daß mich Monsieur Didier zum Helfen geschickt hätte, war nicht weiter schwierig. Auch Pierre und Madame Didier glaubten ohne weiteres, daß ich auf Augustes Anweisung hin den zweiten Wächter spielen sollte.«

»Mich würde interessieren, was Sie gesehen und was Sie getan haben, nachdem Auguste bei Ihnen im Park vorbeigekommen war, Sir.«

Bertrand fuhr in seiner Schilderung fort, als hätte Egbert nichts gesagt. »Beim Lunch habe ich mich aufs Beobachten beschränkt. Zum Glück verlief dort alles ohne Zwischenfälle. Auch ist mir nicht aufgefallen, daß irgend jemand Louise etwas in den Wein getan hätte. Ganz einfach war es nicht, meinen Beobachterposten zu halten, denn wie mir dort erst aufging, hastet das Personal, das bei Tisch bedienen muß, ganz schön hin und her. Sowie der Kaffee serviert wurde, verschwand ich und verkleidete mich in einem der ungenutzten Räume im oberen Stock als

Wächter. Dann am Nachmittag, nachdem Monsieur Didier an mir vorbeigelaufen war, versuchte ich Louise ausfindig zu machen. Ich hatte von Pierre erfahren, daß sie nicht die Absicht hatte, sich wegen der Marie-Antoinette-Kostümierung mit Mirabelle zu streiten, war aber zutiefst erschrocken, als ich hörte, daß sie ohne weitere Begleitung mit Seiner Majestät zum Hameau gegangen war. Würde sie in seinen Augen meinem Ruf in irgendeiner Form schaden können? Die Möglichkeit wollte bedacht sein. Ein Wort von ihm gegenüber dem Präsidenten oder Ministerpräsidenten genügte, um meine Zukunft zu gefährden.«

Insgeheim dachte Egbert, so wie er den König kannte, hätten Louises intime Aufmerksamkeiten Danielles Karriere eher befördert. Aber ihr Gatte sah das offensichtlich anders.

»Ich lief den Weg und die Allée des deux Trianons zum Château zurück«, fuhr Bertrand fort, »eilte durch den Haupteingang hinein, zog mir erneut die Livree an und raste hinunter in die Küchenräume, um wieder die Dienerrolle zu übernehmen. Es tut mir leid, daß das Personal von der Qualität der Arbeit eines der Angestellten von Mr. Didier nicht sehr erbaut war.« Ein Anflug von Lächeln huschte über sein Gesicht. »Mit den anderen Bediensteten wurde ich auf einem Pferdefuhrwerk zum Gartenschlößchen befördert; wir sollten dort den Tee servieren. Ich spielte meinen Part und stellte fest, daß Louise fehlte. Wo war sie? Ob sie sich doch noch mit Mirabelle angelegt hatte? Ich rannte zum Englischen Garten, suchte überall, aber von Louise keine Spur. Mirabelle jedoch war unversehrt. Ich stürzte über die Stufen an der Nordseite ins Haus, hoch in den ersten Stock, vergaß völlig meine Dienerrolle, hastete die Haupttreppe hinunter in die Küchenräume, mußte dort einen Vorwand finden, um wieder zum

Hameau zurückkehren und meine Abwesenheit erklären zu können. Louise war immer noch nicht dort. Ich dachte dann, sie sei zu uns nach Hause zurückgekehrt, und als ich mit meiner Aufgabe im Dörfchen der Königin fertig war – das war ungefähr um dreiviertel fünf –, fuhr ich auch heim. Mein Chauffeur wartete mit dem Automobil draußen vor dem Hauptschloß.«

»Und was können Sie zum Stand unserer Erkenntnisse in bezug auf die Morde hinzufügen, Sir? Können Sie sagen, wer sie begangen hat?«

»Nein, Inspektor. Ich kann Ihnen lediglich sagen, wer sie nicht begangen hat.« Er zuckte sarkastisch mit den Mundwinkeln. »Nicht, daß ich viel für ihn übrig habe, aber ich respektiere die Wahrheit. Ich hatte Mirabelle wohlbehalten im Garten gesehen, als ich, von dort kommend, etwa um vier Uhr bei der Küche des Petit Trianon anlangte und mit einem Mann zusammenstieß, der einen großen Waschzuber mit Backwerk schleppte. Er forderte mich auf, den Zuber zu seinem Automobil zu tragen, das im Hof stand. Ich folgte seinem Geheiß. Er warf den Motor an und fuhr in hohem Tempo zum Hameau. Ich sah, wie er um die Ecke bog. Natürlich nahm er von einem Diener nicht weiter Notiz und erkannte mich nicht; ich aber kannte ihn. Es war Robert.«

»Egbert!« In der Leitung knisterte und knackte es, und Augustes Stimme klang am Telefon wie erregtes Gekrächze. »Ich hab tolle Nachrichten für dich. Unser Animus mit Robert stimmt. Soviel weiß ich jetzt, die Morde haben was mit seiner ersten Frau zu tun.«

»Auguste ... «

»Mirabelle war eine Erpresserin.«

»Auguste ... «, brüllte Egbert zurück, aber vergeblich.

»Man munkelt, er hätte Hélène umgebracht. Ich wußte doch, daß die Antwort in der Vergangenheit liegt. Angenommen, Mirabelle hatte Beweise ... «

»Auguste!« schrie Egbert verzweifelt. Diesmal schenkte man ihm auf der anderen Seite Beachtung.

»Ja, Egbert?«

»Denk lieber schon mal über das Bankett nach, das du für mich ausrichten willst. Die Antwort liegt nicht in der Vergangenheit – jedenfalls nicht, soweit es Robert angeht. Sein Erzfeind Danielle hat ihm ein Alibi verschafft. Damit ist er aus der Sache raus, das macht's nur vertrackter.«

11. Kapitel

»*Non*, da bin ich anderer Meinung, Mrs. Jolly«, sagte Auguste vergnügt. »Die Krönung aller Omeletts ist Monsieur Escoffiers *Omelette Maxim* mit Langustenschwänzen und Trüffeln, umrahmt von leicht panierten und in Butter gebratenen Froschschenkeln.«

»Wenn Sie mich fragen, Sir, so geht nichts über ein einfaches Omelett mit ein, zwei Kürbisblüten.« Mrs. Jolly war kein Spielverderber; zwar sah sie keinen höheren Sinn in derlei Wortgefechten, aber ihrem Herrn und Meister zu Gefallen ließ sie sich auf diese müßigen Debatten ein. Dabei geriet ihre Auffassung nie ins Wanken, seine schon eher.

»Vielleicht haben Sie sogar recht; Mr. Escoffier plädierte immer für Einfachheit«, reagierte Auguste betroffen. »Wenn es um eine Pastete ginge, würde ich gar nicht auf die Idee kommen, Ihnen zu widersprechen, denn Ihre Pasteten sind nicht zu überbieten.« Er hielt inne, denn zu seiner großen Verwunderung betrat Tatjana die Küche. »Du kommst gerade richtig, meine Liebe. Wir sind gespannt auf dein Urteil zu den Omeletts.«

Tatjana war verärgert, wie er leider nicht gleich bemerkte. »Ist es möglich, daß du vielleicht etwas vergessen hast?« fragte sie ungehalten.

»Nicht, daß ich wüßte.« Auguste war ratlos. »Der Streitpunkt ist eindeutig. Kürbisblüten-Omelett oder … «

»Ich dachte mehr an einen verdrossenen Küchenchef, der im Club vergebens auf einen *maître* wartet.«

»Aber donnerstags habe ich doch dort gar nichts zu tun«, erwiderte Auguste erschrocken. Mittwoch und Samstag waren die Tage, an denen er in Tatjanas Motorclub für Damen im Petty-France-Viertel in der Küche die Regie übernahm.

»Heute ist Mittwoch.«

Ein gequälter Aufschrei. »Die Fleischlieferung hat mich durcheinandergebracht, die kam diesmal früher. Ich mach mich sofort auf den Weg, meine Liebe. Und Sie, Mrs. Jolly, entscheiden nach Gutdünken, welches Omelett Sie auf den Tisch bringen.«

»Ja, Sir.« Mrs. Jolly wäre ohnehin so verfahren. Für Kürbisblüten war nicht die Saison, aber für Kartoffeln. Ein *omelette parmentier* würde gut zum Menü passen.

Auguste war schon halb zur Tür hinaus, als Tatjana ihn festhielt. »Ich habe da noch eine Nachricht für dich, Auguste, aus dem Palast.«

Palast – das gefürchtete Wort. »Ich war gestern bei Ihrer Majestät, der Königin.« Das war Auguste sehr wohl in Erinnerung, zumal die Begegnung keine unliebsamen Begleiterscheinungen für ihn hatte. Was er um jeden Preis zu vermeiden suchte, war, Bertie unter die Augen zu kommen. Er hatte sich ausgerechnet, daß dem König zwischen seiner Rückkehr aus Marienbad am heutigen Tage, seinem Besuch der Doncaster-Rennen und seiner Abreise nach Schottland nur ein oder zwei Tage bleiben würden und es folglich höchst unwahrscheinlich war, daß er bei der knappen Zeit auch noch Auguste zu sich zitierte. Man schrieb den 10. September, und in der Trianon-Geschichte hatte sich bislang herzlich wenig ergeben. Allerlei Zutaten in Form von Hintergrundinformationen hatte man zusammentragen können. Aber der Teig mußte noch gehen, ehe man etwas Überzeugendes anbieten konnte. Je länger es dauerte, ehe er das Seiner Majestät eröffnen mußte, desto besser – im Idealfall sogar erst nach seiner Rückkehr von Balmoral Mitte Oktober. Bis dahin könnte die Wiederholung der Maskerade Ergebnisse gebracht haben, die sogar dem König zusagten.

»Bertie hat etwas ausrichten lassen.« Auguste schwante nichts Gutes.

»Hatte er einen angenehmen Aufenthalt in Marienbad?«

»Nicht unbedingt. Die eigentliche Kur war gut, aber die Pressephotographen haben ihm wenig Ruhe gelassen. Der schönste Urlaub war es nicht. Zuvor hat ihn der Kaiser durch ein römisches Kastell geschleift, das er gerade hat restaurieren lassen. Nicht nur das, er hat darauf bestanden, daß man sich das Kastell in der Paradeuniform der Posener Berittenen Jäger antat. Dann hat ihm der Kaiser sein Mißfallen zu verstehen gegeben, daß Bertie nicht bei der Taufe seines Sohns zugegen sein würde, woraufhin ihn Caesar prompt biß. Und als er schließlich in Marienbad ankam, starb Lady Campbell-Bannerman, die Gattin des Premierministers, er kam also nicht um einen Trauergottesdienst herum. Bester Stimmung ist er demnach nicht.«

Auguste rutschte das Herz noch tiefer, als Tatjana ihm verkündete: »Er möchte mit dir morgen abend im Carlton speisen.«

Normalerweise war ein Dinner im Carlton Hotel, wo sein ehrwürdiger Meister Auguste Escoffier herrschte, etwas, das man in vollen Zügen genießen und sich munden lassen sollte. Nicht aber heute abend. Ein Séparée mit John Sweeney draußen vor der Tür und Bertie drinnen verhieß kein genußvolles Mahl. Auch wenn Bertie angesichts der aufgetischten Köstlichkeiten von Escoffier die eigene Verdauung nicht mit unerquicklichen Diskussionen unnötig belasten würde, so bedeutete es doch, daß Auguste seine *filets des soles marinette, selle de veau à la Tosca* und *pêches Melba* nicht recht schmecken würden, denn Bertie konnte jederzeit das Damoklesschwert niedersausen lassen.

Bertie bevorzugte stets Champagner anstelle von Rotwein, dennoch gab sich Auguste nicht der Illusion hin, daß der Veuve Cliquot dahingehend zu deuten war, daß man ihn geladen hatte, um auf die Rückkehr Seiner Majestät von der jährlichen Kur feierlich anzustoßen. Nach dem Dinner ließ sich Bertie wie gewohnt einen erlesenen Kognak kommen, und das war das untrügliche Zeichen für den Auftakt des zu erwartenden Martyriums. Seine Majestät räusperte sich und lehnte sich im Sessel zurück, was ihm nach der jüngst gehabten Kur und Diät weniger Mühe machte als sonst.

»Vermutlich fragen Sie sich, warum ich Sie hierher eingeladen habe.«

»Ja, Sir.« Es gab an die tausend andere Leute, die Bertie statt seiner Person hätte einladen können, mit ihm zu schlemmen und Escoffiers vortreffliche Küche zu genießen.

»Mir ist die ganze Zeit die gräßliche Geschichte im Trianon durch den Kopf gegangen. Den Äußerungen von George habe ich entnommen, daß der Ausgang der Wette mit Hilfe einer Wiederholung der Jagd auf die Geister festgestellt werden soll und daß Sie dabei sein werden. Habe ich das richtig verstanden?«

»Ja, Sir.«

»Ich werde nicht anwesend sein«, erklärte Bertie. »Nicht, daß ich es nicht als meine Pflicht ansehen würde, alten

Freunden beizustehen«, fügte er gleich hinzu, »aber ich werde zu dem Zeitpunkt noch in Schottland weilen. Ich bin es Ihrer Majestät schuldig, kann sie dort schlecht allein lassen.«

Auguste murmelte zwar eine zustimmende Bemerkung, hielt aber eine derartige Äußerung aus dem Munde des sonst keineswegs so feinfühligen königlichen Gatten für einigermaßen befremdlich.

»Ich verlasse mich darauf, daß Sie irgendwelche Geister erspähen. Mein Einsatz sind immerhin fünfzig Pfund.«

Hoffentlich hatten das auch die Geister gehört.

»So wie ich Sie und den Menschen von Scotland Yard kenne, beschäftigen Sie ganz andere Dinge. Sie wollen Klarheit schaffen, wer den Mord verübt hat – oder die Morde. Sie folgen Hamlets Taktik und hoffen, daß sich bei einer Wiederholung des Schauspiels der Mörder verrät.« Gemächlich nippte Bertie an seinem Kognak und wartete auf Augustes Reaktion. Der holte tief Luft, kostete den edlen Tropfen und führte den Gedanken weiter.

»So ist es, Sir. Wenn ich bei meinem Gang durch die Gärten zum Beispiel jemandem begegne, den ich das letzte Mal nicht gesehen habe, könnte das durchaus aufschlußreich sein. Außerdem sind wir in einem Aspekt ein Stück vorangekommen. Es scheint der Wahrheit zu entsprechen, daß Robert nichts mit der Schandtat zu tun hat; Monsieur Danielle bestätigt seine Angaben, wann er wo im einzelnen war.«

»Louises Mann? Was zum Teufel wollen Sie damit sagen? Wie kann der gewußt haben, was sich abgespielt hat?« Bertie wurde bleich.

»Er hat zugegeben, daß er sich als Bediensteter verkleidet hatte und mit von der Partie war.«

»Haben Sie zu viel Champagner getrunken, Auguste?

Vielleicht probieren Sie's mit noch einem Kognak, der macht einen klaren Kopf.«

Auguste bezweifelte das; die Furcht davor, wie der König auf seine Enthüllungen reagieren würde, hatte die gleiche Wirkung. Er erläuterte Bertrand Danielles Motiv und Rolle.

Aufmerksam hörte sein Gastgeber zu. »Glauben Sie, er war's? Das wär doch aber völlig absurd.«

»Es wäre möglich, Sir. Seine Bereitschaft, Robert reinzuwaschen, gibt jedoch nicht weniger Rätsel auf.«

»Dann war es richtig, daß ich Sie sehen wollte, Auguste. Ein Gespräch von Mann zu Mann. Mir sind da noch ein paar Dinge zum besagten Nachmittag eingefallen.« Auguste stutzte; so ganz stimmen dürfte die Behauptung wohl nicht. »Nicht, daß das, was ich Ihnen sagen will, mit dem Mord in Verbindung zu bringen ist; aber ich möchte, das nichts unausgesprochen bleibt. Wohlgemerkt, nur zwischen mir und Ihnen.«

Schon ging die Phantasie mit Auguste durch, und er sah Bertie, wie er sich durch die Gärten stahl, um auf Louises Geheiß Mirabelle zu töten. Er hatte Mühe, sich aufs Zuhören zu konzentrieren.

»Ich hatte Ihnen erzählt, daß Louise an dem Nachmittag müde war und daß ich ihr vorschlug, sich im Gartenschloß der Königin etwas auszuruhen. Im wesentlichen stimmt das auch«, meinte Bertie harmlos. »Ich betone noch einmal, alles bleibt in diesen vier Wänden, auch Ihr Freund von Scotland Yard erfährt nichts davon. Tut mir selbst leid, daß ich es ausgerechnet vor Ihnen ausbreiten muß«, bekannte er offenherzig, »aber Tati konnte ich es schlecht erzählen. Louise ist eine alte Freundin von mir und verspürte natürlich Lust, über alte Zeiten zu plaudern. Sie sagte, es sei wirklich nicht ihre Absicht gewesen, Ärger heraufzubeschwören mit ihrem Auftauchen als Marie-

Antoinette, auch, daß sie Roberts Wunsch entsprochen hätte, sich zurückzuhalten und Mirabelle nicht den Tag zu verderben, nachdem sie ihrer Wut schon Luft gemacht hatte.« Soviel Auguste von ihr wußte, war es reichlich unwahrscheinlich, daß Louise sich so einsichtig verhalten haben sollte, aber er hielt den Mund. »Ich ... hm ... sagte Sweeney, er solle im Daimler warten, weil ich mit Louise ... hm ... ein Gespräch unter vier Augen führen wollte. Sie war immer noch verdammt attraktiv, nicht ganz unkompliziert, zugegeben. Wir fuhren zusammen zum Hameau, aber kaum waren wir dort angelangt, verfiel sie in eine eigenartige Stimmung, schwatzte die ganze Zeit von Mirabelle. Obwohl alle Welt glaubt, so sagte sie, daß sie, Louise, es arg treiben würde, würde sie sich in Wahrheit nie so weit vergessen wie dieses Weibsbild. Sie schäumte immer noch vor Wut, daß Mirabelle Robert geheiratet hatte, und verkündete, bei der erstbesten Möglichkeit würde sie das Miststück umbringen. Natürlich nahm ich sie nicht ernst. Spielt ja auch keine Rolle weiter. Wie gesagt, sie war ein attraktives Weib, und sie erinnerte mich an ... hm ... an eine gemeinsame Nacht vor vielen Jahren und kam auf die Idee, wir ... hm ... wir könnten sie wiederholen.« Bertie starrte vor sich hin, und seinem Zuhörer verschlug es ob dieser Offenbarung die Sprache. »Ich sage noch einmal, das und auch das Weitere bleibt strikt unter uns, oder Ihr Kopf rollt im Tower.«

»Ich verstehe, Sir.« Was würde als nächstes kommen? Würde er gleich noch im Schlafzimmer Seiner Majestät landen?

»Ich bin in der Hinsicht nicht mehr so wie ich einst war. Es geht einem wie mit dem Essen – es gibt Zeiten, da verschlingt man alles, was auf den Tisch kommt, aber mit den Jahren wird man wählerischer und hält sich an bekannte Gerichte. Können Sie mir folgen?«

»Gewiß, Sir.«

»Außerdem, nach einem gediegenen Lunch ist es nicht gerade der günstigste Moment. Eine Siesta ist der Verdauung dienlicher. Aber Sie wissen ja, ich kann Damen unschwer einen Wunsch verweigern, deshalb schlug ich ihr vor, wir sollten uns zusammen eine Ruhepause gönnen, sollten uns etwas zurückziehen, nicht allzu weit weg. Sie verstehen?«

»Ja, Sir.« Augustes Antwort kam zaghaft.

»Louise meinte, auch sie wäre müde, und fand meinen Vorschlag gut. Also gingen wir ins Gartenschloß – ins große Haus, nicht in die Hütte mit dem Boudoir, wo sie letztendlich gefunden wurde. Ich hielt den Salon für das günstigste, wollte nicht von Dienern in einem Schlafgemach überrascht werden, falls sie frühzeitig eintrafen. Melone und Stock ließ ich wie immer draußen vor der Tür als Zeichen, daß ich nicht gestört zu werden wünschte, und wir gingen hinein. Was soll ich sagen, Louise verwandelte sich plötzlich in eine völlig andere Frau. So etwas haben Sie noch nicht erlebt. Sie beschwor ihre Jugend wieder herauf, vermute ich mal – schleuderte die Rüschenhöschen von sich und fing an, den Can-Can für mich zu tanzen, warf die Beine hoch und schmetterte die alte Melodie. Ich war froh, daß ich Sweeney außer Hörweite wußte, der wäre sonst wie der Blitz drin gewesen. Ich muß gestehen, nie in meinem ganzen Leben ist mir etwas so Peinliches passiert. Schließlich waren wir keine zwanzig mehr. Dann erklärte sie, sie würde sich völlig entblättern, riß den Rock herunter und machte sich schon an den Unterröcken zu schaffen. Sie meinte es ernst, und ich saß ganz schön in der Patsche. Mir hatte ein harmloses Geschäker vorgeschwebt, aber doch keine leidenschaftliche Orgie.«

»Und wie haben Sie sich aus der Affäre gezogen?« fragte Auguste gespannt.

»Ich hieß sie, die Kleider wieder anzuziehen, stürzte aus dem Zimmer, griff Stock und Hut und eilte hinaus an die frische Luft. Die hatte ich dringend nötig.«

»Und was geschah mit Louise?«

»Noch ehe ich Sweeney und das Automobil erreichte, kam auch sie heraus, wieder ordentlich bekleidet – zumindest vom äußeren Erscheinungsbild her. Aber wie von einer inneren Musik getrieben, tanzte sie immer noch, sang und ließ von ihrem Can-Can nicht ab. Ich blieb stehen, hatte Sorge, sie könnte mir folgen, und Sweeney würde das Ganze mitbekommen. Sie hätte auch in die Mühle oder in eins der Häuser hineintanzen und wieder herausgeschossen kommen und ›Buh, Wales!‹ rufen können. Da überkam sie erneut die Müdigkeit. Ich riet ihr, sich im Gartenschloß ein wenig hinzulegen; sie ließ sich darauf ein und machte Anstalten, dort hinzugehen. Ich eilte weiter, wollte Sweeney finden und schnellstens zum Château zurückfahren. Später dann, als man Vorkehrungen für den Tee traf, erschien ich wieder auf der Bildfläche. Louise wäre nie soweit gegangen, sich vor Bediensteten zu entkleiden. Als ich zurückkam, war sie nirgends zu sehen, und ich nahm an, daß sie noch drinnen war und schlief. Sie verstehen sicher, wie peinlich die Geschichte war und daß ich mit niemandem darüber sprechen konnte.«

»Selbstverständlich, Sir. Die Symptome, die Sie beschreiben, sind erste Anzeichen einer Opiumvergiftung; falls sie aber noch einmal in Euphorie geriet, ist es durchaus möglich, daß sie ihre Drohung, Mirabelle umzubringen, noch wahr gemacht hat. Wir vermuten, daß man ihr das Opium beim Lunch oder unmittelbar davor verabreicht hat.«

Bertie schwieg zunächst; dann murmelte er: »Ich meine – peinlich für mich –, kann aber Ihrem Ansatzpunkt folgen.«

»Ich verstehe Ihre Situation, Sir«, beschwichtigte ihn Auguste. »Haben Sie Louise gesagt, daß Sie sich zurückziehen wollten? Möglicherweise sah sie darin eine Chance, ihren Racheakt auszuüben.«

Bertie runzelte die Stirn. »Vielleicht ja. Doch, ich hab es ihr wohl gesagt, glaubte, ich würde sie damit ruhig halten, daß sie nicht wieder durchgingen mit ihr. Verrückt. Sie meinen, Louise könnte Mirabelle ermordet haben, ohne zu ahnen, daß Mirabelle bereits sie umgebracht hatte?«

Der Gedanke war Auguste bisher noch nicht gekommen. Er betrachtete Seine Majestät voller Hochachtung. »Ich glaube, Sie klären den Mord schneller auf als ich, Sir.«

»Nein, danke«, grummelte Seine Majestät. »Balmoral reicht mir an Aufregungen.« Fast konnte man es als eine scherzhafte Bemerkung auffassen. Auguste hatte das Gefühl, die Stimmung entspannte sich etwas, und er nutzte die Gelegenheit, um die ihm aufgetragenen Grüße loszuwerden.

»Als ich in Paris war, habe ich La Goulue getroffen. Sie entsinnen sich sicher. Ich soll Sie von ihr grüßen.«

Dahin war alle Harmonie. »Sich ihrer entsinnen? So eine prägt sich für immer ein. Eine Anmaßung geradezu. Sie grölte mir zu, als wäre ich irgendein Heini vom Bühnenpersonal. Und das in aller Öffentlichkeit. Gespür hatte Louise zumindest, so etwas hätte sie nie getan.«

»Sie zahlt bitter dafür, daß sie es nicht besser wußte. Sie ist arm und drauf und dran, sich zu Tode zu saufen, fürchte ich.«

Sinnend blickte Bertie in die Neige seines Glases. »Ich werde veranlassen, daß etwas geschieht.«

»Danke, Sir.«

»Man ist seiner Vergangenheit verpflichtet.«

»Sie tun mehr als eine Pflicht, Sir, Sie zeigen Mitgefühl.«

»Wie war der Abend?« fragte Tatjana am nächsten Morgen beim Frühstück.

Auguste war spät nach Hause gekommen und schon mehr schlafend als wach ins Bett gestolpert. »Alles in allem geht's Bertie gar nicht so schlecht.« Er fing an, die Post zu öffnen.

Tatjana lachte. »Das sind Worte, die werde ich mir merken. Und was wollte er?«

Auf eine Antwort wartete sie vergebens. Auguste blickte wie gebannt auf eine Postkarte, die er einem Kuvert mit handgeschriebener Adresse und französischer Briefmarke entnommen hatte. Auf der einen Seite war nichts, auf der anderen das Photo einer Dame. Angesichts der fehlenden Kleidung und der Pose der Person war das Wort Dame vielleicht nicht recht angebracht. Außerdem handelte es sich um das Konterfei einer Dame, die er zu erkennen glaubte.

Das Whitehall Café gleich am Scotland Yard bot weder das Ambiente noch die Cuisine eines Carlton, aber es war günstig gelegen, und Egbert hatte nicht viel Zeit.

Auguste kämpfte mit einer Pastete, die Mrs. Jolly allenfalls als Türstopper benutzt hätte, und Egbert war mit seinem Steak auch nicht viel besser dran. Er war rot geworden, als er »das Übliche« bestellte und Auguste ihn strafend angesehen hatte. Zum Glück folgte Egbert nicht den gleichen Grundsätzen wie Bertie, der während des Essens nie Dinge ansprach, die offiziellen oder geschäftlichen Charakter hatten. Natürlich waren auch die Umstände, unter denen sie sich trafen, ganz anderer Natur.

»Ich wollte dich sehen, weil Chesnais mir eine Information hat zukommen lassen, Auguste. Es geht um eine Spur, die die Sûreté, deinem Rat folgend, aufgenommen hat. Ich weiß, daß der Graf ein Alibi hat, aber die Sache ist trotzdem interessant. Du hattest mir von den Gerüchten um Hélène Mais Tod erzählt, und ich habe ein paar Nachforschungen angestellt. In der Öffentlichkeit und auch seitens der Polizei hat ihr Tod damals keinen Argwohn erregt. Auf dem Totenschein steht Schwindsucht als Todesursache, und da die Gräfin eindeutig krank gewesen war und etliche Wochen in einem Sanatorium zugebracht hatte – ob zu Recht oder zu Unrecht sei dahingestellt – vermutete niemand etwas Böses, als sie starb. Chesnais arbeitet jedoch gründlich, und so fand er heraus, daß Hélène Mai eine sehr vermögende Dame war, nicht eine arme kleine Sängerin, die der Position und des Geldes wegen heiratete. Vielmehr war es der Graf, der auf dem letzten Loch pfiff, als er sie ehelichte.«

»Dann hat Hélène es mit ihrem Singen zu Geld gebracht?«

»Nein, sie hat es geerbt. Sie stammte von einem bretonischen Gut, du hast den Namen möglicherweise schon mal gehört – Ferme de la Paix in Deauville.«

»*Quoi.*«

Die miserable Pastete schien vergessen. Natürlich hatte jeder von der Ferme de la Paix gehört. Es war kein Gutshof im eigentlichen Sinne, sondern ein Hotel, das seit hundert Jahren in Händen ein und derselben Familie war. Ursprünglich war das Gebäude ein Bauernhaus gewesen, doch heute erinnerte nur noch wenig daran. Von außen war es so restauriert, daß es einen rustikalen Anstrich behalten hatte, aber innen war es mit allem Luxus ausgestattet, und die Cuisine genoß einen tadellosen Ruf. Sie war in der Tat tadellos, höchstens ein Auguste Didier hätte etwas auszusetzen gehabt.

»Es stellt sich heraus, daß Hélène Mai in Wirklichkeit Hélène Juillet war, die Erbin des gesamten Anwesens. Sie wollte singen, die Familie war dagegen, so rannte sie fort, um sich selbst zu beweisen. Sie wollte ihr eigenes Geld verdienen. Sie ging auf eigene Faust nach Paris, wo sie sich offensichtlich einen Namen machte. Nicht lange, bevor der Graf sie ehelichtete, starb Monsieur Juillet, und abgesehen von der Vorsorge, die für die Mutter getroffen war, erbte Hélène alles. Sie betraute ihren Cousin Philippe mit der Leitung des Hotels, und als sie starb, verkaufte Robert ihm das Ganze und stieß sich daran gesund.«

»Aber eins ist befremdlich an der Sache«, meine Auguste, dessen Aufmerksamkeit für einen Augenblick abgelenkt wurde, als man den Schokoladenpudding servierte, »es hieß doch, Robert war in finanziellen Schwierigkeiten, als er Mirabelle heiratete.«

»Wenn er die ganze Zeit das Geld so mit vollen Händen ausgegeben hat wie im Trianon, ist das kaum verwunderlich. Jedenfalls sind die Auskünfte aufschlußreich, und es könnte durchaus zutreffen, daß Mirabelle eine Erpresserin war, wie man dir erzählt hat. Daß sie ihr Spielchen mit Robert getrieben hat, ist das eine; ich frage mich nur, bei wem sie es noch probiert hat.«

Auguste war nicht ganz bei der Sache. »Der Schokoladenpudding schmeckt nicht schlecht, hat eine interessante Geschmacksnote.«

»Ich werde Edith bitten, dir welchen zu kochen, wenn du so scharf darauf bist.«

Auguste stellte sich einen schweren dunklen Klumpen vor, den sie bei aller rührenden Mühe, ihm einen Gefallen zu tun, fabrizieren würde. »Nett von dir«, brachte er mit Mühe über die Lippen und kam dann rasch wieder zum eigentlichen Thema. »Ich wollte dir das hier noch zeigen.« Er reichte ihm die Postkarte hinüber, die er am Morgen erhalten hatte. Egbert verschluckte sich fast, als er das Photo auf der Karte sah.

»Weiß Tatjana, daß du dich für so ein Zeug interessierst?«

»Die gehört mir nicht», erwiderte Auguste scharf. »Sie war in der Post, ohne Absender und mit französischer Briefmarke frankiert. An wen erinnert dich das Photo?«

Egbert betrachtete es näher. »Du bringst mich noch wegen Pornographie hinter Gitter, wenn man mich mit dem Bild hier sieht. Nun kenne ich zwar die Gesichter unserer Herzchen nicht so gut wie du, aber die Figur – nicht, daß ich das Vergnügen gehabt hätte, sie nur mit einem hauchdünnen Schleier bedeckt zu sehen – und üppiger ist sie inzwischen auch – erinnert mich vage an ...«

»Winifred«, half Auguste nach.

Egbert sah noch einmal näher hin. »Sie ist eine Lady, Auguste. Sie kann es nicht sein.«

»Warum hat man mir dann das Photo geschickt?«

»Vielleicht hast du jemandem erzählt, daß du Bilder dieser Art sammelst.«

»Mitte bis Ende der neunziger Jahre waren solche Postkarten große Mode, Filme übrigens auch. Besonders in Frankreich. Wenn ich nur wüßte, ob Winifred zu der Zeit in Frankreich war.«

»Woher weißt du über dieses Genre so gut Bescheid?« frotzelte Egbert.

»Ich habe in Plums Club gearbeitet«, informierte ihn Auguste nicht ohne Stolz. »Manchmal nutzen die Herren die Intimität ihres Clubs, sich gegenseitig mit Geschichten aus dem anrüchigen Paris zu ergötzen, und protzen dabei auch mit ihrer Beute.«

»Sieh mal einer an«, brummte Egbert.

»Wenn das hier Winifred ist, wäre das natürlich ein arger Hieb für sie, jetzt, wo sie dank ihrer Heirat was Besseres ist.«

»Kann ja sein, daß George Ladyboys auch keine reine

Weste hat, schließlich hat er sich ebenfalls zur Genüge im beschwingten Paris getummelt. Wie auch immer, wenn dir nicht eine deiner Freundinnen die Karte geschickt hat, um dich in Schwierigkeiten mit Tatjana zu bringen, was soll sie dann?«

»Mir zeigen, daß noch andere Personen im Spiele sind, die etwas zu verbergen haben. Ich könnte mir vorstellen, daß Robert oder Bertrand Danielle sie mir zukommen ließen. «

»Oder der Photograph. Hast du schon mal an den gedacht? Pierre Gaston zum Beispiel. Vielleicht sollte man dessen frühere Laufbahn unter die Lupe nehmen.«

»Selbst wenn das etwas bringen würde, *mon ami*, der wäre der letzte, der mir die Aufnahme geschickt hätte.«

»Du setzt wieder auf die Vergangenheit?«

»Ja. Die Wette gewinne ich, Egbert.«

»Da würde ich mir nicht so sicher sein, Auguste. Ich freue mich schon auf eins deiner köstlichen Menüs.«

Besorgt betrachtete Winifred George, der in seinem Lieblingssessel saß und friedlich seine »Times« las. Morgen würden sie wieder nach Frankreich reisen. Sie hatte sich selbst beglückwünscht, daß sie bei ihrem letzten Besuch dort noch einmal heil davongekommen war. Jetzt stand der zweite Besuch unmittelbar bevor, und ihre Befürchtungen waren doppelt so groß. Wenn es nur darum gehen würde, die Wette zu Ende zu bringen, das wäre ja zu ertragen. Aber die beiden Morde waren keineswegs vergessen; der Inspektor von Scotland Yard und der verflixte Auguste stocherten immer noch in der Vergangenheit herum. Seit ihrer Rückkehr aus Paris hatte George nur schlechte Laune gehabt, und auch das beunruhigte sie mächtig.

»Wir sind glücklich miteinander, George, stimmt's?«

George wurde aus seiner Lektüre der Hofnachrichten gerissen und fragte sich, warum, zum Teufel, Winifred so eine Frage stellte. Unter dem von ihr genannten Aspekt hatte er ihre Ehe noch nie gesehen. Er dachte kurz darüber nach, peinlich berührt, wie er war, denn es blieb ihm nicht verborgen, daß sie bang auf seine Antwort wartete.

»Ja, mein Herz. Natürlich sind wir glücklich.«

Erleichtert atmete Winifred auf. Es lohnte sich also, weiter zu kämpfen. Bisher hatte man sie nicht bloßstellen können, es würde hoffentlich auch in Zukunft nicht gelingen.

»Wir können wohl nicht einfach sagen, die Wette hat sich erledigt, und hierbleiben?« fragte sie vorsichtig. »Das Geld brauchen wir doch eigentlich nicht unbedingt, und … «

»Ist dir nicht gut, Winnie? Ich habe doch bereits erklärt, daß ich keinen Rückzieher machen kann, und außerdem hat Bertie Auguste beauftragt herauszufinden, was damals wirklich geschehen ist. Es ist unsere Pflicht, dort hinzureisen.«

»Wirklich, George?« Es klang mehr wie ein Stöhnen.

»Selbstverständlich. Wir sind Briten, vergiß das nicht. Bleib ruhig, mein Herz. Wenn wir erst mal dort sind, wird es dir schon gefallen.«

Diesmal gab Winifred einen deutlichen Seufzer von sich, stand hastig auf und flüchtete sich ins Bad. Besorgt schaute ihr George nach. Offensichtlich war etwas dran an dem Gerede, daß Frauen in mittleren Jahren seltsam wurden.

Alice tanzte vor Freude. Nur noch zwei Tage, und sie würde Marie-Antoinette spielen können. Schade, daß Seine Majestät nicht kommen würde und sie nicht sehen konnte. Aber Jacob würde da sein und auch all die häßlichen Polizisten, die so garstig zu ihr gewesen waren. Ein Extragebet für die Seele der verflossenen Königin wollte sie heute abend sprechen. Nicht, daß sie sich über deren Aufenthaltsort sorgte; der war im Himmel. Pierre hatte ihr erzählt, daß es wieder ein prachtvolles Essen geben würde, nicht ganz in so großem Stil wie damals. Sie fragte sich, wieso eigentlich nicht. Schließlich war die Nachfahrin von Marie-Antoinette fast ebenso wichtig wie ein König von England. Aber wahrscheinlich konnte man dem armen Robert nicht all die Ausgaben noch einmal zumuten.

Daß Pierre wenig begeistert von der Angelegenheit war, konnte sie nicht verstehen. Bis auf den einen oder anderen Kostümball hatte sie sich noch nie in aller Öffentlichkeit in der Aufmachung der Marie-Antoinette zeigen dürfen, und das jetzige Kostüm war sogar anders als das übliche Hofkleid zu feierlichen Anlässen. Pierre hatte allen Grund, stolz auf sie zu sein. Sie würde ihn bitten, ein paar Aufnahmen von ihr zu machen, auch wenn er nicht mehr viel photografierte. Insgeheim hoffte sie, daß diesmal, da sie die Marie-Antoinette spielte, der Geist der toten Königin wirklich erscheinen würde, wußte er doch, daß er sich in Gesellschaft von Familiennachkommen befand. Stimmte schon, Pierre würde dann die Wette verlieren. Aber er war auch häßlich zu ihr gewesen, hatte gesagt, er hätte keine Lust, sich wieder in ein Kostüm zu schmeißen und alles noch mal abzuspulen. Sie würde ihm klarmachen müssen, daß er öffentliche Bewunderung erregen, vielleicht sogar eine Menge Geld hereinholen würde, wenn er als allererster ein Photo von einem Geist schoß. Reich waren sie ja, aber noch mehr Geld konnte nicht schaden.

Mit welchem Recht mußten Künstler derart leiden, wütete Jacob in seinem Hotelzimmer. Es ging ihm gegen den Strich, daß man ihn zwang, die unliebsamen Schauplätze des Petit Trianon erneut zu sehen. Er wollte Louise und

Mirabelle so in Erinnerung behalten, wie er sie kannte, beide betörend, beide voller Liebreiz, beide jung. Nicht so voller Liebreiz wie Hélène, die in seinen Augen sowieso ewig jung blieb. Auguste hatte gesagt, er hätte in Roberts Haus Jacobs Porträt von ihr gesehen. Das hatte ihn gewundert, denn er hatte nie geglaubt, daß Robert Hélène so zugetan war, wie er immer vorgab. Ebensowenig glaubte er, daß Robert Mirabelle liebte. Nur, wenn er sie nicht liebte, warum hatte er sie dann geheiratet? Ein möglicher Grund kam ihm in den Sinn, und der Gedanke war ziemlich unangenehm. Er dachte an Mirabelles weniger attraktive Seite. Hélène hatte Mirabelle für ihre engste Freundin gehalten, und bei ihrer Beerdigung hatte er einer Pflicht nachkommen müssen, die jetzt, wenn er zwei plus zwei zusammenzählte, düstere Weiterungen hatte. Er beschloß, die Arithmetik beiseite zu schieben.

Der Gedanke, das Possenspiel noch einmal aufzuführen, um – wie er vermutete – herauszubekommen, wer und wer nicht die beiden Frauen getötet haben könnte, war höchst unerquicklich. Vielleicht würde man dabei herauskriegen, daß niemand anders als Louise selbst Mirabelle hatte umbringen können. Man sollte die Vergangenheit lieber ruhen lassen. Er hatte Termine mit Kunsthändlern in Paris gemacht und gehofft, auf diese Weise nicht zum Petit Trianon zu müssen, hatte dann aber alle abgesagt. Er wollte nicht den Anschein erwecken, als hätte er etwas zu verbergen.

Auch Bertrand Danielle dachte an den nächsten Morgen. Es würde ein schwieriger Tag werden, und er mußte eine schwierige Rolle spielen. Er mußte darauf achten, daß sein Auftreten korrekt war, sonst machte er sich lächerlich; er war sich sehr wohl bewußt, daß die meisten seine Verkleidung als Bediensteter mit der Vorstellung des eifersüchtigen, betrogenen Ehemanns in Verbindung brachten. Angesichts dessen, was sonst noch alles ans Tageslicht kommen konnte, war das allerdings ein völlig belangloses Problem.

Im Trakt für das Dienstpersonal im Petit Trianon hastete Auguste zwischen den Tischen und Küchenräumen hin und her. Obgleich Roberts gesamte Dienerschaft einschließlich Koch und Küchenpersonal angetreten war, um die Ereignisse des 10. August noch einmal aufleben zu lassen, hatte sich Robert verständlicherweise geweigert, auch nur für irgend etwas zu zahlen. Auguste hatte sich deshalb bereit erklärt, die Kosten für das Lunch und den Tee zu übernehmen, und Chesnais hatte dafür Sorge getragen, daß ihnen das Petit Trianon zur Verfügung stand; auch beabsichtigte er, selbst zu kommen.

In der Besetzung gab es drei Lücken; um die zu kaschieren, hatte Auguste etwas nachgeholfen und Leute von Tatjanas Personal aus der Pariser Wohnung herangeschafft. Tatjana zuliebe waren sie ohne Murren angetreten. Sonst tolerierten sie ihn nur, weil er ihr Mann war. Lediglich zwei machten eine Ausnahme; sie kannten Auguste noch aus den achtziger Jahren, als er im Haushalt von Tatjanas Vater Küchenchef war. Die Spülmagd von damals war jetzt ihre Haushälterin, der Lampenputzer der Butler. Für die beiden wenigstens war er *le maître*.

Er ging sein Menü durch, eine sehr verkürzte Version der Speisefolge vom Sommer, kontrollierte die Lieferungen, die bereits gekommen waren, und stellte sich gedanklich auf die Arbeit des kommenden Tages ein. Wenn alles gesagt und getan war, konnte sich Essen als Labsal erweisen. Es hatte schon seinen Grund, daß man einem zum Tode Verurteilten ein Mahl seiner eigenen Wahl servierte. Auguste fühlte sich fast selbst wie ein Verurteilter. Wenn der Fall nicht geklärt wurde, ließ sich die Unterredung mit Bertie nicht einfach streichen, und sollten dessen Ausführungen für die Klärung der Morde von Relevanz sein, dann steckte Auguste in einer ähnlich mißlichen Lage wie der Kammerdiener des verrückten Earl Ferrers. Nur mit dem Unterschied, daß den der Earl erdrosselt hatte, während Bertie ihm den Tower in Aussicht gestellt hatte, um daselbst geköpft zu werden. Wie Marie-Antoinette.

12. Kapitel

Heute erwartete man von ihm wenigstens kein überbackenes Vanilledessert oder ähnliche Verunglimpfungen seiner Kochkunst. Wie gewohnt, tastete Auguste mit den Augen die Servierküche ab und war bemüht, sich auf die Speisen zu konzentrieren, die jeden Moment für das Lunch aufgetragen werden sollten. Der Nachmittag würde ihm noch viel abverlangen, und er war schlecht gewappnet. Die vergangene Nacht hatte ihm wenig Schlaf beschert. Sein Hirn hatte ihn genarrt – mal beschloß der gesamte Hofstaat von Marie-Antoinette, in Gestalt von Geistern dem Petit Trianon einen Besuch abzustatten, dann wieder wurden seine kostbaren Speisen wie Eier beim Eierlaufen in rasendem Tempo vom Trakt der Dienerschaft zur Servierküche balanciert.

Er war darauf gefaßt gewesen, Chaos vorzufinden, als er unausgeschlafen und im Kopf leicht benebelt angekommen war. Statt dessen fand er alles in bester Ordnung vor. Mit einer Ausnahme. Ihm war das Sprichwort geläufig: Viele Köche verderben den Brei. Und in diesem Fall waren in der Tat zu viele Köche am Werk. Des Vorhabens wegen mußte man sich an exakt die Zahl des Personals vom vergangenen Mal halten, da aber Auguste ein wesentlich einfacheres Menü zusammengestellt hatte, standen jetzt doppelt soviel Leute zum Servieren zur Verfügung als nötig gewesen wären.

Er gab sich einen Ruck, hoffte, daß ihm die frische Herbstluft helfen würde, wieder einen klaren Gedanken zu fassen.

»*Maître*, was machen wir nun mit den Nudeln?«

»*Comment?*« Nudeln standen doch gar nicht auf dem Speiseplan heute; es war ein schlichtes provenzalisches Lunch. »Wozu brauchen wir Nudeln?«

Monsieur Grospied blickte selbstgefällig drein. »Sie haben gesagt, wir sollen – soweit wir uns erinnern können – alles genauso wie neulich machen. Ich weiß noch recht gut, daß uns damals die Bandnudeln ausgegangen waren und Sie sehr verärgert reagiert haben, weil ich Makkaroni genommen hatte.«

»Großartig, *monsieur*,« schnaubte Auguste. »Nur, daß es bei aller Besinnung auf die Vergangenheit um das Lunch von heute geht, da macht es wenig Sinn, daß wir über Nudeln debattieren und derweil die Suppe anbrennt.« *Les nouilles* dürften für die Aufklärung der Morde wohl kaum eine Rolle spielen.

Auch fiel Auguste auf, daß Bertrand Danielle von den anderen Bediensteten geschnitten wurde; sie verübelten ihm seine ganze Eskapade.

»Leute aus hochherrschaftlichen Kreisen sehe ich ungern in meinen Küchenräumen«, hatte ihm schon vorher Monsieur Grospied, der Küchenchef, erklärt.

»Heute sind es meine Küchenräume«, hatte ihn Auguste in aller Freundlichkeit erinnert. »Monsieur le Comte hat es durchaus begrüßt, daß Sie sich um das Lunch hier kümmern, aber bezahlen tut er keinen Sous.«

»Monsieur le Comte hat keine Ahnung, was rechtens ist.« Grospied schmetterte eine Portion Sülze auf den Tisch. »Ist er doch im August hier höchstpersönlich in der Küche aufgetaucht und wollte partout das *pièce montée* transportieren. Die Dienstherrschaft ist nicht mehr das, was sie mal war.«

Das galt ebenso gut für das Küchenpersonal, wenn man Auguste fragte, er hütete sich aber, es laut zu sagen.

Ohne Seine Majestät an der Stirnseite des Tisches wirkte die Tafel in dem großen Speisesaal weniger imposant. Egbert Rose saß an seiner Stelle dort, aber ihm fehlte die Größe und Erhabenheit, außerdem erinnerte seine Präsenz die Dinierenden daran, daß es sich nicht um ein rein geselliges Beisammensein handelte. Robert und Bertrand trugen selbstredend Trauer, und alle anderen hatten darauf geachtet, ihrer Kostümierung im Stil des achtzehnten Jahrhunderts einen etwas dunkleren Anstrich zu geben. Auch die Anwesenheit von Inspektor Chesnais, der Louises Platz eingenommen hatte, war einer unbeschwerten Heiterkeit nicht sehr förderlich. Es war eine der seltenen Situationen, da Auguste wirklich zufrieden war, wie man seinen Speisen zusprach. Man war von allem entzückt, schwärmte von Festessen vergangener Jahre und hielt sich die ganze Zeit an dem unverfänglichen und neutralen Thema fest.

Tatjana, die abermals halb als Frau vom Dorfe, halb als uniformierter Parkwächter ausstaffiert war, gab eine Episode über ein Lunch mit dem Großfürsten Igor in Cannes zum besten. Selbiger hatte darauf bestanden, seine eigene Kuh mitzubringen, woraufhin Auguste, der damals als Koch fungierte, darauf bestand, mit ihrer Milch auch seinen *sillabub*, einen Nachtisch aus süßer Sahne mit Wein und Zitronensaft, zu bereiten, gewissermaßen Süßspeise direkt von der Kuh. George, der gleichmütig in seinem schwarzen Anzug neben Tatjana saß, erinnerte sich an Schnecken, die er zum ersten Mal in den neunziger Jahren probiert hatte. Alice, die auf Augustes Geheiß wieder in die Tracht eines Dorfmädchens hatte schlüpfen müssen, unterhielt die Gesellschaft leicht mürrisch mit Mahlzeiten am österreichischen Hof, die ihre Ahnherrin zu sich genommen hatte. Pierre und Jacob beschränkten sich aufs Essen, während Winifred sich redlich mühte, der Unterhaltung eine andere Richtung zu geben. Sie orakelte darüber, ob Monsieur Santos Dumonts Versuch mit der Flugmaschine im August als Herausforderung für die Brüder Wright gewertet werden konnte, da man doch als Antriebskraft einen Esel vorgespannt hatte.

Im Hintergrund mühte sich Danielle mit dem Weineinschenken ab, aber die Runden, die er um den Tisch drehte, um die Gläser der Gäste zu inspizieren, waren so ungelenk, daß Auguste es schier wunderte, wieso niemand vorher diesem unmöglichen Bediensteten auf die Schliche gekommen war. Der Wein half Auguste nicht sonderlich, einen klaren Kopf zu bewahren, trug aber dazu bei, daß er die Dinge mit mehr Gelassenheit sah. Er war etwas schwerer als die Sorte, die er bestellt hatte, und einen Moment beunruhigte es ihn, daß er sich um die Lieferung nicht persönlich gekümmert hatte. Selbst Chesnais wirkte schon leicht benommen, wie Auguste auffiel, während Egbert, der Wein abgelehnt hatte, wie immer hellwach war.

»Mir bleibt unverständlich, was der Nachmittag heute uns an neuen Erkenntnissen bringen soll«, nörgelte Jacob völlig unerwartet. »Der Mörder wird schwerlich all seine Handlungen noch einmal wiederholen.«

»Wenn's nicht eine Mörderin war«, ergänzte Alice unbefangen.

»Sie sind hier versammelt, um die Wette zum Abschluß zu bringen«, erläuterte Egbert sachlich. »Inspektor Chesnais und ich sind lediglich hier, um uns ein wenig umzutun und eine bessere Vorstellung davon zu gewinnen, was die Herren und Damen im August wann und wo getan haben. Deine Seezunge ist vorzüglich, Auguste.«

George hüstelte. »Völlig richtig, Rose. Auch ich möchte betonen, daß Sinn und Zweck des heutigen Nachmittags für uns darin besteht, Geister aufzuspüren und nicht Erinnerungen an – hm – gewisse Vorkommnisse heraufzubeschwören.«

»Vielleicht haben sich die von Louise und Mirabelle schon zu ihnen gesellt,« merkte Pierre laut lachend an.

»Benimm dich bitte wie ein Gentleman«, flehte ihn Alice an, und ihr Mann senkte beschämt den Kopf.

»Das dürfte ihm schwerfallen«, murmelte Robert.

»Wir sind hier, um Geister zu sehen«, wiederholte George lauter als zuvor.

»Oder auch nicht, wird sich ja zeigen«, meinte Robert. »Ich glaube, die Chancen stehen gut für mich.«

Nichts wäre Auguste lieber gewesen, als daß sich Roberts Mutmaßung bestätigte. Mit Unbehagen dachte er daran, daß er allein den Schiedsrichter abgeben mußte. Wie sein Urteil auch lauten mochte, so oder so würde er die eine oder andere Seite gegen sich aufbringen. Ging es an, daß er plötzliches Unwohlsein vortäuschte? In der Tat fühlte er sich dumpf im Kopf wie bei einer nahenden Grippe. Vielleicht bekam er sie wirklich. Aber er konnte Egbert schlecht im Stich lassen, und das hieß, vernebeltes Hirn oder nicht, Geister oder nicht, er mußte all seine Schritte vom 10. August noch einmal gehen – inklusive derer, die ihn zur Grotte geführt hatten.

»Wenn ich meinen Part der Marion abgespult habe«, verkündete Alice ärgerlich mitten beim Nachtisch, »laufe ich flugs hinunter zum Rasen und spiele Marie-Antoinette.

Schließlich geht es nicht ohne sie, und wer sollte die Rolle sonst übernehmen, jetzt, wo die arme Mirabelle tot ist?«

»Ich, zum Beispiel«, erwiderte Egbert. »Ich werde Marie-Antoinette spielen.«

Auguste versuchte, keine Miene zu verziehen, aber Egbert und Chesnais sahen verdammt komisch aus. Zum Kaffee im Boudoir mit den unvermeidlichen Petits fours hatten sie sich die großen weißen, mit Blumen geschmückten Hüte der Marie-Antoinette aufgesetzt. Sie übernahmen die Rollen von Mirabelle und Louise. Die Rolle Seiner Majestät wurde außer Acht gelassen. Auf die festlichen Röcke und Gewänder hatten sie verzichtet, aber das Nebeneinander von Blumenhüten und dunklen Abendanzügen war – gelinde gesagt – ungewöhnlich.

Zwischen den beiden saß Jacob, während Tatjana, George, Winifred, Pierre, Alice und Robert im Raum umhergingen, dazu zwei, später drei Bedienstete. Drei? Auguste war aufgefallen, daß sich Danielle nach den ersten Minuten zu ihnen gesellt hatte, auch saß in einer Ecke auf einem einzeln dastehenden Stuhl ein Beamter der Sûreté. Er hielt sich in gebührendem Abstand von den anderen, wie es seiner königlichen Rolle zukam. Auguste betrachtete den Widerschein der weißen Hüte im Spiegel. Wenn er nur etwas klarer im Kopf gewesen wäre; es müßte sich doch nachvollziehen lassen, ob man versehentlich statt in Mirabelles in Louises Tasse Opium geschüttet hatte. Rein theoretisch hätte es sein können, denn außer Bertrand Danielle konnte niemand gewußt haben, daß Louise kommen würde, und folglich konnte das Gift auch nicht für sie gedacht gewesen sein. Wiederum konnte niemand, der die beiden Frauen am Tisch hatte sitzen sehen, ihre Tassen verwechselt haben, denn selbst wenn die Hüte das Haar verdeckten und man die Haarfarbe aus der Entfernung nicht erkennen konnte, so waren die Gesichter von nahem gesehen deutlich verschieden. Jacob würde gewußt haben, welche Tasse zu wem gehörte, aber alle anderen, die nicht an einen festen Platz gebunden und in Bewegung waren, konnten die Tasse nicht vorher vergiftet haben, ehe sie dem Opfer gereicht wurde, ohne gewiß zu sein, wer sie letztendlich zum Munde führen würde. Es sei denn, der Servierer war der Mörder.

»Was geht dir gegen den Strich?« hörte er Pierre seine Frau fragen. »Ärgert es dich immer noch, daß du nicht die Königin spielen darfst?«

»Es ist nicht fair«, schmollte sie.

»Du hast deinen großen Augenblick, wenn du das Messer aufhebst«, versuchte er sie zu trösten.

»Ja, aber ...« Sie blickte zu Jacob hinüber. Alice witterte offensichtlich noch andere Gefahren in einer zu genauen Nachstellung der Ereignisse vom 10. August, auch wenn das angenehmere Erinnerungen heraufbeschwor.

Vielleicht hatte Jacob ihren Blick gespürt, jedenfalls drehte er sich um, und Augustes Aufmerksamkeit wurde auf die andere Seite des Zimmers gelenkt. Er stutzte. Täuschte er sich? Das ging doch nicht mit rechten Dingen zu. Er zwang sich, das, was er sah, genau nachzuvollziehen, und dann hatte er des Rätsels Lösung. Im Spiegelbild hätte das mißratene Petit four auf der anderen Seite des Tellers sein müssen. Jetzt war ihm klar, wie der Mörder das Opium in die falsche Tasse getan haben konnte.

»Ist dir nicht gut, Auguste?« Tatjana hakte sich bei Auguste ein, und zusammen schlenderten sie durch die Allée des deux Trianons zum Musée des Voitures.

»Es liegt nur am wenigen Schlaf.«

»Nicht etwa an zu wenig Wein.«

Zuweilen konnten Frauen grausam sein. Tatjana machte da keine Ausnahme. Er hatte zwei Tassen starken Kaffee getrunken und fühlte sich besser, dennoch verglich er seinen Kopf mit einer prall gestopften Schnepfe. Vielleicht sollte man ihn Seiner Majestät als *bécassine à la Souvoroff* vorsetzen, dem würde nichts Besonderes daran auffallen. Es war ein grauer Tag, die Sommerhitze war vorbei, und noch hatte der Herbst nicht in voller Pracht Einzug gehalten. Sie wanderten über gefallenes Laub, und das Rascheln unter ihren Füßen steigerte sich für ihn zu Trommelschlägen wie Begleitmusik auf seinem Gang zum Schafott. Tatjana winkte ihm fröhlich zu, als sie ins Museum entschwand, und kurz darauf wedelte sie mit dem weißen Tuch aus dem Fenster. Er atmete tief durch und schlug den vorgeschriebenen Weg auf seinem einsamen Marsch ein.

Er nahm die Abbiegung, die ihn zum Petit Trianon führen sollte, und zu seiner Erleichterung stellten sich diesmal weder die drückende Augustschwüle noch ungute Gefühle ein. Alice und Winifred waren echt, und da waren auch schon Pierre und Bertrand Danielle. »La Maison liegt dort drüben«, wies man ihn. Seine Zuversicht stieg. Keine Geister, keine Verwirrungen.

Und weiter ging's den Fußweg hinunter, wo George am Kiosk stehen mußte. Kurze Irritation, als er keinen Kiosk sah. Doch das war nur allzu verständlich, denn die Kosten, um ihn für einen Tag aufbauen zu lassen, hatte sich Robert gespart. In seinen dunklen Umhang gehüllt stand George am Wegesrand. Schon hörte er die raschen Schritte von Robert hinter sich. Diesmal spielte Robert seine Rolle korrekt. »*Cherchez la maison*«, knurrte er und wies nach rechts.

Mehr als ein schmaler Fußpfad war es nicht. Der Himmel war grau, wirkte aber nicht dräuend wie das letzte Mal.

Zuversichtlich schritt Auguste voran. Da vorne mußte die Stelle sein, wo er über das Gestein hinabgeklettert war. Er war fest davon überzeugt, genau das Gleiche noch einmal zu tun, die Grotte zu finden, die in den riesigen Felsen gehauene Treppe. Weshalb auch nicht? Heute würde niemand hier sein. Oder doch? Seine kurz aufkommende Ungewißheit wurde im Nu zerstreut.

Jetzt war er an dem Punkt angelangt, wo er den Weg verlassen hatte. Von Felsen keine Spur. Er hastete über den grünen Erdwall – kein Wasserrinnsal, keine gewaltige Felsenerhebung, auch keine Grotte. Schweiß stand ihm auf der Stirn, und der hatte nichts mit Grippe zu tun. Er hatte sich verirrt, hatte vermutlich die falsche Abzweigung genommen. Beim vorigen Mal mußte er versehentlich zur Rocher-Brücke gegangen sein; zu Marie-Antoinettes Zeiten hatte man die Grotte dorthin verlegt. Obwohl Miss Moberly und Miss Jourdain sich eindeutig geäußert hatten, daß sie nicht an der Rocher-Brücke gewesen waren, mußte er dort gelandet sein. Diesmal aber war er ganz einfach einen anderen Weg herabgekommen. Oder nicht? Jedenfalls konnte er jetzt wahrheitsgemäß sagen, daß er keine Geister gesehen hatte. Wenn es Alice gewesen war, die er im Sommer hier erspäht hatte, so war heute von ihr nicht die geringste Spur. Vermutlich war sie noch beim Umkleiden und würde kurz hinter ihm sein, wenn er sich dem Château näherte. Für George tat es ihm leid, daß die Sache jetzt so verlief, und für Bertie noch mehr, denn er würde ihm mitteilen müssen, daß er die Wette verloren hatte. Aber die Erleichterung, daß er keinen Geistern begegnete, überwog alles andere.

Vergnügt zog er weiter, kam am Rasen vor dem Schlößchen vorbei, sah Egbert mit seinem weißen blumengeschmückten Hut auf einem Schemel am Kiesweg sitzen, Zeichenblock in der Hand. Auguste widerstand der

Versuchung, ihm etwas zuzurufen, und eilte vorbei, wohl wissend, daß Egbert ihn beobachtete. Er rannte zu den Stufen, die zur Westterrasse führten, und da kam ihm auch schon Jacob entgegengeeilt. Bis auf die Geschichte mit der Grotte war alles haargenau wie das letzte Mal abgelaufen. Man zeigte ihm den Weg zum Ehrenhof, und da stand auch Roberts Landaulette, wie im August.

Bertrand war gerade im Begriff, zusammen mit den anderen Bediensteten auf dem Lieferwagen abzufahren. Mit Egbert hatte sich Auguste dahingehend verständigt, vom Szenarium abzuweichen und in den Küchen vorbeizuschauen, um zu sehen, wie es dort lief. Also ging er ins Haus zur Servierküche und fand dort den Schwan, dessen Fehlen alsbald entdeckt werden dürfte. Soweit war alles in Ordnung. Er würde einen Blick in den Block des Dienstpersonals werfen und dann auf dem kürzesten Weg hinter der Kapelle zum Französischen Garten zurückgehen und seine eigentliche Route wieder aufnehmen. Monsieur Grospied dirigierte immer noch das Chaos in den Küchenräumen, aber Anzeichen von etwas Außergewöhnlichem gab es nicht. Auguste war mehr als erleichtert und lief den Gang hinter der Kapelle entlang. Hier war es dunkler als draußen, und das nahm nicht Wunder. Plötzlich wurde er gewahr, daß der Durchgang wie in Urzeiten überdacht war, auch gab es tatsächlich wieder einen Raum zum Aufwärmen der Speisen. Vielleicht war es einer der jüngsten Einfälle von Monsieur Grospied, denn Auguste konnte sich nicht erinnern, etwas Ähnliches vorher gesehen zu haben. Oder aber die Sachwalter vom Petit Trianon ließen Restaurierungsarbeiten an der Kapelle vornehmen. Von Plänen in dieser Richtung hatte Auguste etwas gehört.

Im Französischen Garten standen die Geranien noch in Blüte, aber sie waren nicht mehr formschön beschnitten und wucherten aus. Auch sonst schien sich etwas verändert zu haben. Das Trianon sah anders aus – die Stufen waren nicht die gleichen. Seltsam. Er richtete seinen Blick nach vorn zum französischen Pavillon, der so anmutig mitten im Garten lag, ging an ihm vorbei und kam zu den herrlichen Lindenbäumen. Daß die Zweige sich zu domartigen Gewölben schlossen, war ihm vorher nicht aufgefallen.

Zu seiner Überraschung kam ihm Tatjana entgegen, und freudig eilte er auf sie zu, dankbar, Gesellschaft zu haben. Auf halbem Wege nahm er rechts von sich plötzlich ein Aufblitzen von Farbe wahr, nicht im Grün des Gartens, mehr gegen den grauen Stein des Pavillons. Er drehte sich danach um, und kurz bevor die Erscheinung hinter den Mauern verschwand, erkannte er eine voluminöse Frau mittleren Alters mit sinnlichen Gesichtszügen aufgeputzt wie für einen Maskenball. Das Haar war unter einer hohen gepuderten Perücke versteckt, das Kostüm war à la Pompadour, Ringellocken umrahmten das Gesicht, und den Kopf zierten ein paar rote Federn. Auch ihr Kleid war purpurrot, mit üppigem Faltenwurf und Rüschenbesatz. Was aber am meisten ins Auge stach waren ihre Juwelen, Diamanten, Perlen und Smaragde, in denen sich bei jeder Bewegung das Licht brach und sie funkeln ließ. Es waren derer so viele, daß man glauben mochte, ihr Gewicht würde sie zu Boden ziehen.

Maskenball? Um halb vier nachmittags? Auguste versuchte, seinen Ängsten zu entrinnen und stürzte auf Tatjana zu. Sie war hier und bei ihm, leibhaftig, lebendig und wirklich.

»Bist du krank, Auguste?« fragte sie besorgt.

»*Oui.* Mir war, als hätte ich einen ... « – er würgte – » ... Geist gesehen.«

»Das kann einem leicht passieren. Die Stimmung ist danach«, beschwichtigte ihn Tatjana. »Ich mußte gerade an die Comtesse Dubarry denken, die arme Frau. Wie sie diesen Ort liebte und wie sie den Gedanken haßte, daß er nach dem Tod Ludwigs XV. in den Besitz ihrer Erzrivalin Marie-Antoinette übergehen würde.«

»Weißt du, wie sie aussah?« Auguste versuchte, die Frage so harmlos wie möglich zu stellen.

»Keine Ahnung. Ich weiß nur, daß sie ursprünglich eine ganz einfache Frau war, Juwelen liebte und ... Auguste, nun sag schon, was ist mit dir?«

»Die Ecke hier ist mir unheimlich«, erklärte er mit fester Stimme. »Ich gehe gleich jetzt in die Hauptgärten.«

»Hat sich der Streit auf dem Rasen vom vergangenen Mal wiederholt?«

Auguste stöhnte. »Genau die Stelle habe ich nicht wahrgenommen. Aber ich bin sicher, daß ich kein Wortgefecht gehört habe.«

»Dann laß uns da auf dem Rückweg vorbeigehen.«

»Nein.«

»Wie du willst«, erwiderte Tatjana friedfertig und sah ihn besorgt an. »Ich gehe hier lang, und du bleibst bei deiner Route. Wir treffen uns im Dörfchen. Das ist zwar nicht mein Handlungsablauf vom August, aber ist ja auch egal.«

»Wie sah denn der aus?« Auguste war bestrebt, sich wieder auf das Hauptanliegen des Nachmittags zu konzentrieren, und dabei ging ihm auf, daß er die Schritte aller anderen vom 10. August fein säuberlich aufgelistet hatte, nur die seiner Frau nicht.

»Als mir Monsieur Danielle verwehrt hatte, den Wächter zu spielen, habe ich mich eine Weile hier in der Nähe hingesetzt und auf dich gewartet. Ich muß dich aber verpaßt haben. Ich saß also da und war in Gedanken an Marie-Antoinette versunken, was für ein schreckliches Ende es mit ihr genommen hatte ... «

»Ein rosa Kleid hattest du aber nicht an, oder?« schrie er förmlich.

»Natürlich nicht. Du weißt nur allzu gut, daß ich Hosen und einen Umhang darüber trug. Auguste, mit dir stimmt etwas nicht. Was ist los?«

Mit aller Macht hallten ihm Tatjanas Worte in den Ohren: »Ich fürchte, ich bin selbst so ein Medium.«

»Wohin gehst du, Pierre?« hatte Winifred nervös gerufen, nachdem Auguste etwa zehn Minuten nach drei an ihnen vorbeigezogen und von dem Treffpunkt mit den Wächtern zum Hameau geeilt war.

Pierre blieb stehen. »Ich bin mir darüber im klaren, daß wir uns genauso verhalten sollten wie neulich, Winnie, aber ich mache mir auch nichts vor – ich bin der letzte, mit dem du dich unterhalten würdest, wenn du die Wahl hättest.«

»Das stimmt«, sagte Winifred einfach und entschieden. »Aber da wir uns neulich nun mal unterhalten haben, finde ich, wir sollten es auch jetzt tun.« Tief im Innern hegte sie ihre Zweifel, denn es war ein abgeschiedener Ort hier, und sie wußte sehr wohl, wie unberechenbar Pierre sein konnte.

»Eigentlich haben wir mit der ganzen Sache nichts zu tun«, meinte Pierre jovial. »Schließlich waren wir beide zusammen und wissen genau, daß wir Mirabelle nicht umgebracht haben können.«

»Wir haben uns aber gleich, nachdem Auguste an uns vorbei war, getrennt», gab Winifred zögernd zu bedenken, »sind getrennt im Hameau eingetroffen.«

»Das wäre aber auch das einzige Verdachtsmoment.« Pierres Erwiderung war schroff. »Was für einen Beweggrund könnte einer von uns beiden für die Morde gehabt haben?« Er lächelte, hoffte Winifred davon zu überzeugen, daß es nur in ihrem eigenen Interesse war, seinem Gedankengang zu folgen.

Mit List und Tücke war bei Winifred nichts zu machen. »Sie hat gesagt, sie würde es allen erzählen, wenn ihr danach wäre. Du hast doch keinem etwas gesagt, Pierre, oder?«

Bedächtig betrachtete er sie von oben bis unten, vom Kopftuch über den mit einem Tüchlein bedeckten Busen bis hinunter zu den derben abgetragenen Schuhen. »In deiner Aufmachung jetzt kann man sich kaum vorstellen, daß du und das junge Ding aus dem Filmstreifen im Evakostüm, das sich hin und her wand, wie um einen Floh zu erwischen, ein und dieselbe Person sind.«

»Oh!« Winifred brach in Tränen aus. »Das war einmal. Ich mußte es tun, du weißt es. Ich hatte kein Geld.«

»Das sagen immer alle, und in Wirklichkeit macht ihr es gern. Weißt du noch, wie du nackt auf der Couch landetest und ich dir die richtige Stellung beibrachte?« Er wollte sich ausschütten vor Lachen.

»Jetzt reicht's.« Vergeblich kämpfte Winifred um Würde. »Du kanntest dich in Überredungskünsten aus, und außerdem ging es bei dem Bild nur ums Posieren. Du hast nur so getan als ob. In Wirklichkeit haben wir nie miteinander ... «

»Ganz recht, du warst nicht mein Typ«, unterbrach er sie. »Zartes Freiwild ist mir lieber. Übrigens bekommen besagte Filme ›Nur für Herren‹ jetzt Sammlerwert. Ich habe sie alle wohlweislich gehütet und aufbewahrt.«

»Du hast gesagt, so etwas würdest du nicht tun!« schrie Winifred. »Wie konntest du! Bist du auch ein Erpresser?« Ihr war erbärmlich zumute.

Pierre lachte, ausnahmsweise nicht gehässig. »Du kannst dich darauf verlassen, was ich im August gesagt habe, Winnie. Ich werde kein Wort darüber verlieren. Auch ich habe meine Vergangenheit hinter mir gelassen. Dein schreckliches Geheimnis ist bei mir sicher aufgehoben. Ich handele weder mit den Postkarten noch mit den Filmen.«

»Danke«, stammelte sie und wollte vor Glück ihren Ohren kaum trauen.

Er sah sie an. »Das heißt nicht, daß ich sie nicht eines Tages ausgrabe und sie mir zum Privatvergnügen anschaue.«

Da die Hauptdrohung aus dem Wege geräumt schien, war Winifred alles andere fast egal. Die andere Bedrohung hatte sich im August erledigt, als Pierre darauf bestanden hatte, daß sie zu Mirabelle gingen und ihr ein und für allemal sagten, was sie von ihr hielten.

Winifred würde also den Mund halten, dachte Pierre. Er hatte sich ihre Dankbarkeit billig erkauft. Seine größte Sorge war, Alice könnte erfahren, wie er es zu Wohlstand gebracht hatte. Wie Winifred hatte auch er nach Michels Tod keine andere Wahl gehabt. Künstlerische Photographie war bei den anzüglichen Postkarten, die Ende der neunziger Jahre von Hand zu Hand gingen, nicht gefragt, auch nicht bei den ersten Versuchen der Kinematographie. Er hatte damals nicht nur Geld gemacht, sondern auch eine Atempause gewonnen, um sich als Photograph zu üben. Mit Hilfe behutsamer Überredungskünste bei einem oder zwei seiner Modelle, die wie Winnie in wohlhabende Kreise eingeheiratet hatten, hatte er sich Zugang in die gehobenere Gesellschaft verschafft. Auf die Vergangenheit blickte er nicht weiter zurück, auch wenn das seine Nachteile hatte. Er hatte für erotische Filme durchaus etwas übrig, aber man konnte nicht alles haben. Schließlich hatte er Alice, und die würde er trotz ihrer oft befremdlichen Art nicht wieder hergeben. Mirabelle war eine Bedrohung gewesen, aber die lebte ja nicht mehr. Alice würden also seine Geschichten aus der Vergangenheit verborgen bleiben.

Er beschloß, geradewegs zum Hameau zu gehen. Er war früher dran als das letzte Mal, aber so genau konnte er seine Schritte nicht nachvollziehen, und sicher würde es nicht weiter schaden, dort etwas zeitiger einzutreffen. Eher würde Zuspätkommen auffallen. Er war auf Höhe des Schneckenhügels, als ihn Auguste einholte, der George gerade das zweite Mal getroffen hatte.

»Wir können ja gemeinsam zum Hameau gehen, Pierre«, schlug Auguste erleichtert vor. Kein Geist würde wagen niederzuschweben, wenn er Pierre neben sich hatte.

»Ah. Neulich stießen wir aufeinander, als ich im Gespräch mit Winifred war«, sagte Pierre aufgeräumt. »Ich muß mich etwas in der Zeit vertan haben.«

Jetzt erst fiel Auguste ein, daß der Weg sie beide unmittelbar an der Mühle vorbeiführte, in der sich Jacob und Alice in den Armen liegen würden. Aber als sie dort ankamen, standen der Maler und Pierres Gattin glücklicherweise draußen vor der Mühle.

Trotzdem war Pierre nicht erbaut. »Was machst du hier, Alice? Du warst doch letztes Mal nicht hier.« Er strafte Jacob mit einem finsteren Blick.

Alice sah ihn mit großen unschuldigen Augen an. »Du irrst, Pierre. Jacob und ich waren hierhergegangen, nachdem Mirabelle mich so aufgebracht hatte. Er hat mir gut zugeredet, weil ich nicht die Marie-Antoinette spielen durfte.«

»So? Dir gut zugeredet? Wieso bist du dann nicht zum Tee erschienen?«

»Ich konnte einfach nicht, so elend, wie ich mich fühlte.«

»Wo zum Teufel hast du dann gesteckt?« herrschte Pierre sie an. »Zur Wiese bist du doch nicht gleich wieder zurückgegangen. Du hast mir erzählt, du hättest dich nach dem Streit mit Mirabelle nicht wohlgefühlt und dich ins Trianon zurückgezogen.«

»Willst du damit sagen, ich hätte den Mord begangen? Nein, Pierre. Wenn ich es getan hätte, glaubst du, ich hätte dann eine Stunde später noch dort gestanden? Wie kannst du nur auf die Idee kommen, ich wäre imstande, jemandem die Kehle durchzuschneiden? Wo ich schon kaum einen Bissen zartes Hühnchen herunterkriege, ohne daran zu denken, welch grausamen Tod es erlitten hat.«

»In Ihrer Aussage gegenüber der Polizei haben Sie nichts davon erwähnt, daß Sie sich ins Haus zurückgezogen haben, Madame«, mischte sich Auguste ein.

Pierres Miene verfinsterte sich. »Wo warst du? Warst du die ganze Zeit mit dem Künstler da zusammen?«

»Ich ... «, Alice stockte und begann von vorn. »Du wirst es albern finden, *cheri*, aber ich bin in die Grotte gegangen, um ganz für mich allein Marie-Antoinette zu spielen. Ich dachte, wenn ich mich in einer ihrer Grotten ganz ruhig verhielte, würde sie mir vielleicht erscheinen. Ich habe sie angesprochen, auch einen kleinen Tanz aufgeführt, aber sie ist nicht gekommen«, schilderte sie, Mitleid heischend.

»Du hast doch gesagt, du glaubst nicht an Geister«, erinnerte sie Pierre verärgert. »Vielleicht denkst du daran, auf welcher Seite wir stehen bei der Wette.«

»Marie-Antoinette ist ja aber kein Geist«, entrüstete sich Alice. »Sie existiert wirklich. Jeden Tag um zehn Uhr spreche ich mit ihr, entweder zu Hause in meiner kleinen Kapelle oder an ihrem Grab.«

»Jetzt gehst du zu weit, Alice.« Pierre blieb überraschend zurückhaltend.

»Sie haben demnach kein Alibi für die eine Stunde, Madame?« fragte Auguste.

»Natürlich habe ich eins. Ich war bei der Königin. Sie riet mir, zurück zu der Wiese zu gehen; ich würde dort als Marie-Antoinette sitzen können, weil Mirabelle schon fort zum Tee wäre. Es war gerade die Zeit, da ihr alle im Aufbruch begriffen wart und von der Teestunde zurückkehren mußtet. Also machte ich mich flugs auf den Weg und … und … « Sie brach in Tränen aus, und Pierre versuchte, sie zu beruhigen.

»Genügt Ihnen das, Auguste?« fragte er erzürnt.

Auguste ignorierte seine Frage. »Haben Sie irgend etwas berührt?«

»Nur das Messer. Pierre … «

»Wie konnten Sie dann wissen, daß Mirabelle tot war?«

»Das war doch wohl deutlich zu sehen«, antwortete Pierre für sie.

»Nicht, ohne vorher den Hut zur Seite gezogen zu haben.«

Pierre sah seine Frau an und wartete auf ihre Antwort.

»Das habe ich vergessen zu sagen. Der Hut war zur Seite gerutscht. Ich habe ihn aufgehoben, konnte den Anblick nicht ertragen, habe mit ihm das gräßliche Bild verdeckt.«

Es hatte lange gedauert, bis diese Antwort kam.

Die Rückkehr mit der Gruppe vom Hameau zum Rasenstück am Petit Trianon beschwor in Auguste eigenartige Gefühle herauf. Die Wahnvorstellung vom Nachmittag überlagerte sie noch, und er konnte nicht gegen die unbegründete Furcht an, dort Mirabelles empörtem Geist zu begegnen. Erleichtert sah er Egbert am Kiesweg sitzen, gesund und leibhaftig; neben ihm stand Alice mit einem Messer in der Hand, an dem diesmal kein Blut klebte. Unter den Betrachtern gab es heute eine Person mehr: Inspektor Chesnais.

»*Mesdames et messieurs*, vorausgesetzt, Monsieur Didier hat genug gesehen, um den Ausgang der Wette klarzustellen, können Sie jetzt zum Petit Trianon zurückkehren.«

Hatte er genug gesehen? Auguste schwindelte es immer noch von den Erlebnissen des Nachmittags, sein Kopf schmerzte, und es verlangte ihn nach der Frische und Ordnung seiner Küchenräume, wo Vernunft und Kunstfertigkeit Hand in Hand gingen. Hier draußen waren Vernunft und Logik abhanden gekommen. Trotzdem nickte er. Nur Alice konnte nicht die Zeit abwarten.

»Haben Sie Ihre Majestät, die Königin, gesehen, Auguste?«

»Ich werde später Bericht erstatten, nicht jetzt«, schüttelte er sie entschieden ab. Pierre nahm sie am Arm und führte sie weg.

»Sie lächeln zufrieden, Inspektor Rose«, stellte Chesnais fest, als nur noch sie drei zurückgeblieben waren. »Demnach ist das kleine Lustspiel gut verlaufen?«

»Die Comtesse hat heute hier wie eine Bienenkönigin gesessen, so kommt es mir vor, und Bienenköniginnen haben allen Grund zum Lachen.«

»Heißt das, daß alle Bienen wie vorhergesehen zur Aufwartung angeschwirrt kamen?« fragte Chesnais.

»Nein.« Egbert blickte rasch zu Auguste hinüber. »Das war das Interessanteste. Mußt du nicht auch ins Château zurück, Auguste? Du willst dich doch bestimmt um meine *sôle au chablis* kümmern.«

Deutlicher konnte der Fingerzeig nicht sein. Auguste nahm ihn hin – er fühlte sich abgeschoben und zugleich erleichtert. Eigentlich konnte es ihm nur recht sein, denn es galt, noch ein paar Fragen zu klären. Um derentwillen würde er sogar die *sôle au chablis* Monsieur Grospied überlassen.

Kurz vor dem Salon holte er Winifred ein, die offensichtlich gerade aus dem Damengemach kam.

»Ich hätte Sie gern einen Moment gesprochen.« Er zog sie in das kleine Speisezimmer. Sie konnte nicht verbergen, daß ihr diese Begegnung unter vier Augen sehr ungelegen kam. »Ihr Mann wird nichts davon erfahren, Winifred, aber ich muß Sie etwas fragen. Hat Mirabelle Sie erpreßt?«

»So ein Unfug!« Es war ein halber Aufschrei.

»Ich habe eines Ihrer Postkartenphotos gesehen.«

»Pierre hat versprochen, er würde das für sich behalten!« winselte sie.

»Vielleicht hat er es auch getan. Ich weiß nicht, wer mir die Postkarte zugespielt hat. Um wen es mir vorrangig geht, ist Mirabelle.«

Winifred sah ihn ungläubig an. »Erpressung kann man es nicht gerade nennen. Sie gab mir lediglich zu verstehen, daß sie Bescheid wüßte. Und dann sagte sie neulich, da ich Engländerin und Pierre Franzose sei, hätte es vielleicht etwas mit dem Geist der ›Amis d'Entente Cordiale‹ zu tun, daß wir uns ganz entblößt hatten. Es war schrecklich, und dann starb sie«, fügte Winifred treuherzig hinzu.

»Wann genau hat sie das an jenem Tag gesagt, Madame?«

Winifred schluckte, aber dann erwiderte sie tapfer: »Gleich, nachdem Sie bei Pierre und mir vorbeigekommen waren – Sie sahen ja, daß wir uns unterhielten –, gingen wir beide zu ihr. Er wollte sie einschüchtern und sie dazu bewegen, den Mund zu halten. Aber sie lachte uns nur aus. Jedenfalls war sie gesund und munter, als wir sie verließen. Sie können's mir glauben.«

»Und blieben Sie beide bis zum Hameau zusammen?«

Sie schwieg eine Weile. Schließlich bekannte sie kleinlaut: »Nein.«

Zu guter Letzt spürte Auguste Jacob auf der Terrasse auf. Er überredete ihn zu einem Spaziergang durch die Anlagen, das wäre genau das Richtige vor dem Dinner. Nur zögernd ging Jacob auf den Vorschlag ein.

»Ich glaube, diese Morde haben letzten Endes etwas mit dem Tod von Hélène Mai zu tun.«

»Sie starb bereits vor sechs Jahren.« Jacobs Blick ruhte auf dem Liebestempel auf der kleinen Insel im künstlich angelegten Fluß.

»Aber Sie haben Hélène geliebt, und Robert hat sie Ihnen genommen. Als er dann das Gleiche nicht nur mit Louise, sondern auch mit Mirabelle tat, sagten Sie: ›*Ça suffit!*‹ Haben Sie deshalb Robert zum Duell gefordert? Oder wollten Sie Rache, weil Mirabelle Ihnen erzählt hatte, daß Robert Hélène auf dem Gewissen hatte?«

»Wie soll Mirabelle gewußt haben, was sich zwischen Robert und Hélène abspielte?«

»Ich weiß nicht, aber ich könnte mir vorstellen, sie hat unter der Androhung, die Geschichte publik zu machen, Robert zur Eheschließung erpreßt.«

»Das sehen Sie falsch.«

»Dann helfen Sie mir weiter.«

»Zuallererst muß man Mirabelle richtig verstehen. Was mich gleichermaßen fasziniert und beunruhigt hat, war, daß ich sie nicht malen konnte. Ich male, weiß Gott, genug Visagen des öffentlichen Lebens, hinter denen sich die unterschiedlichsten Gesichter verbergen. Wenn ich will, kann ich auch auf den einen oder anderen verzichten. Mirabelle ist mir stets ausgewichen, und erst vor kurzem habe ich begriffen, weshalb. Sie war schön und bis zu einem gewissen Grade auch talentiert. Aber das reichte ihr nicht. Sie wollte ebenso gut wie Hélène sein. Deshalb haßte sie sie so, und Hélènes Heirat mit Robert machte es nur schlimmer. Als Hélène starb, war Mirabelle mit Lord Harper verheiratet, aber als der dann auch tot war, war sie wild entschlossen, Robert zu ehelichen, um Hélène wenigstens irgendwie ebenbürtig zu sein. Lord Harper gefiel mein Porträt von ihr, doch ich hatte das Gefühl, eine leere Hülle gemalt zu haben.« Jacob grinste. »Mag sein, Sie denken, ich bin ein Künstler, der zu sehr in der vornehmen Welt lebt, um mich um Rechtschaffenheit zu scheren, und doch ist mir das wichtig. Ich versuchte, sie ein weiteres Mal zu porträtieren; das war nicht lange, bevor sie Robert heiratete. Diesmal brachte der Pinsel etwas hervor, was ich nicht wiedererkannte. Vermutlich war es genau das, was mich faszinierte. Liebte ich sie? Wollte ich sie heiraten? Eigentlich ja. Ich glaube, Mirabelle verlangte es nach dem Beweis, daß jeder, der Hélène geliebt hatte, auch sie lieben konnte. Ich hätte ihr als Ehemann genügt, aber dann sah sie plötzlich die Chance, Robert zu ehelichen.«

»Durch Erpressung?«

»Sie sehen es noch immer nicht richtig. Mirabelle war keine Erpresserin im eigentlichen Sinn des Wortes. Daß sie Geld von Robert nahm – und ich habe sie arg im Verdacht, daß sie es tat – war für sie reine Vergeltung, weil er es immer noch mit Louise trieb. Louise war verheiratet genausogut wie sie, und trotzdem suchte Robert Zuwendung von Louise und nicht von ihr. Ich glaube, sie hatte sich in den Kopf gesetzt, ihn dafür zahlen zu lassen, und als ihm schließlich das Geld ausging, hatte sie gewonnen.«

»Oder aber ihr wurde der Beweis zugespielt, daß Hélène umgebracht worden war, und damit konnte sie auf Heirat pochen.«

»Nein«, sagte Jacob langsam. »Das wußte sie schon lange.«

»Hat sie Ihnen das gesagt?«

»Das war nicht nötig. Sie wußte es von mir.«

»George!« Überall hatte Auguste ihn gesucht, und jetzt sah er ihn im Französischen Garten lustwandeln. Er erspähte ihn etwa da, wo ihm am Nachmittag die Gräfin Dubarry erschienen war.

Widerwillig blieb George stehen.

»Ich habe Sie heute nachmittag gesehen«, fing Auguste an.

»Na und?«

»Am 10. August habe ich Sie nicht gesehen.«

»Dann haben Sie Ihren Zeitplan nicht genau eingehalten.«

»Daran liegt's nicht. Sie hatten gesagt, Sie würden irgendwo in den Anlagen sein, und ich würde Sie schon finden. Aber eben nur, wenn Sie dagewesen wären.«

George gab einen Stoßseufzer von sich. »Sie sind doch ein Gentleman, Auguste.«

»Das ehrt mich.«

»Und Sie sind mit Bertie verwandt.«

Auguste konnte nicht umhin, das zu bestätigen.

»Sie würden ihn doch nicht in eine peinliche Lage bringen wollen, oder?«

»Das heißt, Sie waren im Hameau.«

»Ich muß schon ehrlich sagen, es war für mich ein Schock. Ich hoffte, Louise zu finden, wollte mit ihr über alte Zeiten schwatzen. Hab sie immer bewundert«, erklärte George schroff.

»Und was geschah?«

»Ich bin in eine verdammt peinliche Situation geraten. Louise sprang halbnackt herum, tanzte und schrie, und Seine Majestät versuchte, von ihr loszukommen. Keine Ahnung, was sich vorher abgespielt hat, und ich werde mich hüten, ihm gegenüber das Gespräch darauf zu bringen. Aber ich konnte doch unmöglich der Polizei etwas davon sagen. Schließlich geht es um die Ehre von England und all das.« George war rot vor Erregung.

»Ich verstehe«, sagte Auguste.

»Wirklich?« Georges Gesicht hellte sich auf. »Frauen sind verrückte Wesen. Über all die Jahre konnte ich Louise nicht vergessen. Sie war für mich wie eine Kerze in der Dunkelheit, wenn Sie verstehen, was ich meine. Sie zog einen an. Und nun brach plötzlich alles zusammen. Winifred mag ja etwas spröde sein, sich so aufführen und zur Schau stellen würde sie nie.«

13. Kapitel

Ein Dinner – wie eigentlich jede Mahlzeit – sollte erquik-kend und anregend sein, Ablenkung von den Problemen des Tages bringen. Davon konnte heute abend keine Rede sein. Auch wenn das Gespräch um Geister und Wetten kreiste, gedanklich war man bei Mord und der Anwesenheit von zwei Kriminalkommissaren. Auguste hatte vorausgesehen, daß es so kommen würde, und hatte deshalb ein Menü zusammengestellt, das Magen und Gemüter beruhigte, ganz gleich, in welcher Beziehung man zu Marie-Antoinette stand. Im Grunde genommen hegte er den Verdacht, daß das Thema Marie-Antoinette allen bis auf Alice gründlich leid war. Das Essen eines Auguste Didier würde keinen Ausgleich bieten können für das, was sich möglicherweise noch am Abend abspielte, aber es würde den Gästen doch munden, auch wenn sie das nur im Unterbewußtsein registrierten. Der Gedanke, daß seine Kreationen nicht das verdiente Lob erfuhren, weil die Speisenden mit ihrem eigenen Los beschäftigt waren, quälte ihn, aber es war nicht zu ändern. Auf seinem Speiseplan standen Fisch, Omeletts, Geflügel und – wenn auch unbeabsichtigt – Crème-Dubarry-Suppe. Zarter Blumenkohl konnte ein Labsal sein, der Name der Suppe nicht unbedingt, wenigstens empfand es Auguste so. Er konnte nur hoffen, der Geist der guten Comtesse würde nicht in der Küche auftauchen, um seine Lieblingssuppe zu kosten. Er würde Tatjana nahelegen, sich in gebührender Entfernung von der Küche aufzuhalten.

Sollte der Geist wider Erwarten an ihrer Stelle am gedeckten Tisch Platz nehmen, mit dem Suppenlöffel in der Hand, wären zumindest noch andere Gäste dabei, und der Ausgang der Wette wäre damit klar.

Klar – ein und für allemal? Das immerhin wäre eine erfreuliche Vorstellung. Damit wäre eins seiner Probleme ohne weitere Komplikationen aus der Welt geschafft. Dennoch grämte ihn, was er sich hatte entgehen lassen. In England hatte die Saison der Fasanenjagd begonnen, und es war die Zeit, da in den Speisekammern jede Menge Wild lagerte. Er sah es in allen Einzelheiten vor sich – das goldene Licht der untergehenden Sonne, der Erdgeruch, das Getrampel der Stiefel, wenn die Jäger heimkehrten, und in der Küche Früchte des Herbstes in Hülle und Fülle.

Seine Majestät war der einzige, der an der Tafel fehlte, als sie vom Vorzimmer hereinkamen. Auguste konnte sich Bertie nur schwer in der Rolle eines des Mordes Verdächtigen vorstellen. Er hätte den Mord geplant haben und das Gift folglich bei sich haben müssen; aber der König von England hatte niemals Geld in der Tasche, geschweige denn Opium.

Kurze Zeit hing Auguste diesem Gedanken nach, aber rasch entsann er sich seiner Pflichten. Für das Mahl, das sogleich auf den Tisch kommen würde, trug Monsieur Grospied die Verantwortung. Vermutlich war er ein durchaus kompetenter Küchenchef. Vielleicht hatte es gelegentlich Anlaß zur Kritik gegeben, sonst hätte man auf Augustes Anwesenheit hier nicht Wert legen müssen. Er verwarf den Gedanken. Er stand lediglich mit Rat und Tat zur Seite, und ihm oblag die Gesamtaufsicht über den Arbeitsablauf. Als Meisterkoch zeigte er äußerstes Taktgefühl, nur Monsieur Escoffier war vielleicht noch eine Spur besser.

Abgesehen davon, daß Bertie fehlte und diesmal Egbert und Chesnais anwesend waren, gab es noch einen Unterschied zur Augustversammlung. Bertrand Danielle war als Gast zugegen und nicht als Diener in Livree.

Während der Unterhaltung bei Tisch streifte man die verschiedensten Themen, mied aber Mord und Wettabschluß, was die Spannung nicht minderte. Auf ein Zeichen von Tatjana hin zogen sich die Damen nach einer Stunde zurück. Kognak wurde serviert, dann verschwanden auch die Bediensteten. Kurz danach verließen Egbert und Chesnais unter Vorgabe dienstlicher Angelegenheiten ebenfalls den Raum. Auguste wußte, welche Rolle er jetzt zu übernehmen hatte – Egbert hatte ihn entsprechend instruiert. Er mußte unter den Herren in dunklen Abendanzügen – Jacob, Pierre, George, Robert und Bertrand – den *agent provocateur* mimen.

»*Messieurs*, wie Sie sicherlich wissen, handele ich im Auftrag Seiner Majestät, da er nicht selbst anwesend sein kann«, begann Auguste. »Er, wie ich übrigens auch, hält es für unwahrscheinlich, daß Louise Mirabelle umgebracht und sich dann selbst das Leben genommen hat, auch lassen neuerliche Beweise den Tatvorgang in anderem Licht erscheinen.« Insgeheim bat er den Lieferanten besagter neuerlicher Beweise, der das ungemeine Glück hatte, zur Zeit auf Balmoral zu weilen und nichts davon ahnte, daß seine Person in die Verwicklungen mit einbezogen wurde, um Vergebung. »Wie dem auch sei, Seine Majestät wünscht Aufklärung über den Hintergrund der begangenen Verbrechen, und da die Polizei uns jetzt verlassen hat und wir unter uns sind, möchte ich Sie um Ihre Hilfe bitten. Ich bedauere es außerordentlich, daß ich das an einem Ort tue, der für Robert so schmerzliche Erinnerungen birgt.«

»Schmerzlich ist wohl kaum das passende Wort«, bemerkte Bertrand.

»Wieso nicht?« wollte Robert wissen.

»Er will damit sagen, daß Mirabelle Sie erpreßt hat, sie zu heiraten«, half Jacob nach, »und daß Sie Louise gehaßt haben.«

»Gehaßt? Ich habe sie geliebt. Ich liebte beide.«

»Sie hätten Mirabelle aus purer Liebe zur Frau genommen, Robert? Wollen Sie uns das im Ernst weismachen?« fragte Bertrand leicht amüsiert.

»Aus welchen Gründen sonst?«

Bertrand spielte mit seinem Kognakschwenker. »Wenn es nicht Erpressung war, dann vielleicht des Geldes wegen?«

»Nein«, antwortete Robert knapp.

»Die Forderung zum Duell steht noch, Robert«, sagte Jacob. »Ich habe aus gutem Grund eine Weile nicht darüber gesprochen; das heißt nicht, daß ich davon ablasse.«

»Das konnte ich mir denken, Jacob. Sie waren schon immer eine aufdringliche Kreatur. Louise und Mirabelle haben oft genug über Sie gelacht.«

»Ich fürchte, im August hatte keine von beiden viel Anlaß zum Lachen«, grunzte George.

»Ich auch nicht«, erklärte Bertrand. »Für mich jedenfalls beschwört dieser Tag schmerzliche Erinnerungen herauf. Robert mag ja Louise gehaßt haben, aber ich habe sie geliebt.«

»Das eine ist so unwahr wie das andere«, konterte Robert. »Mag sein, Sie haben sie anfänglich geliebt, aber das hielt nicht lange an. Sie hatten nichts gegen ihre *amitié amoureuse* mit mir einzuwenden, solange das nicht Ihrer Karriere schadete.«

»Aber, meine Herren!« schaltete sich George ein, dem diese Art gallischen Temperaments gegen den Strich ging.

»Was regen ausgerechnet Sie sich auf, George? Überlegen Sie doch lieber, wie Ihre Gefühle zu Louise aussahen«, spottete Robert. »Wohin sind Sie denn den Nachmittag neulich gegangen, nachdem Auguste an uns vorbei war? Ich habe selbst gesehen, wie Sie sich auf den Weg zum Hameau machten. Hatten Sie und Seine Majestät ein Stelldichein mit Louise *à trois*?«

»Ein Gentleman sind Sie wahrhaftig nicht«, brauste George auf. »Sie beleidigen den König von England, besudeln seine Ehre.«

Robert brüllte vor Lachen. »Als ob es dazu noch meiner Bemerkung bedurfte.«

»Robert, bitte nicht in aller Öffentlichkeit«, gebot Bertrand ihm Einhalt, »und nicht in Verbindung mit meiner Frau.«

»Das hier ist nicht die Öffentlichkeit«, merkte Jacob an. »Das ist ein Gespräch unter Gentlemen.« Er zwinkerte Auguste zu.

»Ganz richtig«, pflichtete ihm Pierre bei.

Robert zuckte mit den Achseln. »Wenn Sie meinen, es war nicht Liebe, daß ich all die Jahre mit Louise geschlafen habe, dann sind Sie alle verrückt.«

»Sie haben Mirabelle nicht geliebt – auch Hélène nicht«, sagte Jacob boshaft.

»Hat Sie auch Louise erpreßt, Robert?« fragte Pierre.

»Wollen Sie darauf hinaus, Pierre, daß Robert, selbst wenn er nicht Mirabelle auf dem Gewissen hat, meine Frau umgebracht haben könnte, weil sie ihn erpreßte?«

Statt seiner antwortete Robert. »Ich fürchte, Sie ignorieren die Tatsache, Bertrand, daß es, was Louise betrifft, keinerlei Beweise für irgendwelche erpresserischen Versuche gibt, oder daß ich andere Gefühle als Liebe zu ihr hegte. Im übrigen gibt es andere hier im Raum, die ebenfalls guten Grund hätten, sie getötet zu haben, und aus dem Kreis sind Sie nicht ausgeschlossen, Sir.«

»Welchen Grund hätte ich haben sollen?«

»Zwei fallen mir auf Anhieb ein«, erwiderte Robert in aller Gelassenheit. »Eifersucht und Angst um Ihre Laufbahn.«

»Selbst wenn Sie recht haben sollten – ein Motiv allein reicht nicht aus, mich zu überführen.«

»Trotzdem verdammt eigenartig, sich als Bediensteter auszugeben«, betonte George.

Jetzt mischte sich Auguste ein. »Ich fürchte, wir reden an der Sache vorbei, meine Herren. Es geht in erster Linie um den Mord an Mirabelle, der sich neulich hier zugetragen hat. Es ist wahr, daß sie außer Robert auch anderen gedroht hat. Robert hatte keinen Grund, sie zu ermorden, nachdem er sie geheiratet hatte. Als seine Frau stellte sie keine Bedrohung mehr für ihn dar. Ich glaube vielmehr, daß die Antwort auf beide Verbrechen im Paris der neunziger Jahre zu suchen ist, nicht in dem von 1906. Ich würde deshalb darum bitten, daß wir offen darüber sprechen.«

»Von Gentleman zu Gentleman?« fragte George verlegen.

»Selbstverständlich«, murmelte Robert. »Selbst Pierre könnte man als einen solchen bezeichnen.«

»Also gut«, fing George an. »Ich mache keinen Hehl daraus, daß ich Paris großartig fand, daß ich dort leben, dort heiraten wollte. England kam für mich nicht mehr in Frage, dachte ich. Ich werde nie vergessen, wie ich Louise zum ersten Mal tanzen sah. La Dervicheuse – sie war wie ein wirbelndes Feuer, hypnotisierte einen, und als ... «, herausfordernd blickte er in die Runde, » ... als ich ihr allem Anschein nach gefiel, war ich überglücklich. Vor Winifred würde ich das natürlich nicht sagen«, fügte er hastig hinzu.

»Vor mir ja?« fragte Bertrand.

»Eigentlich auch nicht. Nicht, daß sich da irgend etwas Anstößiges getan hätte, Sie verstehen schon.« George wurde rot. Frei sprechen war eine Sache, auf Taktlosigkeiten zu reagieren, eine andere.

»Und ob.« Bertrand blieb unbeirrt. »Ich heiratete Louise im Dezember 1895. Als einzigen Gentleman, der in ihrem Leben eine Rolle gespielt hatte, nannte sie mir gegenüber Robert. Wie sie erklärte, hätte er sie in eine Liaison gezwungen; sie wäre darauf eingegangen, weil sie das ganze Geld, das sie verdiente, ihrer Familie schicken mußte. Dann hätte er eine andere geheiratet. Das nenne ich ehrenwert, Robert.«

»Tatsachen kann man nicht verdrehen, Bertrand, da können Sie sich noch so viel Mühe geben«, erwiderte Robert ruhig.

»Ich kann George nur zustimmen«, nahm Jacob das Wort. »Paris war zu der Zeit ein aufregendes Pflaster, besonders wenn man Kunststudent war. In England fehlte es an Inspiration, aber in Paris hatte man sie überall. Das Leben trieb die tollsten Blüten. Ich zeichnete Louise, und ... hm ... auch ich schien ihr zu gefallen, und dann sah ich Hélène. Ich durfte sie malen, mehr aber nicht. Ich war einundzwanzig, und sie sah in mir nur einen Jungen. Sie hatte andere Bewunderer, das war klar. Einer von ihnen war Robert. Er konnte ihr einen Titel bieten, Geld und ein Heim. Ich konnte nur mit einer möglichen Karriere in ferner Zukunft aufwarten.«

»Wollen Sie damit sagen, Hélène hätte mich des Geldes wegen geheiratet?« fragte Robert.

»Nein. Sie war sehr in Sie verliebt, aber das ändert nichts an der Tatsache, daß Sie ihr mehr bieten konnten als ich.«

»Inspektor Rose hat mich informiert, daß Hélène eine sehr reiche Frau war«, warf Auguste ein.

Bertrand lachte auf. »Na, wenn das nicht paßte, Robert. Jetzt wird mir alles klar.«

»Davon wußte ich nichts, als ich sie heiratete.» Robert ließ sich von Bertrands spöttischen Bemerkungen nicht aus der Ruhe bringen.

»Natürlich nicht«, höhnte Bertrand.

»Pierre?« fragte Auguste.

»Jacob und George sind Engländer; sie sahen Paris mit anderen Augen als ich«, meinte er und verzichtete entgegen seiner sonstigen Gewohnheit auf jede Großspurigkeit. »Sie sahen das pulsierende Leben und das Amusement, das es bot. Für mich war es die Stadt, in der ich mein Geld verdiente. Ich bin nicht mit einem Adelstitel gesegnet, ich meinte auch, in der Republik Frankreich käme es darauf nicht an. Ich mußte mich vom Gegenteil überzeugen. Ohne Beziehungen war man verloren, das gilt auch heute noch.«

»Waren Sie die ganzen neunziger Jahre in Paris?« forschte Auguste.

»Nein, nur während der Zidler-Jahre am Moulin Rouge von 1890 bis 1894. Ich war am Anfang völlig mittellos und kam auf die Idee, mit der Photographie mein Glück zu versuchen, mit Postkartenbildern von Zidlers Mädchen. Mein Bruder Michel machte die Aufnahmen, und ich kümmerte mich um die geschäftliche Seite. Er hatte künstlerisches Talent, und wir hofften, eines Tages in die Pariser Gesellschaft aufzusteigen, wenn wir erst einmal genug Geld gemacht hatten, um uns an einer guten Adresse zu etablieren.«

»Ah, schon wieder das liebe Geld«, stöhnte Robert.

Pierre ließ sich durch die Zwischenbemerkung nicht weiter stören. »*Alors*, Michel verliebte sich in Louise – und das war's. Egal, was Bertrand davon hält, wir sollten die Dinge beim Namen nennen und nichts beschönigen. Louise verführte ihn. Es gibt kein anderes Wort dafür. Er war verheiratet, hatte zwei kleine Kinder, doch sie brachte ihn um den Verstand.«

»Ich dachte, Auguste, Ihnen lag daran, daß wir uns über Mirabelle und Hélène austauschten, nicht aber über Louise«, sagte Bertrand kalt.

»Das ist ein und dieselbe Geschichte«, gab Pierre scharf zurück, »und ich würde auch nicht darüber sprechen, wenn die Angelegenheit sich nicht so zugespitzt hätte. Michel nahm sich 1894 das Leben, ich blieb zurück, ein Gestrandeter. Ich war damals nicht imstande, eine anständige Aufnahme zu machen. Zidler ging, und sein Nachfolger mochte mich nicht. Hélène war die einzige, die mir half. Sie sagte, sie würde mit Robert sprechen und ihn bitten, mich in die besseren Kreise einzuführen. Ich tat ihr leid. Sie wußte, was es heißt, arm zu sein. Jedenfalls sah ich es damals so. Aber Robert lehnte jegliche Unterstützung ab.«

»Wie konnte ich nur so grausam sein«, murmelte Robert. »Gab es irgendeinen besonderen Grund, weshalb ich einem untalentierten Photographen behilflich sein sollte, meinen Freunden Geld aus der Nase zu ziehen?«

»Zu der Zeit lernte ich Mirabelle kennen«, fuhr Pierre unbeirrt fort. »Sie riet mir, das Photographieren vernünftig zu lernen und dann an die Reviera zu ziehen, wo es billiger war und wo auch der Markt aufnahmebereit war für ... hm ... Photos. Ich faßte dort Fuß und hielt Ausschau nach dem nächsten Schritt. 1895 hatten die Gebrüder Lumière mit den ersten beweglichen Bildern begonnen, und zwei Jahre später waren Filmstreifen schon allgemein verbreitet. Es gab Veranstaltungen für besondere Gelegenheiten, ich sag mal Filme nur für Herren. Ich machte ein paar von der Sorte im Süden, hatte damit Erfolg, war bereit, nach Paris zurückzukehren und die Filmgeschichte an den Nagel zu hängen. Ich begegnete Mirabelle erneut in Cannes, und sie führte mich bei ein oder zwei ihrer Pariser Freunde ein.«

»Haben Sie da nicht etwas ausgelassen?« warf Robert

spöttisch ein. Von der Ecke also war die Postkarte gekommen, dachte Auguste.

Pierre starrte ihn an. »Nein.«

»Monsieur Danielle?« taktvoll suchte Auguste, dem Gespräch eine andere Richtung zu geben.

»Wir haben noch nichts von Robert vernommen«, war Bertrands erste Reaktion. »Aber wenn Sie es wünschen, dann werde ich reden, auch wenn ich wenig zu berichten habe. Ich heiratete Louise Ende 1895 und gehörte nicht zu den ständigen Besuchern vom Moulin Rouge. Robert hingegen ja, auch im Jardin de Paris war er häufig zu Gast. Ich lernte Robert erst später kennen – und auch Hélène. Das arme Ding. Es war keine glückliche Ehe, wenn Sie mich fragen. Ich bin höchst gespannt, was Robert dazu zu sagen hat.«

Robert lachte. »Die Spannung kann ich Ihnen nehmen. Hélène war, wie wir von Auguste schon wissen, sehr reich, obwohl ich von diesem Tatbestand erst kurz vor unserer Heirat erfuhr. Sie war ein zauberhaftes Geschöpf, ein Kunstwerk geradezu, voller Geist, voller Herzensgüte, voller Talent. Ich liebte sie. Ich bin sicher, Louise hat Ihnen ein ganz anderes Bild von Hélène gemalt, Bertrand, aber in meiner Erinnerung lebt sie so und nicht anders. Sie war zart und zerbrechlich, und Schwindsucht raffte sie dahin.«

»Mit Hilfe von ein wenig Arsen?« fragte Bertrand.

Robert maß ihn mit einem durchdringenden Blick. »Darf ich fragen, welchen Beweis Sie für eine so unverschämte Behauptung haben?«

»Leider keinen. Aber Louise hätte ihn vermutlich gehabt, auch wenn sie keine Erpresserin war.« Bertrands Stimme wurde zunächst lauter, dann hatte er sie nicht mehr unter Kontrolle. »Es hatte schon seinen Grund, daß Sie sie haßten. Sie haben sich mit Mirabelle zusammengetan, um sie aus dem Wege zu schaffen. Oder haben Sie etwa auch Mirabelle ermordet? Ob Sie ebenfalls die auf dem Gewissen haben oder nicht, der Tod meiner Frau ist mit ziemlicher Sicherheit auf Sie zurückzuführen.«

»Ich habe Louise geliebt«, schrie Robert. »Will das niemand von Ihnen begreifen? Ich vergötterte sie; wenn Louise irgendeinen Beweis für irgend etwas hatte, dann war es der. Sie waren von Eifersucht getrieben, und wenn sie einer gehaßt hat, dann waren Sie es. Sie haben ihr eingeredet, zum Trianon zu kommen, sind ihr dann gefolgt und haben sie umgebracht. Sie haben Ihre Schritte so geplant, um mir dann die Schuld zuzuschieben. Sie waren es, der ... «

»Mirabelle getötet hat?« vollendete Bertrand den Satz für ihn.

»Ja, und ich kann es beweisen.«

Bertrand sah ihn eisig an, bleich im Gesicht. Dann stand er auf. »Sie gehen tatsächlich so weit? Wenn das so ist, Gentlemen, müssen Sie mich entschuldigen. Ich muß Inspektor Chesnais ein Geständnis machen.«

Ein Diener öffnete die Tür zum Salon. Tatjana saß am Kamin, und Auguste spürte, daß ihr Zusammensein mit Alice und Winifred nicht das reinste Vergnügen gewesen war. Zwei Damen zu unterhalten, von denen die eine kaum ein anderes Thema als Marie-Antoinette kannte und die andere das bloße Erwähnen von Frankreich und Franzosen als Zumutung empfand, war keine leichte Aufgabe, und an so einem Tag wie heute schon gar nicht. Alice war gerade dabei, sie wortreich über den neuen Roman der Baronin Orczy in Kenntnis zu setzen, der die Abenteuer des sogenannten Bundes der Roten Pimpernelle beschrieb, der französische Aristokraten vor dem wütenden Pöbel der Revolution rettete. Selbstverständlich waren die Bundesbrüder Engländer.

»Wo ist Monsieur Danielle, Auguste?« fragte Tatjana. »Wird er sich zu uns gesellen?«

»Wohl kaum», war Robert rasch mit der Antwort parat. »Er gesteht gerade den Mord an seiner Frau – und an meiner.«

»Hatte man ihn auch erpreßt?« rief Winifred aufgeregt und fing sich einen verdutzten Blick von George ein.

»Ich habe Danielles öffentliche Bekundungen seiner Integrität immer für etwas übertrieben gehalten«, erklärte Pierre voller Genugtuung. »Zweifellos hat das Weibsbild – Louise – ihn zur Heirat gezwungen, irgend etwas muß sie gegen ihn in der Hand gehabt haben.«

»Mein lieber Pierre, eben noch haben Sie alle auf mich als ein Opfer von Erpressung gezeigt, ich sei sowohl Mirabelle, meiner armen Frau, als auch Louise ausgeliefert gewesen«, versuchte Robert die Bemerkung etwas zu relativieren.

Pierre blickte sich in der Runde um. »Erpresserin hin, Erpresserin her, Fakt bleibt, daß etliche von uns allen Grund hatten, Louise zu verabscheuen. Danielle hat uns einen Gefallen getan.«

»Das verstehe ich nicht«, äußerte sich George und schaute finster drein. »Wie konnten Louise und Mirabelle beide Erpresserinnen sein und beide zur gleichen Zeit und am gleichen Ort ermordet werden? Das scheint mir ein etwas sehr befremdliches Zusammenspiel von Zufällen zu sein.«

»Und immer noch einmal von vorne durch den Irrgarten«, kommentierte Jacob heiter. »Ich möchte endlich zu seiner Mitte vorstoßen. Wenn Danielle beide umgebracht hat, brauchen wir uns keinen Kopf mehr um das Warum und Wieso zu machen. Bleibt nur noch die Frage, wie er es bewerkstelligt hat. Soviel ich begriffen habe, ist er doch nur in die Livree eines Dienstmannes geschlüpft. Vielleicht können Sie uns auf die Sprünge helfen, *mon maître chef*.«

»Monsieur Danielle hat sich auch als einer der Parkwächter ausgegeben.«

»*Mon dieu.* Ich hatte den doch glatt für einen Geist gehalten«, gab Pierre sarkastisch zum besten.

»Geister«, nahm George das Stichwort auf. »Das erinnert mich … «

»Nicht jetzt, George«, bremste ihn Winifred rasch ab. Sie blickte erwartungsvoll zu Auguste.

»Mir ist nicht bekannt, was Monsieur Danielle Inspektor Chesnais im einzelnen berichtet«, sagte Auguste, »aber es könnte sich in etwa wie folgt anhören. Als Louise ihm erklärt hatte, sie beabsichtige zum Petit Trianon zu gehen, beschloß er für sich, dort auch zugegen zu sein, wenngleich, wie er hoffte, für sie unsichtbar.«

»Lag ich also richtig mit dem Geist«, lachte Pierre vergnügt.

Auguste beachtete ihn nicht weiter. »In seiner Eigenschaft als Bediensteter tat er Opium in ihre Tasse oder ihr Glas. Unglücklicherweise hatte ihn Mirabelle beobachtet, verschwieg es ihm auch nicht und ging in den Garten. Er griff sich ein Messer, nahm in den Anlagen seine Position als Parkwächter ein und brachte dann Mirabelle um. Im Trianon kleidete er sich erneut als Bediensteter, erregte zunächst einiges Aufsehen, indem er Robert mit dem Zuckerwatteschwan half, folgte ihm danach zu Fuß ins Hameau, um sich von Louises Zustand zu überzeugen. Er fand sie dort nicht vor, zog daraus befriedigt die Schlußfolgerung, daß sein Plan aufgegangen war, und machte sich davon.«

Tatjana starrte ihn entgeistert an. »Aber … «

In diesem Moment betraten Egbert und Chesnais den Raum. Auguste war erleichtert; seine Verzögerungstaktik war aufgegangen. Hinter den beiden kam Danielle Bertrand.

»Was will denn der hier?« fragte Robert empört und stand auf.

»Ich wollte mir das Schauspiel nicht entgehen lassen«, gab ihm Bertrand Bescheid.

Roberts Blick hastete von einem zum anderen.

»Monsieur le Comte«, hub Chesnais an und trat einen Schritt vor, »Sie sind verhaftet wegen Mordes an Ihrer Frau, der Comtesse de Tourville, und an Madame Louise Danielle.«

Am folgenden Tag hatten sich in Tatjanas Wohnung Bertrand, Pierre, Alice, George, Jacob und Winifred eingefunden. »Es gab zwei Angelpunkte«, erläuterte ihnen Egbert. »Der eine war der Fakt, daß Mirabelle eine Erpresserin war, der andere, daß Robert Louise vergötterte.«

Auguste hatte noch deutlich im Ohr, wie heftig Robert seine Unschuld an Louises Tod beteuert hatte.

»Und trotzdem hat er sie umgebracht«, stellte Bertrand sachlich fest.

»Er hat gestanden, Mirabelle getötet zu haben«, fuhr Egbert fort, »leugnet aber den Mord an Louise. Er verwahrt sich auch strikt gegen den Vorwurf, in ihre Tassen beziehungsweise in eine von beiden Opium getan zu haben.«

»Natürlich«, brummte Bertrand. »Selbst wenn er eingestehen müßte, Louise aus Versehen umgebracht zu haben, wäre ihr Geist nicht gerade erbaut davon.«

»Ich neige fast dazu zu glauben, daß es versehentlich geschah«, sagte Egbert. »Der Graf bestätigt, daß Mirabelle ihn jahrelang wegen Hélènes Tod in der Hand gehabt und unter Druck gesetzt hat. Als ihm das Geld ausging, bestand sie auf Heirat. Er besprach die Sache mit Louise. Er behauptet, es sei ihr Plan gewesen. Er sollte Mirabelle auf dem Rasenstück ermorden, Louise würde derweil im Petit

Trianon einen lauten und einseitigen Streit inszenieren, um für ein Alibi zu sorgen. Im entscheidenden Moment aber war Louise nicht im Trianon, weil sie bereits mit den ersten Symptomen der Opiumvergiftung zu kämpfen hatte. Robert hatte aber keine andere Wahl, er mußte zum Château zurückkehren.«

»Warum?« fragte Winifred.

»Seine Kleider waren blutbesudelt«, erklärte Auguste. »Unter dem Mantel, den er auf dem Rasen abgelegt und sich auf dem Rückweg wieder umgeworfen hatte, konnte er die Blutflecken zunächst verbergen. Sich im Schlößchen umzuziehen, war für ihn kein Problem, weil er dort ein Schlafzimmer hatte; er hatte ja im Boudoir der Königin übernachtet.«

»Das Schloß ist aber doch durchsucht worden«, wandte Tatjana ein.

»Robert hatte sich der Verdacht erregenden Kleidungsstücke entledigt. Er verstaute sie in einem Korb, den er wie geplant zu seinem Automobil brachte. Louise hätte ihn eigentlich begleiten sollen, konnte ja aber nicht wie verabredet da sein, und Robert mußte in aller Eile einen anderen Grund für sein Zuspätkommen finden. Die Sache mit dem Schwan kam ihm zupaß. Sein Pech war nur, daß er in dem Bediensteten nicht Bertrand Danielle erkannte.«

»Leider muß ich bekennen, daß ich wohl nicht die ganze Wahrheit gesagt habe, wenngleich meine frühere Aussage durchaus korrekt ist«, eröffnete Bertrand, ohne mit der Wimper zu zucken. »Ich kann mir nicht erklären, wie es passieren konnte. Ich war über die Terrassenstufen in die erste Etage zurückgekehrt, war an Mirabelle vorbeigekommen, die zu dem Zeitpunkt gesund und munter war, und ging wieder nach unten zu den Küchenräumen. Ich habe weiter ausgesagt, daß ich Robert begegnete, der mit dem

Waschzuber aus der Küche kam. Das war ungefähr um vier Uhr. Beide Aussagen entsprechen der Wahrheit, nur daß dazwischen eine Spanne von etwa zehn Minuten lag. Ich kam die Treppe herunter, hielt in der alten Wachkammer Ausschau nach Louise. Als ich von dort wieder herauskam, sah ich Robert durch den Haupteingang das Haus betreten. Er hatte den Umhang umgeworfen, eilte auf die Treppe zu und nahm mich nicht weiter zur Kenntnis. Sein Verhalten machte mich stutzig; ich dachte, Louise hing vielleicht mit drin, folgte ihm nach oben und wartete dort auf sein Wiedererscheinen. Ich wunderte mich, als er dann wieder in Richtung Küchen ging, und folgte ihm erneut. Soweit ich weiß, hat er ursprünglich Chesnais gesagt, daß ein Koch und ein Bediensteter ihn gesehen haben und seine Schritte bezeugen können. Zu dem besagten Zeitpunkt war kein weiterer Bediensteter zugegen; ich war der einzige.«

»Sehr überzeugend klingt mir die Beweisführung nicht«, stellte George mit Nachdruck fest, als spräche er im Namen der englischen Justiz.

»Dem kann ich mich nicht verschließen, Mr. Ladyboys. Glücklicherweise machte mich ein Korb in Roberts Automobil neugierig, als ich den Waschzuber hineinschob. Während Robert mit dem Anwerfen des Motors beschäftigt war, öffnete ich ihn und beförderte einen blutbefleckten Handschuh ans Tageslicht. Es war einer von denen, die Robert von George für das Kostüm des ›Laufenden Mannes‹ bekommen hatte. Handschuhe, sollte ich vielleicht noch hinzufügen, die mir viel zu klein gewesen wären.« Demonstrativ zeigte er seine großen Hände.

»Weshalb haben sie so lange geschwiegen?« fragte Alice entrüstet. »Wir sind mit den Nerven fast am Ende, und Sie haben die ganze Zeit gewußt, wer der Mörder war.«

»Ich bedauere das zutiefst, Madame. Ich habe meine Entschuldigungen bereits gegenüber Inspektor Rose und Inspektor Chesnais zum Ausdruck gebracht. Ich kann den Streich, den mir mein Gedächtnis gespielt hat, nur damit erklären, daß ich mir immer gewünscht habe, Robert in einer Lage zu sehen, in der er nicht ein noch aus wußte. Er ist mir seit Jahren eine Pein gewesen. Ihm bewußt zu machen, daß sein Leben einzig und allein von mir und meinen Aussagen abhing, bereitete mir ein außerordentliches Vergnügen. Er hat Louise tatsächlich geliebt, und ich liebte sie auch. Zu meinem Leidwesen war es Robert, dem all ihre Zuneigung galt. Liebe macht einen nicht immer blind gegenüber den Schwächen der Geliebten. Ich war mir sehr wohl bewußt, daß Louise keine Gewissensbisse kannte. Trotzdem habe ich sie geliebt, und Robert hat sie umgebracht, ob er es zugibt oder nicht. Wie es geschah, kann Mr. Didier besser erklären als ich.«

Auguste nahm den Faden auf. »Ich vermute, Robert wollte Mirabelle mit Opium töten; das mit dem Messer war meiner Auffassung nach nur ein Verzweiflungsakt in letzter Minute, als er Mirabelle auf dem Rasen unversehrt vorfand und nicht durch Opium bedingt im Koma. Er hatte versehentlich Louises Kaffee mit Opium vergiftet anstatt Mirabelles.«

»Wie das?« fragte Jacob. »Ich habe zwischen den beiden gesessen; die waren nicht zu verwechseln.«

»Es lag an den vielen Menschen im Raum und an den Spiegeln. Normalerweise zeigt ein Spiegel das Bild seitenverkehrt«, entwickelte Auguste seine Beweisführung, »aber wenn Spiegel im rechten Winkel zueinander stehen, wie es in besagter Ecke der Fall war, kommt es zu irreführenden Konstellationen. Nähert man sich der Ecke von einem bestimmten Winkel aus, ergibt das Spiegelbild, das man sieht, eine doppelte Reflexion. Roberts Unheil bestand darin, daß der Raum voller Menschen war, als er ihn durchschritt, um zu dem Tisch zu gelangen. Beim Gehen sah er in den Spiegel, da er es aber eilig hatte, war er versehentlich auf das falsche Spiegelbild fixiert. Er hatte nur wenig Zeit, dem Kaffee das Gift beizumengen. Und von hinten gesehen konnte man wegen der Hüte und Louises Perücke die Gesichter nicht erkennen. Er verließ sich also auf das Bild, das sich ihm beim Gehen eingeprägt hatte. Und danach saß Louise links und Mirabelle rechts. Er schlußfolgerte, daß die Positionen wegen des Spiegelbilds seitenverkehrt waren, er also umdenken mußte. Er ahnte nicht, daß es sich um eine doppelte Spiegelung handelte und rechts und links folglich der Wirklichkeit entsprachen. Es war ganz einfach ein Fehlschluß, ein Fehler mit fatalen Folgen.«

»Vielleicht bin ich sogar an allem schuld«, offenbarte plötzlich Jacob. »Ungewollt zwar. Ich besuchte Hélène noch einmal kurz bevor sie starb – wie es hieß, an Schwindsucht. Sie war schwerkrank. Sie überreichte mir ein verschlossenes Tagebuch und bat mich, es im Falle ihres Todes ihrer besten Freundin zu geben. Bei der Trauerfeier kam ich meinem Versprechen nach und vertraute das Buch, immer noch verschlossen, Mirabelle an. Im Rückblick denke ich, hatte Mirabelle mit den darin enthaltenen Aufzeichnungen den Beweis in der Hand, daß Robert Hélènes Siechtum und letzten Endes ihren Tod zu verantworten hatte.«

»Aber von alledem konnten Sie ja nichts wissen, Jacob«, versuchte ihn Alice zu beruhigen. »Sie haben im guten Glauben gehandelt, genau wie Königin Marie-Antoinette, als ... «

»Wir haben im Speisezimmer ein leichtes Lunch vorbereitet«, griff Auguste ein. »Wenn Sie mir bitte folgen wollten ... «

George räusperte sich. »Einen Moment, bitte, Auguste.«

»Ja?«

»Ist mir ja unangenehm, die Sprache darauf zu bringen, aber was wird nun mit der Wette?«

Auguste sah ihn verständnislos an. »Robert ist wegen Mordes verhaftet.«

»Ich weiß. Es ziemt sich nicht«, entschuldigte sich George, »aber ich habe Dinge gern geklärt. Wie ist Ihrer Meinung nach die Verfahrensweise? Angenommen, es war ein Rennen mit zwei Pferden, und ein Pferd ist nicht angetreten?«

»Dann hast du gewonnen, George«, antwortete Winifred triumphierend.

»Nein, mein Herz. Wenn ich gewinne, dann offen und ehrlich. Was ich rein Interesse halber gern gewußt hätte, Auguste – haben Sie gestern irgendwelche Geister gesehen?«

»Hast du denn welche gesehen, *chéri*?« fragte Tatjana unschuldig.

Auguste warf ihr einen verzweifelten Blick zu, aber es half nichts. Er kam um eine Antwort nicht herum. »Ich glaube, ja.«

George wirkte niedergeschlagen. »Demnach hätte ich gewinnen können, und Seine Majestät auch.«

Berties Name hätte nicht fallen dürfen; schon trieb der majestätische Terror in Auguste sein gräßliches Spiel. Eine Lösung mußte her, koste es, was es wolle. Was würde er tun, wenn die *côtelettes de Souvoroff* angebrannt waren? Was, wenn die Zuckerwatte auf einem *pièce montée* zusammenfiel? Was, wenn er den Braten fallen ließ? Jedem Meisterkoch konnte etwas schiefgehen; aber jeder Meisterkoch mußte mit dem Mißgeschick fertig werden und sich aus der Situation heraus etwas einfallen lassen. Unmöglich konnte er Seiner Majestät sagen, daß er eigentlich die Wette gewonnen hätte, wenn da nicht ein Auguste Didier die Finger im Spiel gehabt und sie ausgesetzt hätte.

Schon kam ihm die Erleuchtung. »Das ist nicht gesagt, George. Die Geisterjagd mußte am 10. August auf halber Strecke abgebrochen werden. Die Wette sollte daraufhin am 5. Oktober zum Abschluß kommen. Bei der Wette ging es darum, wenn ich noch einmal daran erinnern darf, ob die Geister von Marie-Antoinette oder von Mitgliedern ihres Hofstaats im Trianon gesichtet werden oder nicht.«

»Und? Hat man sie gesehen?« frage Alice atemlos.

»Leider nicht. Ich habe einen Geist gesehen – falls es denn ein Geist war«, setzte Auguste diplomatisch hinzu, »von der Gräfin Dubarry, der Mätresse Ludwigs XV.«

Damit erhob er sich und führte die Gesellschaft zum Lunch. Der hitzigen Debatte, die hinter ihm ausbrach, schenkte er keinerlei Beachtung.

Ruhelos wälzte sich Auguste hin und her. Die Nacht war lang, und er konnte keinen Schlaf finden. Wirre Gedanken trieben ihre Possen mit ihm, signalisierten, daß ihm das Ragout vom Dinner nicht bekommen war und daß er in der Küche würde nachforschen müssen, woran es gelegen hatte. Die Zutaten mußten unter die Lupe genommen, keine ausgelassen werden, und alle erwiesen sich als einwandfrei. Jetzt war er in der Spülküche, machte den Abwasch, untersuchte die Reste auf seinem Teller nach Spuren von Opium. Vergeblich. Er mußte mit der Arbeit in der Spülküche zu Ende kommen. Alle Meisterköche sollten ab und an aufwaschen, damit sie sich auf die Wurzeln ihrer Kunst besannen. Zuerst die Gläser; alle ohne Opium. Dann das Besteck, schließlich die Teller. Das Wasser im Becken wurde immer schlieriger. Ein halber Alptraum; er gab einen lauten Schrei von sich und weckte damit Tatjana.

»Was ist los?« fragte sie besorgt.

»Das Messer, ich kann es nicht abwaschen«, rief er gequält.

»Komm zur Ruhe und schlaf, *ma mie*.«

Als er am Morgen erwachte, konnte er wieder klare Gedanken fassen und fühlte sich wie geläutert. Wenn sie mit ihrer Vermutung richtig lagen, daß Robert Mirabelle mit Hilfe von Opium aus dem Leben schaffen wollte, wieso hatte er dann ein Messer bei sich, als er nach seinem Rollenspiel des »Laufenden Mannes« bei Mirabelle vorbeischaute und damit rechnete, sie entweder im Koma oder tot vorzufinden? Über der Sache schwebte immer noch ein Fragezeichen; nur glaubte er jetzt, die Antwort darauf zu wissen.

»Meine Liebe, ich muß heute dringend jemand aufsuchen«, eröffnete er Tatjana beim Frühstück. »Kann ich das Automobil nehmen?«

Erschrocken sah sie ihn an. »Nicht heute. Ich habe auch einen dringenden Termin.«

»Liebling, sag, was für einen Wagen du dir wünschst, und du sollst ihn haben; aber bitte nimm heute einen Fiaker.«

»Verlockendes Angebot, Auguste, aber … «

Auguste war schon außer Hörweite. Er hatte nur einen Anflug von schlechtem Gewissen, war völlig mit sich und seinen Gedanken beschäftigt. Wenn seine Theorie stimmte, würde er gerade noch zur Zeit kommen. Eine halbe Stunde später betrat er die Basilique de St. Denis. Er studierte den Lageplan der Kirche und hastete dann im Seitenschiff rechts nach vorn. Sollte er erst in die Krypta gehen oder in die Louis-Philippe-Kapelle? Er entschied sich für die Kapelle, eigentlich nur, weil sie näher lag, und dort sah er Alice – kniend und in Andacht versunken. Nicht dem Altar war ihr Gesicht zugewandt, sondern den knienden Skulpturen von Ludwig XVI. und Marie-Antoinette.

»Madame«, sprach er sie leise an, und Alice öffnete die Augen.

»Was suchen Sie hier?« fragte sie ärgerlich.

»Sie waren es, die Louise getötet hat, nicht wahr?«

»Nein. Wie können Sie so etwas Schreckliches sagen, und ausgerechnet hier?«

»Statt Mirabelle, es geschah aus Versehen«, sprach er weiter.

»Ich wollte Louise nicht töten, auch Mirabelle nicht.« Sie war sichtlich empört, daß er ihr so etwas zutraute. »Es war wirklich nicht meine Absicht. Ich bin über das Unglück zutiefst bestürzt. Ich hatte gedacht, ich nehme ein bißchen Laudanum mit und tue es in Mirabelles Kaffee; das würde sie müde machen, sie würde auf dem Rasen einschlafen, und dann könnte ich an ihrer Statt Marie-Antoinette spielen. Aber genau so, wie Sie es von Robert gesagt haben, muß ich die falsche Tasse erwischt und mich außerdem in der Dosierung vertan haben. Ich wollte Louise nicht umbringen, wahrhaftig nicht.«

»Hat es Ihnen tatsächlich so viel bedeutet?«

»Ja, natürlich.« Alice schien überrascht, wie man so etwas fragen konnte. »Sie ist meine Vorfahrin. Es war mein gutes Recht, sie zu spielen.«

»Für sie stellt sich die Sache ganz logisch dar. Sie ist eine unausgeglichene Person, und das ist milde ausgedrückt. Außerdem können Laudanumpräparate unterschiedlich stark sein.« Auguste erzählte Tatjana die Geschichte immer wieder in ähnlichen Worten. Hinter ihm lag ein aufreibender Tag in der Zentrale der Sûreté mit Egbert und Chesnais. Egbert war immer noch dort und versuchte Pierre zu beruhigen, dessen Erregung Alice offensichtlich nicht recht begriff.

»Auguste ... «

»Trotzdem, es bleibt dabei, sie hat Louise umgebracht.«

»*Ma mie*, ich hätte dir gern etwas darüber erzählt, wie mein Tag verlaufen ist. Ich habe etwas Aufregendes ... «

»Ist es draußen?« fragte Auguste. Er gab sich geschlagen und war bereit, sich der unvermeidlichen Debatte über die Vorzüge eines neuen Autos zu stellen, das offensichtlich bereits vor der Tür stand.

»Nein. Es dauert noch ein paar Monate, bis es kommt.«

»Konstruiert Monsieur Bollée eigens für dich eins?« Das würde noch teurer werden, als ohnehin befürchtet.

»Nein, ich baue es selbst.«

Erst jetzt konzentrierte sich Auguste voll und ganz auf seine Frau. »Du baust es selbst? Und das soll dann sicher sein?«

»Es hat schon seit Jahrhunderten funktioniert.«

»Was? Automobile oder Frauen, die etwas selbst bauen?«

»Das letztere. Nur, daß es nicht um ein Automobil geht.«

Epilog

»Und was wird nun mit der Wette, Auguste?«

Es war nach dem Dinner, und Egbert nippte an seinem Kognak. Tatjana und Edith hatten sich zurückgezogen und unterhielten sich über Babys. Auguste hatte sich ebenfalls hinlänglich über zukünftige Vaterfreuden ausgelassen und in Egbert einen ergebenen Zuhörer gehabt. Edith war stolz und glücklich, daß ihr das Festmahl gelungen war, das sie nach den köstlichen Rezepten aus Mrs. Marshalls Kochbüchern zusammengestellt hatte. Wie immer hatte sie sich voll und ganz auf das Fleischangebot aus Mr. Pinpoles Laden verlassen. Auguste befürchtete, dem doppelten Angriff auf seine Gedärme nicht standhalten zu können, und versuchte, die beginnende Revolte in seinem Magen zu ignorieren und nur an die fröhlichen Seiten des Lebens zu denken.

»Wir hatten festgelegt, Egbert, daß die Wette unentschieden ausgeht, da uns nur die Gräfin Dubarry erschienen ist.«

»Kann eine Wette unentschieden ausgehen?«

»In diesem Falle ja.«

»Und wie sieht das mit unserer Wette aus?«

»Mit unserer?« wiederholte Auguste verständnislos. Dann dämmerte es ihm. »Egbert, entschuldige. Das war mir völlig entfallen.«

»Wenn du mich fragst, so landen auch wir bei einem

›Unentschieden‹. Wir hatten beide recht. Du hattest recht mit Robert, dessen Motiv in der Vergangenheit bei Hélène Mai lag, und seit wir die Sache mit Alice wissen, ist klar, daß auch ich recht habe, daß ein Motiv in der Gegenwart zu sehen ist. Eifersucht.«

»Damit hat sich unsere Wette erledigt.«

»Das würde ich nicht so sehen«, sagte Egbert entschieden. »Ich möchte das Menü von dir, und da ich fair bleiben muß, koche ich auch eins für dich. Wie findest du das?«

»Großartig«, brachte Auguste zögernd über die Lippen. Die Revolte in seinem Magen näherte sich dem kritischen Punkt.

»O Egbert, das wird ein Spaß«, freute sich Edith, die den Salon kurz zuvor betreten und den Vorschlag ihres Mannes mit angehört hatte. »Ich kann dir ein paar köstliche Rezepte von Mrs. Marshall geben, die Auguste gefallen werden. Er war beim Dinner vorhin des Lobes voll für ihre kleinen Fasanenröllchen *à la Royale*.«

»Großartig, meine Liebe«, sagte Egbert herzlich. »Und du bürgst mir dafür, Edith, daß uns Mr. Pinpole wie immer vorzügliche Ware liefert.«

Augustes Bankett für Egbert und Edith Rose

Champignons au vin
Dorschfilet Maisie in Krabbencrème
Hähnchen nach Art S. M. König Edwards VII.
Orangencrème-Auflauf mit Obstsalat
Kanapees à la Bismarck

Champignons au vin

Zutaten: 500 g kleine Champignonköpfe, 2 fein gehackte Zwiebelschalotten, etwa 300 ml Weißwein, Saft von zwei Zitronen, Olivenöl, Salz, schwarzer Pfeffer.

Zubereitung: Man erhitze drei Eßlöffel gutes Olivenöl in einer Bratpfanne oder einem Schmortopf, gebe alle Zutaten hinein, lasse das ganze aufkochen und zugedeckt auf kleiner Flamme drei Minuten köcheln. Nach Erkalten servieren.

Dorschfilet Maisie in Krabbencrème *(Auguste erfand dieses Gericht im Roman »Mord im Rampenlicht« als er Maisie, seiner verlorenen Liebe, nachtrauerte)*

Zutaten: 4 Dorschfilets oder –steaks, 175 g geschälte gegarte Krabben, 2 bis 3 Eßlöffel Crème fraiche oder Schmand, 2 Teelöffel fein geriebener frischer Ingwer, 50 g Butter, 2 Eßlöffel Maismehl bzw. Kartoffelstärke, Fischbrühe, 2 Eßlöffel gehackte Petersilie, Salz und Pfeffer.

Zubereitung: Man pochiere die Fischstücke in der Fischbrühe. Den Fisch warmhalten, während die Soße bereitet wird: Butter in einer Kasserolle schmelzen, Ingwer und Maismehl bzw. Kartoffelstärke hinzufügen und verrühren, bis die Masse glatt ist, mit etwa 300 ml Fischbrühe auffüllen, aufkochen und bis zum Eindicken rühren. Drei Eßlöffel Crème fraiche oder Schmand dazugeben, die Krabben und die Hälfte der Petersilie daruntermischen, kurz aufkochen. Die Soße über den Fisch geben und mit der restlichen Petersilie garnieren.

Hähnchen nach Art S. M. König Edwards VII.

Zutaten: 4 Hähnchenbrustfilets, 2 Paprikaschoten (rot), Hühnerbrühe, 150 ml Kokosmilch, 1 Teelöffel Currypulver (mild), 50 g Butter, 2 Eßlöffel Maismehl bzw. Kartoffelstärke, Salz und Pfeffer.

Zubereitung: Man pochiere die Hähnchenfilets in der Hühnerbrühe und halte sie warm. Die Butter schmelzen, Maismehl und Currypulver einrühren, 600 ml Hühnerbrühe langsam hinzugeben, aufkochen und auf kleinem Feuer ein bis zwei Minuten bis zum Eindicken weiterkochen. Mit Salz und Pfeffer abschmecken,

Kokosmilch und in Würfel geschnittene Paprika hinzufügen. Zum Schluß alles erhitzen und über die Filets verteilen.

Das für Seine Majestät bereitete Originalgericht bestand aus einem ganzen Hähnchen, das mit einer Mischung aus gekochtem Reis, gehackter Gänseleber und Trüffeln gefüllt und dann pochiert wurde.

Orangencrème-Auflauf mit Obstsalat

Zutaten: Schale und Saft einer halben Sevilla-Orange (da Sevilla-Orangen nur kurze Zeit auf dem Markt sind, lassen sich genausogut gewöhnliche Apfelsinen verwenden), 1 Eßlöffel Weinbrand oder Orangenlikör, 60 g Zucker, 2 Eigelb, 150 ml Schmand und 150 ml Schlagsahne.

Zubereitung: Die fein geriebene Orangenschale mit Weinbrand oder Likör, Orangensaft, Zucker und Eigelb mischen. Die Sahne zum Kochen bringen und die Orangenmischung langsam rührend hinzugeben. In Auflaufförmchen füllen, in eine feuerfeste Form mit heißem Wasser stellen und im vorgeheizten Backofen bei 165°C bis zum Festwerden backen. Backzeit etwa 30 bis 40 Minuten. Abgekühlt mit vorwiegend aus Orangen bestehendem Obstsalat servieren.

Kanapees à la Bismarck

Zutaten: 8 Scheiben Toastbrot, 50 g Butter, 1 Eßlöffel Anchovispaste, 8 Anchovis, gehackte grüne Oliven.

Zubereitung: Butter und Anchovispaste zu Anchovisbutter verrühren, evtl. leicht erwärmen. Die Toastscheiben damit bestreichen, je eine ganze Anchovis darauflegen, mit schwarzem Pfeffer würzen und die Kanapees mit den gehackten Oliven bestreuen.

Egberts Festmahl für Auguste und Tatjana Didier

Brühe Highbury mit Croutons
Gebeizte Lachsfilets
Mr. Pinpoles gedünstete Hammelkeule mit Kapernsoße
Ediths Schokoladenpudding à la Mrs. Marshall
Stiltonkäse und Sellerie

Brühe Highbury mit Croutons

Zutaten: Fleischbrühe, ein halbes Weinglas Sherry (oder Madeira, evtl. auch Weinbrand), Croutons, etwas Butter.
Zubereitung: Die Fleischbrühe erhitzen, unmittelbar vor dem Servieren Sherry und in Butter geröstete Croutons hineingeben.

Gebeizte Lachsfilets

Zutaten: 4 Lachsfilets, Weinessig, 6 Nelken, Muskatnußblüte, 12 Pfefferkörner, 6 Gewürzkörner, Lorbeerblatt und Zitronenschale, 25 g Butter.
Zubereitung: Den Lachs pochieren, vom Herd nehmen.

450 ml vom Fischsud mit etwa halbsoviel Weinessig und allen Gewürzen aufkochen, wenn nötig abschäumen, vom Herd nehmen, die Butter unterrühren, über den gegarten Fisch gießen, kalt werden lassen und dann das Gefäß abdecken. Im Eisschrank hält sich das Gericht zwei bis drei Tage.

Mr. Pinpoles gedünstete Hammelkeule mit Kapernsoße

Zutaten: Lammkeule oder mageres Schulterfleisch, Fleischbrühe mit Kräutern und Gemüse nach Belieben (z. B. Thymian, Rosmarin, Zwiebel, Möhren, Sellerie). Für die Soße: Kapern, Paprikapulver, Salz, 50 g Butter, 1 Eßlöffel Maismehl bzw. Kartoffelstärke, 150 ml Milch. (evtl. auch 1 Eßlöffel Sahne)

Zubereitung: Das Lammfleisch in einen Schmortopf legen, mit Brühe bedecken, Gewürze und Gemüse dazugeben, 25 Minuten auf kleiner Flamme kochen lassen. Die Kochzeit verlängert sich für jeweils 500 g Fleisch um weitere 25 Minuten. Mehrmals abschäumen. Das Fleisch herausnehmen, warmhalten und mit in Salzwasser gekochten Gemüse anrichten.

Für die Kapernsoße die Butter in einer Kasserolle schmelzen und mit einem Eßlöffel Maismehl bzw. Kartoffelstärke verrühren. 150 ml von dem Sud, in dem das Lammfleisch gekocht wurde, langsam unter Rühren hinzufügen. Nach dem Andicken etwa 150 ml Milch und evtl. 1 Eßlöffel Sahne dazugeben. Mit Salz und schwarzem Pfeffer abschmecken, vom Herd nehmen und einen Eßlöffel Kapern hineintun (nach Belieben auch mehr Kapern). In die Sauciere füllen, mit Paprika oder Cayennepfeffer überstäuben.

Edith Rose nahm Mrs. Marshalls Coralline-Pfeffer. Inspektor Roses Lieblingsbeilage ist ein Püree aus Kartoffeln und weißen Rübchen, da das ganze Gericht dann aber etwas blaß und fad aussieht, sollte man Petersilie oder Gemüse als Kontrast entweder darüber geben oder in das Püree mischen.

Ediths Schokoladenpudding à la Mrs. Marshall

Zutaten: 4 frische Brötchen, 50 g Zucker, ½ Teelöffel Vanillearoma, 50 g geriebene Blockschokolade, 300 ml erwärmte Schlagsahne, 5 Eier.

Zubereitung: Brötchen aushöhlen und die Krumen mit Zucker, Vanillearoma, Schokoladenraspeln und der warmen Sahne vermischen, stehen lassen, bis alles gut durchgezogen ist. 5 Eier schaumig schlagen und darunterziehen, die Masse in eine gefettete Form füllen und etwa 45 Minuten im Wasserbad erhitzen. Edith servierte diesen Pudding mit Schokoladensoße und gemischten heißen Früchten, die mit Puderzucker und Maraschino abgeschmeckt waren.

Stiltonkäse und Sellerie

Stiltonkäse wird mit in Stäbchen geschnittenen, geschälten rohen Selleriestengeln serviert.

(Anmerkung: Alle Rezeptangaben sind für 4 Personen berechnet.)

AtV

Band 1083

Amy Myers
Mord unterm Tannenzweig

Kriminalroman

Aus dem Englischen von Elga Abramowitz

Deutsche Erstausgabe

304 Seiten
ISBN 3-7466-1083-4

Endlich hat Chefkoch Auguste Didier Gelegenheit, sich einen Traum zu erfüllen: über Weihnachten und Silvester 1900 darf er als Hoteldirektor fungieren. Aber viel Glück hat er in seinem neuen Job offenbar nicht. Seine noble, internationale Gästeschar, die hier die Feiertage verbringt, ist nicht so leicht zufriedenzustellen, und der italienische Koch des vornehmen Hauses erweist sich als Katastrophe. Als Didier dann am ersten Weihnachtsfeiertag im Gesellschaftszimmer in einer Truhe auch noch die Leiche eines der Dienstmädchen entdeckt, ist das Chaos fast vollkommen.

AtV

Band 1084

Amy Myers
Mord im Pavillon

Kriminalroman

Aus dem Englischen von Elga Abramowitz

316 Seiten

ISBN 3-7466-1084-2

Es ist schon seltsam für Auguste Didier, nicht in seiner Eigenschaft als Koch, sondern als frischgebackener Ehemann der russischen Prinzessin Tatjana Manjowskaja auf Tabor Hall in Yorkshire zu einer Verlobungsfeier geladen zu sein, an der auch der vor kurzem gekrönte König Edward VII. teilnehmen wird. Lady Priscilla Tabor hat allerdings eine befremdliche Sitte in ihrem Haus eingeführt: Um ihre kostbaren Tapisserien nicht zu beschädigen, müssen sich die Gentlemen zum Rauchen in einen Pavillon im Park zurückziehen. Es geht das Gerücht unter den Damen, daß die Herren dort auch recht pikante Gemälde bewundern könnten. Spätnachts stolpern Tatjana und ihr Vetter auf den Stufen des geheimnisvollen Bauwerks beinahe über eine Leiche. Wer ist der Tote? Ein neuer Fall für Meisterkoch und Detektiv Auguste Didier.

AtV

Band 1085

Amy Myers
Mord in der Music Hall

Kriminalroman

Aus dem Englischen von Irmhild und Otto Brandstädter

319 Seiten
ISBN 3-7466-1085-0

Chefkoch Auguste Didier, der nach seiner Heirat in adlige Kreise keiner geregelten Arbeit mehr nachgehen darf, hat endlich einen Job auf Zeit: Eine Woche lang ist er vorgeblich Koch in dem heruntergekommenen Gasthaus, das zur Old King Cole Music Hall gehört. Eigentlich soll er hier den gefeierten Varieté-Künstler Will Lamb beschützen. Auguste hält Lambs Ängste, umgebracht zu werden, für reichlich überspannt, basieren sie doch auf einem ominösen Traum – da stirbt der Künstler vor seinen Augen bei seiner berühmten Schwert-Nummer.
Eine neue Aufgabe für den charmanten Koch und Detektiv.

AtV

Band 1086

Amy Myers
Mord im Motorclub

Kriminalroman

Aus dem Englischen von Irmhild und Otto Brandstädter

313 Seiten
ISBN 3-7466-1086-9

1904. Prinzessin Tatjana, seit kurzem Mrs. Auguste Didier, liebt die gerade in Mode gekommenen Automobile über alles. Vor etwa einem Jahr hat sie einen Automobil-Club für Damen der besseren Gesellschaft gegründet. Alles, was Rang und Namen hat, ist hier versammelt und frönt gemeinsam der Leidenschaft, mit bis zu 30 Stundenkilometern über die Landstraßen zu rasen. Doch die Harmonie des Clubs wird gestört durch Hester Hart, die Tochter eines Knopffabrikanten, die sich durch Reisen in den Orient einen Namen gemacht hat. Keine der adligen Damen mag sie leiden. Am Morgen des großen Automobilkorsos nach Canterbury wird Hester ermordet aufgefunden. Ein neuer Fall für Chefkoch und Detektiv Auguste Didier.

AtV

Band 1088 **Amy Myers**

Mord im Rampenlicht

Kriminalroman

Aus dem Englischen von Elga Abramowitz

265 Seiten
ISBN 3-7466-1088-5

**Eines Nachts im Jahre 1894 bergen Polizisten eine Leiche aus der Themse: ein Chor-Girl aus dem berühmten »Galaxy-Theater«. Der Mörder hat ihr die Arme gekreuzt und über der Brust zusammengebunden. Kurz darauf werden zwei weitere Chormädchen auf dieselbe Art ermordet. Im »Galaxy« breitet sich Angst aus. Verunsichert ein neuer Ripper London? Gehört er zur Theatergruppe? Oder ist er einer der reichen Herren, welche die auffallend hübschen Galaxy-Mädchen galant umwerben?
Auguste Didier, der charmante französischen Meisterkoch, der seit einiger Zeit die Gäste des Theaterrestaurants mit seiner Kunst verwöhnt, unterstützt Inspektor Rose von Scotland Yard wieder tatkräftig bei seinen Ermittlungen und zeigt viel Herz für die Damen vom Theater.**

AtV

Band 1089

Amy Myers
Mord in Cannes

Kriminalroman

Aus dem Englischen von Helga Schulz

287 Seiten
ISBN 3-7466-1089-3

Chefkoch Auguste Didier hat beschlossen, endlich Urlaub zu machen – in Cannes, wo er zu Hause ist und wo nichts und niemand ihn zwingen kann, wieder Amateurdetektiv zu spielen. In London verfolgt Inspektor Rose unterdessen eine Serie aufsehenerregender Juwelendiebstähle: Jedes der sechs gestohlenen Schmuckstücke war in einem der sagenumwobenen Fabergé-Eier aufbewahrt, die der russische Großfürst Igor seinen Ex-Geliebten zu schenken pflegte. Ein einziges dieser unendlich kostbaren Kunstwerke ist noch übrig – das siebte Fabergé-Ei, und dessen Besitzerin hält sich zur Zeit ausgerechnet in Cannes auf …

AtV

Band 1400

Donna W. Cross
Die Päpstin

Historischer Roman

Aus dem Amerikanischen von
Wolfgang Neuhaus

566 Seiten
ISBN 3-7466-1400-7

Johanna, ein junges Mädchen mit überragenden Geistesgaben, wächst im Frankenreich des 9. Jahrhunderts heran. Als Tochter eines strenggläubigen Vaters und einer heidnischen Mutter gelingt ihr, was allen Mädchen im Mittelalter verwehrt blieb: Sie erhält eine fundierte heilkundliche und philosophische Ausbildung. Doch Johanna weiß, daß ihr als Frau die letzten Tore der Weisheit verschlossen bleiben, ja daß sie kaum überleben wird. Als Mönch verkleidet, tritt sie zunächst ins Kloster Fulda ein und macht sich Jahre später auf den Weg nach Rom. Dort gelangt sie als Leibarzt des Papstes innerhalb kurzer Zeit zu großer Berühmtheit. Und schließlich ist sie es selbst, die die Geschicke der katholischen Kirche leitet: Als Papst Johannes Anglicus besteigt sie den päpstlichen Thron.

AtV

Band 1480

Amy Meyers
Mord auf dem Bankett

Kleine Krimis

Aus dem Englischen übersetzt

144 Seiten
ISBN 3-7466-1480-5

Acht Freunde aus höchsten Adelskreisen treffen sich aus Anlaß des sechzigsten Thronjubiläums von Königin Victoria zu einem Bankett. Meisterkoch Auguste Didier sorgt in bewährter Weise für ihr leibliches Wohl. Eine seltsame Atmosphäre liegt über der Zusammenkunft: Man spricht darüber, ob es wohl möglich sei, den perfekten Mord zu bewerkstelligen. Und Leopold Herzog von Transmenien präsentiert zur Überraschung aller einen lange verschollen geglaubten indischen Diamanten. Doch ebenso plötzlich ist der Diamant wieder verschwunden. Hat einer aus der Runde ihn gestohlen? Dieser und andere komplizierte Fälle werden in den vorliegenden fünf kleinen Krimis mit Bravour gelöst: von Meisterkoch Auguste Didier, von dem berühmten Detektivpaar Sherlock Holmes und Dr. Watson und von der ebenso leichtlebigen wie raffinierten Göttin Aphrodite.

AtV

Band 1481

Amy Myers
Mord in der Hochzeitsnacht

Kriminalroman

Aus dem Englischen von Irmhild und Otto Brandstädter

304 Seiten
ISBN 3-7466-1481-3

Es ist eine prunkvolle Hochzeit im altenglischen Stil. Gefeiert wird sie auf dem Landsitz des Bräutigams, Lord Arthur Montfoy. So hat es sich die Braut, Gertrude Pennyfather, eine reiche Erbin aus Amerika, gewünscht. Sogar der König ist gekommen, und für das Hochzeitsmahl zeichnet Meisterkoch Auguste Didier verantwortlich. Gertrude sieht sich schon als Herrin des prächtigen Anwesens in Kent, träumt von allerlei Reformen und einem Sitz im Londoner Unterhaus. Was sie nicht ahnt: Arthur Montfoy hat den Landsitz vor drei Jahren verkauft. Und noch weniger war vorgesehen, daß man ihn in seiner Hochzeitsnacht an den Maibaum gefesselt und mit einem Pfeil im Herzen finden würde.

AtV

Band 1574

Hochzeiten und andere Todesfälle

Mörderische Geschichten aus dem Eheleben

Zusammengestellt von Elga Abramowitz

256 Seiten
ISBN 3-7466-1574-7

Heiraten ist lebensgefährlich! Wenn Sie das noch nicht wußten, erfahren Sie es hier. Es fängt immer alles so schön und verheißungsvoll an: Happy-End, Standesamt, Hochzeitsreise ... Doch nach Jahren ist manchmal aus der heißesten Liebe nackter Haß geworden, und der Wunsch, sich gegenseitig endlich loszuwerden, beginnt die Liebenden von einst zu beherrschen. Also auf zum Scheidungsrichter? Daß es noch andere, sehr finstere Methoden gibt, sich von seinem Partner zu trennen, davon erzählen u. a. Helga Königsdorf, Barbara Frischmuth, Ruth Rendell, Patricia Highsmith und Daphne du Maurier.